W9-CTZ-033

Saul Bellow

Le faiseur de pluie

*Traduit de l'anglais
par Jean Rosenthal*

Gallimard

Titre original :
HENDERSON THE RAIN KING

Henderson, milliardaire américain, est un personnage hors du commun : c'est un gaillard de près de deux mètres, dont le visage, dit-il lui-même, est deux fois plus grand que celui de n'importe qui. Sa fortune est à l'échelle du personnage : ses revenus annuels sont de quelque cent mille dollars. Son caractère, son ardeur à vivre ne sont pas moins excessifs : à cinquante-cinq ans, il abandonne sa seconde femme et ses cinq enfants, sa porcherie, ses leçons de violon, pour s'en aller courir l'Afrique en quête d'on ne sait trop quoi, poussé par une voix qui crie sans cesse en lui : « Je veux, je veux, je veux. » Obéissant à cette voix, Henderson parcourt en avion, en voiture, à pied, des milliers de kilomètres, et c'est ainsi qu'il se retrouve au cœur de l'Afrique où sa bonne volonté maladroite va vite provoquer autour de lui des catastrophes, et lui valoir l'amitié inquiète des chefs de tribus. Sans trop savoir comment, il se retrouve sacré « roi de la pluie » et compagnon d'un roi nègre qui a étudié la médecine et la psychologie chez les Blancs, mais se voit contraint cependant de capturer le lion dans le corps duquel l'âme de son père a cherché refuge. Henderson se propose pour l'aider dans cette entreprise, mais l'enfer est pavé de bonnes intentions...

Un pareil livre ne se raconte pas ; il se savoure comme l'œuvre d'un romancier passionnément épris de la vie, et qui a créé un personnage gargantuesque, doué lui aussi d'un énorme appétit de vivre et de connaître. Derrière les pérégrinations de Henderson dans une Afrique sortie tout droit de l'imagination du narrateur, mais qui finit par être plus vraie que la réalité, il y a la quête éperdue d'un homme qui se cherche. Les aventures de Henderson, le faiseur de pluie, peuvent se lire comme un authentique roman picaresque ; elles nous apportent des aperçus pénétrants sur les forces profondes qui mènent l'homme.

Saul Bellow est né à Lachine (Québec) en 1915. Ses parents, d'origine juive russe, s'installent dans la banlieue de Chicago, où il commence ses études qu'il poursuit à l'Université de Chicago et à Northwestern University. De 1938 à 1942 il devient professeur dans un collège à Chicago, il s'installe en 1945 à New York, où il écrit *La Victime*. De 1946 à 1948 il est professeur à l'Université du Minnesota. En 1948 il passe un an à Paris. De 1950 à 1952 il est invité à faire des conférences à l'Université de New York, il est écrivain boursier de l'Université de Princeton de 1952 à 1953. Saul Bellow est docteur ès lettres depuis 1962.

Les Aventures d'Augie March ont été couronnées en 1954 par le Prix national du Livre. Saul Bellow a reçu le Prix du National Institute of Arts and Letters. Son célèbre roman *Herzog* a obtenu en 1965 le Prix international de Littérature. Enfin le Prix Nobel de Littérature lui a été décerné en 1976.

1

Qu'est-ce qui m'a poussé à faire ce voyage en Afrique ? Il n'y a pas d'explication toute prête. Les choses n'ont cessé d'empirer, d'empirer encore, et elles n'ont pas tardé à devenir trop compliquées.

Lorsque je pense à l'état dans lequel j'étais à cinquante-cinq ans, quand j'ai pris mon billet, tout n'est que chagrins. Les faits commencent à m'assaillir et bientôt j'ai l'impression d'avoir la poitrine dans un étau. Une cavalcade désordonnée commence : mes parents, mes femmes, mes filles, mes enfants, ma ferme, mes bêtes, mes habitudes, mon argent, mes leçons de musique, mon alcoolisme, mes préjugés, ma brutalité, mes dents, mon visage, mon âme ! J'ai envie de crier : « Non, non, allez-vous-en, maudits, laissez-moi tranquille ! » Mais comment pourraient-ils me laisser tranquille ? Ils m'appartiennent. Ils sont à moi. Et ils me harcèlent de tous côtés. Cela tourne au chaos.

Pourtant, le monde qui me semblait un si redoutable oppresseur n'est plus en colère contre moi. Mais si je veux que vous me compreniez, vous autres, et si j'entends vous expliquer pourquoi je suis allé en Afrique, il faut bien que je regarde les choses en face. Je pourrais aussi bien commencer par l'argent. Je suis riche. Mon père m'a laissé un héritage de trois millions de dollars, impôts déduits, mais je me considérais comme un clochard et j'avais mes raisons, la principale étant que je me comportais en clochard. Mais dans le privé, quand les choses allaient vraiment mal, je regardais souvent dans les livres pour voir si je ne pourrais pas trouver là des paroles de réconfort, et je lus un jour : « Le pardon des péchés est perpétuel et la vertu n'est pas une condition préalable exigée. » Cela fit sur moi si forte impression que je me le répétais sans cesse. J'oubliai malheureusement de quel livre il s'agissait : c'était un des milliers de ceux que m'avait laissés mon père, qui les avait également numérotés. Je feuilletai donc des douzaines de volumes, mais je ne trouvai que de l'argent, car mon père avait utilisé des billets de banque comme signets : ce qu'il avait dans ses poches, des billets de cinq, de dix ou de vingt dollars. J'en découvris même qui n'avaient plus cours depuis trente ans, les grands billets jaunes. Cela me rappela le bon vieux temps et je fus heureux de les voir : fermant à clef la porte de la bibliothèque pour empêcher les enfants d'entrer, je passai l'après-midi sur une échelle à secouer les livres, et l'argent tomba en pluie sur le sol. Mais jamais je ne retrouvai cette phrase sur le pardon.

Second point : je suis diplômé d'une grande université américaine — je ne vois aucune raison d'embarrasser mon *alma mater* en la nommant. Si je n'avais pas été un Henderson et le fils de mon père, on m'aurait flanqué à la porte. A ma naissance, je pesais six kilos trois cents, et ce fut un accouchement pénible. Puis je grandis. Un mètre quatre-vingt-dix. Cent quatre kilos. Une énorme tête, bourrue, avec des cheveux comme de l'astrakan. Des yeux méfiants, généralement plissés.

Des airs de bravache. Un grand nez. J'étais le cadet de trois enfants et le seul à avoir survécu. Il fallut toute la charité de mon père pour me pardonner, et je ne crois pas qu'il s'en remit jamais tout à fait. Quand vint le moment de me marier, j'essayai de lui faire plaisir en choisissant une jeune fille de notre classe sociale. Une personne remarquable, belle, grande, élégante, musclée, avec de longs bras et des cheveux d'or, discrète, féconde et paisible. Aucun membre de sa famille ne me cherchera querelle si j'ajoute qu'elle est schizophrène, car elle l'est certainement. Moi aussi, je me considère comme fou, et non sans raison : je suis lunatique, brutal, tyrannique et probablement déséquilibré. A en juger d'après l'âge de nos rejetons, nous sommes mariés depuis une vingtaine d'années. Il y a Edward, Ricey, Alice et deux autres... bon sang, j'en ai des enfants. Dieu bénisse toute cette marmaille.

A ma façon, je travaillais très dur. Souffrir violemment est un travail épuisant, et j'étais souvent ivre avant le déjeuner. Peu après mon retour de la guerre (j'étais trop âgé pour aller au front, mais rien ne put m'arrêter ; j'allai jusqu'à Washington et j'insistai jusqu'à ce que l'on me permît de me battre aussi), Frances et moi divorçâmes. Cela se passa après la victoire. Ou bien était-ce si tôt ? Non, ce devait être en 1948. Quoi qu'il en soit, elle est maintenant en Suisse et elle a un de nos enfants avec elle. Je serais bien en peine de vous dire ce qu'elle veut en faire, mais elle en a un, et c'est très bien comme ça. Je lui souhaite tout le bien du monde.

J'étais ravi de divorcer. Cela me donnait l'occasion de prendre un nouveau départ dans la vie. J'avais déjà choisi une nouvelle épouse et nous ne tardâmes pas à nous marier. Ma seconde femme s'appelle Lily (nom de jeune fille : Simmons). Nous avons des jumeaux.

Je sens maintenant la cavalcade des souvenirs se presser : j'en fis voir de dures à Lily, bien plus qu'à Frances. Frances était renfermée, ce qui la protégeait, mais Lily encaissait. Ce fut peut-être cette amélioration qui me désarçonna : j'étais habitué à une vie déplaisante. Chaque fois que Frances n'aimait pas ce que je faisais, et cela arrivait souvent, elle se détournait de moi. Elle était comme la lune de Shelley, elle errait solitaire. Mais pas Lily ; je pestais contre elle en public et je l'accablais d'injures. Je lui faisais des scènes dans les bistrots de campagne non loin de ma ferme, et un jour la police m'arrêta. Je proposai aux policiers de les affronter tous, et ils m'auraient bien passé à tabac si je n'avais pas été un personnage aussi important dans la région. Ce fut Lily qui vint payer ma caution pour me faire sortir. Je me battis ensuite avec le vétérinaire à propos d'un de mes porcs, puis avec le conducteur d'un chasse-neige sur la Nationale 7, quand il voulut m'obliger à quitter la route. Il y a environ deux ans, je tombai d'un tracteur alors que j'étais ivre et je me fis écraser la jambe. Pendant des mois, je circulai sur des béquilles, frappant tout ce qui traversait mon chemin, hommes ou bêtes, et faisant à Lily une vie d'enfer. Avec ma silhouette de joueur de football, ma façon de jurer, de crier, de montrer les dents et de secouer la tête, il ne faut pas s'étonner que les gens m'aient évité. Mais ce n'était pas tout.

Lily, par exemple, reçoit quelques dames et j'arrive avec mon plâtre sale, en chaussettes ; je porte une robe de chambre en velours rouge achetée à Paris chez Sulka, dans un élan d'enthousiasme lorsque Frances m'avait dit qu'elle voulait divorcer. J'arbore également une casquette de chasse en lainage rouge. Je m'essuie le nez et la moustache sur mes doigts, puis je serre la main des invitées, en disant : « Je suis Monsieur Henderson, comment allez-vous ? » Et je m'approche de Lily pour lui serrer la main aussi, comme si elle n'était qu'une invitée, une étrangère comme les autres. Et je dis : « Comment allez-vous ? » J'imagine que les bonnes dames se disent : « Il ne la reconnaît pas. Il s'imagine qu'il est toujours marié à la première. N'est-ce pas que c'est affreux ? » Cette fidélité imaginaire leur donne le frisson.

Mais elles se trompent complètement. Comme Lily le sait bien, je l'ai fait exprès, et quand nous sommes seuls, elle me crie : « Gene, qu'est-ce qui t'a pris ? Qu'est-ce que tu cherches à faire ? »

Sanglé par ma ceinture rouge, je suis là, drapé devant elle, dans mon peignoir de velours, bombant le torse, mon pied dans son plâtre raclant le plancher, et je hoche la tête en disant : « Tut-tut-tut ! »

Parce que, quand on m'a ramené de l'hôpital dans ce même satané plâtre, je l'ai entendue dire au téléphone : « Oh, il a encore eu un accident. Il en a tout le temps, mais il est si fort. Il est increvable. » Increvable ! Qu'est-ce que vous dites de ça ! Cela m'emplit d'amertume.

Je sais bien, Lily disait peut-être cela en plaisantant. Elle adore blaguer au téléphone. C'est une grande femme, pétillante de vie. Son visage respire la douceur et, dans l'ensemble, elle a un caractère qui correspond à ce visage. Nous avons eu d'excellents moments d'ailleurs. Et, maintenant que j'y pense, nous avons connu quelques-uns des meilleurs moments pendant sa grossesse, quand elle était presque à terme. Avant d'aller nous coucher, je lui frictionnais le ventre avec

13

de la vaseline pour effacer les marques qu'elle avait sur la peau. Les pointes de ses seins étaient passées du rose au brun luisant, et les enfants se déplaçaient à l'intérieur de son ventre, en modifiant les contours arrondis.

Je frictionnais sans appuyer et avec le plus grand soin, pour éviter que mes gros doigts épais lui fissent le moindre mal. Puis, avant d'éteindre la lumière, j'essuyais mes doigts sur mes cheveux et sur Lily, je l'embrassais pour lui souhaiter bonne nuit et, dans l'odeur du liniment, nous nous endormions.

Mais, par la suite, les hostilités reprirent, et lorsque je l'entendis déclarer que j'étais increvable, j'interprétai cela comme une manifestation d'antagonisme, alors que je savais pourtant qu'il n'en était rien. Vous comprenez, je la traitais comme une étrangère devant ses invitées parce que je n'aimais pas la voir se comporter en châtelaine ; car moi, l'unique héritier de ce nom célèbre et de la fortune, moi, je suis un clochard, et elle n'est pas une châtelaine mais simplement ma femme... simplement ma femme.

Comme l'hiver semblait me rendre plus insupportable, elle décida que nous irions dans un hôtel de Floride, où je pourrais pêcher un peu. Un ami attentionné avait fait cadeau à chacun des petits jumeaux d'un lance-pierres en contre-plaqué, j'en trouvai un dans ma valise en défaisant mes bagages, et je me mis à tirer avec. Je renonçai à pêcher et m'installai sur la plage à lancer des pierres sur des bouteilles. Comme ça, les gens pourraient dire : « Vous voyez ce grand type là-bas, avec un nez énorme et une moustache ? Eh bien, son arrière-grand-père était secrétaire d'Etat, ses grands-oncles étaient ambassadeurs en Angleterre et en France, et son père était le célèbre érudit Willard Henderson, qui a écrit ce livre sur les Albigeois, un ami

14

de William James et de Henry Adams. » Vous croyez peut-être qu'ils se privaient de le dire ? Mon œil. J'étais donc là, dans cette station balnéaire, en compagnie de ma seconde femme au visage doux et inquiet et qui n'avait pas loin d'un mètre quatre-vingts elle-même, et de nos jumeaux. Dans la salle à manger, j'arrosais mon café matinal de bourbon puisé dans un grand flacon de poche et, sur la plage, je cassais des bouteilles. Les clients se plaignaient à la direction à cause des éclats de verre et le directeur vint en parler à Lily ; pour moi, il préférait ne pas m'affronter. C'était un établissement élégant, où l'on n'acceptait pas de Juifs, et voilà que je leur tombais dessus, moi, E. H. Henderson. Les autres enfants cessèrent de jouer avec nos jumeaux, et les femmes évitaient Lily.

Lily essaya de raisonner avec moi. Nous étions dans notre appartement, j'étais en caleçon de bain, et elle entama la discussion à propos du lance-pierres, des éclats de verre et de mon attitude envers les autres clients. Lily, vous savez, est une femme très intelligente. Elle ne ronchonne pas, mais elle moralise ; elle a une forte tendance à cela, et, dans ces cas-là, elle devient blanche et se met à parler d'une voix étouffée. Ce n'est pas qu'elle ait peur de moi, mais cela déclenche une sorte de crise chez elle.

Mais, comme cela ne la menait nulle part de discuter avec moi, elle éclata en sanglots et, à la vue des larmes, je perdis la tête et me mis à crier : « Je vais me faire sauter la cervelle ! Je vais me suicider. Je n'ai pas oublié de mettre mon revolver dans mes bagages. Je l'ai sur moi maintenant.

— Oh, Gene ! s'écria-t-elle. Elle s'enfouit le visage dans les mains et s'en alla en courant.

Je vais vous expliquer pourquoi.

2

Parce que son père s'était suicidé de la même façon, avec un revolver.

Un des liens qui nous unissent, Lily et moi, c'est que nous souffrons tous les deux des dents. Elle a vingt ans de moins que moi, mais nous avons l'un et l'autre des bridges. Moi, sur les côtés, elle, devant. Elle a perdu ses quatre incisives supérieures. Cela lui est arrivé quand elle était encore au lycée, en jouant au golf avec son père qu'elle adorait. Le pauvre vieux buvait et il était bien trop ivre pour être sur un terrain de golf ce jour-là. Sans regarder ni crier gare, il démarra du premier tee et, en levant son club pour prendre son élan, il frappa sa fille. Cela me rend toujours malade de penser à ce maudit terrain de golf sous le brûlant soleil de juillet, à cet ivrogne qui travaillait dans les fournitures de plomberie, et à cette fille de quinze ans en sang. Que le diable emporte ces ivrognes qui ne tiennent pas le coup, ces types instables ! Je ne peux pas supporter ces clowns qui s'exhibent en public quand ils sont saouls pour montrer comme ils ont le cœur brisé. Mais Lily ne voulait pas entendre un mot contre lui et pleurait plus souvent sur le compte de son père que sur le sien. Elle a une photo de lui dans son portefeuille.

Pour ma part, je ne l'ai jamais connu, le vieux.

Quand j'ai rencontré Lily, il était déjà mort depuis dix ou douze ans. Peu après la mort de son père, elle épousa un type de Baltimore, un homme nanti d'une assez belle situation, m'a-t-on dit — mais, quand j'y pense — c'est Lily qui me l'a dit. Quoi qu'il en soit, ils ne parvinrent pas à s'adapter et pendant la guerre elle divorça (je me battais alors en Italie). Bref, quand nous nous connûmes, elle était de nouveau chez elle et vivait avec sa mère. La famille était originaire de Danbury, la capitale des chapeliers. Il se trouva que Frances et moi allâmes à une réception à Danbury un soir d'hiver, et Frances n'en avait qu'à moitié envie car elle était en correspondance avec différents intellectuels européens. Frances lit beaucoup, elle est très forte pour écrire des lettres et elle fume beaucoup, et quand une de ses crises de philosophie la prenait, je ne la voyais plus guère. Je savais qu'elle était là-haut dans sa chambre, en train de fumer des Sovralie, toussant, prenant des notes, et travaillant. Elle traversait précisément une de ces crises mentales quand nous allâmes à cette soirée, et au beau milieu de la réception, se rappelant quelque chose qu'elle avait à faire tout de suite, elle prit la voiture et s'en alla, ne pensant absolument plus à moi. Ce soir-là, j'étais un peu dans les nuages moi aussi, et j'étais le seul homme de l'assistance en smoking. Bleu nuit. Je devais être le premier dans cette région à porter un smoking bleu. J'avais l'impression d'être drapé dans une pièce entière de ce tissu bleu, et Lily, à qui l'on venait de me présenter dix minutes plus tôt, avait une robe à rayures rouges et vertes, et nous bavardions.

Quand elle comprit ce qui s'était passé, Lily proposa de me raccompagner en voiture et je dis : « D'accord. » Nous piétinâmes dans la neige jusqu'à sa voiture.

C'était une nuit étincelante et il avait gelé par-dessus la neige. Lily était garée dans une côte d'environ trois cents mètres de long et lisse comme de l'acier. A peine eut-elle démarré que la voiture se mit à déraper ; Lily perdit la tête et hurla : « Eugène ! » en se jetant à mon cou. Il n'y avait personne sur cette côte, ni sur les trottoirs déblayés à la pelle ni, pour autant que je pouvais voir, dans tout le quartier. La voiture fit un tour complet. Les bras nus de Lily émergeaient des courtes manches du manteau de fourrure et se nouaient derrière ma tête, tandis que ses grands yeux regardaient par le pare-brise et que la voiture glissait sur la neige et le verglas. Elle était toujours au point mort, je tournai donc la clef et coupai le contact. Nous allâmes glisser dans un tas de neige, mais pas bien profondément, et je pris le volant des mains de Lily. Le clair de lune était très brillant.

— Comment saviez-vous mon nom ? demandai-je, et elle dit :

— Oh, tout le monde sait que vous êtes Eugène Henderson.

Nous bavardâmes quelques instants puis elle me dit :

— Vous devriez divorcer.

— Qu'est-ce que vous racontez ? lui dis-je. En voilà des choses à dire ? D'ailleurs, je pourrais être votre père.

Nous ne nous revîmes pas avant l'été. Cette fois-là, elle faisait des courses, et elle portait une robe de piqué blanc, avec un chapeau et des chaussures blanches. La pluie menaçait et Lily ne voulait pas être surprise dans cette tenue (dont je remarquais qu'elle n'était déjà plus très fraîche) et elle me demanda si je pouvais la déposer chez elle. J'étais venu à Danbury acheter des

18

poutres pour la grange et le break en était bourré. Lily m'indiqua le chemin, et elle était si nerveuse qu'elle se perdit : elle était très belle, mais follement nerveuse. Le temps était maussade, puis il se mit à pleuvoir. Elle me dit de prendre à droite et cela nous amena jusqu'à une palissade grise entourant la carrière pleine d'eau, une impasse. Il faisait tellement sombre que le grillage avait l'air blanc. Lily se mit à crier : « Oh, je vous en prie, faites demi-tour ! Oh, vite, tournez ! Je confonds toutes les rues et il faut que je rentre. »

Nous finîmes par arriver chez elle, une petite maison pleine de l'odeur des pièces fermées par temps chaud, juste au moment où l'orage éclatait.

— Ma mère joue au bridge, annonça Lily. Il faut que je lui téléphone pour lui dire de ne pas rentrer. Il y a un appareil dans ma chambre.

Nous montâmes donc. Lily n'avait rien de la fille facile ni sans morale, je vous assure. Tout en se déshabillant, elle se mit à dire d'une voix tremblante : Je t'aime ! Je t'aime ! Et tandis que nous nous étreignions, je me disais : « Oh, comment peut-elle t'aimer... toi... toi ! » Il y eut un violent coup de tonnerre, puis la pluie déferla sur les rues, les arbres, les toits, les volets, au milieu des éclairs. Tout s'emplissait d'eau et s'obscurcissait. Mais une odeur tiède comme celle du pain frais montait d'elle tandis que nous étions allongés parmi les draps assombris par les chaudes ténèbres de l'orage. Du début à la fin, elle n'avait cessé de dire : je t'aime ! Nous étions couchés là tranquillement, et les premières heures de la soirée commencèrent sans que le soleil fût revenu.

La mère de Lily attendait dans le living-room. Cela ne me plaisait pas beaucoup. Lily lui avait téléphoné pour lui dire : « Ne reviens pas tout de suite », et, là-dessus, sa mère avait aussitôt interrompu sa partie de bridge, pour venir sous un des pires orages qu'on avait connu depuis des années. Non, je n'aimais pas ça. Non que la vieille dame me fît peur, mais je devinais la vérité. Lily s'était assurée d'être découverte. Je descendis le premier l'escalier et j'aperçus une lumière auprès du canapé. Et quand j'arrivai au bas des marches, en face d'elle, je dis :

— Je m'appelle Henderson.

Sa mère était une jolie femme corpulente, et le maquillage qu'elle s'était appliqué pour aller à son bridge lui faisait un visage de poupée de porcelaine. Elle était coiffée d'un chapeau et elle avait sur ses genoux un sac en cuir vernis. Je compris qu'elle dressait dans sa tête la liste de ses griefs contre Lily. « Dans ma propre maison. Avec un homme marié. » Et ainsi de suite. Indifférent, je m'assis dans le living-room, pas rasé, mes poutres attendant toujours dans le break devant la porte. L'odeur de Lily, cette odeur de pain frais, devait flotter autour de moi. Puis Lily, extrêmement belle, descendit l'escalier pour montrer à sa maman ce qu'elle avait accompli. Jouant les distraits, je restai planté là sur le tapis, avec mes grandes bottes, en me frisottant de temps en temps la moustache. Je sentais entre elles la présence de Simmons, le père de Lily, le négociant en fournitures de plomberie qui s'était suicidé. En fait, il avait mis fin à ses jours dans la chambre jouxtant celle de Lily, la grande chambre de maître. Lily reprochait à sa mère la mort de son père. Et qu'étais-je, moi, l'instrument de sa colère ? « Oh, non, mon vieux, me dis-je, ça n'est pas pour toi. Ne te mêle pas de ça. »

Il semblait que la mère eût décidé de bien se comporter. Elle allait se montrer généreuse et battre

Lily à son propre jeu. C'était peut-être naturel. En tout cas, elle se montra très grande dame envers moi, mais vint un moment où, incapable de se contenir, elle déclara :

— J'ai rencontré votre fils.

— Oh, oui, un garçon mince ? Edward ? Il pilote une M.G. rouge. On le voit quelquefois du côté de Danbury.

Je finis par m'en aller en disant à Lily :

— Vous êtes une grande belle fille, mais vous n'auriez pas dû faire ça à votre mère.

La vieille dame corpulente était assise là, sur le canapé, les mains jointes, et sous ses sourcils les yeux plissés et brillants de larmes d'humiliation.

— Au revoir, Eugène, dit Lily.

— Au revoir, Miss Simmons, dis-je.

Nous ne nous séparâmes pas à proprement parler bons amis.

Nous ne tardâmes pourtant pas à nous retrouver, mais à New York, car Lily s'était séparée de sa mère, avait quitté Danbury et occupait un petit appartement sans eau chaude dans Hudson Street, où les ivrognes se mettaient à l'abri des intempéries dans l'escalier. J'arrivai, avec mon grand poids et mon ombre énorme dans ces escaliers, le visage coloré par l'air de la campagne et par l'alcool, avec mes gants de pécari et une voix dans mon cœur qui me répétait sans arrêt : je veux, je veux, je veux, oh, je veux... oui... vas-y, me disais-je, frappe, frappe, frappe, frappe ! Et je continuais à monter l'escalier dans mon gros pardessus molletonné, avec mes gants de pécari et mes chaussures de pécari, mon portefeuille en peau de porc dans ma poche, bouillant de désir et bouillant d'inquiétude, et me rendant compte combien mon regard brillant fixait le haut de la rampe, là où Lily avait ouvert sa porte et m'attendait. Son visage était rond, blanc et plein, ses yeux clairs et plissés.

— Bon sang ! Comment pouvez-vous vivre dans une baraque pareille ? Ça pue ici, dis-je.

Les toilettes étaient dans le couloir ; la poignée de la chaîne était couverte de vert-de-gris et il y avait des carreaux de couleur prune aux portes.

Elle aimait les habitants de ces taudis, surtout les vieillards et les mères de famille. Elle comprenait, disait-elle, pourquoi ils avaient la télévision bien qu'ils fussent en chômage, et elle les laissait mettre leur lait et leur beurre dans son réfrigérateur et remplissait pour eux leurs feuilles de sécurité sociale. Je crois qu'elle avait l'impression de leur faire la charité et de montrer ainsi à ces ignorants et à ces Italiens combien une Américaine pouvait être gentille. Cela ne l'empêchait pas d'essayer sincèrement de les aider et de se démener avec son impulsivité habituelle tout en tenant des propos désordonnés.

Les odeurs de ces immeubles vous sautaient au visage et je montais l'escalier en disant :

— Ouf, je n'ai plus de souffle !

Nous entrâmes dans son appartement au dernier étage. Il était crasseux aussi, mais du moins y avait-il de la lumière. Nous nous assîmes pour bavarder et Lily me dit :

— Est-ce que vous allez gâcher le restant de vos jours ?

Avec Frances, c'était sans espoir. Après mon retour de l'armée, nous n'eûmes qu'une seule fois des rapports un peu étroits et après, cela ne marchait plus, alors je la laissais plus ou moins tranquille. Sauf ce matin dans la cuisine où nous eûmes une conversation qui consacra notre séparation. Une brève conversation, qui se ramenait à peu près à ceci :

— Et qu'est-ce que tu aimerais faire maintenant ? (Je commençais à ne plus m'intéresser à la ferme.)

— Je me demande, dis-je, s'il est trop tard pour que je devienne docteur... je me demande si je pourrais m'inscrire dans une faculté de médecine.

Frances ouvrit la bouche, elle généralement si sérieuse, pour ne pas dire lugubre, et m'éclata de rire au nez ; et comme elle riait, je ne voyais rien que sa bouche béante et sombre, même pas les dents, ce qui est assurément étrange, car elle a des dents, bien blanches. Que leur était-il arrivé ?

— Bon, bon, bon, dis-je.

C'est ainsi que je me rendis compte que Lily avait parfaitement raison à propos de Frances. Le reste néanmoins ne suivit pas aussitôt.

— Il me faut un enfant. Je ne peux pas attendre beaucoup plus longtemps, dit Lily. Dans quelques années, j'aurai trente ans.

— Est-ce que j'y peux quelque chose ? dis-je. Qu'est-ce qui te prend ?

— Toi et moi, il faut que nous vivions ensemble, dit-elle.

— En voilà une idée.

— Nous mourrons si nous ne le faisons pas, dit-elle.

Un an à peu près s'écoula sans qu'elle fût parvenue à me convaincre. Je ne croyais pas que la chose pût être si simple. Alors elle épousa brusquement un homme du New Jersey, un nommé Hazard, un courtier. A la réflexion, je me rappelais qu'elle en avait parlé quelquefois, mais je croyais que cela faisait partie du chantage auquel elle se livrait. Car elle faisait du chantage. Quoi qu'il en fût, elle l'épousa. C'était son second mariage. Là-dessus, j'emmenai Frances et les deux filles et nous partîmes pour l'Europe, pour la France, afin d'y passer un an.

J'avais passé plusieurs années de mon enfance dans le sud de la France, près d'Albi, où ses recherches avaient amené mon père. Il y a cinquante ans, je me moquais d'un gosse qui habitait en face : « *François, oh François, ta sœur est constipée.* » Mon père était un grand gaillard, robuste et solide. Ses caleçons longs étaient en toile d'Irlande, ses cartons à chapeaux étaient doublés de velours rouge et il commandait ses chaussures en Angleterre et ses gants à Vitale Milano, à Rome. Il jouait assez bien du violon. Ma mère écrivait des poèmes dans la cathédrale en briques roses d'Albi. Il y avait une anecdote qu'elle aimait beaucoup à propos d'une dame de Paris extrêmement affectée. Elles se rencontraient devant une petite porte de l'église et la dame disait : « *Voulez-vous que je passasse ?* » Ma mère disait : « *Passassassez, Madame.* » Elle racontait cette histoire à tout le monde et pendant des années elle se mettait parfois à rire toute seule en murmurant : « Passassassez. » Mais c'est fini, ce temps-là. Terminé, bouclé et en allé.

Mais Frances et moi n'allâmes pas à Albi avec les enfants. Elle suivait des cours au Collège de France où se trouvaient tous les philosophes. On avait du mal à trouver des appartements, mais j'en louai un très agréable à un prince russe. Vogüé parle du grand-père de ce prince russe, qui était ministre de Nicolas Ier. C'était un homme doux et de grande taille ; sa femme était espagnole et sa belle-mère espagnole, la señora Guirlandes, le harcelait sans cesse et il en souffrait. Sa femme et ses enfants vivaient avec la vieille femme et lui alla s'installer dans la chambre de bonne sous les combles. J'ai environ trois millions de dollars. J'aurais sans doute pu faire quelque chose pour l'aider. Mais à cette époque, mon cœur était tout entier occupé des exigences que j'ai citées : *je veux, je veux !* Pauvre prince, dans sa mansarde ! Ses enfants étaient malades, et il me dit que si sa situation ne s'améliorait pas, il se jetterait par la fenêtre.

— Prince, dis-je, ne débloquez pas.

Bourrelé de remords, j'occupais son appartement, je dormais dans son lit et je me baignais deux fois par jour dans sa baignoire. Au lieu de me faire du bien, ces deux bains chauds ne servaient qu'à aggraver ma mélancolie. Après que Frances se fut moquée de mon rêve de faire une carrière médicale, je ne discutai plus jamais de rien avec elle. Je me promenais tous les jours à pied dans Paris ; j'allais jusqu'aux ateliers des Gobelins, jusqu'au cimetière du Père-Lachaise et jusqu'à Saint-Cloud. La seule personne qui savait ce qu'était ma vie, c'était Lily, maintenant Lily Hazard. A l'*American Express,* je trouvai un mot d'elle écrit sur un faire-part de mariage, longtemps après la cérémonie. Je croulais sous les ennuis, et comme il y a un grand nombre de putains qui rôdent dans ce quartier autour de la Madeleine, j'examinai quelques-unes d'entre elles, mais ce terrible refrain qui se répétait en moi — *je veux, je veux !* — ne s'arrêtait devant aucun visage que je voyais. Et j'en vis pourtant beaucoup.

Lily va peut-être arriver, pensai-je. Et elle arriva. Elle sillonnait Paris en taxi en me cherchant, et elle me trouva près du métro Vavin. Grande et rayonnante, elle me héla du taxi. Elle ouvrit la portière vétuste et essaya de se mettre debout sur le marchepied. Oui, elle était belle : un beau visage, clair et pur, ardent et blanc. Elle tendait par la portière du taxi son cou fort et bien modelé. Sa lèvre supérieure tremblait de joie. Mais, si émue qu'elle fût, elle n'oubliait pas ces fameuses dents de devant et elle les masquait. Que pouvaient me faire des dents de porcelaine ! Que Dieu soit béni pour tous les bienfaits qu'Il ne cesse de me prodiguer !

— Lily ! Comment vas-tu, mon petit ? D'où viens-tu ?

J'étais absolument ravi. Elle trouvait que j'étais une grande lavette, mais tout de même d'une valeur substantielle, et elle pensait que je devrais vivre et non pas mourir (une année de plus comme celle-là à Paris et quelque chose en moi se serait à jamais rouillé), et que je pourrais peut-être même donner quelque chose de bien. Elle m'aimait.

— Qu'as-tu fait de ton mari ? dis-je.

En revenant à son hôtel, par le boulevard Raspail, elle me dit :

— Je croyais que je devrais avoir des enfants. Je vieillissais. (Lily avait alors vingt-sept ans.) Mais en me rendant au mariage, j'ai compris que c'était une erreur. J'ai voulu descendre de la voiture à un feu rouge, en robe de mariée, mais il m'a rattrapée et m'a retenue. Il m'a donné un coup de poing sur l'œil, ajouta-t-elle, et heureusement que j'avais un voile parce que je me suis retrouvée avec un œil au beurre noir, et j'ai pleuré pendant toute la cérémonie. Figure-toi aussi que ma mère est morte.

— Comment ! Il t'a mis un œil au beurre noir ! m'écriai-je, furieux. Si jamais je tombe sur lui, je vais le démolir. Tu sais, je suis navré à propos de ta mère.

Je l'embrassai sur les yeux et, quand nous arrivâmes à son hôtel sur le quai Voltaire, nous étions au comble du bonheur, dans les bras l'un de l'autre. Suivit une

26

semaine de félicité ; nous allâmes partout et le détective privé de Hazard nous suivait. Je louai donc une voiture et nous commençâmes la tournée des grandes cathédrales. Et Lily, avec sa façon merveilleuse — toujours merveilleuse — commença à me faire souffrir.

— Tu crois que tu peux vivre sans moi, mais tu ne le peux pas plus, dit-elle, que je ne peux vivre sans toi. La tristesse m'accable. Pourquoi crois-tu que j'aie plaqué Hazard ? A cause de la tristesse. Quand il m'embrassait, c'était là où je me sentais le plus triste. J'avais l'impression d'être seule au monde. Et quand il...

— Ça suffit. Ne me dis rien, fis-je.

— C'était mieux quand il m'a frappée sur l'œil. Au moins, c'était sincère. Je n'avais pas l'impression à ce moment-là de me noyer.

Là-dessus, je commençai à boire, plus que jamais, et j'étais ivre dans chacune des grandes cathédrales : Amiens, Chartres, Vézelay, etc. Elle était souvent obligée de conduire. Notre voiture était petite (une 202 décapotable), et nous deux qui étions grands émergions de nos places, beaux et bruns, superbes et ivres. A cause de moi, elle avait fait le voyage d'Amérique et je ne voulais pas la laisser accomplir sa mission. Nous allâmes jusqu'en Belgique pour revenir dans le Massif central, et ç'aurait été parfait pour quelqu'un qui aurait aimé la France, mais je ne l'aimais pas. Du commencement jusqu'à la fin, Lily n'avait qu'un seul sujet de conversation : me faire la morale : on ne peut pas vivre pour ceci mais on doit vivre pour cela ; pas pour le mal mais pour le bien ; pas pour la mort mais pour la vie ; pas pour l'illusion mais pour la réalité. Lily ne s'exprime pas avec clarté ; on a dû lui enseigner à l'école qu'une femme du monde parle doucement,

27

alors elle murmure et justement je suis un peu dur d'oreille du côté droit, et puis le vent, le chuintement des pneus et le petit moteur ajoutaient également leurs bruits. Tout de même, à l'excitation joyeuse que je lisais sur son grand visage pur et blanc, je savais qu'elle s'acharnait encore. Elle me persécutait, le visage radieux et l'œil joyeux. Je découvris qu'elle avait un grand nombre d'habitudes de négligence, voire de saleté. Elle oubliait de laver ses dessous, et il fallut, ivre comme j'étais, que je lui en fisse la remarque. C'était peut-être parce qu'elle jouait tellement les moralistes et les penseuses, car quand je dis : « Lave tes affaires », elle se mit à discuter avec moi.

— Les porcs de ma ferme sont plus propres que toi, lui dis-je. Et cela nous entraîna dans une discussion. Un seul individu ne peut laisser s'effectuer sur lui tout le cycle de l'azote, lui dis-je.

Et elle répliqua : Oui, mais savais-je ce dont l'amour était capable ? Je lui criai : « Tais-toi. » Cela ne la mit pas en colère : elle me plaignait.

Nous continuâmes notre tournée et j'étais doublement captif : d'abord de la religion et de la beauté des églises quand je n'étais pas trop ivre pour les voir, puis de Lily et de son rayonnement, de ses murmures et de ses étreintes. Elle me dit bien cent fois :

— Reviens en Amérique avec moi. Je suis venue pour te ramener.

— Non, dis-je enfin. Si tu avais le moindre cœur, tu ne me torturerais pas, Lily. Bon sang, n'oublie pas que je suis un ancien combattant décoré. J'ai servi ma patrie. J'ai plus de cinquante ans, et j'ai eu mon content d'ennuis.

— Raison de plus pour faire quelque chose maintenant, dit-elle.

— Si tu ne cesses pas, finis-je par lui dire à Chartres, je vais me faire sauter la cervelle.

C'était cruel de ma part, car je savais ce que son père avait fait. J'avais beau être ivre, c'était à peine si je pouvais supporter tant de cruauté. Le vieux s'était suicidé à l'issue d'une querelle de famille. C'était un homme charmant, faible, navré, affectueux et sentimental. Il rentrait chez lui imbibé de whisky et chantait des chansons d'autrefois pour Lily et pour la cuisinière ; il racontait des histoires, dansait les claquettes et imitait de vieux numéros de music-hall dans la cuisine, plaisantant la gorge serrée, ce qui n'est pas une chose à faire à son enfant. Lily me raconta tout cela et son père finit par devenir si réel pour moi que j'en arrivai à aimer et à détester à mon tour le vieux mécréant. « Tiens, vieux pataud, vieux briseur de cœurs, pauvre plaisantin... espèce de cloche ! disais-je à son fantôme. Qu'est-ce que ça veut dire de faire ça à ta fille et puis de me la laisser sur les bras ? » Et quand je menaçai de me suicider dans la cathédrale de Chartres, à la face même de cette sainte beauté, Lily retint son souffle. Son visage prit un éclat de perle. Sans rien dire elle me pardonna.

— Ça me fait le même effet que tu me pardonnes ou pas, lui dis-je.

Ce fut à Vézelay que nous nous séparâmes. Notre séjour là-bas avait commencé sous d'étranges auspices. Le cabriolet 202 avait un pneu à plat quand nous descendîmes le matin. Comme il faisait un beau temps de juin, j'avais refusé de mettre la voiture dans un garage et j'étais persuadé que la direction avait dégonflé le pneu. J'accusai l'hôtel et je me répandis en imprécations jusqu'au moment où l'on me claqua au nez le guichet de la réception. Je changeai rapidement

le pneu, sans me servir d'un cric, mais dans ma rage
soulevant la petite voiture et glissant une pierre sous
l'essieu. Après ma discussion avec le directeur de
l'hôtel (chacun de nous répétant : « pneu, pneu ») mon
humeur s'améliora et nous fîmes le tour de la cathédrale, achetâmes un kilo de fraises dans un sac en
papier et allâmes jusqu'au rempart nous allonger au
soleil. Un pollen jaune tombait des arbres et des roses
sauvages poussaient sur les troncs des pommiers. Des
roses d'un rouge pâle, ou d'un rouge éclatant, ardent,
âpre comme la colère, doux comme une drogue. Lily
ôta son corsage pour avoir le soleil sur les épaules. Elle
ne tarda pas à enlever sa combinaison aussi et, au bout
d'un moment, son soutien-gorge et elle se pelotonna
contre moi. Agacé, je lui dis :

— Comment sais-tu ce que je veux ?

Puis, plus doucement, à cause des roses sur tous les
troncs d'arbres, perçantes et flamboyantes, j'ajoutai :

— Tu ne peux donc pas tout simplement apprécier
la beauté de ce cimetière ?

— Ce n'est pas un cimetière, dit-elle, c'est un verger.

— Tes règles ont juste commencé hier, dis-je. Alors,
qu'est-ce que tu cherches ?

Elle me répondit que je n'y avais jamais vu d'inconvénient, et c'était vrai.

— Mais figure-toi que j'en vois maintenant, dis-je.

Nous commençâmes à nous quereller, et si violemment que je lui annonçai qu'elle retournait à Paris
seule dans le prochain train.

Elle se tut. Cette fois, pensai-je, je l'ai eue. Mais non,
cela ne sembla que lui prouver combien je l'aimais.
L'intensité de l'amour et de la joie vint assombrir son
visage insensé.

— Tu ne me tueras jamais, je suis trop coriace ! lui criai-je.

Puis, devant toutes les intolérables complications qui s'affrontaient dans mon cœur, je me mis à pleurer. Je criais et je sanglotais.

— Entre là-dedans, petite garce, dis-je en pleurant.

Je roulai la capote de la voiture. Il y a des barres qu'on enlève et on n'a plus qu'à rouler la toile.

Pâle de terreur, mais brûlante aussi d'exaltation, elle se mit à marmonner tandis que je sanglotais au volant, à parler d'orgueil et de force et d'âme et d'amour et de tout le tremblement.

— Va te faire voir, lui dis-je, tu es dingue !

— Sans toi, peut-être que c'est vrai. Peut-être que je ne suis pas là et que je ne comprends pas, dit-elle. Mais quand nous sommes ensemble, je *sais*.

— Tu parles. Comment se fait-il que je ne sache rien ? Fous le camp. Tu m'uses les nerfs.

Je déposai sur le quai sa petite valise avec son linge sale dedans. Toujours sanglotant, je fis demi-tour devant la gare, qui était à une vingtaine de kilomètres de Vézelay, et je partis en direction du midi de la France. Je roulai jusqu'à un endroit de la côte Vermillon qui s'appelait Banyuls. Il y a un institut océanographique là-bas, et je connus dans l'aquarium une étrange expérience. Le soir tombait. Je regardais une pieuvre et la bête semblait également me regarder et presser sa tête molle contre la vitre, s'aplatissant, la chair devenant pâle et granuleuse, décolorée, tachetée. Les yeux me parlaient sans chaleur. Mais ce qui me semblait plus éloquent encore, plus froid, c'était la tête molle avec ses taches et le mouvement brownien qui les agitait, il y avait là une froideur cosmique dans laquelle j'avais l'impression de mourir. Les tentacules palpitaient et s'agitaient devant la vitre, les bulles montaient à la surface et je songeais : « C'est mon dernier jour. La mort me donne un avertissement. » Voilà pour ma menace de suicide envers Lily.

3

Quelques mots maintenant sur les raisons de mon départ pour l'Afrique.

Lorsque je revins de la guerre, c'était avec l'idée de devenir éleveur de porcs, ce qui illustre peut-être l'opinion que j'avais de la vie en général.

On n'aurait jamais dû bombarder le mont Cassin; certains en rejettent la faute sur la stupidité des généraux. Mais, après ce sanglant massacre, où tant de Texans furent tués, et où ma compagnie en vit de dures par la suite, il ne restait que Nicky Goldstein et moi de la vieille bande, et c'était curieux, car nous étions les deux hommes les plus grands de l'unité et nous offrions donc les meilleures cibles. Plus tard, je fus blessé à mon tour, par une mine. Mais à cette époque Goldstein et moi étions allongés sous les oliviers — certains de ces arbres rabougris s'épanouissent comme de la dentelle et laissent filtrer la lumière — et je lui demandai ce qu'il comptait faire après la guerre.

— Ma foi, me dit-il, mon frère et moi, si on s'en tire indemnes, on va monter un élevage de visons dans les Catskill.

Je dis alors, ou plutôt mon démon dit pour moi :
— J'ai l'intention de me mettre à élever des cochons.

33

Et je compris, aussitôt après avoir prononcé ces mots, que si Goldstein n'avait pas été juif, j'aurais sans doute dit du bétail et non pas des porcs. Mais il était trop tard pour se reprendre. Il est donc probable que Goldstein et son frère ont une affaire de visons tandis que moi j'ai... autre chose. Je pris tous les magnifiques bâtiments de la vieille ferme, l'écurie avec les stalles lambrissées — autrefois, les chevaux des riches étaient traités comme des *prime donne* — et la superbe vieille grange avec le belvédère au-dessus du grenier à foin, un beau morceau d'architecture, et j'emplis tout cela de porcs, j'en fis un royaume porcin, avec des porcheries sur la pelouse et dans les parterres. J'occupai la serre aussi : je les laissais déraciner les vieux bulbes. On renversa des statues qui venaient de Florence et de Salzbourg. Cela empestait les eaux grasses, le cochon, la pâtée en train de cuire et le fumier. Furieux, mes voisins me mirent le service de santé aux trousses. Je mis au défi le fonctionnaire des services d'hygiène de me traîner devant les tribunaux.

— Les Henderson sont sur ce domaine depuis plus de deux cents ans, dis-je à cet homme, un certain Dr Bullock.

Frances, mon épouse d'alors, ne dit rien sinon :

— Je t'en prie, qu'ils n'aillent pas sur l'allée.

— Je te conseille de ne pas en blesser un, lui dis-je. Ces animaux font partie de moi.

Et je répondis à ce Dr Bullock :

— Ce sont tous ces civils et tous ces réformés qui vous ont monté le bourrichon. Ces crétins. Ils ne mangent jamais de porc ?

Avez-vous vu, en allant du New Jersey à New York, les bâtiments à pignons et les allées qui font penser à des maquettes de villages allemands de la Forêt-

Noire ? Avez-vous senti leur odeur (avant que le train pénètre dans le tunnel pour passer sous l'Hudson) ? Ce sont des centres d'engraissage de porcs. Amaigris et osseux après le voyage qui les a amenés de l'Iowa et du Nebraska, les porcs sont nourris ici. Bref, j'étais un éleveur de porcs. Et, comme le prophète Daniel l'avait dit au roi Nabuchodonosor : « Ils te chasseront d'entre les hommes et ta demeure sera avec les bêtes des champs. » Les truies mangent leurs petits parce qu'elles ont besoin de phosphore. Elles sont sujettes au goitre comme les femmes. Oh, j'ai beaucoup étudié ces satanées bêtes qui sont rudement astucieuses. Car tous les éleveurs de porcs savent combien ces animaux-là sont malins. Cela me donna une sorte de trauma de découvrir qu'ils étaient si intelligents. Mais si je n'avais pas menti à Frances et si ces animaux faisaient vraiment partie de moi, alors c'était curieux que j'eusse cessé de m'intéresser à eux.

Mais je m'aperçois que je n'ai toujours pas donné les raisons de mon départ pour l'Afrique, et je ferais mieux de commencer autrement.

Faut-il que je commence par mon père ? C'était un homme connu. Il avait une barbe et jouait du violon, et il...

Non, pas ça.

Bon, alors, voilà : mes ancêtres ont volé des terres aux Indiens. Ils en ont obtenu d'autres du gouvernement et ils ont roulé d'autres colons, et c'est ainsi que je suis devenu l'héritier d'un grand domaine.

Non, ça n'ira pas non plus. Quel rapport cela a-t-il ?

Une explication pourtant est nécessaire, car on m'a présenté la preuve vivante de quelque chose d'extrêmement important, si bien que je suis obligé de le révéler. Et, ce qui ne rend pas les choses plus faciles, c'est que cela s'est passé comme dans un rêve.

Cela devait donc être environ huit ans après la fin de la guerre. J'avais divorcé d'avec Frances pour épouser Lily, et j'avais l'impression qu'il fallait faire quelque chose. Je partis pour l'Afrique avec un de mes amis, Charlie Albert. Lui aussi est milliardaire.

J'ai toujours eu un caractère plus militaire que civil. Quand, dans l'armée, j'attrapai des morpions, j'allai demander de la poudre désinfectante. Mais quand j'annonçai ce que j'avais, quatre infirmiers m'empoignèrent, juste au carrefour, et là, en plein vent, ils me mirent tout nu, puis me savonnèrent et me rasèrent tous les poils du corps, devant, derrière, sous les aisselles, au pubis, la moustache, les sourcils et tout. Nous étions tout près du front de Salerne. Des camions bourrés de troupes passaient, et des pêcheurs, des paysans, des gosses, des filles et des femmes regardaient. Les G. I.'s riaient et plaisantaient, les paysans aussi, on riait tout le long de la côte et même moi je riais en essayant de tuer les quatre infirmiers qui me maintenaient. Ils s'enfuirent et me laissèrent là tondu et frissonnant, affreusement nu, avec la chair de poule entre les jambes et sous les bras, fou de rage, secoué de rire et jurant de me venger. Ce sont des choses qu'un homme n'oublie jamais et qu'il apprécie plus tard à leur juste valeur. Ce ciel splendide, cette affreuse démangeaison et les rasoirs, la Méditerranée, qui est le berceau de l'humanité ; la douceur suprême de l'air ; l'accablante douceur de l'eau où Ulysse s'est perdu, où lui aussi était nu quand les sirènes chantaient.

Soit dit en passant, les morpions trouvèrent refuge dans une crevasse : j'eus longtemps à lutter contre ces ingénieuses bestioles.

La guerre signifiait beaucoup pour moi. Je fus blessé quand je mis le pied sur cette mine et on me décora du Purple Heart, et je passai un long moment à l'hôpital de Naples. Croyez-moi, je m'estimais heureux de m'en être tiré avec la vie sauve. Toute cette affaire me donna une grande et forte émotion. Dont j'ai continuellement besoin.

L'hiver dernier, près de la porte de la cave, je coupais du bois pour le feu — le pépiniériste avait laissé des branches de pin pour moi — et un éclat de bois jaillit sous la hache et me frappa au nez. Comme il faisait extrêmement froid, je ne me rendis compte de ce qui s'était passé qu'en voyant le sang sur mon blouson.

— Tu t'es cassé le nez, s'écria Lily.

Non, il n'était pas cassé. J'ai le nez suffisamment charnu pour qu'il soit protégé, mais je gardai un bleu pendant quelque temps. Toutefois, en sentant le choc, ma seule pensée fut pour la *vérité*. La vérité vous est-elle assénée comme des coups ? C'est une idée de militaire ou je ne m'y connais pas. J'essayai d'en parler à Lily ; elle aussi avait senti la force de la vérité quand son second mari, Hazard, lui avait donné un coup de poing sur l'œil.

Vous comprenez, j'ai toujours été comme ça, fort et vigoureux, rude et agressif et un peu brute quand j'étais enfant ; au collège, j'arborais des boucles d'oreilles en or pour provoquer des combats, et si je passai une licence pour faire plaisir à mon père, je me comportai toujours en ignorant et en clochard. Lorsque j'étais fiancé à Frances, j'allais à Coney Island pour me faire tatouer son nom sur les côtes en lettres violettes. Cela ne lui fit d'ailleurs aucune impression. Agé de quarante-six ou quarante-sept ans quand je revins d'Europe après la victoire (jeudi 8 mai), je me mis à élever des porcs, puis je confiai à Frances que j'étais attiré par la médecine ; elle me rit au nez ; elle me rappela quel enthousiasme j'avais manifesté à dix-huit ans à propos de Sir Wilfred Grenfell, et après cela à propos d'Albert Schweitzer.

Qu'est-ce qu'on fait de sa peau quand on a un caractère comme le mien ? Un psychiatre m'expliqua un jour que si l'on passe sa colère sur des objets inanimés, non seulement on épargne les créatures vivantes, comme c'est le devoir d'un homme civilisé, mais on se débarrasse en même temps de ce qu'il y a de mauvais en soi. Cela me parut raisonnable et j'essayai. J'essayai de tout mon cœur, en coupant du bois, en levant des poids, en labourant, en alignant des blocs de ciment, en versant du béton et en cuisant la pâtée des porcs. Dans ma propriété, torse nu comme un forçat, je brisais des pierres à coups de marteau. Cela me faisait du bien, mais pas assez. La brutalité engendre la brutalité, et les coups les coups ; en tout cas, pour moi, c'était comme ça ; non seulement cela l'engendrait, mais cela l'augmentait. La colère ne faisait que s'accroître avec la colère. Alors que faire de ma peau ? Plus de trois millions de dollars Une fois déduits les impôts, la pension alimentaire et tous les frais, il me reste encore un revenu de cent dix mille dollars absolument net. Quel besoin en ai-je, un homme à caractère de soldat comme moi ! Côté impôts, même les porcs rapportaient. Je ne pouvais pas perdre d'argent. On avait beau les tuer, les manger. On en faisait du jambon, des gants, de la gélatine et des engrais. Et moi, qu'est-ce que je devenais ? Eh bien, une sorte de trophée, je crois. Un homme comme moi peut devenir quelque chose comme un trophée. Bien lavé, bien net et habillé de vêtements coûteux. Sous le toit un isolant; sur les fenêtres, du thermopane; sur les parquets, du tapis; et sur les tapis, des meubles, et sur les meubles des housses, et sur les housses de la matière plastique; et du papier peint et des rideaux! Tout est garni et décoré. Et qui est au milieu de tout ça? Qui est planté là? L'homme! Parfaitement, l'homme! Mais vient un jour, immanquablement vient un jour de larmes et de folie.

J'ai déjà dit en passant quel trouble agitait mon cœur et qu'une voix, là, disait : *je veux, je veux, je veux!* Cela se produisait chaque après-midi et, quand j'essayais d'étouffer cette voix, elle ne s'en exprimait qu'avec plus de force. Elle ne disait qu'une seule chose : *je veux, je veux!*

Et je demandais : « Qu'est-ce que tu veux? »

Mais c'était tout ce qu'elle voulait jamais me dire. Elle ne disait jamais rien sauf *je veux, je veux, je veux!*

Je la traitais parfois comme un enfant malade à qui l'on offre des livres d'images ou des bonbons. Je l'emmenais se promener, je la faisais trotter. Je lui chantais des chansons ou je lui faisais la lecture. En vain. Je passais un bleu de travail, je montais sur l'échelle et je me mettais à colmater des lézardes du plafond; je coupais du bois, je m'en allais conduire un tracteur, travailler au milieu des cochons. Non, non! A travers les luttes, les fumées de l'alcool et les fatigues du travail, elle continuait inlassablement, à la campagne, à la ville. Aucun achat, si coûteux fût-il, ne la calmait. Je disais alors : « Allons, dis-moi. De quoi te plains-tu? Est-ce de Lily? As-tu envie d'une affreuse putain? Est-ce une envie charnelle? » Mais cette hypothèse n'avait pas plus de succès que les autres. La réclamation se faisait plus forte : *je veux, je veux, je veux!* Et je me mettais à crier, à supplier : « Oh, dis-

moi, dis-moi ce que tu veux ! » Et je finissais par dire :
« Alors, bon. Un de ces jours, idiot. Tu n'as qu'à
attendre ! »

C'était cela qui me faisait me comporter comme je le
faisais. A trois heures, j'étais plongé dans le désespoir.
Ce n'était que vers le coucher du soleil que la voix me
laissait quelque répit. Et je me disais parfois qu'au
fond c'était peut-être mon occupation dans la vie parce
qu'à cinq heures cela s'arrêtait tout seul. L'Amérique
est si grande, tout le monde travaille, fabrique, creuse,
nivelle, charge, transporte, etc., et j'imagine que ceux
qui souffrent le font au même rythme. Tout le monde
veut suivre le mouvement. J'essayai tous les remèdes
imaginables. Bien sûr, à une époque de folie, c'est une
forme de démence que de s'attendre à échapper à la
folie. Mais la poursuite de la santé mentale peut être
une forme de folie aussi.

Entre autres remèdes, je me mis au violon. Un jour
que je flânais dans le grenier, je découvris l'étui
poussiéreux et je l'ouvris : je trouvai là l'instrument
dont jouait mon père, à l'intérieur de ce petit sarco-
phage, avec son cou étroit en volute, sa taille incurvée
et les cordes de l'archet défaites et emmêlées autour du
manche. Je resserrai la vis de l'archet et je frottai sur
les cordes, produisant des grincements âpres. On
aurait dit une créature sensible qu'on aurait négligée
trop longtemps. Je me mis alors à me souvenir de mon
père. Peut-être le nierait-il avec fureur, mais nous nous
ressemblions beaucoup. Lui non plus ne pouvait pas
s'installer dans une vie paisible. Parfois il était très dur
avec maman ; il la laissa une fois prostrée dans sa
chemise de nuit à la porte de sa chambre pendant deux
semaines avant de lui pardonner quelques paroles
stupides, sans doute comme celles que Lily avait eues

au téléphone quand elle avait dit que j'étais increvable. Il était très robuste aussi, mais à mesure que ses forces déclinaient, surtout après la mort de mon frère Dick (ce qui fit de moi l'héritier), il se cloîtra et se consacra de plus en plus à son violon. Je commençai donc à me rappeler son dos voûté, ses hanches plates et déjetées, sa barbe comme une protestation jaillie de son âme même — et blanchie par la tremblante faiblesse du vieil âge. Lui qui jadis avait été puissant, ses favoris avaient perdu leur frisure et se trouvaient repoussés vers l'épaule par l'instrument tandis que de l'œil gauche il suivait la partition et que son grand coude montait et descendait et que le violon tremblait et gémissait.

Je décidai donc sur-le-champ d'essayer aussi. Je claquai le couvercle, je repoussai les fermoirs et je m'en allai jusque chez le luthier de la 57e Rue, à New York, pour faire réparer le violon. Dès qu'il fut prêt, je me mis à prendre des leçons d'un vieux Hongrois du nom de Haponyi, qui habitait près du Barbizon-Plaza.

A cette époque, j'étais seul à la campagne, après mon divorce. Une vieille voisine, Miss Lenox, venait me préparer mon petit déjeuner, et c'était tout ce dont j'avais besoin pour le moment. Frances était restée en Europe. Et c'est ainsi qu'un jour, comme je me précipitais dans la 57e Rue pour prendre ma leçon, mon étui sous le bras, je rencontrai Lily

— Tiens ! dis-je.

Je ne l'avais pas vue depuis plus d'un an, depuis que je l'avais mise dans ce train pour Paris, mais nous nous retrouvâmes aussitôt dans les mêmes termes d'intimité qu'autrefois. Son grand visage pur était toujours le même. Il ne serait jamais régulier, mais il était beau. Elle avait seulement teint ses cheveux. Ils étaient maintenant orange, ce qui n'était pas nécessaire, et séparés par une raie au milieu comme les deux pans d'un rideau. C'est le malheur de ces grandes beautés qu'elles manquent parfois de goût. Elle avait également fait quelque chose à ses yeux avec du bleu, si bien qu'ils n'avaient plus la même taille. Qu'est-on censé faire si quelqu'un comme elle « est toujours la même » ? Et qu'est-on censé penser quand cette grande femme, de près d'un mètre quatre-vingts, vêtue d'un tailleur dans cette sorte de peluche verte comme on en trouvait dans les Pullman, vacille sur ses hauts talons ; pour robustes que soient ses jambes, pour solides que soient ses genoux, elle vacille ; et d'un regard elle renverse tous les principes de conduite que l'on observe sur la 50e Rue, comme si elle jetait au vent le tailleur de peluche, le chapeau, le corsage, les bas et la gaine, en criant : « Gene ! Ma vie sans toi est un supplice » ?

Mais, en réalité, la première chose qu'elle dit, ce fut :

— Je suis fiancée.

— Comment, encore ? dis-je.

— Oh, j'aurais besoin de tes conseils. Nous sommes amis, n'est-ce pas ? Tu es mon ami, tu le sais. Je pense que, au fond, nous n'avons ni l'un ni l'autre d'autre ami au monde que nous-mêmes. Tu fais de la musique ?

— Si ça n'est pas de la musique, alors je participe à une guerre des gangs, dis-je. Parce que dans cet étui, il y a ou bien un violon, ou bien une mitraillette. (Je devais avoir l'air un peu gêné. Là-dessus, elle se mit à me parler du nouveau fiancé, d'une voix étouffée.) Ne parle pas comme ça, dis-je. Qu'est-ce que tu as ? Mouche-toi. Pourquoi prends-tu ce ton affecté ? Ce murmure distingué ? Ça ne sert qu'à profiter des gogos en les faisant se pencher pour vous entendre. Tu sais

42

que je suis un peu sourd, dis-je. Parle plus fort. Ne sois pas snob comme ça. Alors, voyons, ton fiancé est-il allé à Choate ou à Saint Paul ? Ton dernier mari était allé au collège du président Roosevelt...

Lily parlait maintenant d'une voix plus distincte et dit :

— Ma mère est morte.

— Morte ? dis-je. Oh, c'est terrible. Mais, attends une minute, est-ce que tu ne m'as pas déjà dit en France qu'elle était morte ?

— Si, si, fit-elle.

— Alors quand est-elle morte ?

— Il y a juste deux mois. La première fois, ça n'était pas vrai.

— Alors pourquoi me l'as-tu raconté ? En voilà des façons. Ça ne se fait pas. Est-ce que tu joues à l'enterrement pour rire avec ta mère ? Tu me racontais des craques.

— Oh, c'était très mal de ma part, Gene. Je n'avais pas de mauvaises intentions. Mais cette fois-ci, c'est vrai. (Et je vis dans ses yeux les ombres tièdes des larmes.) Maintenant, elle est morte. Il a fallu que je loue un avion pour répandre ses cendres au-dessus du lac George, comme elle le voulait.

— Tu as fait ça ? Bon Dieu, je suis navré pour toi, dis-je.

— J'ai trop lutté contre elle, dit Lily. Comme cette fois où je t'ai ramené à la maison. Mais elle, elle était une lutteuse, et moi aussi. Tu avais raison à propos de mon fiancé. Il est en effet allé à Groton.

— Ha, ha, j'ai mis dans le mille, n'est-ce pas ?

— Il est charmant. Il n'est pas du tout ce que tu crois. C'est quelqu'un de très bien et il entretient ses parents. Mais quand je me demande si je pourrais vivre sans lui, je crois que je réponds oui. Il est vrai que je m'habitue à vivre seule. Il y a toujours l'univers. Une femme n'est pas obligée de se marier et les gens ont d'excellentes raisons d'être seuls.

Vous savez, j'ai quelquefois l'impression que la compassion est inutile aussi. Ça dure juste assez pour vous mettre dans le pétrin. J'étais navré pour Lily, et voilà qu'elle essayait de me rouler.

— Alors, ma petite, qu'est-ce que tu vas faire maintenant ?

— J'ai vendu la maison de Danbury. J'habite en appartement. Mais il y a une chose que je voulais que tu aies et je te l'ai fait envoyer.

— Je ne veux rien du tout.

— C'est un tapis, dit-elle. Il n'est pas encore arrivé ?

— Bon sang, qu'est-ce que j'ai à faire de ton tapis ? C'était celui de ta chambre ?

— Non.

— Tu mens. C'est le tapis de ta chambre à coucher.

Elle nia, et quand il arriva à la ferme, je l'acceptai des mains du livreur ; je m'y sentais obligé. Il avait un air sinistre et fané, c'était un tapis d'Orient sur fond moutarde, les fils cédant à l'âge avec des petits bouts de bleu ici et là. C'était si affreux que j'en éclatai de rire. Ce vieux tapis ! Ça me faisait rigoler. Je l'installai donc sur le sol de la salle où j'étudiais le violon, au sous-sol. J'avais versé le béton moi-même, mais pas en couche assez épaisse, car l'humidité filtrait quand même. Je me dis qu'en tout cas ce tapis améliorerait peut-être l'acoustique de la pièce.

J'allais donc en ville prendre mes leçons avec ce gros Hongrois et je voyais Lily par la même occasion. Notre cour dura environ dix-huit mois puis nous nous mariâmes, et les enfants naquirent. Quant au violon, je n'étais pas un nouveau Heifetz, mais je continuais quand même. La voix qui tous les jours me répétait : *je veux, je veux*, finit par se faire entendre de nouveau. La vie de famille avec Lily n'était pas exactement ce qu'un optimiste aurait pu prévoir ; mais je suis sûr qu'elle y trouvait plus qu'elle n'aurait cru. Une des premières décisions qu'elle prit après avoir inspecté les lieux du haut en bas comme la maîtresse de maison, ce fut de faire peindre son portrait et de l'accrocher avec le reste de la famille. Cette histoire de portrait était très importante pour elle, et cela continua jusqu'à environ six mois avant mon départ pour l'Afrique.

Voyons donc ce qu'était un matin typique de ma vie conjugale avec Lily. Pas dans la maison, mais dehors, car à l'intérieur, c'est dégoûtant. Disons que c'est un de ces jours veloutés du début d'automne, où le soleil brille sur les pins, où l'air a déjà un petit piquant qui vous chatouille agréablement les poumons. Je vois un grand pin sur ma propriété, et dans l'ombre verte au pied de l'arbre, où je ne sais comment les porcs n'ont jamais mis les pieds, des bégonias bien rouges poussent, et sur une stèle de pierre brisée posée là par ma mère, on lit : « Va-t'en, rose heureuse... » C'est tout ce qu'on lit. Il doit y avoir d'autres fragments sous les aiguilles de pin. Le soleil est comme un grand rouleau et aplatit l'herbe. Sous cette herbe, la terre est peut-être remplie de carcasses, pourtant cela n'ôte rien à un jour comme celui-ci, car elles sont devenues humus et l'herbe pousse dru. Quand un souffle agite l'air, les fleurs éclatantes remuent également dans l'ombre verte sous les arbres. Elles viennent se frotter contre mon esprit ouvert, car je suis au milieu de tout cela dans ma robe de chambre de velours rouge de la rue de Rivoli achetée le jour où Frances a prononcé le mot de divorce. Je suis là, et je cherche les ennuis. Les bégonias cramoisis, l'ombre verte, le vert radieux, l'odeur pénétrante, la douceur dorée, tous ces corps métamorphosés, ces fleurs qui me frôlent, tout cela n'est pour moi que supplice. Cela me rend fou de tristesse. Ces choses-là ont peut-être été données à quelqu'un, mais ce quelqu'un n'est pas moi dans ma robe de chambre de velours rouge. Alors, qu'est-ce que je fais ici ?

Là-dessus, Lily arrive avec les deux gosses, nos jumeaux de vingt-six mois, tendres dans leurs petites culottes courtes et leurs chandails verts bien coupés, leurs cheveux noirs bien brossés sur leur front. Et puis arrive Lily, avec son visage pur, qui s'en va poser pour le portrait. Je suis là, planté sur un pied, dans ma robe de chambre de velours rouge, pesant, chaussé de bottes sales, ces grandes bottes de cuir larges que je préfère quand je suis à la maison, car elles sont si faciles à mettre et à ôter.

Elle monte dans le break et je dis :

— Prends le cabriolet. J'irai tout à l'heure à Danbury faire des courses et j'aurai besoin de la voiture.

J'ai le visage sombre de colère. Mes gencives me font mal. La maison est en désordre, mais au moins elle s'en va et les enfants joueront dans l'atelier pendant qu'elle posera pour le portrait. Elle les installe sur la banquette arrière du cabriolet et s'en va.

Je descends alors dans mon studio du sous-sol, je prends le violon et je commence à me réchauffer les doigts sur les exercices de Sevcik. Ottokar Sevcik a inventé une technique pour changer rapidement de position sur le violon sans se tromper. L'élève apprend en faisant glisser ses doigts le long des cordes de la première position à la troisième, de la troisième à la cinquième, de la cinquième à la seconde et ainsi de suite, jusqu'à ce que l'oreille et les doigts soient formés à trouver les notes avec précision. On ne commence même pas par des gammes, mais par des phrases, et l'on va du haut en bas des cordes. C'est affolant : mais Haponyi, ce gros Hongrois, dit que c'est la seule méthode. Il connaît une cinquantaine de mots d'anglais, dont le principal est « cher ». Il dit : « Cher, brenez l'archet gomme zezi, bas gomme za, là, voilà. Bas gomme zi vous alliez duer avec l'archet. Douzement. Ne gollez pas. Yo, yo, yo. Seret lek ! Barfait. »

Après tout, je suis un ancien des commandos, vous savez. Et avec ces mains, j'ai manipulé des cochons ; j'ai jeté à terre des verrats, je les ai immobilisés et châtrés. Et maintenant ces mêmes doigts s'efforcent de séduire la musique du violon, ils lui serrent le cou et s'escriment du haut en bas des cordes suivant la méthode de Sevcik. Cela fait un bruit qui rappelle celui de caisses pleines d'œufs qui s'écrasent. Je pensais néanmoins que si je me disciplinais, la voix des anges finirait par sortir de l'instrument. Mais je n'espérais pas, en tout cas, me perfectionner en tant qu'artiste. Mon principal objectif, c'était de rejoindre mon père en jouant sur son violon.

Dans le sous-sol de la maison, je travaillais dur, comme je le fais pour tout. J'avais l'impression de poursuivre l'esprit de mon père, en mui murant : « Oh, père, papa. Reconnais-tu les sons ? C'est moi, Gene, sur ton violon, essayant de te rejoindre. » Car il se trouve que je n'ai jamais pu me persuader que les morts sont complètement morts. J'admire les gens rationnels et j'envie leurs esprits clairs, mais à quoi bon se leurrer ? C'était pour mon père et pour ma mère que je jouais dans le sous-sol, et quand j'apprenais quelques mor-

ceaux, je murmurais : « Maman, voici *Humoresque*
pour toi. » Ou bien : « Papa, écoute... *La Méditation de
Thaïs* ». Je jouais avec concentration, avec cœur, avec
nostalgie, avec amour... je jouais jusqu'à l'épuisement
affectif. Et là-bas, dans mon studio, je chantais tout en
jouant : *Rispondi ! Anima bella* (Mozart). *Il était
méprisé et abandonné, un homme plein de tristesse, un
familier du chagrin* (Haendel). Serrant le cou du petit
instrument comme si je voulais l'étrangler, j'attrapais
des crampes dans le cou et dans les épaules.

Au long des années, j'avais aménagé à mon intention
le petit sous-sol, j'avais recouvert les murs de pan-
neaux de châtaignier et installé un déshumidificateur.
C'est là que je garde mon petit coffre, mes dossiers et
mes souvenirs de guerre ; c'est là aussi que je m'en-
traîne à tirer au pistolet. J'avais maintenant sous les
pieds le tapis de Lily. Sur son instance, je m'étais
débarrassé de la plupart des porcs. Mais elle-même
n'était pas très propre, et pour une raison ou pour une
autre, nous ne pouvions trouver personne dans les
environs pour faire le ménage. Bien sûr, elle balayait
de temps en temps, mais vers la porte et pas jusque
dehors, si bien qu'il y avait des monceaux de poussière
sur le seuil. Et puis elle s'en allait poser pour son
portrait, quittant la maison en hâte pendant que je
jouais la méthode Sevcik, des morceaux d'opéras et
d'oratorios, tout en suivant le rythme de la voix
intérieure.

4

Est-ce étonnant que j'aie dû partir pour l'Afrique ?

Mais je vous ai dit qu'il vient toujours un jour de larmes et de folie.

Je me bagarrais, j'avais des histoires avec la police, je menaçais de me suicider et puis, à Noël dernier, ma fille Ricey était arrivée de pension. Elle a des ennuis familiaux. Pour dire les choses carrément, je ne veux pas que cette enfant se perde dans la nature, et je dis à Lily :

— Tâche de l'avoir à l'œil, veux-tu ?

Lily était très pâle.

— Oh, dit-elle, je veux bien l'aider. Je ne demande que ça. Mais il faut que je gagne sa confiance.

La laissant s'occuper de cela, je descendis par l'escalier de la cuisine jusqu'à mon studio, je pris le violon tout étincelant de poussière de colophane, et je me mis à faire les exercices de Sevcik sous l'éclairage fluorescent du pupitre à musique. J'étais là penché dans ma robe de chambre, fronçant les sourcils comme je pouvais sur les hurlements et les grincements de ces terribles exercices. Oh, toi, mon Dieu, juge de la vie et de la mort ! J'avais le bout des doigts blessé, écorché notamment par la corde d'acier du mi, j'avais mal à l'épaule et je ressentais une douleur cuisante comme une piqûre d'abeille à la mâchoire. Mais la voix en moi continuait à répéter : *je veux, je veux !*

Mais il y eut bientôt une autre voix dans la maison. Peut-être la musique chassa-t-elle Ricey. Lily et Spohr, le peintre, travaillaient dur afin que le portrait fût terminé pour mon anniversaire. Elle était donc partie et Ricey s'en alla toute seule à Danbury, pour rendre visite à une camarade d'école, mais elle ne put trouver la maison de cette fille. En errant dans les petites rues de Danbury, elle passa devant une voiture arrêtée et entendit les cris d'un nouveau-né sur la banquette arrière de cette vieille Buick. Le bébé était dans un carton à chaussures. Il faisait terriblement froid ; elle ramena donc l'enfant trouvé avec elle et le dissimula dans la penderie de sa chambre. Le 21 décembre, au déjeuner, j'étais en train de dire : « Mes enfants, c'est le solstice d'hiver », lorsque les cris de l'enfant, passant par les canalisations de chauffage, sortirent de la bouche de chaleur sous le buffet. J'enfonçai sur ma tête l'épaisse calotte de laine de ma casquette de chasse que justement je portais au déjeuner et, pour masquer ma surprise, je me mis à parler d'autre chose. Car Lily se tournait vers moi en riant d'un air significatif, sa lèvre supérieure retroussée sur ses dents, et son teint pâle soudain animé. Regardant Ricey, je vis qu'un bonheur silencieux se lisait dans ses yeux. A quinze ans, cette fille est assez belle, encore que généralement dans un style un peu instable. Mais elle n'était pas instable maintenant ; elle ne pensait qu'au bébé. Comme je ne savais pas de qui il s'agissait, ni comment il s'était introduit dans la maison, j'étais stupéfait, déconcerté, et je dis aux jumeaux :

— Alors, il y a un petit chat là-haut, hein ?

Mais ils ne furent pas dupes. Essayez donc de leur raconter des histoires ! Ricey et Lily avaient des biberons à bouillir sur le fourneau de la cuisine. Je remarquai cette marmite pleine de biberons en remontant du sous-sol où j'étais allé travailler mon violon, mais je ne fis aucun commentaire. Tout l'après-midi, par les canalisations d'air chaud, j'entendis le bébé pleurer, et j'allai me promener, mais je ne pus supporter le triste spectacle qu'offraient en décembre les ruines de mon domaine gelé et de mon ancien royaume porcin. Il restait quelques bêtes de concours que je n'avais pas vendues. Je n'étais pas encore disposé à me séparer d'elles.

J'avais décidé de jouer *Le premier Noël* pour le soir du réveillon, et je répétais donc ce morceau quand Lily descendit me parler.

— Je ne veux rien entendre, dis-je.

— Mais, Gene, dit Lily.

— C'est toi qui t'en occupes, criai-je, c'est toi qui t'en occupes, et ça ne me regarde pas.

— Gene, quand tu souffres, tu souffres plus que personne que j'aie jamais vu. (Elle ne put s'empêcher de sourire, non pas de ma souffrance, bien sûr, mais de la façon dont je m'occupais à souffrir.) Personne ne te le demande. Surtout pas Dieu, dit-elle.

— Puisque tu es en mesure de parler pour Dieu, dis-je, que pense-t-Il du fait que tu quittes chaque jour cette maison pour aller faire faire ton portrait ?

— Oh, je ne crois pas que tu aies besoin d'avoir honte de moi, dit Lily.

L'enfant était en haut, il ne respirait que pour crier, mais il ne faisait plus l'objet des conversations. Lily s'imaginait que je nourrissais des préjugés à l'encontre de ses origines, qui sont allemandes mâtinées d'irlandaises. Mais, bon sang, je n'avais pas de pareils préjugés. C'était autre chose qui m'ennuyait.

Personne n'a plus vraiment de situation dans la vie. Il y a surtout des gens qui ont l'impression d'occuper la place qui de droit appartient à un autre. Il y a partout des personnes déplacées.

« Pour qui devrais-je attendre le jour de Sa venue (la venue du légitime) ? »

« Et qui sera debout quand Il (le légitime) apparaîtra ? »

Quand le légitime apparaîtra, nous serons tous debout en file indienne, ravis au fond, grandement soulagés et nous dirons : « Bon retour, Bud. C'est à toi tout ça. Les granges et les bâtiments sont à toi. La beauté de l'automne est à toi. Prends tout ça, prends-le, prends-le ! »

Peut-être Lily luttait-elle dans cet esprit et le portrait devait-il être la preuve qu'elle et moi étions bien les occupants légitimes ici. Mais il y a déjà un portrait de moi parmi les autres. Ils ont des cols durs et des favoris, alors que je suis au bout d'une rangée en uniforme de garde national, baïonnette au canon. Et à quoi ce portrait m'a-t-il jamais avancé ? Alors, je ne pouvais pas prendre au sérieux la solution que Lily proposait à notre problème.

Il faut que je vous dise une chose : j'aimais mon frère aîné, Dick. C'était le plus sain d'entre nous, il s'était magnifiquement conduit durant la première guerre, un vrai lion. Mais à un moment, il me ressembla, à moi, son petit frère, et ce fut sa fin. Il était en vacances, assis au comptoir d'un bistrot grec, l'*Acropolis Bar*, près de Plattsburg, dans l'Etat de New York, en train de prendre une tasse de café avec un copain et d'écrire une carte postale chez lui. Mais l'encre venait mal dans son stylo, Dick se mit à jurer et dit à son ami :

— Tiens. Prends ce stylo.

Le copain obéit, Dick prit son pistolet et d'une balle lui arracha le stylo de la main. Personne ne fut blessé, mais cela fit un vacarme terrible. Puis on s'aperçut que la balle qui avait fait voler le stylo en éclats avait également fait un trou dans le percolateur qui l'avait transformé en fontaine, d'où un jet de vapeur brûlante jaillissait à travers la salle jusqu'à la fenêtre d'en face. Le Grec téléphona à la police et, au cours de la poursuite, la voiture de Dick tomba au bord de la rivière. Son copain et lui essayèrent alors de nager, et le copain eut la présence d'esprit de se débarrasser de ses vêtements, mais Dick avait des bottes de cavalerie qui s'emplirent d'eau et le firent se noyer. Mon père resta donc seul au monde avec moi, ma sœur étant morte en 1901. Je travaillais cet été-là pour Wilbur, un ami du quartier, je découpais de vieilles voitures.

Mais maintenant, c'est la semaine de Noël. Lily est debout sur l'escalier de la cave. Paris, Chartres, Vézelay et la 57e Rue sont loin derrière nous. Je tiens le violon entre mes mains, et le fameux tapis de Danbury est sous mes pieds. Je suis drapé dans la robe de chambre rouge. Et ma casquette de chasse ? J'ai parfois l'impression que c'est elle qui me maintient la tête en un seul morceau. Le vent gris de décembre balaie l'avancée du toit et joue du basson sur les tuyaux desserrés des gouttières. Malgré ce vacarme, j'entends le bébé pleurer. Et Lily dit :

— Tu ne l'entends pas ?

— Je n'entends rien, tu sais que je suis un peu sourd, dis-je, ce qui est vrai.

— Alors, comment peux-tu entendre le violon ?

— Eh bien, je suis tout à côté, je devrais pouvoir l'entendre, dis-je. Arrête-moi si je me trompe, mais je crois me souvenir que tu m'as dit un jour que tu n'avais que moi comme ami au monde.

— Mais..., fit Lily.

— Je ne te comprends pas, dis-je, va-t'en.

Vers deux heures, nous eûmes quelques visiteurs et ils entendirent les cris qui venaient de l'étage, mais ils étaient trop bien élevés pour y faire allusion. J'avais compté là-dessus. Cependant, pour dissiper la tension, je proposai :

— Personne n'a envie de visiter ma salle de tir, en bas ?

Il n'y eut pas d'amateurs et je descendis tout seul vider quelques chargeurs. Les balles faisaient un épouvantable fracas qui se répercutait par les conduits d'air chaud. Je ne tardai pas à entendre les visiteurs prendre congé.

Plus tard, une fois le bébé endormi, Lily persuada Ricey d'aller patiner sur l'étang. J'avais acheté des patins pour tout le monde, et Ricey est encore assez jeune pour se laisser séduire ainsi. Quand ils furent partis, Lily m'ayant donné cette occasion, je plantai là mon violon et montai en catimini jusqu'à la chambre de Ricey. J'ouvris sans bruit la porte de la penderie et j'aperçus le bébé qui dormait sur les chemises et les bas dans la valise de Ricey, car elle n'avait pas terminé de défaire ses bagages. C'était un enfant noir, et cela m'impressionna vivement. Les petits poings étaient remontés de chaque côté de la large tête. Il était enveloppé dans une grosse couche faite d'une serviette de bain. Je me penchai sur lui, dans ma robe de chambre rouge, mes bottes aux pieds, le visage congestionné si bien que la tête me démangeait sous ma casquette de laine. Devais-je refermer la valise et remettre l'enfant aux autorités ? En examinant le petit bébé, cet enfant du malheur, je me sentais comme le Pharaon devant le jeune Moïse. Puis je tournai les talons et j'allai faire un tour dans les bois. Les patins cliquetaient sur la glace de l'étang. Le soleil se couchait tôt, et je me dis : « Ma foi, Dieu vous bénisse, mes enfants ! »

Ce soir-là, au lit, je dis à Lily :

— Eh bien, maintenant, je suis disposé à discuter de cette affaire.

— Oh, Gene, dit Lily, comme je suis heureuse. (Elle paraissait très contente de moi.) C'est une bonne chose que tu sois plus capable d'accepter la réalité.

— Quoi ? fis-je. J'en sais plus sur la réalité que tu n'en sauras jamais. Je suis en rudement bons termes avec la réalité, ne l'oublie pas.

Au bout d'un moment, je me mis à crier, et Ricey, m'entendant me démener et me voyant peut-être par la porte, menaçant et brandissant mon poing, debout sur le lit en caleçon, eut sans doute peur pour son bébé. Le 27 décembre, elle s'enfuit avec l'enfant. Je ne voulais pas mêler la police à cette histoire, et je téléphonai à Bonzini, un détective privé qui s'est chargé de quelques missions pour moi, mais avant qu'il ait pu se charger de l'affaire, la directrice du pensionnat de Ricey téléphona pour annoncer que ma fille était arrivée et cachait le bébé dans le dortoir.

— Tu vas aller là-bas, dis-je à Lily.

— Gene, mais comment pourrai-je ?

— Comment veux-tu que je le sache ?

— Je ne peux pas laisser les jumeaux, dit-elle.

— Je pense que cela va te gêner pour ton portrait,

hein ? Eh bien, figure-toi que je suis prêt à mettre le feu à la maison pour brûler tous les tableaux qui y sont.

— Ce n'est pas du tout cela, répliqua Lily, marmonnant et toute pâle. Je me suis habituée à ce que tu ne me comprennes pas. Autrefois, j'avais envie d'être comprise, mais j'imagine qu'on doit essayer de vivre sans être compris. C'est peut-être un péché que de vouloir être compris.

Ce fut donc moi qui y allai, et la directrice me dit que Ricey allait devoir quitter le pensionnat, puisqu'elle était déjà en sursis depuis quelque temps.

— Il nous faut tenir compte du bien-être psychologique des autres élèves, dit-elle.

— Qu'est-ce qui vous prend ? Ces gosses peuvent apprendre de ma petite Ricey de nobles sentiments, répondis-je, et ça vaut mieux que la psychologie. (J'étais passablement ivre ce jour-là.) Ricey a une nature impulsive. C'est une de ces filles tout d'une pièce, repris-je. Ce n'est pas parce qu'elle ne parle pas beaucoup...

— D'où vient l'enfant ?

— Elle a raconté à ma femme qu'elle l'avait trouvé à Danbury dans une voiture en stationnement.

— Ce n'est pas ce qu'elle dit. Elle prétend que c'est elle la mère.

— Ma foi, dis-je, vous m'étonnez. Vous devriez savoir à quoi vous en tenir là-dessus. L'année dernière elle n'avait pas encore de poitrine. Cette fille est vierge. Elle est cinquante millions de fois plus pure que vous ou moi.

Je dus quand même retirer ma fille de l'école.

— Ricey, lui dis-je, il faut que nous rendions ce petit garçon. Le temps n'est pas encore venu pour toi d'avoir un petit enfant. Sa maman veut qu'il revienne. Elle a changé d'avis, ma chérie.

Il me semble aujourd'hui que je commis un crime contre ma fille en la séparant de ce bébé. Après qu'il eut été remis aux autorités de Danbury, Ricey parut toute désorientée.

— Tu sais que tu n'es pas la maman du bébé, n'est-ce pas ? dis-je.

Mais elle ne desserra pas les dents et ne me répondit pas.

Comme nous roulions vers Providence, dans l'Etat de Rhode Island, où Ricey devait séjourner chez sa tante, la sœur de Frances, je dis :

— Tu sais, ma chérie, ton papa a fait ce que n'importe quel autre papa ferait.

Toujours pas de réponse et c'était inutile d'insister car le bonheur silencieux du 21 décembre avait disparu de son regard.

Rentrant donc de Providence sans elle, je grognais tout seul dans le train, et dans le wagon-salon je pris un jeu de cartes et me mis à faire des réussites. Un certain nombre de gens attendaient pour s'asseoir, mais je gardais la table pour moi, et j'étais ivre, mais aucun homme dans son bon sens n'aurait osé me faire une observation. Je parlais tout haut, je grognais, les cartes ne cessaient de tomber par terre. A Danbury, le chef de train et un autre employé durent m'aider à descendre, et je m'allongeai sur un banc de la gare en jurant :

— Il y a un sort sur ce pays. Il y a quelque chose qui ne va pas. Quelque chose qui cloche. Il y a une malédiction sur ce pays !

Je connaissais depuis longtemps le chef de gare ; c'est un brave vieux type, et il empêcha les flics de m'embarquer. Il téléphona à Lily de venir me chercher et elle arriva dans le break.

Quant au vrai jour de larmes et de folie, voici à peu près comment cela se passa : c'est un matin d'hiver, et je me querelle avec ma femme à la table du petit déjeuner à propos de nos métayers. Elle a fait reconstruire un des bâtiments de la propriété, un des rares que je n'avais pas pris pour les porcs parce qu'il était vieux et à l'écart. Je lui dis qu'elle pouvait y aller, mais ensuite je ne voulus pas lâcher l'argent, et au lieu de bois, on mit des parois de carton bouilli, et l'on réalisa toute sorte d'économies de ce genre. Elle fit tout refaire, avec un cabinet neuf, et elle fit tout repeindre, à l'intérieur et à l'extérieur. Seulement les murs n'étaient pas isolés. Novembre vint, et les locataires commencèrent à sentir le froid. Que voulez-vous, c'étaient des rats de bibliothèque ; ils ne bougeaient pas assez pour se réchauffer. Après s'être plaints plusieurs fois, ils annoncèrent à Lily leur intention de partir.

— Bon, qu'ils s'en aillent, dis-je.

Naturellement, je refusai de leur rendre le dépôt de garantie, et je leur dis de s'en aller.

Le bâtiment aménagé de neuf était donc vide, l'argent servit à faire quelques travaux de maçonnerie et de plomberie, et tout le reste fut perdu. Les locataires avaient également laissé un chat. Et j'étais furieux, et je tempêtai à la table du petit déjeuner, en frappant du poing jusqu'au moment où la cafetière se renversa.

Là-dessus, Lily, terrifiée, se tut et écouta, et j'écoutai avec elle.

— As-tu vu Miss Lenox, dit-elle, depuis un quart d'heure ? Elle devait apporter les œufs.

Miss Lenox était la vieille femme qui habitait de

58

l'autre côté de la route et qui venait nous préparer notre petit déjeuner. C'était une drôle de petite vieille un peu timbrée, elle se coiffait d'un béret, et elle avait les joues rouges et bouffies. Elle trottinait dans tous les coins comme une souris et rapportait chez elle des bouteilles et des cartons vides et autres camelotes.

J'allai dans la cuisine et j'aperçus cette vieille femme allongée morte sur le sol. Pendant ma crise de rage, elle avait eu un arrêt du cœur. Les œufs bouillaient toujours ; ils heurtaient les parois du pot comme le font les œufs quand l'eau bout à gros bouillons. J'éteignis le gaz. Morte ! Son petit visage édenté, quand j'en approchai mes mains, refroidissait déjà. L'âme, comme un courant d'air, comme une bulle, avait été aspirée par la fenêtre. Je la considérai. C'est donc ça, la fin... Adieu ? Et pendant tout ce temps, tous ces jours et toutes ces semaines, le jardin hivernal m'avait parlé de cela et de rien d'autre ; et jusqu'à ce matin je n'avais pas compris ce que ce gris, ce blanc et ce brun, ce que l'écorce, la neige, les brindilles me disaient. Je ne dis rien à Lily. Ne sachant pas quoi faire d'autre, j'écrivis sur un bout de papier *NE PAS TOUCHER* et je l'épinglai à la jupe de la vieille, puis je traversai le jardin gelé par l'hiver et la route jusqu'à sa petite maison.

Dans sa cour, elle avait un vieux catalpa dont le tronc et les basses branches étaient peints en bleu clair. Elle avait fixé là de petits miroirs ainsi que de vieilles lanternes de bicyclettes qui brillaient dans l'ombre, et en été elle aimait monter là-haut et s'asseoir avec ses chats pour boire une boîte de bière. Et justement un de ces chats me regardait du haut de l'arbre, et en passant dessous je refusai tout reproche que le regard de l'animal aurait pu essayer de faire retomber sur moi. Que pouvait-on me reprocher... d'avoir une voix forte et une colère trop violente ?

Dans la maison, il me fallut pour passer d'une pièce à l'autre enjamber les cartons, les voitures d'enfants et les caisses qu'elle avait amassés. Les voitures d'enfants dataient du siècle dernier, si bien que la mienne était peut-être là aussi, car elle ramassait les détritus dans toute la région. Des bouteilles, des lampes, de vieux beurriers et des lustres jonchaient le sol, des sacs à provisions bourrés de ficelles et de chiffons et de ces ciseaux à froid que les laiteries distribuaient pour arracher le couvercle de carton des bouteilles de lait. Des paniers emplis de boutons et de poignées de portes en porcelaine. Et, au mur, des calendriers, des fanions et de vieilles photographies.

Et je pensais : « Oh, quelle honte, quelle honte. Oh, quelle horrible honte ! Comment pouvons-nous ? Pourquoi nous permettons-nous cela ? Que faisons-nous ? La dernière petite pièce de terre battue attend. Sans fenêtre. Alors, au nom du ciel, fais quelque chose, Henderson, fais un effort. Toi aussi, tu mourras de cette pestilence. La mort t'anéantira et rien ne restera, rien ne restera que des débris. Car rien n'aura jamais été, alors rien ne demeurera. Alors qu'il y a encore quelque chose... *maintenant* ! Bon sang, sors de là.

Lily pleurait sur la pauvre vieille.

— Pourquoi as-tu laissé ce mot ? dit-elle.

— Pour que personne ne la touche avant l'arrivée du coroner, dis-je. C'est ça, la loi. C'est à peine si je l'ai touchée moi-même.

J'offris alors à Lily un verre qu'elle refusa, j'emplis la timbale de bourbon et la vidai d'un trait. Cela n'eut pour effet que de me donner des brûlures d'estomac. Le whisky ne pouvait masquer la terrible vérité. La vieille femme était tombée sous l'effet de ma violence, comme les gens s'effondrent durant les vagues de chaleur ou en montant les escaliers du métro. Lily s'en rendait compte et elle se mit à marmonner à ce propos. Elle était très songeuse et elle ne tarda pas à se taire, la pure blancheur de son teint commença à s'assombrir vers les yeux.

L'entrepreneur de pompes funèbres de notre ville a acheté la maison où je prenais des leçons de danse. Il y a quarante ans, j'allais là-bas en chaussures vernies. Quand le corbillard recula dans l'allée, je dis :

— Tu sais, Lily, ce voyage que Charlie Albert va faire en Afrique ? Il va partir dans une quinzaine de jours et je crois que je vais y aller avec lui et sa femme. Mettons la Buick au garage. Tu n'auras pas besoin de deux voitures.

Pour une fois, elle ne fit aucune objection à une de mes idées.

— Tu devrais peut-être y aller, dit-elle.

— Il faut que je fasse quelque chose.

Ainsi, Miss Lenox alla au cimetière, et moi j'allai à Idlewild prendre un avion.

5

J'avais, autant que je me souvienne, à peine fait deux pas dans le monde qu'arriva, dans ma vie de petit garçon, Charlie, quelqu'un qui me ressemblait par bien des côtés. En 1915, nous allions au cours de danse ensemble (dans la maison d'où l'on emporta Miss Lenox pour l'enterrer) et ce sont là des choses qui vous lient. Pour l'âge, il n'est que d'un an mon cadet et, pour la richesse, il l'emporte un peu sur moi car lorsque sa mère mourra il aura une fortune de plus. Ce fut donc avec Charlie que je partis pour l'Afrique, espérant trouver un remède à mon problème. C'était probablement une erreur de partir avec lui, mais je n'aurais pas su m'en aller en Afrique tout seul. Il faut avoir quelque chose de bien défini à y faire. Le prétexte, en l'occurrence, c'était que Charlie et sa femme allaient filmer les Africains et les animaux, car pendant la guerre, Charlie — qui n'avait pas été plus capable de rester chez lui que moi — avait été cameraman dans l'armée de Patton, il avait donc appris le métier. Moi, la photographie ne fait pas partie des choses qui m'intéressent.

Toujours est-il que l'année dernière je demandai à Charlie de venir photographier mes cochons. Cette occasion de montrer quel bon photographe il était lui plut, et il me tira des portraits superbes. Tandis que nous revenions de la porcherie, il me dit qu'il était fiancé. « Charlie, lui dis-je, tu connais bien les putains, mais qu'est-ce que tu sais des femmes, hein ?

— Oh, dit-il, c'est vrai que je ne suis pas très fort sur ce sujet, mais ce que je sais, c'est que ma fiancée est unique.

— Oui, ce refrain-là, je le connais, dis-je. Lily me l'avait assez souvent chanté, mais maintenant elle n'était même plus jamais à la maison.

Néanmoins, nous descendîmes dans mon studio pour boire un verre à l'occasion des fiançailles de Charlie, et il me demanda d'être son garçon d'honneur. Il n'a presque pas d'amis. Nous bûmes ; nous plaisantâmes et nous évoquâmes des souvenirs de cours de danse, et nous nous fîmes respectivement monter des larmes de nostalgie aux yeux. Et ce fut quand nous nous retrouvâmes tous les deux bien ramollis par tout cela que Charlie me demanda de venir moi aussi en Afrique, où sa femme et lui projetaient d'aller en voyage de noces.

J'assistai au mariage et je soutins Charlie. Mais j'oubliai d'embrasser la mariée après la cérémonie, ce qui la refroidit quelque peu à mon égard au point que, finalement, elle devint mon ennemie. L'expédition qu'organisa Charlie avait un équipement tout neuf et était moderne à tous les points de vue. Nous avions un générateur électrique, une douche, et de l'eau chaude ce qui, depuis le début, souleva des critiques de ma part. « Charlie, disais-je, ce n'est pas comme ça que nous avons fait la guerre. Nous sommes de vieux soldats, que diable ! Qu'est-ce que c'est que ça ? » Cela me choquait de voyager à travers l'Afrique dans ce style.

Mais j'étais venu sur ce continent pour y rester. En achetant mon billet à New York, je m'étais livré une lutte silencieuse au bureau de la ligne aérienne (près de Battery Park) pour savoir si je devais prendre un aller et retour ou pas. Pour me prouver le sérieux de mes intentions, je décidai de ne prendre qu'un aller simple. Nous prîmes donc l'avion à Idlewild jusqu'au Caire. J'allai en car voir le Sphinx et les Pyramides, puis nous reprîmes l'avion pour l'intérieur. L'Afrique me toucha profondément tout de suite, même vue d'en haut, d'où elle apparaissait comme le lit antique de l'humanité. A cinq mille mètres en l'air, assis au-dessus des nuages, je me faisais l'effet d'une graine volante. Dans les craquelures de la terre, les fleuves se frayaient un chemin sous le soleil. On les voyait briller, comme des coulées de fonderie, puis une croûte les recouvrait. Quant au royaume végétal, il existait à peine d'en haut ; j'avais l'impression qu'il n'avait pas plus d'un pouce de hauteur. Et je rêvais en contemplant les nuages en bas, me disant que quand j'étais gosse j'avais rêvé en contemplant les nuages en l'air, et que d'avoir rêvé en contemplant les nuages des deux côtés comme aucune autre génération d'hommes ne l'avait encore fait, devait vous permettre d'accepter l'idée de la mort très facilement. Nous atterrîmes cependant sans encombre chaque fois. Enfin, puisque j'étais venu ici à la suite des circonstances précédemment décrites, il était normal que je salue les lieux avec une certaine émotion. Oui, j'en avais amené pas mal sur moi et je me disais sans cesse : « Quelle vie généreuse ! Oh, comme la vie est généreuse. » Je pensais qu'ici j'avais peut-être une chance. D'abord, la chaleur était juste ce qu'il me fallait, il faisait beaucoup plus chaud que dans le golfe du Mexique, et les couleurs elles-mêmes me firent beaucoup de bien. Je ne sentais pas la pression dans ma poitrine, et je n'entendais pas la voix. A ce moment-là, elle était silencieuse. Charlie, sa femme et moi, nous installâmes notre camp avec des indigènes, des camions et tout l'équipement, auprès d'un lac. L'eau était très calme, avec des roseaux et des racines pourris dedans, et il y avait des crabes dans le sable. Les crocodiles se promenaient au milieu des nénuphars, et quand ils ouvraient leur gueule, je me rendais compte que ces créatures humides pouvaient être très chaudes à l'intérieur. Les oiseaux leur entraient dans la mâchoire et leur nettoyaient les dents. Mais les gens, eux, qui habitaient la région, étaient très tristes, pas agités du tout. Sur les arbres poussaient des espèces de fleurs en forme de plumes et les tiges de papyrus me firent bientôt penser à des plumets de corbillard, et au bout de trois semaines passées à collaborer avec Charlie, à l'aider à transporter son équipement et à essayer de m'intéresser à ses problèmes photographiques, mon insatisfaction revint et, un après-midi, j'entendis de nouveau la voix bien connue qui me disait : « *Je veux, je veux, je veux !* »

Je dis à Charlie : « Ne te fâche pas surtout, mais je crois que ça ne marche pas, nous trois ensemble en Afrique. »

Impassible, il me regarda à travers ses lunettes de soleil. Nous étions au bord de l'eau. Etait-ce là le gosse que j'avais connu au cours de danse ? Comme le temps nous avait changés tous les deux. Mais, comme jadis, nous étions maintenant en culottes courtes. Lui, il s'était beaucoup développé en largeur. Et, comme jadis j'étais de beaucoup le plus grand, il levait les

65

yeux pour me regarder, mais il était furieux, pas intimidé. Il avait des petits bourrelets autour de la bouche parce qu'il réfléchissait ; il dit enfin : « Ah ? Pourquoi ? »

— C'est que, Charlie, dis-je, j'ai saisi cette occasion pour venir ici, et je t'en suis très reconnaissant parce que j'ai toujours eu une sorte de faible pour l'Afrique, mais je me rends compte maintenant que je ne suis pas venu pour la photographier. Vends-moi une des jeeps et je m'en irai.

— Où veux-tu aller ?

— Tout ce que je sais, c'est qu'ici ce n'est pas un endroit pour moi, dis-je.

— File, si tu veux. Je ne te retiendrai pas, Gene.

Tout ça, c'était parce que j'avais oublié d'embrasser sa femme après la cérémonie et qu'elle ne pouvait pas me le pardonner. Qu'est-ce qu'elle ferait d'un baiser de moi maintenant ? Il y a des gens qui ne savent pas apprécier leur bonheur. Je ne peux pas dire pourquoi je ne l'avais pas embrassée ; je pensais à autre chose, j'imagine. Mais je crois qu'elle en avait conclu que j'étais jaloux de Charlie et, de toute façon, je gâchais sa lune de miel africaine.

— Alors, pas de rancune, hein, Charlie ? Mais ça ne me réussit pas de voyager de cette façon.

— Bon. Je n'essaie pas de te retenir. Pars.

Et c'est ce que je fis. J'organisai une expédition séparée qui convenait mieux à mon tempérament de soldat. J'engageai deux des indigènes de Charlie et, à peine étions-nous partis dans la jeep, que je me sentis mieux. Au bout de quelques jours, désireux de simplifier encore plus, je congédiai l'un des Africains et j'eus une longue conversation avec celui qui restait et qui s'appelait Romilayu. Nous conclûmes un accord. Il me dit que si je voulais voir des endroits qui étaient hors des sentiers battus, il était prêt à m'y conduire.

— C'est ça, dis-je. Tu m'as compris. Je ne suis pas venu ici pour me disputer avec une fille sur une histoire de baiser.

— Moi vous emmener loin, loin, dit-il.

— Oh, Dieu! Le plus loin sera le mieux. Allons-y, partons, dis-je. J'avais trouvé l'homme que je cherchais. Nous nous débarrassâmes encore d'un certain nombre de bagages et, sachant combien Romilayu était attaché à la jeep, je lui dis que je la lui donnerais s'il m'emmenait assez loin. Il me dit que l'endroit où il pensait me conduire était si écarté que nous ne pourrions l'atteindre qu'à pied. « Ah oui ? dis-je. Alors, marchons. Nous allons mettre la jeep sur cale et, quand nous reviendrons, elle sera à toi. » Cela lui plut beaucoup et, quand nous arrivâmes dans une ville nommée Talusi, nous laissâmes la voiture dans une hutte d'herbe. De là, nous prîmes l'avion pour nous rendre à Baventai ; c'était un vieux Bellanca dont les ailes avaient l'air sur le point de tomber et aux commandes se trouvait un Arabe qui pilotait pieds nus. Ce fut un vol exceptionnel qui se termina sur un champ d'argile dure par-delà la montagne. De grands bouviers noirs vinrent vers nous avec leurs cheveux huileux et leurs lèvres sombres. Je n'avais jamais vu d'hommes d'aspect aussi sauvage et je dis à Romilayu, mon guide : « Ce n'est pas ici que tu m'avais promis de m'amener, n'est-ce pas ?

— Oh, non, missieur, dit-il.

Nous avions encore une semaine de route à faire, à pied, à pied.

Géographiquement parlant, je n'avais pas la moindre idée de l'endroit où nous étions et cela m'était assez indifférent. Ce n'était pas à moi de le demander, puisque mon but, en venant ici, était de laisser certaines choses derrière moi. D'ailleurs, j'avais grande confiance en ce vieux Romilayu. Pendant des jours et des jours, donc, il me mena à travers des villages, sur des pistes de montagne et dans des déserts, loin, très loin. Il n'aurait pas pu me dire grand-chose de notre destination, de toute façon, dans son anglais limité. Il me dit seulement que nous allions voir une tribu appelée les Arnewi.

— Tu connais ces gens ? lui demandai-je.

Il y avait longtemps de cela, quand il n'était pas encore tout à fait adulte, Romilayu avait été chez les Arnewi avec son père ou son oncle... il me dit bien avec qui plusieurs fois, mais je ne le compris jamais.

— Bref, tu veux retrouver le décor de ta jeunesse, dis-je. Je vois.

Je me plaisais beaucoup dans le désert au milieu des pierres, et je ne cessais de me féliciter d'avoir quitté Charlie et sa femme et d'avoir bien choisi mon indigène. Avoir trouvé un homme comme Romilayu, qui sentait ce que je cherchais, était une grande chance. Il me dit qu'il n'avait pas quarante ans, mais des rides précoces lui donnaient l'air plus âgé. Sa peau ne collait pas bien à sa chair. Cela arrive à nombre de Noirs de certaines races et ils disent que cela vient de la répartition de la graisse dans leur corps. Il avait une tignasse de cheveux poussiéreux qu'il tentait parfois, mais en vain, d'aplatir. Ils étaient imbrossables et lui sortaient des deux côtés du crâne comme les branches d'un pin nain. Ses joues étaient tailladées selon la coutume de sa tribu et ses oreilles avaient été mutilées et elles faisaient des pointes qui lui entraient dans les cheveux. Son nez était fin et abyssin, pas plat. Ses balafres et ses mutilations montraient qu'il était né païen, mais il avait dû être converti, car maintenant il disait ses prières tous les soirs. A genoux, ses mains violettes jointes sous son menton fuyant, les lèvres en avant et les muscles courts et puissants roulant sous la peau de ses bras, il priait. Il tirait de sa poitrine des sonorités profondes, des confidences plaintives de son âme. Cela se passait quand nous nous arrêtions pour monter notre camp, au crépuscule, à l'heure où les hirondelles plongeaient puis remontaient dans le ciel. Et moi, je m'asseyais par terre et j'encourageais Romilayu ; je lui disais : « Vas-y. Dis-leur. Et ajoute un mot pour moi. »

Je parvins vraiment loin de tout, et nous arrivâmes dans une région qui était comme un plancher entouré de montagnes. Il y faisait chaud, clair et sec et, au bout de plusieurs jours, nous ne vîmes plus de traces de pas humains. Il n'y avait pas beaucoup de plantes non plus ; il n'y avait pas grand-chose en fait ; tout était simplifié et splendide, et j'avais l'impression de pénétrer dans le passé... le passé réel, pas l'histoire ou des bêtises de ce genre. Le passé préhumain. Et je pensais qu'il y avait quelque chose entre les pierres et moi. Les montagnes étaient nues, elles avaient souvent des formes de serpents, sans arbres, et l'on pouvait voir les nuages naître sur les pentes. Du roc montait de la vapeur, mais ce n'était pas une vapeur ordinaire, elle faisait une ombre brillante. Quoi qu'il en fût, j'étais dans une forme splendide, pendant ces premiers longs jours, malgré la chaleur. La nuit, après que Romilayu eut prié, nous nous allongions par terre, et le visage de l'air nous rendait notre respiration, souffle pour souffle. Puis il y avait les étoiles calmes, qui tournaient et chantaient, et les oiseaux de nuit, aux corps lourds, qui passaient en agitant l'air de leurs ailes. Je n'aurais rien pu demander de mieux. Quand je collais mon oreille contre le sol, il me semblait entendre des sabots de chevaux. Il me semblait être couché sur une peau de tambour. C'étaient peut-être des ânes sauvages, ou des zèbres se déplaçant par troupeaux. C'était ainsi que voyageait Romilayu, et je perdais la notion des jours. Tout comme, probablement, le monde perdait avec plaisir ma piste, pour un temps.

La saison des pluies avait été très courte ; tous les torrents étaient à sec et les buissons s'enflammaient quand on en approchait une allumette. Le soir, je faisais le feu avec mon briquet, qui était de ceux dont on se sert communément en Autriche, avec une longue mèche. A la douzaine, ils reviennent à quatorze cents pièce : on ne peut guère trouver moins cher. Bref, nous étions sur un plateau que Romilayu appelait le Hinchagara : c'est un territoire dont on n'a jamais bien tracé la carte. Tandis que nous avancions sur ce plateau brûlant et (me semblait-il) un peu concave, une sorte de brume de chaleur de couleur olivâtre, comme une fumée, se forma sous les arbres, lesquels étaient bas et fragiles, comme des aloès ou des genévriers (mais je ne suis pas botaniste) et Romilayu, qui arrivait derrière moi à travers l'étrangeté de son ombre, me faisait penser à une longue pelle de boulanger qui entre dans le four. Il y avait certes assez de chaleur pour faire une fournée.

Finalement, un matin, nous nous trouvâmes dans le lit d'un fleuve de bonne taille, l'Arnewi, et nous en descendîmes le cours, car il était à sec. La boue était devenue de l'argile, et les grosses pierres étaient comme des lingots d'or dans la poussière scintillante. Nous vîmes alors le village Arnewi et les toits circulai-

70

res qui se terminaient par une pointe. Je savais que ce n'était que du chaume et que ce devait être fragile, poreux, et léger ; ces toits avaient l'air de plume, mais lourds pourtant... des plumes lourdes. De la fumée montait dans le silence éclatant. En même temps, un scintillement immobile montait du chaume antique. « Romilayu, dis-je, l'arrêtant, qu'est-ce que tu en penses, quel tableau ! Où sommes-nous ? De quelle ère date cet endroit ? »

Surpris de ma question, il me dit : « Je ne sais pas, missieur.

— Cela me fait une drôle d'impression. Du diable si on ne dirait pas le site de la Création. Ce village doit être plus ancien que la cité d'Ur. » Je trouvais que même la poussière avait l'air ancienne et je dis : « J'ai l'intuition que cet endroit va être très bon pour moi. »

Les Arnewi élevaient du bétail. Nous fîmes peur à des animaux maigres qui étaient là sur les rives, et ils se mirent à bondir et à galoper, et bientôt nous nous trouvâmes au milieu d'une bande de gosses tout nus, garçons et filles, qui crièrent en nous voyant. Même les plus petits, avec leur gros ventre, plissèrent leur visage et hurlèrent avec les autres, par-dessus les beuglements des bêtes, et des oiseaux perchés dans les arbres s'envolèrent à travers les feuilles desséchées. Avant de les avoir vus, je crus que c'étaient des pierres qui tombaient sur nous et que nous étions attaqués. Sous cette impression fausse que nous étions lapidés, je me mis à rire et à jurer. Cela m'amusait qu'ils puissent me lancer des pierres et je dis : « Seigneur, est-ce comme ça qu'ils accueillent des étrangers ? » Mais je vis alors les oiseaux qui s'enfuyaient dans le ciel.

Romilayu m'expliqua que les Arnewi se préoccupaient beaucoup des conditions d'existence de leurs

bêtes, qu'ils considéraient un peu comme des parents,
et non comme des animaux domestiques. Ici, on ne
mangeait pas de bœuf. Et, au lieu qu'un enfant fût
chargé de sortir avec le troupeau, chaque vache avait
deux ou trois enfants pour compagnons ; quand les
animaux étaient nerveux, les enfants couraient derrière eux pour les calmer. Les adultes étaient même
liés de façon plus personnelle encore aux animaux, ce
qu'il me fallut un certain temps pour comprendre.
Mais, sur le moment, je me rappelle avoir regretté de
ne pas avoir apporté quelques cadeaux pour les
enfants. Quand je me battais en Italie, j'avais toujours
sur moi des tablettes de chocolat et des cacahuètes du
P.X. pour les bambini. Nous descendions le lit de la
rivière et nous approchions du mur de la ville, qui était
fait d'épines et de fumier et renforcé par de la boue,
lorsque nous vîmes une partie des enfants qui nous
attendaient, les autres étant allés répandre la nouvelle
de notre arrivée. « Est-ce qu'ils ne sont pas extraordinaires ? dis-je à Romilayu. Seigneur, regarde leurs
petits ventres, et ces boucles serrées. La plupart ont
encore leurs dents de lait. » Ils sautillaient en criant, et
je dis : « Je regrette vraiment de ne pas avoir de
cadeaux pour eux, mais je n'ai rien. Crois-tu que cela
leur ferait plaisir si je mettais le feu à un buisson avec
mon briquet ? » Et, sans attendre l'avis de Romilayu,
je sortis mon briquet autrichien à longue mèche,
tournai la roulette avec mon pouce ; immédiatement
un buisson s'enflamma, de façon presque invisible
dans la lumière du soleil. Cela ronfla ; cela se manifesta
avec éclat ; cela s'étendit rapidement puis s'éteignit
dans le sable. Je restai là, tenant le briquet avec la
mèche qui sortait de mon poing comme une mince
moustache blanche. Les gosses demeurèrent tous silen-

cieux, se contentant de me regarder, et moi je les regardais. Est-ce là ce qu'on appelle le sombre rêve de la réalité ? Puis, brusquement, tout le monde s'éparpilla de nouveau, et les vaches se remirent à galoper. Les braises du buisson étaient tombées près de mes bottes.

« Quel effet crois-tu que cela a produit ? demandai-je à Romilayu. J'ai voulu bien faire. » Mais, avant que nous eussions le loisir d'en discuter, nous vîmes venir à nous un groupe de gens nus. En tête, il y avait une jeune femme, pas beaucoup plus âgée, je crois, que ma fille Ricey. Dès qu'elle me vit, elle se mit à pleurer bruyamment.

Je n'aurais jamais pensé que cela pourrait me faire aussi mal. Ç'aurait été manquer de réalisme que de traverser le monde sans être prêt à subir des épreuves et des souffrances, mais la vue de cette jeune femme me toucha très durement. Bien sûr, les larmes de femmes m'affectent toujours profondément, et, il n'y avait pas si longtemps encore, quand Lily s'était mise à pleurer dans notre appartement, à l'hôtel, sur le Golfe, je lui avais fait la pire des menaces. Mais comme cette jeune femme était une étrangère, il était moins explicable que ses larmes m'eussent si terriblement ému. Ma première pensée fut : « Qu'est-ce que j'ai fait ? »

« Dois-je repartir en courant dans le désert, pensai-je, et y rester jusqu'à ce que le diable soit sorti de moi et que je sois en mesure de rencontrer un être humain sans le conduire au désespoir dès le premier coup d'œil ? Je n'ai pas encore eu assez de désert. Je vais jeter mon fusil, mon casque, mon briquet et tout ce barda et peut-être pourrai-je me débarrasser aussi de ma férocité et vivre là-bas de vers de terre. De sauterelles. Jusqu'à ce que tout le mal qui est en moi se soit consumé. Oh, le mal ! Oh, la noirceur, la noirceur ! Que puis-je y faire ? Que faire pour tous les torts causés ? Mon caractère ! Dieu, j'ai tout gâché, et les conséquences me poursuivent partout. Il suffit de jeter un regard sur moi pour tout deviner. »

J'avais commencé à me persuader, voyez-vous, que ces quelques jours d'insouciance passés à arpenter le plateau de Hinchagara avec Romilayu, avaient déjà opéré en moi de grandes transformations. Mais il semblait bien que je n'étais pas encore prêt à affronter la société. La société, c'est ce qui m'a. Seul, je peux être assez bien, mais qu'on me laisse aller au milieu des gens, et c'est la catastrophe. Face à cette jeune femme qui pleurait, j'étais sur le point de me mettre à sangloter moi aussi ; je pensais à Lily et aux enfants, à mon père et à son violon, à l'enfant trouvé et à toutes les misères de ma vie. Je sentais que mon nez enflait, qu'il devenait tout rouge.

Derrière la jeune femme, d'autres indigènes pleuraient aussi, doucement. Je demandai à Romilayu : « Mais enfin, qu'est-ce qui se passe ? »

— Lui honte », dit Romilayu, très grave, avec sa masse de cheveux dressés.

Donc cette fille robuste, à l'air virginal, pleurait — elle pleurait simplement — sans gestes ; ses bras pendaient mollement le long de son corps et tout ce qui la concernait (physiquement parlant) était exposé au monde entier. Les larmes tombaient de ses larges pommettes sur ses seins.

Je dis : « Qu'est-ce qu'elle a, cette gosse ? Que veux-tu dire, honte ? Tout ça ne va pas du tout, si tu veux mon avis, Romilayu. Nous sommes mal tombés, et tout ceci ne me plaît pas. Je propose de contourner cette ville et de retourner dans le désert. Je me sentais rudement mieux là-bas. »

Romilayu sentit apparemment que cette délégation pleurante me démontait, car il me dit : « Non, non, missieu. Pas votre faute.

— J'ai peut-être eu tort de mettre le feu au buisson ?

— Non, non, missieu. Pas vous l'avez fait pleurer. »

Sur quoi, je me frappai le front de la main et dis : « Bien sûr ! C'est *bien de moi*. » (Je voulais dire : « C'est *bien de moi* de tout de suite penser à moi. ») « Est-ce que la malheureuse a des ennuis ? Est-ce que je peux faire quelque chose pour elle ? Elle vient me demander secours. Je le sens. Peut-être qu'un lion a mangé sa famille ? Est-ce qu'il y a des cannibales par ici ? Demande-lui, Romilayu. Dis-lui que je suis venu pour l'aider et que s'il y a des tueurs dans la région, je les abattrai. » Je pris mon H et H Magnum avec ses viseurs spéciaux et je le montrai à la foule. Je me rendais compte, avec un immense soulagement, que ces larmes n'étaient pas provoquées par moi, que je pouvais faire quelque chose, que je n'avais pas besoin de rester là à regarder les pleurs se répandre. « Ecoutez tous ! Laissez-moi faire, dis-je. Regardez ! Regardez ! » Et je me mis à leur expliquer le maniement d'armes, en disant « Hut, hut, hut » comme font les instructeurs.

Mais tout le monde continua à pleurer. Seuls les tout petits, avec leurs visages de feux follets, avaient l'air ravi du spectacle que je leur offrais. Les autres n'en avaient pas fini de leurs lamentations et se couvraient le visage de leurs mains, tandis que leurs corps nus étaient secoués de sanglots.

« Romilayu, dis-je, je n'arrive à rien, et je vois bien que notre présence leur est pénible.

— Ils pleurent pour vache morte », dit-il. Et il expliqua la chose très clairement, qu'ils se désolaient parce que des bêtes étaient mortes dans la sécheresse, et qu'ils prenaient sur eux la responsabilité de cette sécheresse : les dieux étaient offensés, ou quelque chose comme ça ; il était question d'une malédiction. Quoi qu'il en soit, comme nous étions des étrangers, ils étaient obligés de venir tout nous avouer, et nous demander si nous connaissions la raison de leurs ennuis.

« Comment la connaîtrais-je... si ce n'est que c'est la sécheresse ? Une sécheresse est une sécheresse, dis-je, mais je suis de tout cœur avec eux, parce que je sais ce que c'est que de perdre un animal qu'on aime. » Et je commençai à dire, presque à crier : « C'est bon, c'est bon. C'est bon, mesdames... c'est bon..., vous autres, arrêtez. C'est assez, s'il vous plaît. J'ai compris. » Ces paroles eurent de l'effet sur eux, car je suppose qu'ils entendirent dans ma voix que je ressentais une certaine détresse, moi aussi, et je dis à Romilayu : « Demande-leur ce qu'ils veulent que je fasse. J'ai l'intention de faire quelque chose, sincèrement.

— Vous faire quoi, missieu ?

— Peu importe. Il doit y avoir quelque chose que moi seul peux faire. Je veux que tu leur poses des questions. »

Il leur parla donc, et les bêtes bossues, à la peau lisse, continuèrent à grogner de leurs douces voix de basse (les vaches africaines ne meuglent pas comme les nôtres). Mais les pleurs s'apaisèrent. Et je commençai à remarquer alors que la couleur de peau de ces gens était très originale, qu'elle était plus sombre autour des yeux tandis qu'ils avaient les paumes des mains de la couleur du granit fraîchement lavé. Vous savez, comme s'ils avaient joué à lutter avec la lumière et qu'elle eût un peu déteint sur eux. Toutes ces particularités étaient entièrement nouvelles pour moi. Romilayu était allé dans un coin parler avec quelqu'un et m'avait laissé au milieu des indigènes, dont les sanglots avaient presque cessé. En cet instant, j'étais profondément conscient de mes imperfections physiques. Ma figure est comme une sorte de gare ; comme Grand Central : avec mon gros nez, pareil aux naseaux d'un cheval, ma grande bouche qui s'ouvre sur ces naseaux, et mes yeux qui sont comme des tunnels. J'étais là à attendre, entouré de cette humanité noire debout dans la poussière aromatique, avec l'éclat immobile qui émanait du chaume des cases tout près.

Puis l'homme avec qui Romilayu s'entretenait vint vers moi et me parla en anglais, ce qui me stupéfia car je n'aurais jamais pensé que des gens qui parlaient l'anglais puissent manifester pareillement leurs émotions. Il faut dire que cet homme ne s'était pas laissé aller comme les autres. Sa taille seule me donnait à penser que c'était un personnage important, car il était de très forte stature et il avait près de cinq centimètres de plus que moi. Mais il n'était pas lourd comme moi, il était musclé ; il n'était pas non plus nu comme les autres mais portait un morceau de toile blanche noué sur ses cuisses plutôt que sur ses hanches ; autour du ventre, il avait une écharpe de soie verte et il avait en outre une blouse courte très lâche aux emmanchures, de façon à donner à sa lourde musculature le jeu dont elle avait besoin. Au début, il me parut avoir le regard assez dur, et je me dis qu'il cherchait peut-être la bagarre ; il me mesurait des yeux, comme si j'étais une espèce de champignon, de taille imposante, mais pas difficile à abattre. J'étais très énervé, non pas par l'expression de cet homme, laquelle devint vite plus amène, mais, entre autres, par le fait qu'il me parlait en anglais. Je ne sais pas pourquoi j'en étais si surpris... déçu est le mot. C'est la grande langue impériale de nos jours, venant après le grec, le latin et d'autres. Les Romains n'étaient pas surpris, je suppose, quand un Parthe ou un Numide se mettait à leur parler en latin ; cela leur paraissait probablement tout naturel. Mais quand ce garçon, bâti en champion, avec son morceau de toile blanche qui pendait, son écharpe et sa blouse, s'adressa à moi en anglais, je fus à la fois ébranlé et navré. Se préparant à parler, il mit en position ses lèvres pâles, légèrement tachées de son, les avança et dit : « Je suis Itelo. Je suis ici pour présenter. Bienvenue. Comment allez-vous ?

— Quoi ? Quoi ? dis-je, me tenant l'oreille.

— Itelo. » Il s'inclina.

Je m'empressai de m'incliner moi aussi et de saluer, dans mes pantalons courts, mon casque blanc en liège et avec ma figure congestionnée et mon grand nez. Ma figure peut devenir comme le résonnement d'une cloche, et, comme je suis dur d'oreille du côté droit, j'ai une façon d'incliner la tête vers la gauche pour écouter de profil, tout en fixant mon regard sur un objet quelconque pour m'aider à me concentrer. C'est ce que je fis. J'attendais que l'homme parle encore, transpirant à grosses gouttes car j'étais complètement bouleversé. Je n'arrivais pas à y croire ; j'étais tellement certain d'avoir laissé le monde derrière moi. Et qui ne me comprendrait, puisque je venais de faire cette longue traversée du plateau sur lequel il n'y avait aucune empreinte de pas, où les étoiles flamboyaient comme des oranges, avec ces milliards de tonnes de gaz en explosion qui semblait si doux et si frais dans

78

l'obscurité du ciel ; et, surtout, cette fraîcheur, vous savez, cette fraîcheur qui est comme celle de l'automne, quand vous sortez de votre maison le matin et que vous voyez que les fleurs se sont éveillées dans l'air gelé avec une vigueur nouvelle. Quand j'avais ressenti cela dans le désert, soir et matin, que tout m'était apparu comme simplifié, j'avais eu l'absolue conviction que j'étais complètement sorti du monde, car, on le sait, le monde est complexe. De plus, l'ancienneté du site m'avait tellement frappé que j'étais certain d'être arrivé dans un lieu nouveau. Il y avait eu la délégation pleurante, en plus ; mais voilà qu'arrivait quelqu'un qui avait visiblement vu du pays, qui parlait l'anglais, et moi j'avais été là à clamer avec orgueil : « Montrez-moi vos ennemis et je les tuerai. Où est le mangeur d'hommes ? conduisez-moi à lui. » Et j'avais mis le feu aux buissons, fait une démonstration de maniement d'armes, enfin, bref, j'avais fait le clown. Je me sentais tout à fait ridicule, et je lançai un regard sombre et fâché à Romilayu, comme si tout cela était de sa faute, parce qu'il n'avait pas su m'expliquer les choses convenablement.

Mais cet indigène, cet Italo, ne songeait pas à me faire expier mon comportement à mon arrivée. Cela ne semblait même pas lui traverser l'esprit. Il prit ma main, l'appuya à plat contre sa poitrine et dit : « Itelo. »

J'en fis autant en disant : « Henderson ». Je ne voulais pas être salaud, mais je ne suis pas très fort pour cacher mes sentiments. Je les étale au contraire en grand nombre sur ma figure, surtout les mauvais, pour que le monde entier puisse bien les voir. C'est plus fort que moi. « Comment allez-vous ? dis-je. Voyons, qu'est-ce qui se passe ici... que tout le monde pleure à fendre l'âme ? Mon guide me dit que c'est à cause des vaches. Ce n'est pas un bon jour pour venir vous voir, hein ? Je ferais peut-être bien de partir et de revenir une autre fois ?

— Non, vous êtes l'hôte », dit Itelo ; et il me souhaita de nouveau la bienvenue. Mais il avait remarqué que j'étais déçu et que ma proposition de repartir n'était pas cent pour cent motivée par des sentiments de galanterie et de générosité et il me dit : « Vous croyiez première empreinte de pied ? Quelque chose de nouveau ? Je regrette beaucoup. Nous sommes découverts.

— Si c'est ce que j'avais espéré, dis-je, je suis seul fautif. Je sais que le monde a été bien fouillé. Il faudrait que je sois fou, vraiment. Je ne suis pas explorateur et, de toute façon, ce n'est pas pour cela que je suis venu. » Me rappelant ainsi ce pour quoi j'étais venu, je me mis à observer ce type plus attentivement pour savoir ce qu'il pouvait connaître des vérités plus importantes et plus profondes de l'existence. Et, pour commencer, je compris que la dureté de son regard était trompeuse et qu'au fond, c'était un garçon de caractère facile. Seulement, il était très digne. Deux grandes courbes partaient d'au-dessus de ses narines et descendaient vers sa bouche, ce qui lui donnait cette expression sur laquelle je m'étais mépris. Il se tenait très droit, ce qui accentuait la grande force de ses jambes et de ses genoux, et au coin de ses yeux, dont le contour était plus sombre comme chez les autres membres de la tribu, il y avait un scintillement qui me faisait penser à des feuilles d'or.

« Il semble, en tout cas, dis-je, que vous avez vu le monde. Ou alors est-ce que tous parlent l'anglais comme seconde langue, ici ?

— Oh non, Monsieur, dit-il, seulement moi. » C'était peut-être la largeur de son nez qui faisait qu'il avait un ton un tout petit peu nasal. « L'école de Malindi. J'y suis allé, et aussi feu mon frère. Beaucoup de jeunes gens de partout ont été envoyés à l'école de Malindi. Après cela, l'école de Beyrouth. J'ai voyagé partout. Alors moi seul je parle. Et sur des miles à la ronde, personne d'autre, sauf le roi des Wariri, Dahfu. »

J'avais complètement oublié de me renseigner sur ce point et je dis : « Oh, excusez-moi, seriez-vous un membre de la famille royale, vous aussi ?

— La reine est ma tante, dit-il. Willatale. Et vous habiterez chez une autre tante, Mtalba. Elle vous prêtera sa maison.

— Oh, très bien, dis-je. C'est de l'hospitalité. Vous êtes prince alors ?

— Oh oui. »

Voilà qui était mieux. Etant donné sa taille et son allure, je m'étais dit depuis le début qu'il devait être distingué. Et, pour me consoler, il me disait maintenant que j'étais le premier visiteur blanc à venir dans ce pays depuis plus de trente ans, pour autant qu'il s'en souvienne. « Votre Altesse, dis-je, n'a pas à regretter de ne pas attirer plus d'étrangers. Je trouve que vous êtes privilégiés ici. Je ne sais pas ce qu'il y a dans cet endroit, mais moi qui ai visité les plus vieilles ruines d'Europe, je peux vous dire qu'elles n'ont pas l'air moitié aussi anciennes que votre village. Si vous avez peur que j'aille signaler partout votre emplacement ou que je prenne des photos, ne vous inquiétez pas surtout. Ce n'est pas mon genre. » Il me remercia de ces précisions, mais me dit qu'il n'y avait pas grand-chose pour attirer les voyageurs dans le coin. Et je ne suis toujours pas persuadé que je n'ai pas pénétré au-delà de la géographie. Non pas que la géographie m'intéresse beaucoup ; si on l'en croyait, une fois qu'on a localisé un endroit, il n'y aurait plus rien à en dire.

« Mr. Henderson. Entrez dans la ville, je vous prie », dit-il.

Et je dis : « J'imagine que vous voulez me faire connaître tout le monde. »

Il faisait un temps superbe, bien que beaucoup trop sec, tout étincelait et la poussière même était aromatique et stimulante. Un groupe de femmes nous attendait, les épouses d'Itelo, nues, et avec le cercle plus sombre autour des yeux comme provoqué par une action particulière du soleil. La peau plus claire de leurs mains me faisait inévitablement penser à de la pierre rose. Cela faisait paraître les mains et les doigts plus grands que la normale. Plus tard, je devais voir les plus jeunes de ces femmes jouer pendant des heures au jeu du berceau avec une ficelle ; chaque paire de joueuses était généralement entourée d'un groupe de spectateurs qui criaient « Awho » quand l'une des jeunes femmes réussissait à reprendre une figure compliquée. Les femmes présentes joignaient leurs poignets et battaient des mains, ce qui était leur façon d'applaudir. Les hommes mettaient leurs dcigts dans leur bouche et sifflaient, parfois en chœur. Maintenant que personne ne pleurait plus, je riais, moi, sous mon casque taché, à gorge déployée.

« Maintenant, dit Itelo, nous allons voir la reine, ma tante Willatale, et après ou peut-être en même temps l'autre, Mtalba. » Entre-temps, deux parasols étaient arrivés, portés par deux femmes. Le soleil était très fort et je transpirais, et ces deux parasols d'apparat, d'environ deux mètres cinquante de haut et en forme de fleurs de courge, donnaient en fait très peu d'ombre.

Tout le monde était très beau ici ; Michel-Ange lui-même aurait trouvé de quoi être satisfait. Nous nous mîmes donc en marche, deux par deux, avec un très grand cérémonial, Itelo en tête. Je souriais, mais faisais comme si c'était le soleil qui m'obligeait à grimacer. Nous nous rendîmes ainsi à l'habitation de la reine.

Et c'est alors que je commençai à comprendre ce qui se passait ici, la raison de toutes ces larmes. Arrivant à un corral, nous vîmes un homme qui tenait un peigne grossier et qui était penché sur une vache... une vache bossue comme les autres, mais là n'était pas la question ; ce qu'il y avait de remarquable, c'était que cet homme soignait et choyait l'animal comme je ne l'avais encore jamais vu faire nulle part. Avec le peigne, il lui peignait les poils qu'elle avait fort épais sur le devant de la tête, entre les cornes. Il caressait la vache et la serrait contre lui, et elle n'était pas bien ; il n'y avait pas besoin d'avoir grandi à la campagne, ce qui était mon cas, pour voir que quelque chose n'allait pas chez cet animal. La vache ne donnait même pas de coup de tête à l'homme, comme le fait une vache dans sa situation quand elle se sent tendre, et l'homme lui-même était perdu dans sa tristesse tandis qu'il peignait l'animal. Une atmosphère de désespoir les enveloppait tous les deux. Il me fallut un moment pour assimiler tous les éléments de la situation. Il faut comprendre que ces gens aiment leurs bêtes comme des frères et des sœurs, comme des enfants ; ils ont plus de cinquante termes simplement pour décrire les diverses formes de cornes, et Itelo m'expliqua qu'il y avait des centaines de mots pour décrire les expressions faciales des bêtes et tout un langage pour parler de leur comportement. Je comprenais cela jusqu'à un

certain point. J'avais moi-même eu beaucoup de tendresse pour certains porcs. Mais un cochon est un
animal fondamentalement préoccupé de faire carrière ; il répond avec beaucoup de finesse aux ambitions ou aux impulsions humaines et il n'y a par
conséquent pas besoin d'utiliser un vocabulaire spécial
pour lui.

La procession s'était arrêtée en même temps qu'Itelo
et moi, et tout le monde regardait l'homme et sa vache.
Mais, voyant quelle épreuve représentait ce spectacle,
je repris la marche ; cependant, ce que je vis ensuite
était plus triste encore. Un homme d'une cinquantaine
d'années, à cheveux blancs, était à genoux et il pleurait
et tremblait de tous ses membres et se jetait de la
poussière sur la tête parce que sa vache était en train
de trépasser. Tous le regardèrent avec tristesse prendre
sa vache par les cornes, lesquelles étaient en forme de
lyre, et la supplier de ne pas le quitter. Mais elle en
était déjà au stade de l'indifférence, et la peau autour
de ses yeux se plissait, comme si l'homme ne faisait
que la maintenir éveillée. Moi-même, je vacillai à ce
spectacle ; je me sentis plein de compassion et je dis :
« Prince, au nom du ciel, ne peut-on rien faire ? »

La large poitrine d'Itelo se souleva sous sa courte
blouse et il poussa un profond soupir, comme s'il ne
voulait pas gâcher ma visite par toute cette désolation.
« Je ne pense pas », dit-il.

A ce moment précis, il se passa la chose la plus
inattendue, en ce sens que j'aperçus de l'eau en
quantité considérable, et, au début, je me dis que
c'était un reflet sur une feuille de métal qui passait
ainsi devant mes yeux. Mais il y a quelque chose de
facilement reconnaissable dans la proximité de l'eau.
J'en sentis aussi l'odeur, et je fis arrêter net le prince et

je lui dis : « Je voudrais vous demander un renseignement, Prince. Je vois là cet homme qui se tue à se lamenter et, si je ne me trompe pas, c'est bien de l'eau que je vois aussi briller là, à gauche. N'est-ce pas ? »

Il reconnut que c'était de l'eau.

« Et les vaches meurent de soif ? dis-je. Cette eau ne doit donc pas être bonne ? Elle est polluée ? Mais écoutez, dis-je, vous devez pouvoir faire quelque chose, la filtrer d'une façon ou d'une autre. Vous pourriez confectionner de grands récipients... des cuves. Vous pourriez faire bouillir l'eau pour supprimer les impuretés. Bien sûr, cela n'a peut-être pas l'air très pratique, mais vous seriez surpris des résultats si vous mobilisiez tout le monde et si chacun y mettait du sien... *gung-ho !* Je sais combien une situation de ce genre peut devenir paralysante. »

Mais, tandis qu'il m'écoutait en secouant la tête comme s'il approuvait mes paroles, le prince, en fait, n'était pas d'accord avec moi. Il avait croisé ses bras puissants sur sa blouse, tandis qu'une ombre parcimonieuse venait du parasol en fleur de courge que les femmes nues maintenaient à quatre mains comme si le vent allait l'emporter. Mais il n'y avait pas de vent. L'air était immobile comme s'il était noué au zénith et collé là, desséché et bleu, un chef-d'œuvre de beauté méridienne.

— Oh... merci, dit le prince, de votre bonne intention.

— Mais je ferais mieux de m'occuper de mes propres affaires ? Vous avez peut-être raison. Je ne veux`pas vous déranger dans vos coutumes. Mais c'est dur de voir ce qui se passe et de ne même pas donner un avis. Est-ce que je peux au moins jeter un coup d'œil à votre réserve d'eau ?

85

Sans entrain, il me dit : « Oui, si vous voulez. » Et
Itelo et moi, tous deux à peu près de la même taille,
nous laissâmes ses femmes et les autres villageois et
nous allâmes voir l'eau. Je l'examinai et, à part un peu
de vase et quelques algues, elle avait l'air bien et, en
tout cas, il y en avait beaucoup. Un mur épais de pierre
d'un vert sombre la retenait, mi-réservoir, mi-barrage.
Je me dis qu'il devait y avoir une source dessous ; un
cours d'eau à sec venant de la montagne montrait d'où
la majeure partie de l'eau venait normalement. Pour
éviter l'évaporation, le réservoir avait été surmonté
d'un grand toit de chaume, mesurant au moins quinze
mètres sur vingt. Après la longue marche que je venais
de faire, j'aurais été ravi d'enlever mes vêtements et de
sauter dans cette eau ombragée et chaude, quoique un
peu écumeuse, pour y nager et me laisser porter. Rien
ne m'aurait plu davantage que de flotter sous ce toit de
paille fine.

— Alors, Prince, qu'est-ce qui se passe ? Pourquoi ne
pouvez-vous pas vous servir de cette eau ? demandai-
je.

Le prince seul était venu avec moi jusqu'au réservoir ; les autres étaient restés à une vingtaine de mètres
de là, et ils étaient visiblement en proie à une certaine
agitation ; je dis : « Qu'est-ce qui ronge vos gens ?
Qu'est-ce qu'il y a dans cette eau ? » Je regardai plus
attentivement et je constatai alors qu'il y avait une
activité considérable juste sous la surface. A travers les
rais de lumière que laissait filtrer le chaume, je vis
d'abord des têtards avec de grosses têtes, à tous les
stades de développement, avec des queues entières
comme des spermes géants, et avec des pattes bour-
geonnantes. Puis je vis de grosses grenouilles, tachetées, qui passaient en nageant avec leurs épaisses têtes

sans cou et leurs longues pattes blanches, leurs pattes de devant plus courtes, exprimant la stupéfaction. Et il me sembla que, de toutes les créatures du voisinage, sans exception, c'étaient elles qui avaient la meilleure part, et moi-même je les enviais. « Ne me dites rien ! Ce sont les grenouilles ? dis-je à Itelo. Elles vous empêchent de faire boire vos bêtes ? »

Il secoua la tête avec mélancolie. Oui, c'était bien à cause des grenouilles.

— Comment sont-elles venues ici ? D'où viennent-elles ?

A cela, Itelo ne put pas me répondre. C'était un mystère. Tout ce qu'il put me dire, c'était que ces créatures, que l'on n'avait jamais vues auparavant, étaient apparues dans le réservoir environ un mois plus tôt et qu'elles avaient empêché de faire boire les bêtes. C'était cela la malédiction dont il avait été question tout à l'heure.

— Vous appelez cela une malédiction ? dis-je. Mais vous avez voyagé. Est-ce qu'on ne vous a jamais montré une grenouille à l'école... ou au moins une photo de grenouille ? Elles sont absolument inoffensives.

— Oh oui, bien sûr, dit le prince.

— Donc vous savez que vous n'avez pas besoin de laisser mourir vos animaux juste parce qu'il y a quelques grenouilles dans l'eau.

Mais il ne pouvait rien y faire. Il leva ses grandes mains dans un geste d'impuissance et dit : — Il ne faut pas d'animaux dans l'eau pour boire.

— Mais alors, pourquoi ne vous en débarrassez-vous pas ?

— Oh, non, non. Jamais toucher un animal dans l'eau pour boire.

— Oh, allons donc, Prince, taratata, dis-je. On pourrait les filtrer. On pourrait les empoisonner. Il y a des centaines de choses qu'on pourrait faire.

Il se mordit la lèvre et ferma les yeux, et, en même temps, il poussa de bruyants soupirs pour me montrer combien mes suggestions étaient inacceptables. Il exhala l'air par ses narines et secoua la tête.

« Prince, dis-je, réfléchissons à la question, vous et moi. » J'étais très excité. « Si cela continue ainsi, avant longtemps il n'y aura dans ce pays qu'un long enterrement de vaches. Il est peu probable qu'il pleuve. La saison est finie. Vous avez besoin d'eau. Vous en avez en réserve ici. » Je baissai la voix. « Ecoutez. Je suis moi-même un être assez déraisonnable, mais survivre c'est survivre.

— Oh, sir, dit le prince, le peuple a peur. Personne n'avait jamais vu un pareil animal.

— La dernière invasion de grenouilles dont j'aie entendu parler, dis-je, c'est celle des plaies d'Egypte. » Ce qui renforçait le sentiment d'antipathie que cet endroit avait éveillé en moi depuis le début. Quoi qu'il en soit, c'était à cause de cette malédiction que la population, conduite par les jeunes filles, m'avait accueilli en larmes devant les murs de la ville. C'était pour le moins extraordinaire. Aussi maintenant que tout s'enchaînait, l'eau calme de la citerne devenait aussi noire à mes yeux que le lac des ténèbres. Elles étaient vraiment nombreuses, ces créatures, à s'agiter dans l'eau, à aller et venir avec l'eau qui glissait sur leurs dos et leurs tachetures, comme si le milieu leur appartenait. Elles sortaient aussi de l'eau en rampant et elles venaient tapoter la pierre mouillée tout en émettant des sons de gorge congestionnés, et elles clignaient de leurs yeux bizarrement marbrés, rouges, verts et jaunes, et je hochai la tête, beaucoup plus en pensant à moi-même qu'à elles, me disant qu'un pauvre imbécile qui s'en va dans le vaste monde doit forcément et fatalement s'attendre à se trouver face à face avec de pauvres imbéciles de phénomènes. Néanmoins, dis-je à ces créatures, vous ne perdez rien pour attendre, petits enfants de salauds, avant longtemps vous vous retrouverez coassant en enfer.

6

Les moustiques tournoyaient au-dessus du réservoir chauffé par le soleil, et qui, tour à tour, devenait vert, jaune et brun. Je dis à Itelo : « Vous, vous n'avez pas le droit de molester ces animaux, mais si un étranger survenait — moi par exemple — et s'en chargeait pour vous ? » Je me rendais compte que je ne connaîtrais pas de repos avant d'être venu à bout de ces créatures et d'avoir mis fin au fléau.

A l'attitude du prince, je compris qu'une loi non écrite lui interdisait de m'encourager dans mon dessein, mais que lui et les autres Arnewi me considéreraient comme leur grand bienfaiteur si je le poursuivais. Itelo, en effet, ne me répondit pas directement, mais continua de soupirer et répéta à plusieurs reprises : « Oh, un très triste moment. Extraordinairement triste. » Je lui lançai alors un regard chargé de signification et je lui dis : « Itelo, vous allez me laisser m'occuper de ça », sur quoi je pris une profonde inspiration, sifflant entre mes dents, et sentant que mon destin était de causer la perte de ces grenouilles. Vous comprenez, les Arnewi sont exclusivement buveurs de lait, et les vaches représentent leur unique moyen d'existence ; ils ne mangent jamais de viande, si ce n'est au cours de la cérémonie qu'ils célèbrent chaque fois qu'une vache a péri de mort naturelle, et même cela, ils le considèrent comme une sorte de cannibalisme, et ils mangent alors en pleurant. C'est pourquoi la mort de plusieurs bêtes était un vrai désastre, et les familles des décédés accomplissaient tous les jours les derniers rites et pleuraient et mangeaient de la chair et ce n'était pas étonnant que ces gens fussent dans un état pareil. Quand nous nous éloignâmes, j'eus l'impression que ce réservoir d'eau à problème, avec ses algues et ses grenouilles, était entré en moi, qu'il occupait un espace carré à l'intérieur de moi et me flanquait des coups quand je bougeais.

Nous nous dirigeâmes vers ma case (la case d'Itelo et de Mtalba), car je voulais me nettoyer un peu avant d'être présenté à la reine et, en chemin, je fis un petit sermon au prince. Je lui dis : « Savez-vous pourquoi les Juifs ont été vaincus par les Romains ? Parce qu'ils ne voulaient pas rendre les coups le samedi. Et c'est exactement ce qui se passe avec votre problème d'eau. Devez-vous vous protéger vous-mêmes, ou les vaches, ou protéger vos coutumes ? Moi, je choisirais de vous préserver vous. Vivez, dis-je, pour créer une coutume nouvelle. Pourquoi péririez-vous à cause des grenouilles ? » Le prince m'écouta, puis il se contenta de répondre : « Hm, très intéressant. C'est vrai, ça ? 'straordinaire. »

Nous arrivâmes à la maison où Romilayu et moi devions séjourner ; elle était à l'intérieur d'une cour et, comme toutes les autres maisons, elle était ronde, avec des murs d'argile surmontés d'un toit conique. Tout l'intérieur paraissait très léger, frêle et vide. Des piliers noircis par la fumée étaient fixés en travers du plafond à un mètre de distance environ les uns des autres, et les longues côtes des feuilles de palmier, par-dessous, avaient l'air de fanons de baleine. Je m'assis et Itelo, qui était entré avec moi et qui avait laissé les autres dehors au soleil, s'assit en face de moi, tandis que Romilayu commençait à défaire les bagages. La chaleur était à son apogée à cette heure de la journée et l'air était parfaitement silencieux ; j'entendais seulement, dans les branchages au-dessus de nous, ce cône d'ambre léger du chaume d'où descendait une sèche odeur végétale, j'entendais de petites créatures, des scarabées et peut-être des oiseaux ou des souris, qui s'agitaient, ou battaient et froissaient leurs ailes dans un bruit de soie. J'étais à cet instant trop fatigué, fût-ce pour boire (nous avions emporté avec nous quelques bidons pleins de bourbon), et je ne pensais qu'à la crise et aux moyens de détruire les grenouilles dans le réservoir. Mais le prince avait envie de parler ; au début, je pensai que c'était par politesse, mais je me rendis compte bientôt qu'il avait une idée en tête et j'ouvris toutes grandes mes oreilles.

« J'ai été à l'école de Malindi, dit-il. Merveilleuse, belle ville. » Je devais aller la voir, par la suite, cette ville de Malindi ; c'était un vieux port dhaw de la côte orientale, très connu parmi les marchands d'esclaves arabes. Itelo me parla de ses pérégrinations. Lui et son ami Dahfu, qui était maintenant le roi des Wariri, avaient voyagé ensemble, en partant du sud. Ils avaient embarqué à bord de vieilles bailles sur la mer Rouge et travaillé à la voie de chemin de fer d'Al Medinah construite par les Turcs avant la grande guerre. Cela m'évoquait quelques souvenirs, car ma mère s'était beaucoup mêlée de la cause des Arméniens, et que, en lisant des ouvrages sur Lawrence d'Arabie, je m'étais depuis longtemps rendu compte combien la culture américaine était répandue dans le Moyen-Orient. Les jeunes Turcs, et Enver Pacha lui-même, si je ne me trompe, ont fait leurs études dans des écoles américaines — cela dit, ne serait-il pas intéressant de savoir comment ils passèrent du « Forgeron du Village » et de « douce Alice et joyeuse Allègre » aux guerres, complots et autres massacres. Mais le prince Itelo de l'obscure tribu d'éleveurs du plateau de Hinchagara, lui, était allé dans une école de missionnaires de Syrie, ainsi que son ami de la tribu des Wariri. Tous deux étaient revenus dans leur lointain pays natal. « J'imagine, dis-je, que ça a dû être formidable pour vous d'aller voir comment les choses se passent ailleurs. »

Le prince souriait, mais, en même temps, il s'était raidi ; il avait largement écarté les genoux et il appuyait un pouce contre le sol. Il continuait cependant à sourire, disais-je, mais je sentais que nous étions au bord de quelque chose. Nous étions assis face à face sur des tabourets bas à l'intérieur de la case de chaume, qui faisait l'effet d'être une corbeille à ouvrage géante, et tout ce qui m'était arrivé — le long voyage, le fait d'avoir entendu des zèbres la nuit, d'avoir vu le soleil monter et descendre chaque jour comme une note de musique, la couleur de l'Afrique, les bêtes et les gens en pleurs, l'eau jaune du réservoir et les grenouilles — tout cela avait tellement agi sur mon esprit et sur mes sentiments que tout était en équilibre très délicat à l'intérieur de moi. Pour ne pas dire précaire.

— Prince, dis-je, qu'est-ce qui se prépare ici ?

— Quand un hôte étranger arrive, nous faisons toujours connaissance par un combat. C'est une coutume immuable.

— Cela m'a l'air d'une drôle de règle, dis-je, très

hésitant. Mais ne pourriez-vous pas y renoncer pour une fois, ou attendre un peu ? car je suis complètement vidé.

— Oh non, dit-il. Le nouvel arrivé doit combattre. Toujours.

— Je vois, dis-je, et j'imagine que c'est vous le champion local. Il n'avait même pas besoin de me répondre. Naturellement, il était le champion, et c'était pour cela qu'il était venu à ma rencontre et qu'il était entré avec moi dans la case. Cela expliquait aussi l'excitation des gosses dans le lit de la rivière ; ils savaient qu'il allait y avoir un combat de lutte. « Prince, dis-je, je suis presque disposé à m'avouer vaincu sans combat. Après tout, vous êtes extraordinairement bâti et, comme vous voyez, je suis plus vieux que vous. »

Il n'écouta même pas ce que je disais et, plaquant sa main sur ma nuque, commença à me tirer vers le sol. Surpris, mais encore respectueux, je dis : « Non, Prince. Ne faites pas cela. Je crois que j'ai sur vous l'avantage du poids. » En fait, je ne savais pas comment m'en tirer. Romilayu était là, mais il n'exprima pas d'opinion en réponse au regard que je lui lançai. Mon casque blanc, avec mon passeport, mon argent et mes papiers cousus dedans, tomba et ma chevelure d'astrakan, depuis longtemps laissée sans soins, jaillit sur ma nuque tandis qu'Itelo m'attirait à terre avec lui. Pendant tout ce temps, j'essayais... j'essayais, j'essayais de classer cet événement. Cet Itelo était terriblement fort, et il avait réussi à se mettre à califourchon sur moi, avec son large pantalon blanc et sa courte blouse, et il m'aplatissait contre le sol de la case. Mais je gardais mes bras rigides comme s'ils étaient attachés à mes flancs et je le laissais me pousser et me tirailler comme il voulait. J'étais couché sur le ventre, le nez dans la poussière et mes jambes traînaient par terre.

— Allez, allez, répétait Itelo, vous devez me combattre, sir.

— Prince, dis-je, avec tout le respect que je vous dois, je combats.

On ne pouvait lui en vouloir de ne pas me croire, et il grimpa sur moi avec son pantalon blanc retroussé, montrant ses grandes jambes et ses pieds nus qui étaient de la même couleur claire que ses mains, et, se laissant tomber sur le côté, il passa une jambe sous moi comme un pivot de levier et me prit autour de la gorge. Il respirait très fort et il me disait (plus près de ma figure que je n'aurais voulu) : — Battez-vous, battez-vous, voyons, Henderson. Qu'est-ce qu'il y a ?

— Votre Altesse, dis-je, je suis un type des commandos. J'ai fait la guerre et, à l'entraînement, le programme était assez terrible. On nous a appris à tuer, pas seulement à lutter. C'est pourquoi je ne sais pas lutter. Mais, dans le corps à corps, je ne suis pas commode du tout. Je connais toutes sortes de trucs, comme de déchirer la joue de mon adversaire en lui mettant un doigt dans la bouche, de faire craquer des os et sauter des yeux. Bien sûr, tout ça ne m'amuse pas. J'essaie simplement de ne pas recourir à la violence. Tenez, la dernière fois que j'ai seulement élevé la voix, les conséquences ont été terribles. Vous comprenez, dis-je en haletant, car la poussière m'était entrée dans les narines, on nous a appris toutes ces manières dangereuses, et je vous assure que je répugne à les employer. Alors, ne nous battons pas. Nous sommes au-dessus de ça, dis-je, dans l'échelle de la civilisation... nous ferions beaucoup mieux de consacrer toute notre énergie à résoudre la question des grenouilles.

Comme il continuait à me tirer par le cou avec son bras, je fis signe que je voulais dire quelque chose de vraiment sérieux. « Votre Altesse, annonçai-je, en fait je suis lancé dans une sorte de quête. »

Il me lâcha. Je crois que je n'étais pas aussi impulsif ni aussi vif — aussi prêt à la riposte — qu'il l'aurait voulu. Je le lisais bien sur sa figure tandis que j'enlevais la poussière de la mienne avec un chiffon indigo appartenant à la maîtresse de maison. Je l'avais tiré du chevron. Pour Itelo, nous avions fait connaissance. Il avait voyagé à travers le monde, en tout cas de Malindi, en Afrique, jusqu'en Asie Mineure, et il devait donc savoir ce que c'était que les pauvres types, et désormais à en juger par son regard, c'était à cette catégorie que j'appartenais pour lui. C'était vrai, bien sûr, que j'avais été très abattu, avec la voix qui disait *je veux* et tout le reste. J'en étais venu à considérer le phénomène de la vie comme une de ces nombreuses médecines qui pourraient ou me guérir de mon état ou l'aggraver. Mais cet état ! Oh, mon état ! Cet état qui passait avant et après tout le reste ! Il me faisait me promener avec la main sur le cœur comme ce vieux tableau qui représente Montcalm trépassant dans la plaine d'Abraham. Et je vais vous dire une chose, la tristesse excessive m'a rendu lourd physiquement, alors que jadis j'étais léger et rapide, pour mon poids. Jusqu'à l'âge de quarante ans, à peu près, j'ai joué au tennis, et, une saison, j'ai établi un record avec cinq mille sets ; je mangeais et je dormais pratiquement dehors. Je parcourais le court comme un véritable centaure et je smashais sur toutes les balles ; je faisais des trous dans le terrain, je cassais les raquettes et je faisais tomber les filets sous mes volées. Tout cela pour vous dire que je n'avais pas toujours été aussi triste et aussi lent.

— Je suppose que vous êtes le champion invaincu ici ? lui dis-je.

Et il me dit : — C'est vrai. Je gagne toujours.

— Ça ne m'étonne pas du tout.

Il me parlait nonchalamment, avec une petite lueur au coin des yeux, car maintenant que je m'étais laissé rouler par terre avec le visage dans la poussière, il pensait que nous avions déjà fait amplement connaissance, et il en avait conclu que j'étais énorme mais impuissant, formidable d'aspect mais d'un seul bloc, comme un poteau de totem, ou une sorte de tortue des Galapagos humaine. Je voyais que pour regagner son respect il me fallait m'activer, et je décidai de me battre avec lui après tout. Je posai donc mon casque, je me débarrassai de mon T-shirt et je dis : « Essayons pour de bon, Votre Altesse. » Romilayu ne m'entendit pas dire cela avec plus de plaisir qu'il n'avait écouté le défi d'Itelo, mais il n'était pas homme à mettre son grain de sel dans nos affaires et il se contenta de nous observer ; ses cheveux faisaient une ombre substantielle sur son nez abyssin. Quant au prince, qui s'était assis et qui promenait autour de lui une expression indifférente, il se réveilla et se mit à rire en me voyant enlever mon T-shirt. Il se leva et s'accroupit et se mit à esquisser des coups avec ses mains, et j'en fis autant. Nous tournâmes autour de la petite case. Puis nous commençâmes à essayer des prises et les muscles entrèrent en action sur les épaules d'Itelo. Voyant cela, je décidai de me servir vite de mon avantage de poids, avant que je m'énerve, car si Itelo me corrigeait, et avec ces muscles-là c'était très possible, je pourrais

97

perdre la tête et retomber dans mes trucs de commando. Je fis donc une chose très simple : je poussai Itelo du ventre (sur lequel le nom de Frances tatoué jadis s'était quelque peu étendu en largeur) tout en passant une jambe derrière lui et en lui appuyant les mains sur la figure et, par cet élémentaire effet de surprise, je le fis tomber par terre. J'étais stupéfait de la facilité avec laquelle ma manœuvre avait marché, bien que j'eusse frappé assez fort avec mon ventre et mes deux mains, et je me dis qu'Itelo n'allait peut-être au sol que pour me jouer un tour ; je ne pris donc pas de risques et poursuivis la manœuvre de tout mon poids, tandis que mes deux mains couvraient le visage de mon adversaire. De cette façon, je lui coupais la vue et le souffle et je frappai énergiquement la tête contre le sol, ce qui lui enlevait ses moyens, tout grand qu'il était. Dès qu'il fut par terre, je me jetai avec mes genoux sur ses bras et je le clouai au sol.

Ravi de ne pas avoir eu à employer ma technique meurtrière, je le laissai se relever aussitôt. Je reconnais que l'élément de surprise (ou de chance) avait énormément joué en ma faveur et que l'épreuve n'était pas juste. Itelo était fâché, je le voyais à ce qu'il avait changé de couleur, bien que le contour sombre de ses yeux n'eût pas bougé et qu'il n'eût pas dit un mot ; il se contenta d'enlever sa blouse et son foulard vert et ce en prenant de profondes inspirations qui faisaient s'enfoncer ses muscles abdominaux en direction de sa colonne vertébrale. Nous nous remîmes à tourner et nous fîmes plusieurs fois le tour de la case. Je me concentrais sur mon jeu de jambes, car c'est là mon point faible ; j'ai tendance à tirer de l'avant comme un cheval de labour en utilisant à fond mon cou, ma poitrine, mon ventre et, mais oui, ma tête. Comme il semblait s'en rendre compte maintenant, le mieux, pour lui, était de m'amener au tapis, pour que je ne puisse pas me servir de mon poids contre lui et, tandis que je me penchais vers lui, sur mes gardes, et que je faisais le crabe, coudes dehors, il plongea sous moi avec une étonnante rapidité et m'attrapa sous le menton, me saisissant aussitôt par-derrière et bloquant ma tête. Qu'il se mit à serrer. Ce n'était pas à proprement parler une clef à la tête, mais plutôt ce qu'on appelait autrefois une cravate. Il avait une main libre et il aurait pu s'en servir pour me frapper le visage, mais cela n'avait pas l'air de se faire chez lui. Au lieu de cela, il me tira vers le sol et il essaya de me faire tomber sur le dos, mais je tombai en avant, et durement, au point que je crus m'être fendu en deux depuis le nombril jusqu'en haut. Je reçus aussi un mauvais coup sur le nez et j'eus peur de me l'être cassé ; il me semblait sentir l'air entrer entre les os séparés. Mais je réussis cependant à conserver un espace net dans mon cerveau pour les conseils de modération, ce qui n'était pas un mince exploit. Depuis ce jour de grand froid où, fendant du bois, j'avais été frappé par une bûche et où j'avais pensé : « La vérité vient avec des coups », j'avais, de toute évidence, appris à profiter de semblables expériences, et cela m'était utile maintenant, seulement cela prenait une forme différente ; ce n'était pas « La vérité vient avec des coups », mais d'autres mots, et ces mots auraient difficilement pu être plus étranges. Les voici : « Je me rappelle très bien le moment qui a percé le sommeil de mon esprit. »

Le prince Itelo avait changé de prise : il avait passé ses jambes autour du haut de ma poitrine ; étant donné mon tour de taille, il n'aurait pas pu les refermer sur moi plus bas. Tandis qu'il serrait les jambes, je sentis mon sang s'arrêter et ma bouche lançait des bouffées d'air tandis que ma langue pendait et que mes yeux se mettaient à couler. Mais mes mains à moi ne demeuraient pas inactives non plus et, en appliquant une pression de mes deux pouces sur la cuisse d'Itelo, près du genou, et enfonçant mes doigts dans le muscle (qu'on appelle l'adducteur, je crois) je réussis à lui faire redresser la jambe et desserrer son étreinte. Me soulevant, je fis un mouvement vers sa tête ; il avait les cheveux très courts, mais assez longs pour me donner une prise. Le tournant par les cheveux, je l'attrapai au dos et le fis pivoter. Je le tenais par la ceinture de son pantalon lâche, j'avais les doigts dedans, et je le soulevai bien haut, mais sans le faire tournoyer, car cela aurait fait s'envoler le plafond. Je le lançai par terre et, poursuivant mon avantage, je lui coupai le souffle.

Je suppose qu'il avait été très sûr de lui quand il m'avait vu, grand mais vieux, bedonnant et suant, lourd et triste. On ne pouvait lui en vouloir d'avoir cru être le plus fort. Et je souhaitais presque maintenant qu'il eût été le gagnant, car, tandis qu'il allait au sol, la tête la première, je vis, comme il arrive parfois que l'on distingue un objet solitaire, une bouteille par exemple qui s'élance par-dessus les chutes du Niagara, je vis combien d'amertume il y avait dans son visage. Il ne pouvait pas croire qu'un grossier vieux tronc humain comme moi lui enlevait son titre de champion. Et quand j'atterris sur lui pour la seconde fois, il roula les yeux vers le ciel et cette intensité dans l'expression n'était pas due uniquement au poids dont je pesais sur le corps d'Itelo.

J'aurais été mal venu de me réjouir ou d'agir en fier

vainqueur, je vous le dis. J'étais à peu près aussi mal en point que lui. La case de paille tout entière était pratiquement tombée sur nous quand le dos du prince avait touché le sol. Romilayu se tenait à bonne distance contre le mur. Bien que cela me serrât le cœur de gagner, je m'agenouillai cependant sur le prince pour être bien sûr que ses épaules touchaient terre, car si je l'avais laissé se relever sans l'avoir cloué au sol régulièrement, il en aurait été profondément vexé.

Si le combat avait eu lieu dans des conditions normales, le prince aurait gagné, je suis prêt à le parier, mais il n'avait pas simplement des os et des muscles en face de lui. C'était une question d'esprit aussi, car en ce qui concerne la lutte, je suis dans une catégorie à part. Depuis mon plus jeune âge, j'ai lutté sans répit. Je dis : « Votre Altesse, ne vous en faites pas comme ça. » Il avait enfoui son visage dans ses mains, couleur de pierre lavée, et il ne cherchait même pas à se relever. Quand j'essayai de le consoler, il ne me vint à l'esprit que le genre de choses qu'aurait dites Lily. Je sais trop bien qu'elle serait devenue blanche comme un linge, qu'elle aurait regardé droit devant elle et qu'elle se serait mise à parler à voix basse et de façon assez incohérente. Elle aurait dit qu'un homme n'était fait que de chair et d'os, que quiconque était fier de sa force ne tardait pas à être humilié, etc. Je peux vous énumérer tout ce que Lily aurait dit, mais moi, je ne pouvais qu'être de tout cœur avec le prince, et me taire. Ce n'était pas assez que ces gens aient à subir la sécheresse et le fléau des grenouilles, il fallait encore en plus que j'arrive du désert — pour me manifester dans le lit desséché du fleuve Arnewi avec mon briquet autrichien — et que j'entre dans la ville pour jeter deux fois de suite le prince au sol. Le prince se mit à genoux, secouant la poussière qu'il avait dans les cheveux, puis il prit mon pied chaussé, pour le désert, d'une botte de daim à semelle de caoutchouc, et se le plaça sur la tête. Dans cette position, il pleura beaucoup plus fort que ne l'avaient fait les jeunes filles et la délégation qui était venue nous accueillir devant le mur de boue et d'épines de la ville. Mais je dois vous dire que ce n'était pas seulement la défaite qui le faisait pleurer ainsi. Il était en proie à une émotion violente et complexe. J'essayai d'enlever mon pied de dessus sa tête, mais il persista à l'y maintenir, disant : « Oh, Mistah Henderson ! Henderson, je vous connais maintenant. Oh, sir, je vous connais maintenant. »

Je ne pouvais exprimer ce que je ressentais et qui était : « Non, vous ne me connaissez pas. Vous ne pourriez pas. La douleur m'a maintenu en forme et c'est pourquoi mon corps est si résistant. A soulever des pierres, à verser du béton, à fendre du bois et à m'occuper des cochons... non, ma force n'est pas de la force heureuse. Ce n'était pas une lutte égale. Croyez-moi, vous êtes le meilleur des deux. »

Je ne sais pourquoi je n'arrivais pas, malgré tous mes efforts, à me faire perdre une compétition. Même quand je jouais aux dames avec mes enfants, malgré toutes mes manœuvres pour les laisser gagner, et alors que je voyais leurs lèvres trembler de déception (oh, les pauvres gosses devaient sûrement me haïr), je bondissais par-dessus tous les pions en annonçant durement : « Et voilà ! », alors qu'en moi-même je ne cessais de me dire : « Oh, imbécile ! imbécile ! imbécile ! »

Mais je ne compris vraiment ce que ressentait le prince que lorsqu'il se leva, m'entoura de ses bras, posa sa tête poussiéreuse sur mon épaule et dit que maintenant nous étions amis. Cela me frappa droit

102

dans mes centres vitaux, à la fois douloureusement et agréablement. Je dis : « Votre Altesse, je suis fier. Je suis content. » Il prit ma main, et si c'était bizarre, c'était émouvant aussi. Je rougis violemment, signe de la chaleur intérieure qui peut honnêtement envahir un homme d'un certain âge après une telle victoire. Mais j'essayai de faire oublier tout ce qui venait de se passer et je dis au prince : « J'ai l'expérience pour moi. Vous ne saurez jamais combien et quel genre d'expérience. »

Il me répondit : « Je vous connais maintenant, sir. Je vous connais vraiment. »

7

Lorsque nous sortîmes de la case, la poussière qui couvrait la tête d'Itelo et sa façon de marcher auprès de moi révélèrent que j'avais gagné, et les gens m'applaudirent tandis que j'avançais dans le soleil, en enfilant mon T-shirt et en remettant mon casque sur ma tête. Les femmes battaient des mains tout en ouvrant la bouche. Les hommes sifflaient sur leurs doigts en gonflant très fort leurs joues. Loin de paraître maussade ou mécontent, le prince en personne participait à l'ovation, me montrant du doigt en souriant, et je dis à Romilayu :

— Tu sais, ces gens-là sont vraiment délicieux. Je les adore.

La reine Willatale et sa sœur Mtalba m'attendaient sous un abri de chaume dans la cour de la reine. La reine était assise sur un banc, une couverture rouge déployée comme un drapeau derrière elle, et comme nous avancions, Romilayu portant sur son dos le sac de présents, la vieille femme entrouvrit les lèvres et me sourit. A mes yeux, elle appartenait à une catégorie extrêmement précise de vieilles dames. Vous comprendrez peut-être ce que je veux dire si je précise que la chair de son bras faisait un bourrelet sur son coude.

104

Pour moi, c'est un signe indiscutable de caractère. Elle souriait de toutes les dents qui lui restaient et me tendit la main, une main relativement petite. Elle respirait la bonne volonté ; cela semblait émaner de son souffle même, tandis qu'elle était assise là, souriante, et prodiguant les gestes de bienveillance, de félicitation et de bon accueil. Itelo me fit signe que je devais tendre la main à la vieille femme, et je fus stupéfait quand elle la prit pour l'enfouir entre ses seins. C'est la forme normale de salutation dans ce pays — Itelo avait posé ma main contre sa poitrine —, mais je ne pensais pas qu'il en allât de même avec une femme. En plus de tout le reste, je veux dire en plus de la sensation de chaleur et de poids monumental que perçut ma main, je sentais aussi la calme pulsation de son cœur qui participait à ces formalités de présentation. C'était un mouvement aussi régulier que la rotation de la terre, et ce fut une surprise pour moi ; je demeurais bouche bée, le regard fixe, comme si je touchais au secret de la vie ; mais je ne pouvais pas garder ma main là indéfiniment, je revins à moi et la retirai. Puis je lui rendis la politesse, je posai sa main sur ma poitrine en disant : « Moi Henderson. Henderson. » Toute la cour applaudit en voyant combien j'avais été rapide à comprendre. Je me dis donc : « Bravo pour toi ! » et j'aspirai profondément.

Tout chez la reine exprimait la stabilité. Ses cheveux étaient blancs et son visage large et énergique, et elle était enveloppée dans une peau de lion. Si j'avais su alors ce que je sais maintenant des lions, cela m'en aurait appris beaucoup plus long sur son compte. Mais même alors, cela m'impressionna. C'était la peau d'un lion à crinière, et la partie large n'était pas devant comme on aurait pu le croire, mais sur son dos. La queue descendait par-dessus son épaule, alors que la patte remontait par en dessous et les deux extrémités étaient nouées sur son ventre. Je ne saurais vous dire à quel point cela me plut. Elle portait comme un col la crinière aux longs poils, et c'est sur cette toison rude et qui devait la gratter qu'elle appuyait son menton. Mais une lueur de bonheur éclairait son visage. Puis je remarquai qu'elle avait un œil malade : la cataracte l'avait rendu d'un blanc bleuâtre. Je m'inclinai très bas devant la vieille dame, elle se mit à rire, ce qui secoua son ventre drapé dans la peau de lion et elle agita sa tête couronnée de cheveux blancs et drus en me voyant m'incliner ainsi en culotte courte, tout en tournant vers elle mon visage congestionné car le sang me venait aux joues quand je me penchais.

J'exprimai ma compassion en face des ennuis qu'ils connaissaient, la sécheresse et le bétail, et les grenouilles, et je dis que je croyais savoir ce que c'était que de souffrir d'un fléau et que j'étais de tout cœur avec eux. Je me rendais compte qu'ils devaient se nourrir avec le pain des larmes et j'espérais que je n'allais pas les encombrer. Ces propos furent traduits par Itelo, et je crois qu'ils furent bien accueillis par la vieille dame, mais quand je parlai d'ennuis, elle m'écouta en souriant, aussi imperturbable que le clair de lune au fond d'un ruisseau. Mon cœur cependant était tout agité et je me jurais sans cesse que j'allais faire quelque chose, que j'allais les aider. « Que je meure, me dis-je, si je ne m'en vais pas exterminer et écraser ces maudites grenouilles. »

Je dis alors à Romilayu de commencer à distribuer les présents. Il apporta tout d'abord un imperméable en matière plastique dans son enveloppe. Je le foudroyai du regard, honteux d'offrir cet article de pacotille à la vieille reine, mais en fait j'avais une excellente excuse, qui était que je devais voyager avec peu de bagages. Et puis je comptais bien leur rendre un service auprès duquel le présent le plus somptueux paraîtrait ridicule. Mais la reine se mit à frapper des mains avec plus d'entrain que les autres dames de sa suite et à afficher un sourire d'une merveilleuse gaieté. Quelques-unes des autres femmes qui se trouvaient là en firent autant et celles qui tenaient des enfants dans leurs bras les soulevèrent en l'air comme pour bien graver dans leur mémoire l'image de ce visiteur extraordinaire. Les hommes, les doigts dans la bouche, sifflaient harmonieusement. Il y a des années, Vince, le fils du chauffeur, avait essayé de me montrer comment faire et je me mettais les doigts dans la bouche jusqu'à en avoir la peau fripée, mais sans jamais pouvoir émettre un de ces sifflements perçants. Je décidai donc que je leur demanderais, pour me récompenser de les avoir débarrassés des grenouilles, de m'apprendre à siffler. Je me disais que ce serait formidable de pouvoir faire ça avec mes doigts.

— Prince, dis-je à Itelo, pardonnez, je vous prie, ce modeste présent. Je suis rudement gêné d'apporter un imperméable en pleine sécheresse. J'ai l'air de me moquer, vous ne trouvez pas ?

Mais il me répondit que ce présent faisait plaisir à la reine, et cela se voyait. J'avais fait provision de ces menus objets que l'on trouve annoncés dans la dernière page de la section sportive du supplément dominical du *Times* et tout au long de la Troisième Avenue, chez les brocanteurs et dans les magasins de surplus. Au prince, j'offris une boussole ainsi que de petites jumelles, même pas assez bonnes pour observer les oiseaux. Pour la grosse sœur de la reine, Mtalba, ayant remarqué qu'elle fumait, j'exhibai un de ces briquets autrichiens à la longue mèche blanche. Par endroits, et surtout au buste, Mtalba était si épaisse que sa peau était devenue rose à force d'être tendue. On élève les femmes ainsi dans les régions d'Afrique où il faut être obèse pour être considérée comme une véritable beauté. Elle était attifée de mille parures, car quand elle atteint ce poids-là, une femme ne peut se passer de vêtements. Ses mains étaient teintes au henné et ses cheveux crêpés à l'indigo ; elle avait l'air de quelqu'un de très heureux et de très choyé, le bébé de la famille peut-être, elle luisait et étincelait de graisse et de transpiration et sa chair était plissée ou marbrée comme de la broderie. Sous son ample robe, elle avait les hanches larges comme un canapé et elle aussi prit ma main et la posa sur sa poitrine en disant :

— Mtalba. Mtalba Awhonto. (Je suis Mtalba. Mtalba vous admire.)

— Je l'admire aussi, dis-je au prince.

J'essayai de lui faire expliquer à la reine que le manteau qu'elle venait d'enfiler était imperméable et, comme il semblait incapable de trouver dans son dialecte l'équivalent d'imperméable, je pris la manche et la léchai. Se méprenant sur la signification de mon geste, elle me prit le bras et se mit à le lécher à son tour. Je poussai un cri.

— Pas crier, missieu, dit Romilayu d'un ton pressant.

Là-dessus, je me calmai, elle se mit à me lécher l'oreille, puis ma joue mal rasée, et enfin inclina ma tête vers son ventre.

— Allons bon, qu'est-ce qui lui prend maintenant ? dis-je.

Romilayu hocha la tête en disant :

— Bon, missieu. Très bon.

Il s'agissait d'une marque particulière de faveur de la part de la vieille dame. Itelo avança les lèvres pour montrer que je devais embrasser la reine sur le ventre. Pour m'assécher la bouche, j'avalai ma salive. En tombant durant mon combat avec Itelo, je m'étais fendu la lèvre inférieure. Puis je donnai mon baiser, frissonnant au contact de la chaleur que je rencontrai. Je repoussai du visage la peau de lion à l'endroit où elle était nouée, j'aperçus le nombril de la vieille dame et je sentais la présence de ses intestins agités de sourdes rumeurs. J'avais l'impression de faire un voyage en ballon au-dessus des îles des Epices, planant dans des nuées chaudes tandis que d'en bas montaient des odeurs exotiques. Ma barbe me piquait les lèvres. Quand je me redressai après cette expérience lourde d'enseignement (après avoir pris contact avec un certain pouvoir — incontestable ! — qui émanait des entrailles de cette femme), voilà que Mtalba à son tour me prit la tête, voulant en faire autant, comme l'indiquaient ses gestes d'invite, mais je fis mine de ne pas comprendre, et je dis à Itelo :

— Comment se fait-il que vos tantes soient toutes les deux si gaies alors que tout le monde est en deuil ?

— Ce sont deux femmes Hamer.

— Amères ? Je ne saurais pas vous dire, repris-je, mais si elles ne font pas une paire de joyeuses sœurs, alors j'ai complètement perdu les pédales. Regardez-les : elles s'amusent comme des petites folles.

— Oh, heureuses ! Oui, elles sont heureuses... Hamer. Ce sont des femmes Hamer, répéta Itelo.

Et il se mit à m'expliquer. Un Hamer était quelqu'un de vraiment très bien. On ne pouvait pas faire mieux. Un Hamer n'était pas seulement une femme, mais un homme aussi. En tant qu'aînée, Willatale avait également un grade supérieur chez les Hamers. Quelques-uns de ces gens réunis dans la cour étaient ses maris et d'autres ses femmes. Elle en avait beaucoup des uns et des autres. Les femmes l'appelaient leur mari, et les enfants l'appelaient aussi bien père et mère. Elle s'était élevée au-dessus des limites ordinaires de l'humain et faisait ce qui lui plaisait puisqu'elle s'était révélée supérieure dans tous les domaines. Mtalba était Hamer aussi et en pleine ascension.

— Mes deux tantes vous aiment bien. C'est très bon pour vous, Henderson, dit Itelo.

— Elles ont bonne opinion de moi, Itelo ? C'est vrai ? demandai-je.

— Très bonne. Prima. Première classe. Elles admirent votre allure, elles savent aussi que vous m'avez battu.

— Mon vieux, je suis rudement content que ma force physique soit bonne à quelque chose, dis-je, au lieu d'être un fardeau, comme ça l'a été le plus souvent tout au long de ma vie. Seulement, dites-moi une chose : est-ce que les femmes Hamer ne peuvent rien faire à propos des grenouilles ?

A cela, il me répondit gravement que non.

Ce fut ensuite au tour de la reine de me poser des questions, et elle commença par dire qu'elle était heureuse que je fusse venu. Elle était incapable de rester tranquille en parlant, de petits tremblements bienveillants agitaient sa tête, tandis que ses lèvres s'entrouvraient au souffle de sa respiration et qu'elle ne cessait de se passer la main devant le visage ; puis elle s'arrêta et sourit, mais sans écarter les lèvres, tandis que son œil vif me fixait et que ses cheveux blancs et secs se dressaient et retombaient suivant le souple mouvement de son cou.

J'avais deux interprètes, car on ne voulait pas laisser Romilayu en dehors du coup. Il avait un sens très aigu de sa dignité et de sa position, il était un modèle de correction africaine, comme s'il avait été élevé dans une cour royale, il parlait d'une voix aiguë et traînante, avançant le menton tout en pointant cérémonieusement vers le ciel son index tendu.

Après m'avoir prodigué ces paroles de bon accueil, la reine voulut savoir qui j'étais et d'où je venais. A peine eus-je entendu cette question qu'une ombre vint tomber sur tout ce que l'occasion avait de plaisant et d'aimable et je commençai à souffrir. Je regrette de ne pouvoir expliquer pourquoi cela m'était pénible de parler de moi, mais c'était ainsi et je ne savais pas quoi dire. Fallait-il lui expliquer que j'étais un riche Américain ? Peut-être ne savait-elle même pas où était l'Amérique, car même les femmes civilisées ne sont pas très fortes en géographie : elles préfèrent un monde qui leur est propre. Lily pourrait vous dire un tas de choses sur les buts de l'existence, sur ce à quoi quelqu'un devrait s'attendre ou ne pas s'attendre, mais je ne crois pas qu'elle serait capable de dire si le Nil coule vers le nord ou vers le sud. J'étais donc sûr qu'une femme comme Willatale ne posait pas une pareille question pour s'entendre simplement répondre le nom d'un continent. Je restai donc là en me demandant ce que je devrais dire, ennuyé, songeur, mon ventre pendant en avant (irrité sous la chemise par mon combat avec Itelo), les yeux presque fermés sous l'effort de la réflexion. Et mon visage, il faut que je le répète, n'est pas un visage banal, mais rappelle une église inachevée. Je savais que les femmes arrachaient à leurs tétées les enfants à qui elles donnaient le sein pour les brandir en l'air et leur montrer ce mémorable visiteur. La nature, en Afrique, allant volontiers jusqu'aux extrêmes, je crois qu'elles appréciaient sincèrement mes bizarreries. Et les enfants pleuraient d'être ainsi sevrés, ce qui me rappelait le bébé de Danbury ramené à la maison par ma malheureuse fille Ricey. Ce souvenir, de nouveau, me donna un choc et je retrouvai toutes mes difficultés d'antan, en songeant à ma condition. Une foule de faits déferla sur moi, m'étouffant. Qui... qui étais-je ? Un milliardaire errant et vagabond. Un homme brutal et violent qui parcourait le monde. Un homme qui fuyait la patrie de ses ancêtres. Quelqu'un dont le cœur disait : *je veux, je veux*. Qui jouait du violon avec désespoir, en cherchant la voix des anges. Qui devait tirer l'esprit de son sommeil sinon... alors que pouvais-je dire à cette vieille reine vêtue de sa peau de lion et de son imperméable (car elle l'avait boutonné de haut en bas) ? Que j'avais gâché les bienfaits qui m'avaient été accordés et que je voyageais pour trouver un remède ? Ou bien que j'avais lu quelque part que le pardon des péchés était perpétuel mais qu'avec la négligence qui m'était caractéristique, j'avais perdu le livre ? Je me dis : « Il faut que tu répondes à cette femme, Henderson. Elle attend. Mais comment ? » Et tout recommença, une fois de plus c'était : Qui es-tu ? Et force m'était d'avouer que je ne savais pas par où commencer.

Mais elle vit que j'étais là, accablé, et que malgré mes airs capables et mon allure de dur à cuire, j'étais idiot, et elle changea de sujet de conversation. Elle avait compris maintenant que le manteau était imperméable, alors elle appela l'une des femmes au long cou et la fit cracher sur le tissu et frotter, puis tâter à l'intérieur. Elle était stupéfaite et le dit à tout le monde, se mouillant le doigt et le posant sur son bras, et ils se mirent tous à chanter : « Awho », à siffler entre leurs doigts et à taper des mains, puis Willatale m'étreignit de nouveau. Une seconde fois mon visage s'enfouit vers les profondeurs de son ventre, ce vaste renflement couleur safran, la peau de lion nouée s'enfonçant aussi, et une fois de plus je sentis la puissance qui émanait d'elle. Je ne m'étais pas trompé. Et je ne cessais de penser comme avant : l'heure qui a tiré l'esprit de son sommeil. Cependant, les hommes aux carrures d'athlètes continuaient à siffler entre leurs doigts, ouvrant la bouche comme des satyres, mais rien en eux, à part cela, n'évoquait le satyre. On continuait aussi à battre des mains, exactement comme quand des dames jouent à la balle. Je sentis donc dès ce premier contact avec le village que vivre parmi des gens comme eux pourrait améliorer un homme. Cela m'avait déjà fait du bien, j'en étais sûr. Et je voulais faire quelque chose pour eux, j'en brûlais d'envie. Si au moins, pensais-je, j'étais un docteur, j'opérerais l'œil de Willatale. Oh, bien sûr, je sais ce que c'est qu'une opération de la cataracte et je n'avais pas l'intention d'essayer. Mais je me sentais singulièrement honteux de n'être pas un docteur — ou peut-être était-ce la honte de venir de si loin et d'avoir si peu à donner. Quand on pense à toute l'ingéniosité, à tout le progrès, à tous les efforts coordonnés qu'il faut pour faire parvenir aussi vite quelqu'un au cœur de l'Afrique ! Et voilà que ce n'est pas le type qu'il faut ! J'avais donc une fois de plus la conviction que j'occupais dans l'existence une place qui devrait être bien mieux tenue par quelqu'un d'autre. Et c'était sans doute ridicule de regretter ainsi de ne pas être docteur, car après tout certains médecins sont des personnages sans grande envergure, et j'en ai rencontré un certain nombre qui ne valent pas cher, mais je pensais surtout à l'idole de mon enfance, Sir Wilfred Grenfell, du Labrador. Il y a quarante ans, en lisant ses livres sur la véranda, j'avais juré d'être médecin missionnaire. C'est dommage, mais la souffrance est à peu près tout ce sur quoi l'on peut compter pour tirer l'esprit de son sommeil. On raconte depuis longtemps que l'amour peut en faire autant. Quoi qu'il en soit, je pensais qu'il aurait quand même pu arriver chez les Arnewi quelqu'un de plus utile en cette époque car, malgré tout le charme des deux femmes Hamer, la crise était vraiment aiguë. Et je me souvins d'une conversation avec Lily. Je lui demandais : « Chérie, penses-tu qu'il soit trop tard pour que je fasse mes études de médecine ? » (Non pas qu'elle soit la femme rêvée pour répondre à une question d'ordre pratique comme cela.) Mais elle me dit : « Mais non, chéri. Il n'est jamais trop tard. Tu vivras peut-être jusqu'à cent ans. » — Corollaire à son opinion que j'étais increvable. Je lui répliquai donc : « Il faudrait que je vive jusque-là pour que cela en vaille la peine. Je commencerai mon internat à soixante-trois ans, à l'âge où les autres prennent leur retraite. Seulement, je ne suis pas comme les autres à cet égard parce que je n'ai rien d'où je puisse me retirer. Mais je ne peux pas compter vivre cinq ou six existences, Lily. Tu te rends compte, plus de la moitié des gens que je connaissais quand j'étais jeune ont disparu et moi je suis là, toujours à faire des plans d'avenir. Et les animaux que j'ai eus aussi. Un homme dans sa vie a six ou sept chiens, et puis le moment vient pour lui aussi de s'en aller. Alors, comment est-ce que je peux penser à mes livres de classe, à mes instruments, à m'inscrire à des cours et à étudier des cadavres ? Où trouverais-je la patience d'apprendre maintenant l'anatomie, la chimie et l'obstétrique ? » Du moins, Lily ne me rit-elle pas au nez comme l'avait fait Frances. Si j'avais des connaissances scientifiques, pensais-je, je pourrais probablement trouver un moyen simple de faire disparaître ces grenouilles.

En tout cas, je me sentais très en forme et c'était mon tour maintenant de recevoir des cadeaux. Les sœurs m'offrirent un coussin en peau de léopard, et l'on m'apporta un plein panier d'ignames cuites, recouvert de paille. Mtalba ouvrait des yeux de plus en plus grands, son front s'agitait doucement et elle semblait souffrir du nez, autant de signes qu'elle était éprise de moi. Elle me lécha la main de sa petite langue, et je la retirai pour l'essuyer sur mon short. Mais je m'estimais très heureux aussi. C'était vraiment un endroit magnifique, étrange, qui ne ressemblait à rien, et j'en étais tout ému. J'étais persuadé que la reine pourrait m'éclairer si elle le voulait ; que, d'une minute à l'autre, elle allait peut-être ouvrir sa main pour me montrer la chose, la source, le germe, le chiffre. Le mystère, vous comprenez. J'étais absolument convaincu qu'elle le détenait. La terre est une grosse boule que rien ne retient dans l'espace que son propre mouvement et les effets du magnétisme, et nous autres créatures conscientes qui l'occupons, nous croyons qu'il nous faut aussi nous mouvoir dans notre espace à nous. Nous ne pouvons pas nous permettre de rester couchés sans remplir notre tâche et imiter l'entité supérieure. Vous comprenez, c'est notre attitude habituelle. Voyez par contre Willatale, la femme Hamer ;

elle avait renoncé à de telles conceptions, il n'y avait chez elle aucune inquiétude, elle se sentait soutenue. D'ailleurs, il ne s'était rien passé d'ennuyeux ! Au contraire, tout semblait bien ! Regardez comme elle était heureuse, souriant avec son nez camus et sa bouche édentée, son œil voilé et son bon œil, et regardez ses cheveux blancs ! Cela me réconfortait rien que de la voir, et j'avais l'impression que moi aussi je pourrais apprendre à être fort en suivant son exemple. Il me semblait que mon heure de libération approchait, que bientôt le sommeil de l'esprit allait s'interrompre.

Il y avait en moi cette heureuse agitation, qui me faisait serrer les dents. Certaines émotions m'agacent les dents. Le plaisir esthétique notamment. Oui, quand j'admire la beauté, j'éprouve ces maux de dents et j'ai les gencives irritées. Comme ce matin d'automne où les tubéreuses étaient si rouges, où j'étais planté en robe de chambre de velours sous l'ombre verte du pin, avec le soleil pareil à la robe d'un renard, les bêtes qui aboyaient, et les corbeaux qui s'acharnaient sur les débris dorés du chaume : ce jour-là, mes gencives me faisaient mal, et il en allait de même maintenant ; et en même temps toute mon arrogance pénible et menaçante semblait se dissiper, et même la raideur de mon ventre avait l'air de se calmer et de diminuer.

« Ecoutez, dis-je au prince Itelo, Votre Altesse pourrait-elle me ménager une véritable conversation avec la reine ?

— Comment, fit-il, surpris, vous ne parlez pas ? C'est bien une conversation que vous avez, monsieur Henderson.

— Oh, mais je veux dire une vraie conversation. Pas un échange de banalités mondaines. Un entretien sérieux, dis-je. A propos de la sagesse de la vie. Parce que je sais qu'elle la possède et je ne voudrais pas m'en aller sans y avoir goûté. Ce serait de la folie.

— Oh, bon. Très bien, très bien, dit-il. Parfait. Comme vous m'avez battu, je ne vous refuserai pas de vous servir d'interprète dans ces circonstances difficiles.

— Alors vous savez ce que je veux dire ? repris-je. Formidable. Magnifique. Je vous en serai reconnaissant jusqu'à la fin de mes jours, Prince. Vous ne vous doutez pas à quel point ça me fait plaisir. La sœur cadette, Mtalba, cependant, me tenait la main, et je demandai : « Que veut-elle ? »

— Oh, elle a une vive affection pour vous. Vous ne voyez donc pas qu'elle est une très belle femme et vous le plus fort des hommes forts. Vous avez conquis son cœur.

— Au diable son cœur, dis-je.

Puis je commençai à réfléchir aux moyens d'entamer la discussion avec Willatale. Sur quoi devrais-je me concentrer ? Sur les enfants et la famille ? Sur le devoir ? La mort ? La voix qui disait *Je veux* ? (Comment pourrais-je lui expliquer cela à elle et à Itelo ?) Il me fallait trouver les points les plus simples, les plus essentiels, et tout mon raisonnement justement est des plus compliqués. Tenez, voici un exemple de cette façon de réfléchir, et c'est précisément ce à quoi je pensais tandis que j'étais là debout dans cette cour brûlée de soleil, sous l'ombre parcimonieuse du chaume : Lily, qui est au fond mon épouse chérie et une femme irremplaçable, voulait nous voir mettre un terme à la solitude dans laquelle chacun de nous vivait. Elle n'était plus seule maintenant, mais moi, je l'étais toujours, et comment cela se faisait-il ? Pro-

117

chaine étape : l'aide peut provenir d'autres êtres humains ou bien d'un tout autre secteur. Et entre humains, il n'y a que deux alternatives : la fraternité ou le crime. Et qu'est-ce qui fait des braves gens de pareils menteurs ? Car ils mentent comme ils respirent. Evidemment, ils croient qu'il doit y avoir des crimes et que le mensonge est le plus utile des crimes, puisqu'en tout cas on le commet pour la bonne cause. Eh bien, si l'on pousse les choses à fond, je suis pour les gens bien, certes, mais je me méfie terriblement d'eux. Alors, en définitive, quelle est la meilleure façon de vivre ?

Seulement, je ne pouvais pas commencer à un stade aussi avancé de mes réflexions avec la femme Hamer. Il me faudrait avancer lentement pour être sûr de mon terrain. Je dis donc à Itelo :

— Ami, voulez-vous, s'il vous plaît, dire à la reine pour moi que le seul fait de la voir a sur moi des effets merveilleux. Je ne sais pas si c'est son allure, ou la peau de lion, ou bien ce que je sens émaner d'elle... mais quoi qu'il en soit, cela me détend l'âme.

Ces propos furent traduits par Itelo, puis la reine se pencha en avant, son corps trapu chancelant imperceptiblement, et elle prononça quelques mots en souriant.

— Elle dit qu'elle aime bien vous voir aussi.

— Oh, vraiment, fis-je, radieux. Mais c'est magnifique. C'est un grand moment pour moi. Les cieux s'entrouvrent. C'est un grand honneur pour moi d'être ici.

Retirant ma main de l'emprise de Mtalba, je pris le prince par les épaules et je secouai la tête, car j'étais profondément inspiré et mon cœur débordait. « Vous savez, dis-je, en réalité vous êtes beaucoup plus fort

118

que moi. Je suis costaud, c'est entendu, mais ce n'est pas la bonne sorte de force : c'est une force brutale ; parce que je suis désespéré. Tandis que vous, vous êtes vraiment fort... vraiment. » Le prince fut touché de ces paroles et commençait à protester, mais je repris : « Croyez-moi. Si j'essayais de vous expliquer ça en détail, il faudrait des mois avant même que vous ayez ne serait-ce qu'une lueur de ce que je veux dire. Mon âme est comme une boutique de brocanteur. Je veux dire qu'elle est pleine de plaisirs abandonnés là, de vieilles clarinettes, d'appareils de photo et de fourrures mangées aux mites. Mais, ajoutai-je, ne discutons pas de cela. Je cherche seulement à vous dire l'impression que vous me donnez dans cette tribu, Itelo. Vous êtes épatant, Itelo. Je vous aime. J'aime la vieille dame aussi. En fait, vous êtes tous des gens formidables, et je m'en vais vous débarrasser de ces grenouilles, même si je dois y consacrer ma vie. »

Ils virent tous que j'étais ému, et les hommes se mirent à siffler dans leurs doigts tout en ouvrant la bouche comme des satyres, mais avec une infinie douceur.

— Ma tante dit : Que voulez-vous savoir, monsieur ?

— Oh ! C'est merveilleux. Eh bien, pour commencer, demandez-lui donc ce qu'elle voit en moi puisque j'ai tant de mal à lui expliquer qui je suis.

Itelo transmit cette question, et Willatale fronça le front avec cette souplesse particulière aux Arnewi, qui laissait voir toute la moitié du globe de l'œil, pur et brillant de mille intentions ; alors que l'autre, celui qui était voilé d'une taie, pétillait d'humour comme si elle me faisait un clin d'œil qui devait me faire usage jusqu'à la fin de mes jours. Cette persienne blanche close était également pour moi l'indice de sa vie intérieure. Elle parlait lentement, sans détourner le regard, et ses yeux se déplaçaient sur sa vieille cuisse raccourcie par sa corpulence, comme si elle lisait un texte en braille. Itelo traduisait.

« Vous avez, monsieur, une grande personnalité. Forte. (Je suis d'accord avec elle.) Votre esprit est plein de pensées. Vous possédez aussi certains principes fondamentaux des Hamer. (Bon, bon !) Vous aimez les senss... (Il lui fallut quelques secondes pour trouver le mot, tandis que j'étais là, attendant avec impatience — dans cette cour colorée, sur cette bonne terre, dans ce décor teinté de noir et de cramoisi, les broussailles brunes sentant la cannelle —, brûlé donc du désir d'entendre comment sa sagesse allait me juger.)

« Senss-sations. » J'acquiesçai et Willatale poursuivit. « Elle dit que vous êtes très chagrin, oh, monsieur ! Monsieur Henderson. Votre cœur aboie. »

— C'est exact, répondis-je, avec trois têtes comme Cerbère, le chien de garde. Mais pourquoi aboie-t-il ?

Mais lui l'écoutait, penché sur la pointe des pieds, comme s'il était consterné d'entendre avec quel genre d'individu il s'était colleté au cours de la cérémonie traditionnelle de présentation.

— De la frénésie, dit-il.

— Oui, oui, fis-je, je suis tout à fait d'accord. Cette femme a vraiment un don. (Et je l'encourageais.) Dites-moi, dites-moi, reine Willatale ! Je veux la vérité. Je ne vous demande pas de m'épargner.

— Vous souffrez, dit Itelo, et Mtalba me saisit la main d'un geste compatissant.

— C'est bien vrai.

— Elle dit maintenant, monsieur Henderson, que vous avez une grande capacité, comme l'indiquent votre grande taille et surtout votre nez.

120

Je me palpai le visage, en ouvrant de grands yeux tristes. On peut dire que la beauté, ça ne dure pas.

— Autrefois, j'étais beau garçon, dis-je, mais c'est évidemment un nez avec lequel on peut humer le monde d'un coup. Je le tiens du fondateur de la famille. C'était un fabricant de saucisses hollandais et il est devenu le capitaliste le plus dénué de scrupules de toute l'Amérique.

— Vous excusez la reine. Elle vous aime bien et elle ne voudrait pas vous faire d'ennuis.

— Parce que j'en ai déjà assez comme ça. Mais, écoutez, Votre Altesse, je ne suis pas venu pour barguigner, alors ne lui dites rien qui puisse l'arrêter. Je veux la vérité sans détour.

La femme Hamer se remit à parler, lentement, laissant s'attarder sur moi son unique œil sain au regard rêveur.

— Qu'est-ce qu'elle dit... Qu'est-ce qu'elle dit ?

— Elle dit qu'elle voudrait que vous lui expliquiez, monsieur, pourquoi vous venez. Elle sait que vous avez dû traverser une montagne et marcher très longtemps. Vous plus jeune, monsieur Henderson. Vous pesez peut-être cent cinquante kilogrammes ; votre visage a beaucoup de couleurs. Vous êtes bâti comme une vieille locomotive. Très fort, oui, je sais. Je le reconnais, monsieur. Mais tant de chair, comme un grand monument...

J'écoutais, piqué de ses paroles, grimaçant parmi mes rides. Puis je soupirai et dis :

« Merci de votre franchise. Je sais que c'est bizarre d'avoir fait tout ce chemin à travers le désert avec mon guide. Veuillez dire à la reine que j'ai fait cela pour ma santé. » Cela surprit Itelo qui eut un petit rire stupéfait. « Je sais, dis-je, que je n'ai pas l'air malade. Et il semble monstrueux que quelqu'un ayant mon physique se préoccupe encore de sa personne ou de sa santé. Mais c'est comme ça. Oh, c'est navrant d'être humain. On est victime de si bizarres maladies. Simplement parce qu'on est homme et sans autre raison. Avant même d'avoir eu le temps de vous en rendre compte, à mesure que les années passent, vous devenez comme tout le monde, affligé de ces maux particuliers à l'espèce humaine. Vous n'êtes plus qu'un réceptacle de plus pour la colère, la vanité, la témérité et tout le reste. Qui voudrait cela ? Qui en a besoin ? Tout cela occupe la place où devrait se trouver l'âme chez l'homme. Mais, puisqu'elle a commencé, je voudrais qu'elle me lise mon acte d'accusation en entier. Je peux lui préciser un grand nombre de points, encore que je n'aie guère l'impression qu'elle en ait besoin : elle a l'air de savoir. Le désir, la rage, tout le tremblement... elle connaît. Un véritable déballage d'infirmités... »

Itelo hésita, puis traduisit tant bien que mal à la reine. Elle hocha la tête d'un air fort compatissant, ouvrant et refermant lentement la main sur la peau de lion, l'œil fixé sur le toit de l'abri, sur ces cannes de bambou ambrées et sur l'entrecroisement paisiblement symétrique des feuilles de palmier. Ses cheveux flottaient comme un million de toiles d'araignées, tandis que la graisse de ses bras retombait par-dessus ses coudes.

— Elle dit, traduisit Itelo avec soin, que le monde est étrange pour un enfant. Vous pas un enfant, monsieur ?

— Oh, comme elle est merveilleuse, dis-je. C'est vrai, c'est trop vrai. Je n'ai jamais été à l'aise dans la vie. Toutes mes déchéances m'ont accablé dès l'enfance.

Je serrai les mains et, contemplant le sol, je me mis à songer à cela. Et quand je réfléchis, je suis comme le troisième coureur dans une équipe de relais. C'est à peine si je puis attendre de prendre le témoin, mais si d'aventure je le prends, je pars rarement dans la direction qu'il faut. Voici donc à peu près ce que je me dis : Le monde est peut-être étrange pour un enfant, mais il ne lui inspire pas les mêmes craintes qu'à un homme. L'enfant s'en émerveille. L'homme fait en a seulement peur. Et pourquoi ? A cause de la mort. Il s'arrange donc pour se faire enlever comme un enfant. Si bien que ce qui arrive ne sera pas par sa faute. Et qui est ce ravisseur, ce bohémien ? C'est l'étrangeté même de la vie, quelque chose qui éloigne la mort, comme dans l'enfance. J'étais assez fier de moi, je vous assure. Et je dis à Itelo :

— Voulez-vous dire pour moi à la reine que la plupart des gens ont horreur de s'occuper des ennuis d'un homme. Les ennuis, c'est toujours embêtant. Alors, je n'oublierai pas votre générosité. Maintenant, écoutez... écoutez bien, dis-je à l'adresse de Willatale, de Mtalba, d'Itelo et des autres membres de la cour. Et je me mis à entonner le *Messie*, de Haendel : *Il était méprisé et abandonné, comme un homme accablé et qui était le familier du chagrin*, et j'attaquai ensuite une autre partie de l'oratorio : *Car qui attendra le jour de Sa venue, et qui sera là quand Il apparaîtra ?* Je chantais ainsi tandis que Willatale, la femme Hamer, reine des Arnewi, secouait doucement la tête ; peut-être avec admiration. Une expression similaire illuminait le visage de Mtalba, et son front commençait à se plisser légèrement vers les cheveux indigo crépus, tandis que les femmes battaient des mains et que les hommes sifflaient en chœur.

— Oh, c'est bien, monsieur. Mon ami, dit Itelo.

Seul Romilayu, râblé, musclé, courtaud et ridé, semblait désapprouver, mais ses rides lui donnaient perpétuellement cette expression-là et peut-être ne désapprouvait-il pas du tout.

— *Grun-tu-molani*, dit la vieille reine.

— Qu'est-ce que c'est ? Que dit-elle ?

— Elle dit, vous voulez vivre. *Grun-tu-molani.* L'homme veut vivre.

— Je pense bien, je pense bien ! *Molani. Moi molani.* Elle s'en rend compte ? Dieu la récompensera, dites-lui ça, de me l'avoir précisé. Je la récompenserai moi-même. Je vais anéantir ces grenouilles, les faire sauter de ce réservoir jusqu'au ciel, et elles regretteront d'être jamais descendues des montagnes pour vous ennuyer. Non seulement, je *molani* pour moi, mais pour tout le monde. Je ne pouvais pas supporter la triste façon dont les choses ont tourné dans le monde, alors je suis parti à cause de ce *molani. Grun-tu-molani,* ma vieille... ma chère reine. *Grun-tu-molani,* tout le monde.

Je soulevai mon casque devant toute la famille et tous les membres de la cour.

— *Grun-tu-molani.* Dieu ne joue pas aux dés avec nos âmes. Alors, *grun-tu-molani.*

Et ils me répondaient en souriant : *Tu-molani.*

Mtalba, les lèvres closes, mais le reste de son visage épanoui de bonheur, et ses petits poings teintés de henné plantés sur ses hanches, me regardait dans les yeux d'un air éperdu.

8

Sachez que je suis issu d'une race condamnée et raillée depuis plus de cent ans, et quand je m'installai à casser des bouteilles au bord de la mer éternelle, ce n'était pas seulement de mes grands ancêtres, les ambassadeurs et les hommes d'Etat, que les gens se souvenaient, mais aussi des excentriques de la famille. L'un d'eux se trouva embrigadé dans la révolte des Boxers, se prenant pour un Oriental ; un autre fut acheté 300 000 dollars par une actrice italienne ; un autre encore se perdit en ballon alors qu'il faisait campagne pour le suffrage universel. Il y a eu bon nombre d'individus impulsifs ou idiots dans notre famille. Voici une génération, un des cousins Henderson fut décoré de la médaille de la Couronne italienne pour avoir servi comme sauveteur lors du tremblement de terre de Messine, en Sicile. Il en avait assez de pourrir d'oisiveté à Rome. Il s'ennuyait et entrait à cheval dans son palais, descendant l'escalier de sa chambre jusqu'au salon. Après le tremblement de terre, il prit le premier train pour Messine et l'on raconte qu'il ne ferma pas l'œil pendant deux semaines entières, déblayant des centaines de ruines et sauvant d'innombrables familles. Cela indique qu'il existe dans

125

notre famille une sorte de besoin de servir, encore que cet idéal prenne parfois la forme d'une manie. L'un des ancêtres Henderson, sans être le moins du monde un ministre du Seigneur, avait coutume de prêcher à l'adresse de ses voisins, et il les convoquait en frappant à coups de barre de fer une cloche installée dans sa cour. Et ils devaient tous venir.

Il paraît que je lui ressemble. Nous avons la même encolure, du 46. Je pourrais rappeler aussi que je gardai un pont miné en Italie et que je l'empêchai de s'écrouler avant l'arrivée du génie. Mais cela fait partie des devoirs ordinaires du soldat, et je trouve que mon comportement à l'hôpital, quand je me suis cassé la jambe, est un exemple mieux choisi. Je passai tout mon temps dans les salles des enfants, à distraire et à réconforter les gosses. Je sautillais sur mes béquilles à travers tout l'établissement dans ma chemise d'hôpital ; je ne voulais pas prendre la peine de la nouer par-derrière et elle flottait au vent, et les vieilles infirmières se précipitaient toujours à ma poursuite pour me couvrir, mais je refusais de me tenir tranquille.

Et voilà maintenant que nous étions parmi les plus lointaines montagnes d'Afrique — bon Dieu, on ne pouvait guère être plus loin ! — et c'était une honte que ces braves gens eussent à souffrir ainsi à cause des grenouilles. Mais vouloir les débarrasser de cette calamité était chez moi chose normale. C'était précisément quelque chose dont j'étais sans doute capable, et c'était bien le moins que je puisse faire étant donné les circonstances. Regardez ce que cette reine Willatale avait fait pour moi : elle avait déchiffré mon caractère, elle m'avait révélé le *grun-tu-molani*. Je me disais que ces Arnewi, comme il est normal, s'étaient développés de façon inharmonieuse ; ils possédaient peut-être la sagesse de la vie, mais quand il s'agissait de grenouilles, ils étaient désarmés. J'avais déjà expliqué cela d'une façon qui me satisfaisait. Les Juifs avaient Jéhovah, mais ne voulaient pas se défendre le jour du Sabbat. Et les Esquimaux périraient de faim au milieu des caribous car il est défendu de manger du caribou pendant la saison des poissons ou du poisson pendant la saison du caribou. Tout dépend des valeurs, oui, des valeurs. Et où en est la réalité dans tout ça ? Je vous le demande, où est-elle ? Moi-même, qui mourais de tristesse et d'ennui, j'avais le bonheur, et le bonheur objectif, autour de moi, aussi abondant que l'eau dans cette citerne où le bétail n'avait pas le droit de boire. Je me disais donc : cela va être un de ces exemples d'aide mutuelle ; là où les Arnewi sont irrationnels, je les aiderai, et là où je suis irrationnel, ils m'aideront.

La lune s'était déjà levée, son long visage tourné vers l'est, laissant derrière elle un troupeau de nuages. Cela me donnait un élément de comparaison pour mesurer l'altitude des montagnes, et je crois qu'elles approchaient de trois mille mètres. L'air du soir tournait résolument au vert, mais les rayons de la lune gardaient leur blancheur intacte. Le toit de chaume ressemblait plus que jamais à un entrecroisement de plumes lourdes et sombres. Je dis au prince Itelo, alors que nous étions immobiles devant un de ces amas iridescents, le groupe des épouses et des parents nous escortant toujours avec les parasols en forme de fleurs de courge :

— Prince, je m'en vais tirer sur ces bestioles de la citerne. Parce que je suis sûr de pouvoir vous en débarrasser. Vous n'êtes absolument pas dans le coup : vous n'avez même pas besoin de donner votre opinion dans un sens ou dans l'autre. J'en prends la responsabilité.

— Oh, monsieur Henderson... Vous êtes un homme extraordinaire. Mais, monsieur... Ne vous laissez pas emporter.

— Ha, ha, Prince... Pardonnez-moi, mais c'est là que vous vous trompez justement. Si je ne me laisse pas emporter, je n'accomplis jamais rien. Mais c'est très bien, dis-je. N'en parlons plus.

Il nous laissa donc à notre case, et Romilayu et moi nous fîmes un dîner composé essentiellement d'ignames froides et de biscuits, à quoi j'ajoutai un supplément de vitamines en pilules. J'arrosai le tout d'une lampée de whisky, puis je dis :

— Viens, Romilayu, allons jusqu'à la citerne et examinons-la au clair de lune.

J'emportai une torche pour éclairer sous le chaume car, comme je l'ai déjà noté, un abri protégeait le réservoir.

Ces grenouilles ne s'en faisaient vraiment pas. En raison de l'humidité, c'était là que poussaient les seules mauvaises herbes de tout le village, et cette étrange variété de grenouilles de montagne, tachetée de vert et de blanc, sautait, s'ébattait et nageait dans l'eau de la citerne. On dit que l'air est le dernier refuge de l'âme, mais je crois que pour ce qui est des sens, il n'y a sans doute pas de milieu plus doux que l'eau. Ces grenouilles devaient donc vraiment mener la belle vie et elles accomplissaient leur idéal, me semblait-il, en flottant à nos pieds, avec leur peau luisante, leurs pattes blanches, leur gorge palpitante et leurs yeux comme des bulles. Alors que les autres, c'est-à-dire Romilayu et moi, nous étions en nage et nous avions chaud. Dans l'ombre du soir épaissie par l'auvent, j'avais l'impression d'avoir le visage en feu, comme si j'étais devant le cratère d'un volcan. J'avais les mâchoires gonflées, et il me semblait que, si j'éteignais la torche, nous pourrions voir ces grenouilles rien qu'à la lueur qui émanait de toute ma personne.

— Elles ne s'embêtent pas, ces bestioles, dis-je à Romilayu, pendant que ça dure. Et je promenai le faisceau de la grosse lampe sur l'eau où elles étaient massées. Dans d'autres circonstances, j'aurais pu avoir à leur égard une attitude tolérante, voire affectueuse. Au fond, je n'avais rien contre elles.

— Pourquoi vous riez, missieu ?

— Je ris ? Je ne m'en rendais pas compte, dis-je. Ce sont vraiment d'excellentes chanteuses. Chez nous, dans le Connecticut, nous en avons surtout qui coassent, mais celles-ci ont de superbes voix de basse. Ecoute, dis-je, je distingue un tas de choses. Ta dam-dam-dum. *Agnus Dei... Agnus Dei qui tollis peccata mundi, miserere no-ho-bis !* C'est du Mozart, je le jure ! Elles ont bien raison de chanter *miserere*, les pauvres bêtes, car le destin va bientôt frapper.

Je disais « pauvres bêtes », mais en réalité, j'étais ravi. Mon cœur se gonflait déjà à l'idée de leur mort. Nous avons horreur de la mort, nous la craignons, mais quand on va au fond des choses, ce n'est pas du tout ça. Je plaignais les vaches, oui, et sur le plan humain, j'étais bien. Je me donnais dix sur dix. Mais je brûlais quand même d'envie de laisser la violence s'abattre sur ces créatures qui peuplaient la citerne.

Je ne pouvais en même temps ne pas me rendre compte des divergences qui nous séparaient. D'un côté, ces petites bêtes foncièrement inoffensives, à demi poissons et qui n'étaient quand même pas responsables de la crainte qu'elles inspiraient aux Arnewi. De

129

l'autre, un homme plusieurs centaines de fois million-
naire, un mètre quatre-vingt-dix, cent quatre kilos,
ayant une situation dans le monde, ancien combattant
décoré du Purple Heart et de diverses autres distinc-
tions. Mais je n'en étais pas responsable, n'est-ce pas ?
Il faut pourtant signaler qu'une fois de plus, le destin
m'avait brouillé avec des animaux, conformément à la
prophétie de Daniel que je n'avais jamais réussi à
repousser : « Ils te chasseront d'entre les hommes et ta
demeure sera parmi les bêtes des champs. » Sans
compter les porcs auxquels je m'estimais le droit de
me rattacher en tant qu'éleveur, j'avais eu récemment
une histoire avec un animal qui pesait lourdement sur
ma conscience. A l'instant de donner l'assaut aux
grenouilles, c'était à cette créature, un chat, que je
pensais, et mieux vaut que j'explique pourquoi.

J'ai parlé du bâtiment aménagé par Lily sur notre
propriété. Elle l'avait loué à un professeur de mathé-
matiques et à sa femme. La maison était en matériaux
trop légers, les locataires s'étaient plaints du froid et je
les avais expulsés. C'était à propos d'eux et de leur chat
que nous nous querellions, Lily et moi, quand Miss
Lenox était tombée morte. Ce chat était un jeune mâle
au pelage brun et gris fumée.

A deux reprises, les locataires étaient venus à la
maison pour discuter du chauffage. Prétendant n'y rien
connaître, je suivais l'affaire avec intérêt, les épiant du
premier étage quand ils arrivaient. J'écoutais leurs
voix dans le salon et je savais que Lily essayait de les
calmer. Je restais au premier dans ma robe de chambre rouge, et chaussé des bottes que j'utilisais pour
circuler dans la porcherie. Par la suite, quand Lily
voulait m'en parler, je lui disais : « Ce sont tes oignons.
Pour moi, je n'ai jamais voulu d'étrangers sur la

propriété. » Je croyais qu'elle les avait fait venir pour se faire des amis, et j'étais contre.

— Qu'est-ce qui les gêne ? Les porcs ?

— Non, dit Lily, ils n'ont aucun reproche à faire aux porcs.

— Allons donc ! J'ai vu leur tête quand la pâtée cuisait, répondis-je, et je ne comprends pas pourquoi il a fallu que tu fasses aménager une seconde maison alors que tu ne veux même pas t'occuper de la première.

La seconde et dernière fois, ils vinrent beaucoup plus décidés à formuler leurs doléances, et je les observai de la chambre, en me brossant les cheveux avec une paire de brosses ; j'aperçus le chat couleur de fumée qui les suivait, bondissant parmi les tiges cassées du potager gelé. Les choux de Bruxelles font beaucoup d'effet quand le gel les atteint. La conférence commença au rez-de-chaussée et, au bout d'un moment, incapable d'en supporter davantage, je me mis à taper des pieds sur le parquet au-dessus du plafond du salon. Puis je hurlai dans l'escalier :

— Foutez-moi le camp d'ici, quittez ma propriété !

— Nous voulons bien, répliqua le locataire, mais nous réclamons notre dépôt de garantie, et il faudra aussi que vous régliez les frais de déménagement.

— C'est ça, dis-je, montez donc chercher l'argent. Je martelai l'escalier de mes bottes en vociférant : Foutez le camp !

Ce qu'ils firent, seulement ils abandonnèrent leur chat, et moi, je ne voulais pas d'un chat errant chez moi. Les chats sauvages c'est mauvais et celui-ci était un animal puissant. Je l'avais vu chasser et jouer avec un écureuil. Jadis, pendant cinq ans, nous avions subi un chat qui vivait dans un ancien terrier de marmotte près de l'étang. Il se battait avec tous les chats du pays, leur faisait des égratignures qui s'infectaient et leur arrachait les yeux. J'essayai de le tuer avec du poisson empoisonné et des bombes fumigènes et je passai des journées entières à genoux dans les bois à le guetter. Je déclarai à Lily :

— Si cet animal devient sauvage, comme l'autre, tu le regretteras.

— Ils reviendront le chercher, dit-elle.

— Je n'en crois rien. Ils l'ont laissé tomber. Et tu ne sais pas ce que ça peut donner, un chat sauvage. Tiens, j'aimerais voir un lynx traîner par ici.

Nous avions un ouvrier agricole du nom de Hannock ; j'allai le trouver dans la grange et je lui dis :

— Où est le chat que ces satanés locataires ont laissé derrière eux ?

On était alors à la fin de l'automne, et il rangeait des pommes, triant celles que le vent avait fait tomber pour les porcs qui restaient. Hannock était très hostile aux porcs qui avaient saccagé les pelouses et le jardin.

— Il n'est pas gênant, monsieur Henderson. C'est un bon petit chat, répondit-il.

— Ils vous ont payé pour le soigner ? demandai-je, mais il eut peur de me répondre « oui », alors il me mentit. (En fait, ils lui avaient donné deux bouteilles de whisky et une caisse de boîtes de lait condensé.)

— Non, fit-il, mais je m'en occuperai quand même. Ça ne me gêne pas.

— Je ne veux pas d'animaux abandonnés sur ma propriété, dis-je. Et je m'en allai en criant : « Minet-minet-minet. » Le chat finit par venir ; il ne se débattit pas quand je le soulevai par la peau du cou et que je le portai jusqu'à une pièce sous les combles où je l'enfermai. J'envoyai une lettre recommandée *par exprès* à ses

132

maîtres en leur donnant jusqu'à quatre heures le lendemain pour venir le chercher. Sinon, je menaçais de m'en débarrasser.

Je montrai à Lily le reçu de la lettre recommandée et lui annonçai que le chat était en ma possession. Elle essaya de me convaincre et alla même jusqu'à s'habiller pour le dîner et à se mettre de la poudre. A table, je la sentais trembler, et je savais qu'elle allait raisonner avec moi.

— Qu'est-ce qu'il y a ? Tu ne manges pas, dis-je, car d'habitude, elle mange énormément, et des serveurs de restaurant m'ont souvent dit qu'ils n'avaient jamais vu une femme engloutir des quantités pareilles de nourriture. Deux steaks épais comme le bras et six bouteilles de bière ne sont pas pour lui faire peur quand elle est en forme. Je dois avouer que je suis très fier des capacités de Lily.

— Tu ne manges rien non plus, répondit Lily.

— C'est parce que quelque chose me préoccupe. Je suis extrêmement ennuyé, dis-je. Au comble de l'agacement.

— Mon chou, ne te mets pas dans cet état, dit-elle. Mais telle était mon agitation que je me sentais mal dans ma peau. Ça n'allait pas du tout.

Je ne dis pas à Lily ce que je comptais faire, mais le lendemain, à 3 h 59, n'ayant toujours pas de réponse des anciens locataires, je montai au premier pour mettre ma menace à exécution. J'avais avec moi un sac d'épicerie dans lequel je dissimulais le revolver. La pièce mansardée était fort bien éclairée. Je dis au chat : « Ils t'ont plaqué, mon vieux minet. » Il se colla contre le mur, faisant le gros dos, le poil hérissé. J'essayai de le viser d'en haut et, en fin de compte, je dus m'asseoir par terre, pour viser entre les pieds d'une table de bridge qui se trouvait là. Dans ce petit espace, je ne voulais pas tirer plus d'un coup de feu. D'un livre sur Pancho Villa, j'avais retenu la méthode mexicaine qui consiste à viser avec l'index sur le canon et à presser la gâchette avec le médius, car l'index est le viseur le plus précis qui soit à notre disposition. Je parvins ainsi à avoir sa tête dans le prolongement de mon index (un peu tordu quand même), et je fis feu, mais au fond de moi, je ne tenais sans doute pas à le tuer, et je le manquai. Je ne peux expliquer autrement que je l'aie manqué à moins de trois mètres. J'ouvris la porte et il détala. Lily était dans l'escalier, son cou superbe déployé, le visage pâle de peur. Pour elle, un coup de revolver tiré dans une maison ne signifiait qu'une chose : cela lui rappelait la mort de son père. J'étais encore abasourdi par la détonation, et j'étais là, tenant le sac en papier d'une main molle.

— Qu'as-tu fait ? dit Lily.

— J'ai essayé de faire ce que j'avais dit que je ferais. Bon Dieu !

Là-dessus, le téléphone se mit à sonner et je passai devant elle pour répondre. C'était la femme du locataire, et je dis :

— Pourquoi avez-vous attendu si longtemps ? Pour un peu, il était trop tard.

Elle éclata en sanglots et moi-même, je ne me sentais pas très flambant. Je criai :

— Venez donc chercher votre satané chat. Vous autres, gens de la ville, vous vous fichez pas mal des animaux. On ne peut tout de même pas abandonner un chat comme ça.

Ce qu'il y a de déconcertant, c'est que j'agis toujours poussé par un motif vraiment profond : je n'arrive pas à comprendre comment je peux me tromper à ce point.

134

Donc, alors que j'étais assis au bord du réservoir, à réfléchir aux moyens d'exterminer les grenouilles, ce souvenir me remonta à la mémoire. Mais c'est différent, pensai-je. Ici, tout est parfaitement clair, et d'ailleurs c'est ce que je voulais faire en m'acharnant sur ce chat. C'était du moins ce que j'espérais, car ce souvenir me tordait le cœur et un immense chagrin m'envahissait. Il s'en était fallu de très peu : j'avais été bien près de commettre un affreux péché.

Mais, revenant à des considérations d'ordre pratique, j'envisageai diverses solutions telles que curage de la citerne, poison, mais aucune ne me paraissait acceptable. Je dis à Romilayu :

— La seule méthode possible, c'est d'utiliser une bombe. Une seule déflagration suffira à tuer toutes ces bestioles et, quand leurs cadavres flotteront à la surface, nous n'aurons qu'à venir les ramasser, et les Arnewi pourront recommencer à amener leur bétail pour boire. C'est simple.

— Oh, non, non, missieu, fit-il quand il eut compris mon projet.

— Comment « non, non, missieu » ! Ne dis pas d'âneries, je suis un vieux soldat et je sais de quoi je parle.

Mais c'était inutile de discuter avec lui, l'idée de l'explosion le terrifiait, alors je repris : « Bon, Romilayu, regagnons notre case et tâchons de dormir un peu. Nous avons eu une journée bien remplie, et bien des lendemains nous attendent. »

Nous revînmes donc à la case et il se mit à dire ses prières. Romilayu commençait à me connaître : je crois qu'il m'aimait bien, mais qu'il se rendait compte peu à peu que j'étais quelqu'un de téméraire, d'assez malchanceux et qui n'agissait pas avec assez de réflexion. Il s'accroupit donc à genoux, les muscles de ses hanches venant s'appuyer sur ceux de ses jarrets, ses larges talons exposés. Il joignit les mains, paume contre paume, les doigts écartés sous son menton. Souvent, je lui disais : « Glisse un mot aimable pour moi », et je le pensais un peu.

Quand Romilayu eut fini de prier, il se coucha sur le côté, une main blottie entre ses genoux relevés. Il glissa son autre main sous sa joue : c'était toujours dans cette position qu'il dormait. Moi aussi, je m'allongeai sur ma couverture dans l'ombre de la case, hors d'atteinte des rayons de lune. Je ne souffre pas souvent d'insomnie, mais ce soir-là, j'avais mille choses en tête, la prophétie de Daniel, le chat, les grenouilles, ce vieux village, la délégation en larmes, mon combat singulier avec Itelo et la reine qui avait regardé dans mon cœur et qui m'avait parlé du *grun-tu-molani*. Tout cela se mélangeait dans ma tête et je pensais toujours au meilleur moyen de faire sauter ces grenouilles. Bien sûr, je m'y connais un peu en explosifs et je me dis que je pourrais enlever les deux piles et confectionner une bombe assez convenable en emplissant le boîtier de ma torche électrique de la poudre provenant des cartouches de ma 375 H et de mon H Magnum. Cela fait une bonne charge, croyez-moi, qu'on peut utiliser pour tirer l'éléphant. J'avais acheté la 375 tout exprès pour ce voyage en Afrique, après avoir lu un article là-dessus dans *Life* ou dans *Look*. Il était question d'un type du Michigan qui s'en était allé en Alaska pour ses vacances ; il avait pris l'avion et avait engagé là-bas un guide pour chasser l'ours ; ils avaient trouvé la bête qu'ils avaient traquée à travers escarpements et marais et l'avaient abattue à quatre cents mètres. Je portais moi aussi un certain intérêt à la chasse, mais à mesure que

136

je vieillissais, il me semblait que c'était une étrange façon de communiquer avec la nature. Je veux dire : un homme va dans le monde extérieur, et alors tout ce qu'il est capable de faire, c'est de tirer dessus ? Aussi, en octobre, quand la saison commence, que la fumée des coups de feu jaillit de chaque buisson et que les animaux affolés s'enfuient de tous côtés, je m'en vais pincer les chasseurs qui tirent dans l'enceinte de ma propriété. Je les traîne devant le juge de paix et il leur colle des amendes.

Ayant ainsi décidé dans la case de prendre les cartouches pour les utiliser dans ma bombe, je restais là souriant à l'idée de la surprise qui attendait ces grenouilles, souriant aussi en songeant à la gratitude qu'allaient me témoigner Willatale, Mtalba, Itelo et toute la population ; et j'allai jusqu'à imaginer que la reine m'élèverait à une position égale à la sienne. Mais je dirais : « Non, non. Je ne suis pas parti de chez moi pour conquérir la puissance ou la gloire, et c'est bien volontiers que je vous rends quelques menus services. »

Avec toutes ces pensées qui roulaient dans ma tête, je ne pouvais trouver le sommeil, et si je voulais préparer la bombe demain, j'avais rudement besoin de repos. Je suis un peu maniaque en ce qui concerne le sommeil car, si je dors, par exemple, sept heures et quart au lieu de huit, je me sens fatigué et je me traîne, bien que je n'aie rien du tout. C'est simplement une idée. Mais c'est comme ça avec mes idées : on dirait qu'elles prennent des forces pendant que j'en perds.

Tandis que j'étais là sans dormir, j'eus la visite de Mtalba. Lorsqu'elle entra, elle empêcha le passage des rayons de lune sur le seuil, puis elle vint s'asseoir près de moi par terre, en soupirant, elle me prit la main et me parla doucement tout en me faisant tâter sa peau qui était d'un satiné merveilleux ; elle avait de quoi en être fière. Malgré cela, je jouai les distraits et je refusai de réagir : je restai allongé de toute ma masse sur la couverture, le regard fixé au plafond de la case, tout en essayant de penser à la fabrication de la bombe. Je dévissai (en pensée) le haut de la torche électrique et je laissai glisser sur le sol les piles ; j'ouvris les cartouches et je fis couler la poudre dans le boîtier. Mais comment la faire exploser ? L'eau compliquait les choses. Qu'allais-je employer comme détonateur, et comment l'empêcherais-je de se mouiller ? Je pourrais bien arracher quelques fils à la mèche de mon briquet autrichien et les faire tremper un long moment dans l'essence. Ou alors un lacet de chaussure ; un lacet empoissé serait peut-être parfait. Tel était le cours de mes méditations pendant que la princesse Mtalba, assise auprès de moi, me léchait et me couvrait les doigts de baisers. Je me sentais plein de remords car je me disais que, si elle savait quels péchés j'avais commis avec ces mêmes mains, elle y regarderait à deux fois avant de les porter à ses lèvres. Voilà qu'elle s'affairait maintenant sur le doigt qui m'avait servi à viser le chat, et j'en éprouvai une douleur dans le bras qui se répercuta à travers tout mon système nerveux. Si elle avait pu comprendre, j'aurais dit : « Belle dame (car on la considérait comme une grande beauté, et je voyais pourquoi), belle dame, je ne suis pas l'homme que vous croyez. J'ai sur la conscience des actes incroyables et je suis d'un caractère épouvantable. Même mes porcs avaient peur de moi. »

Et pourtant, ce n'est pas toujours facile de décourager les femmes. Elles s'attachent à des individus si peu recommandables : ivrognes, imbéciles, criminels.

138

C'est l'amour, me semble-t-il, qui leur donne la force de le faire, en leur faisant oublier toutes ces choses affreuses. Je ne suis pas idiot, ni aveugle, et j'ai observé un rapport entre l'amour des femmes et les grands principes de la vie. Si je ne l'avais pas remarqué moi-même, sûrement Lily me l'aurait fait observer.

Romilayu ne s'éveilla pas ; il dormait toujours, une main glissée sous sa joue couturée de cicatrices, et la masse de ses cheveux gonflée d'un côté. Des rayons de lune filtraient par la porte, et des feux de bouse séchée et d'épines brûlaient dehors. Les Arnewi veillaient leur bétail mourant. Comme Mtalba continuait à soupirer, à me caresser, à me bécoter les doigts et à guider mes doigts sur sa peau et entre ses lèvres, je me dis qu'elle avait dû venir dans un but précis, cette montagne de femme aux cheveux indigo, et je soulevai mon bras que je laissai retomber sur le visage de Romilayu. Il ouvrit les yeux, mais sans ôter la main sur laquelle il était couché, ni changer de position.

— Romilayu.

— Qu'est-ce que vous voulez, missieu ? dit-il, toujours sans bouger.

— Assieds-toi, assieds-toi. Nous avons de la visite.

Nullement surpris, il se leva. Le clair de lune entrait par le chaume et par la porte, et la lune était de plus en plus nette et pure, comme si elle ne se contentait pas d'éclairer, mais de parfumer l'air. Mtalba était assise, les bras reposant sur les pentes généreuses de son corps.

— Tâche de savoir quel est le but de sa visite, dis-je.

Il se mit donc à lui parler, s'adressant à elle d'un ton très cérémonieux, car il avait un grand respect pour l'étiquette africaine, ce Romilayu, et il faisait des ronds de jambe même au milieu de la nuit. Puis Mtalba lui répondit. Elle avait une voix douce, tantôt rapide et tantôt traînante. Il ressortit de cette conversation qu'elle voulait que je l'achète et, comme elle s'était rendu compte que je n'avais pas les moyens de me payer une épouse, elle était venue m'apporter l'argent cette nuit.

— C'est qu'il faut payer pour les femmes, missieu.

— Ça, mon vieux, je sais.

— Si vous ne payez pas, la femme ne vous respecte pas, missieu.

Là-dessus, je m'apprêtais à lui dire que j'étais riche et que je pouvais me permettre de payer n'importe quel prix, mais je me rendis compte que l'argent ne faisait rien à l'affaire, et je dis :

— Ha, c'est un joli geste de sa part. Elle est bâtie comme l'Everest, mais elle a beaucoup de délicatesse. Dis-lui que je la remercie et renvoie-la chez elle. Quelle heure est-il, je me demande. Bon sang, si je ne dors pas suffisamment, je ne serai pas en forme pour m'occuper de ces grenouilles demain. Tu ne comprends donc pas, Romilayu, que c'est un problème que je dois régler seul ?

Mais il me dit que tout ce qu'elle avait apporté était déposé devant la case et qu'elle voulait me le montrer, alors je me levai, sans aucun entrain, et nous sortîmes. Elle était venue avec une escorte, et quand ils me virent dans le clair de lune, avec mon casque colonial, ils se mirent à m'acclamer comme si j'étais déjà fiancé : ils le firent quand même discrètement étant donné l'heure tardive. Les cadeaux étaient étalés sur une grande natte où ils s'amoncelaient : robes, ornements, tambours, teintures et colorants : elle en fit l'inventaire à Romilayu qui traduisait au fur et à mesure.

140

— C'est une noble créature. Une femme remarquable, dis-je. Elle n'a pas déjà un mari ?

Ce à quoi il ne pouvait y avoir de réponse précise, puisqu'elle était une femme Hamer et que peu importait combien de fois elle se mariait. Inutile, je le savais, de lui expliquer que j'avais déjà une femme. Cela n'avait pas arrêté Lily, et Mtalba s'en fichait éperdument, j'en étais sûr.

Pour bien montrer la somptuosité de cette dot, Mtalba se mit à passer quelques robes, avec accompagnement d'un xylophone en os par un membre de son escorte, un gaillard qui arborait une énorme bague au doigt. Il souriait comme si c'était lui qui donnait en mariage cette femme, et elle cependant présentait les robes et les écharpes, les drapant autour de ses épaules, de ses hanches, ce qui nécessitait des mouvements bien distincts. Parfois, elle portait comme un demi-voile en travers du nez, à l'arabe, ce qui mettait en valeur ses yeux ravissants, et puis elle l'ôtait de ses mains colorées par le henné, énorme mais toujours gaie, me regardant par-dessus son épaule avec cette expression de souffrance que seul l'amour sait inspirer. Elle sautillait, elle trépignait, suivant le rythme du petit xylophone en os creux : des pieds de rhinocéros, peut-être, vidés par des fourmis. Et tout cela sous un clair de lune bleuté, tandis que l'on apercevait en divers points de l'horizon les taches disséminées des feux.

— Romilayu, dis-je, je veux que tu lui expliques qu'elle est fichtrement séduisante et qu'elle a un trousseau rudement impressionnant.

Je suis sûr que Romilayu en fit un compliment africain traditionnel.

— Mais, ajoutai-je, je n'ai pas réglé cette histoire de

grenouilles. Elles et moi avons rendez-vous demain, et je ne puis accorder vraiment mon attention à aucune question importante avant de leur avoir réglé leur compte une fois pour toutes.

Je croyais que cela la ferait partir, mais elle continuait à faire le mannequin et à danser, lourde mais splendide avec ses cuisses et ses hanches colossales, plissant le front et m'envoyant des clins d'œil. Je compris alors, en voyant la nuit se poursuivre au milieu des danses, qu'il s'agissait d'un enchantement. C'était de la poésie que je devais laisser m'atteindre, pour pouvoir m'attaquer à la tâche pratique consistant à anéantir les grenouilles de la citerne. Et ce que j'avais éprouvé en apercevant pour la première fois les toits de chaume quand j'avais descendu le lit de la rivière, cette impression d'ancienneté qui m'avait saisi alors, c'était la même chose : de la poésie, de l'enchantement. Au fond, j'ai une admiration sans bornes pour la beauté et je ne me fie qu'à cela, mais je passe mon temps à la chercher sitôt que je l'ai trouvée : ça ne dure jamais assez. Je sais que je n'en suis pas loin, car mes gencives commencent à me faire mal ; mes idées s'embrouillent, je sens mon cœur fondre et vlan, voilà que c'est fini. Une fois de plus, me voilà à sa recherche. Seulement, cette tribu des Arnewi semblait avoir de la beauté à revendre. Et je me disais que, quand je me serais acquitté de ma tâche à propos des grenouilles, alors les Arnewi me porteraient dans leur cœur. Déjà, j'avais fait la conquête d'Itelo, la reine avait beaucoup d'affection pour moi, et Mtalba voulait m'épouser ; je n'avais donc plus qu'à prouver (et l'occasion s'en présentait toute rôtie : je n'aurais pu rêver mieux) que je méritais tout cela.

Mtalba m'ayant donc léché une dernière fois les

mains d'un air ravi, en se donnant à moi avec toute sa dot — après tout, c'était une belle occasion —, je dis :

— Merci à vous, et bonne nuit, bonne nuit à tous.

— *Awho*, dirent-ils.

— *Awho, awho. Grun-tu-molani.*

— *Tu-molani*, répondirent-ils.

J'avais le cœur gonflé d'une joyeuse émotion et voilà qu'au lieu de vouloir dormir, je craignais quand ils seraient partis de faire disparaître cette impression d'enchantement si je fermais les yeux. Aussi, quand Romilayu, après une nouvelle brève prière — une fois de plus à genoux, les mains jointes comme quelqu'un qui s'apprête à plonger dans l'éternité —, quand Romilayu donc se fut endormi, je m'allongeai, les yeux ouverts, en proie à la plus vive exaltation.

9

J'étais toujours dans le même état, quand je me levai
avec le jour. C'était une aube ardente, qui rendait notre
case sombre comme une cave. Je pris une igname frite
dans le panier et la pelai comme une banane pour mon
petit déjeuner. Je mangeai, assis par terre, bien au frais
et, par la porte, je voyais Romilayu qui dormait, tout
fripé, couché sur le côté comme une effigie.

Je me dis : « Tu vas vivre un des plus beaux jours de
ta vie. » Car non seulement je continuais à ressentir la
même exaltation que la nuit, ce qui constituait une
sorte de record pour moi, mais je me persuadais (et je
demeure persuadé) que les choses, le monde-objet lui-
même, me donnaient une sorte de signal d'aller de
l'avant. Cela ne s'était pas passé comme j'avais cru
avec Willatale. Je pensais qu'elle allait pouvoir ouvrir
la main et me montrer le germe, la vraie clef, vous vous
le rappelez peut-être... sinon, je vous le redis. Eh bien,
ce qui se passait ne ressemblait en rien à ce que j'avais
imaginé : cela prenait simplement la forme de la
lumière au lever du jour contre la terre blanche du
mur, près de moi, et cela avait un effet extraordinaire ;
car, immédiatement, je me mis à éprouver dans mes
gencives la sensation qu'il allait arriver quelque chose

de merveilleux, en même temps que ma poitrine se serrait douloureusement. Les gens allergiques au pollen ou aux plumes me comprendront ; on devient conscient de leur présence très progressivement. Dans mon cas, la cause, ce matin-là, fut la couleur du mur au lever du soleil, et quand cette couleur devint plus profonde, je fus obligé de poser l'igname frite que je grignotais et de m'appuyer sur les deux mains, car le monde vacillait sous moi et, si j'avais été à cheval, j'aurais cherché à me cramponner au pommeau de la selle. Il me semblait, si vous voulez, que j'avais sous moi une force puissante et magnifique, mais inhumaine. Et ce fut cette même couleur rosée, comme le jus d'une pastèque, qui provoqua tout. Aussitôt, je reconnus l'importance de l'événement, de même que, toute ma vie, j'avais connu ces moments où le muet se met à parler, où j'entends les voix des objets et des couleurs ; l'univers physique commence alors à se plisser et à changer, à se gonfler, à se soulever et à s'aplanir, au point que les chiens eux-mêmes semblent contraints de s'appuyer contre un arbre, tremblants. Elle était donc là, sur ce mur blanc avec ses pointes, comme la chair de poule de la matière, la lumière rose, et je me serais cru en train de voler au-dessus des points blancs de la mer, à trois mille mètres d'altitude, quand le soleil commence à se lever. Il devait y avoir au moins cinquante ans que je n'avais rencontré une telle couleur, et je croyais me rappeler m'être réveillé, tout petit garçon, seul dans un grand lit, un lit noir, et regardant le plafond sur lequel il y avait un grand ovale de plâtre, à l'ancienne mode, avec des poires, des violons, des gerbes de blé et des figures d'anges ; et, dehors, un volet blanc de quatre mètres de haut, et baignant dans la même couleur rose.

Ai-je dit tout petit garçon ? Je crois que je n'ai jamais été tout petit, car à l'âge de cinq ans j'avais déjà l'air d'en avoir douze et j'étais un enfant très costaud. Dans le village des Adirondacks où nous passions l'été, là où mon frère Dick s'est noyé, il y avait un moulin à eau et j'entrais dedans en courant, un bâton à la main, je donnais des coups dans les sacs de farine, puis je m'échappais dans la poussière, sous les jurons du meunier. Mon père nous emmenait, Dick et moi, jusqu'à l'étang du moulin, il nous prenait chacun sous un bras et se mettait sous la chute d'eau. Avec sa barbe, il avait l'air d'un Triton ; avec sa barbe souriante et aussi avec sa solide musculature. Dans l'eau verte et froide, je voyais les poissons se promener tout près de là. Noirs, avec des taches de feu ; avec des braises d'eau. Comme des jeunes gars qui se baladent sur le trottoir. Puis, je vous l'ai dit, c'était le soir et je fonçais dans le moulin avec mon bâton, et je frappais les sacs de farine, étouffant presque sous la poudre blanche. Le meunier se mettait à hurler : « Imbécile, petit salopard, je te casserai les os comme à un poulet. » Riant, je filais et je me retrouvais dehors, dans cette même couleur rosée, qui était loin de la couleur ordinaire du soir. Je la voyais sur le côté enfariné du moulin tandis que l'eau tombait dans la roue. Un rose rouge clair et ténu dans le ciel.

Je ne m'attendais certes pas à retrouver une telle couleur en Afrique, je le jure. Et j'avais peur qu'elle ne s'en aille avant que je puisse en tirer tout ce que je devais en tirer. Je collai donc mon visage et mon nez contre la surface de ce mur. Je pressai mon nez contre le mur, comme si c'était une rose précieuse, et je m'agenouillai sur mes vieux genoux, ridés et pitoyables — comme des carottes — et j'aspirai, à plein nez, et je caressai le mur de ma joue. Mon âme était dans un drôle d'état, mais pas un état de surexcitation ; aussi doux, au contraire, que la couleur elle-même. Je me dis : « Je *savais bien* que cet endroit était ancien. » Je voulais dire que j'avais senti depuis le début que je pourrais trouver ici des choses qui étaient très anciennes, que j'avais vues quand j'étais encore innocent et auxquelles j'aspirais depuis lors... et sans lesquelles *je ne pouvais pas y arriver.* Mon esprit ne dormait pas, je vous assure, mais répétait : Oh, ho, ho, ho, ho, ho, ho,

Peu à peu, la lumière changea, comme elle devait le faire, mais au moins je l'avais revue, comme le bord du Nirvana, et je la laissai partir sans lutter, espérant qu'elle reviendrait avant que cinquante ans fussent de nouveau passés. Car sinon je serais condamné à mourir dans la peau d'un simple chahuteur, d'un crétin avec trois millions de dollars, d'un esclave de la peur la plus vile et du désarroi.

Donc, quand je me remis à penser au sauvetage des Arnewi, j'étais un autre être, ou du moins je le croyais. J'avais passé à travers quelque chose, j'avais connu une expérience vitale. C'était exactement le contraire de Banyuls-sur-Mer avec la pieuvre dans le réservoir. Cette fois-là, c'était de mort que j'avais entendu parler, et jamais je ne me serais attaqué à un vaste projet après avoir vu cette tête froide collée contre le verre et qui devenait de plus en plus pâle. Après l'heureux présage de la lumière, j'envisageais la fabrication de la bombe avec confiance, bien que la chose me présentât plus d'un problème. Je devrais faire appel à toute mon astuce de bricoleur. Surtout pour l'amorce et pour le réglage. Il me faudrait attendre jusqu'au dernier moment possible pour jeter mon engin dans l'eau. Je dois dire que j'avais suivi avec grand intérêt dans les journaux l'histoire de l'homme qui faisait le chantage à la bombe, à New York, ce type qui s'était disputé avec la compagnie d'électricité et qui avait juré de se venger. Des schémas de ses bombes trouvées dans un placard de consigne de Grand Central Station avaient paru dans le *News* ou dans le *Mirror*, et je m'étais absorbé dedans au point que j'en avais raté ma station de métro (j'avais ma boîte à violon entre les jambes). Car j'avais des idées précises sur la conception d'une bombe et le sujet m'intéressait toujours beaucoup. Cet homme avait utilisé des tuyaux à gaz, je crois. J'avais pensé à l'époque que j'aurais personnellement pu faire mieux chez moi, mais, bien sûr, j'avais l'avantage d'avoir bénéficié d'une formation d'officier à l'école d'infanterie et d'avoir suivi pas mal de cours sur la guerre de guérilla. Cependant, même une grenade faite à l'usine pouvait manquer son effet dans ce réservoir et toute l'affaire présentait des difficultés considérables.

Assis par terre avec mon matériel entre les jambes et mon casque repoussé en arrière sur mon front, je me concentrai sur mon travail, cassant les balles et vidant la poudre dans le boîtier de ma lampe électrique. J'ai le don de m'absorber totalement dans un travail manuel. Dieu sait qu'à la campagne j'ai eu tellement de bagarres que j'ai de plus en plus de mal à me faire aider, si bien que je suis devenu par la force des choses mon propre homme à tout faire. C'est dans la charpenterie ordinaire, la couverture des toits et la peinture que je réussis le mieux, et je suis moins adroit quand il s'agit d'électricité ou de plomberie. Ce n'est peut-être pas exact de dire que je m'absorbe totalement dans un travail manuel ; ce qui se passe plutôt, c'est que je deviens douloureusement tendu vers ce que je fais, et cela est vrai même quand j'étale un jeu de réussite. J'enlevai le verre du bout de la lampe électrique avec la petite ampoule et je mis à la place un cercle de bois soigneusement rogné de façon à prendre la forme voulue. Je fis un trou dedans pour l'amorce. Maintenant venait la partie compliquée, car le fonctionnement de l'engin dépendait de la vitesse avec laquelle brûlerait l'amorce. Je fis donc quelques essais en me gardant de regarder trop souvent Romilayu car, chaque fois que je tournais les yeux de son côté, je le voyais secouer la tête d'un air dubitatif. J'essayai de ne pas y faire attention mais, finalement, je dis : « Allons, ne joue pas les rabat-joie. Tu ne vois pas que je sais ce que je fais ? » Je me rendais bien compte, cependant, qu'il n'avait pas confiance, aussi je le maudissais intérieurement et continuais à travailler avec mon briquet, mettant le feu à des bouts de matériaux divers pour voir comment ils brûlaient. Mais si je n'avais aucun soutien à attendre de Romilayu, j'avais par contre Mtalba, qui revint très tôt le matin. Elle était vêtue maintenant d'un pantalon violet transparent et elle avait un de ses voiles habituels sur le nez ; elle prit ma main et l'appuya contre sa poitrine avec entrain, comme si nous étions parvenus à un accord au cours de la nuit. Elle était pleine d'entrain. Au son du xylophone en os de rhinocéros et accompagnée de temps en temps par un chœur de gaillards qui sifflaient dans leurs doigts pour lui donner la sérénade, elle se mit à faire des pas — mais est-ce bien le mot exact (à marcher comme dans l'eau ?) — pour exécuter sa danse, secouant et faisant tressauter sa chair épanouie, tandis que se peignait sur son visage un sourire de coquetterie et d'amour. Elle récita à la cour ce qu'elle faisait et ce que je faisais (Romilayu traduisant). « La femme

Hamer qui aime le grand lutteur, l'homme qui est comme deux hommes ensemble, est allée vers lui dans la nuit. » « Elle est allée vers lui », dirent les autres. « Elle lui a apporté le prix du mariage » — suivait un inventaire dans lequel étaient comprises vingt têtes de bétail qui furent toutes nommées avec leur généalogie — « et le prix du mariage fut très noble. Car la mariée est Hamer et très belle. Et le visage du marié a beaucoup de couleurs. » « Couleurs. Couleurs. » « Et il y a des poils dessus, les joues pendent et le marié est plus fort que beaucoup de taureaux. Le cœur de la mariée est prêt, les portes sont ouvertes toutes grandes. Le marié fait une chose. » « Une chose. » « Avec du feu. » « Du feu. » De temps en temps, Mtalba embrassait sa main, en lieu et place de la mienne, et me la tendait, et son visage affichait, dans les lignes entourant le nez, les marques d'un amour non satisfait, d'un amour douloureux. Pendant ce temps, je brûlais un lacet de soulier trempé dans de l'essence à briquet et j'observais attentivement, la tête penchée entre les genoux, pour voir comment il prenait l'étincelle. Pas mal, me disais-je. C'était prometteur. Un peu de charbon tombait. Quant à Mtalba, il fut un temps où je n'aurais pas accueilli de la même façon l'amour qu'elle m'offrait. Cela m'aurait paru une chose beaucoup plus sérieuse. Mais, bah ! Les plis profonds ont commencé à s'installer près de mes oreilles et, de temps en temps, quand je lève la tête devant ma glace, je vois un poil blanc dans mon nez, c'est pourquoi je me disais que c'était d'un Henderson imaginaire, un Henderson né dans son esprit, que Mtalba était tombée amoureuse. Et, à cette pensée, je baissais les paupières et hochais la tête. Mais je n'en continuais pas moins pendant tout ce temps à faire brûler des bouts de mèche, un lacet de soulier et même des tortillons de papier, et il en ressortit que c'était un bout de lacet de soulier, maintenu pendant deux minutes dans l'essence à briquet, qui faisait le mieux l'affaire. Je préparai donc un bout de lacet de soulier pris sur une de mes bottes et l'enfilai dans le trou que j'avais fait dans le cercle de bois, puis je dis à Romilayu : « Je crois que tout est prêt. »

J'avais la nuque un peu raide et un léger vertige à force d'être resté penché sur mon travail, mais ce n'était pas grave. Après la vision que j'avais eue de la lumière rose, j'étais plein d'allant, je croyais en moi, et je ne pouvais pas permettre à Romilayu de montrer si ouvertement ses doutes et ses mauvais pressentiments. Je dis : — Il faut que tu cesses, Romilayu. J'ai droit à ta confiance, pour cette unique fois. Je te dis que ça va marcher.

— Oui, missieu, dit-il.

— Je ne veux pas que tu croies que je ne suis pas capable de faire du bon travail.

Il répéta : — Oui, missieu.

— Il y a le poème sur le rossignol qui chante que l'humanité ne supporte pas trop de réalité. Mais combien d'irréalité peut-elle supporter ? Tu me suis ? Tu me comprends ?

— Je comprends, missieu.

— Je la lui ai lancée tout de suite, la question, au rossignol. Alors qu'est-ce que cela fait si la réalité est terrible. C'est mieux que ce que nous avons.

— Kay, missieu. Okay.

— Bon. Je te l'accorde. C'est mieux que ce que j'ai. Mais chaque homme sent dans son âme qu'il doit porter sa vie jusqu'à une certaine profondeur. Et moi, je dois continuer parce que je n'ai pas encore atteint cette profondeur. Tu comprends ?

— Oui, missieu.

— Hah ! La vie peut penser qu'elle a une description détaillée de moi sur ses tablettes. Henderson, tel et tel type, avec le pingouin, l'ornithorynque et autres expériences illustrant divers principes et bien rangés. Mais la vie se réserve peut-être des surprises car, après tout, nous sommes des hommes. Je suis l'Homme — moi, aussi singulier que cela puisse paraître. L'Homme. Et l'homme a plus d'une fois mystifié la vie quand celle-ci croyait l'avoir bien classé.

— Okay. Romilayu haussa les épaules et me présenta ses grosses mains noires dans un geste de résignation.

De tant parler m'avait épuisé et j'étais là avec ma bombe dans son boîtier d'aluminium serrée dans la main, prêt à tenir la promesse que j'avais faite à Itelo et à ses deux tantes. Les villageois savaient qu'un grand événement se préparait et ils arrivaient en foule, bavardant, tapant dans leurs mains et chantant. Mtalba, qui était partie, revint dans un nouveau costume d'un tissu rouge qui ressemblait à du reps ; ses cheveux teints à l'indigo étaient fraîchement beurrés, et elle avait de gros anneaux de cuivre dans les oreilles et un collier de cuivre autour du cou. Son peuple tournoyait autour d'elle dans des oripeaux colorés, et il y avait aussi des vaches amenées au bout de cordes et de longes de couleurs gaies ; ces bêtes avaient l'air plutôt faibles et des gens s'approchaient pour les embrasser et s'enquérir de leur santé, comme s'il s'agissait de cousins. Des jeunes filles portaient des poules dans leurs bras ou perchées sur leurs épaules. La chaleur était terrifiante et le ciel était abrupt et nu.

« Voilà Itelo », dis-je. Je trouvai qu'il avait l'air inquiet, lui aussi. « Aucun de ces types n'a la moindre confiance en moi », me dis-je et, tout en comprenant pourquoi je n'inspirais pas particulièrement confiance, je me sentis cependant piqué. « Salut, Prince », dis-je. Il était solennel et prit ma main comme ils faisaient tous ici, de sorte que je sentis la chaleur de son corps à travers sa blouse blanche, car il était vêtu comme la veille, avec son pantalon blanc flottant et son écharpe verte. « C'est le jour J, dis-je, et c'est l'heure H. » Je montrai à Son Altesse la boîte en aluminium avec son amorce en lacet de soulier et je dis à Romilayu : « Il faut prendre des dispositions pour rassembler les grenouilles mortes et les enterrer. Nous allons nous charger des inhumations. Prince, comment les gens de votre tribu considèrent-ils ces animaux une fois morts ? Est-ce qu'ils continuent à être tabous ?

— Mistah Henderson, sir. L'eau est... Itelo ne trouvait pas les mots pour expliquer combien cet élément était précieux, et il frotta ses doigts avec son pouce comme s'il palpait du velours.

— Je sais. Je comprends exactement quelle est la situation. Mais il y a une chose que je peux vous dire, comme je vous l'ai déjà dit hier. J'aime ces gens. Il faut que je fasse quelque chose pour leur prouver mes sentiments. Et je me rends compte que puisque je viens du dehors, c'est à moi de me charger de cette tâche.

Sous mon lourd casque colonial blanc, les mouches commençaient à me piquer ; c'étaient les bêtes qui les avaient amenées, comme font toujours les bêtes, aussi dis-je : « Il est temps de commencer. » Nous nous dirigeâmes vers le réservoir, moi en tête, tenant ma bombe. Je vérifiai que le briquet était bien dans la poche de mon short. Je traînais un pied à cause du lacet que j'avais enlevé à une de mes chaussures, mais j'avançais cependant d'un bon pas dans la direction du réservoir, avec ma bombe au-dessus de ma tête comme la torche de la statue de la Liberté, dans le port de New York, en me disant : « Allons, Henderson. Le moment est venu. Il s'agit de tenir ta promesse. Pas de tergiversations », etc. Vous imaginez mes sentiments !

Au plus fort de la chaleur, nous parvînmes au réservoir et je continuai seul jusqu'aux herbes du bord. Tous les autres restèrent derrière, et même Romilayu ne vint pas avec moi. Cela ne faisait rien non plus. Un homme doit être prêt à faire face tout seul dans les moments de crise, et, en réalité, faire face tout seul est une chose pour laquelle je suis assez doué. Je me disais : « Par Judas, ça ne devrait pas être difficile pour moi, étant donné l'habitude que j'ai de me retrouver seul. » Avec ma bombe dans la main gauche et le briquet avec sa mèche blanche dans l'autre — cette mèche d'aspect patriarcal — je regardai donc l'eau. Elles étaient là dans leur élément ces bestioles, les têtards avec leurs grosses têtes et leurs petites queues et leurs embryons de pattes, et les bêtes adultes avec leurs yeux comme des groseilles à maquereau mûres, marinant dans leurs taudis de vase. Pendant que moi, Henderson, tel un grand pin dont les racines se sont entrecroisées et étouffées les unes les autres..., mais peu importe ma personne pour le moment. J'étais là au-dessus d'eux — image de leur funeste destin, et les grenouilles ne savaient pas — ne pouvaient pas savoir, bien sûr — ce que ma présence annonçait. Et toute la chimie de la peur, que je connais si bien et que je hais tellement, opérait en moi : la lumière vacillant devant mes yeux, ma salive se desséchant, mes parties se rétractant, et les tendons de mon cou se durcissant.

J'entendais les bavardages des Arnewi qui attendaient, avec leurs bêtes maintenues au bout de longes de cérémonie, comme un homme qui se noie entend les baigneurs sur la plage, et je voyais Mtalba, qui se tenait entre eux et moi dans son reps rouge comme un pavot, le noir au centre du rouge éclatant. Puis je soufflai sur la mèche de mon engin, pour le débarrasser de la poussière (ou pour me porter chance) et je tournai la roulette du briquet et, quand la flamme s'alluma, je mis le feu à l'amorce, mon ex-lacet de soulier. Elle se mit à brûler et, tout d'abord, le bout métallique tomba. L'étincelle descendait assez régulièrement vers la boîte. Je ne pouvais rien faire d'autre que de serrer l'engin et de garder les yeux fixés dessus ; mes jambes, nues à cause de la chaleur, étaient engourdies. La combustion prit un certain temps et même quand la partie enflammée fut descendue à l'intérieur du trou dans le bois, je continuai à tenir la boîte, parce que je ne pouvais pas risquer de tout éteindre. Après cela, il me fallait compter sur l'intuition plus la chance, et comme il n'y avait plus rien que j'eusse spécialement envie de voir dans le monde extérieur, je fermai les yeux et j'attendis que l'esprit me touchât. Ce n'était pas encore le moment, toujours pas le moment ; je serrais la boîte et je croyais entendre l'étincelle ronger le lacet et avancer activement vers la poudre. Au dernier moment, je pris un morceau d'albuplast que j'avais préparé à cette intention et le fixai sur le trou. Je lançai alors la bombe, en lui donnant un coup par en dessous. Elle toucha le chaume et ne tourna qu'une fois sur elle-même avant de tomber dans l'eau jaune. Les grenouilles s'enfuirent devant la bombe et la surface de l'eau se referma ; les rides s'élargirent et s'éloignèrent vers l'extérieur et ce fut tout. Mais un mouvement

155

nouveau s'amorça alors; l'eau s'enfla au milieu et je compris que mon engin fonctionnait. Et, ma foi, mon âme se souleva avec l'eau et même avant que celle-ci commençât à jaillir, du même mouvement; je m'écriai en mon for intérieur : « Alléluia ! Henderson, brute imbécile, cette fois tu y es arrivé ! » L'eau s'éleva en gerbe. Ce n'était peut-être pas Hiroshima, mais c'était un jet suffisant pour moi, et des corps de grenouilles se mirent à pleuvoir de partout. La déflagration les projetait au plafond, et des tas de boue, de pierres et de têtards frappèrent le chaume. Je n'aurais pas cru qu'une douzaine de balles de 3.75 contînt une telle charge, et de la périphérie de mon intelligence les pensées les plus inattendues, qui sont les plus rapides et les plus légères, se précipitaient vers le centre tandis que je me congratulais, la première de ces pensées étant : « Ils seraient fiers du vieil Henderson, à l'école. » (L'école d'infanterie. Mes notes n'étaient pas bonnes quand j'y étais.) Les longues pattes et les ventres blancs et les formes plus épaisses des bébés grenouilles emplissaient la colonne d'eau. J'étais éclaboussé de boue, mais je me mis à crier : « Alors, Itelo... Romilayu ! Qu'est-ce que vous en pensez ? Boum ! Vous ne vouliez pas me croire ! »

J'avais obtenu un résultat plus spectaculaire que je n'aurais pu le penser dans les premiers instants et, au lieu d'une clameur qui aurait répondu à la mienne, j'entendis des hurlements venant des indigènes; regardant pour voir ce qui se passait, je me rendis compte que les grenouilles mortes se déversaient hors du réservoir en même temps que l'eau. L'explosion avait fait sauter le mur de soutènement à l'avant. Les grands blocs de pierre étaient tombés et l'eau jaune du réservoir était en train de s'écouler rapidement. « Oh !

Damnation ! » Je saisis ma tête dans mes mains, aussitôt en proie à la nausée du désastre qui me donnait le vertige ; je voyais l'eau s'en aller comme dans un bief de moulin avec ce qui restait de grenouilles. « Vite, vite ! » criai-je. « Romilayu ! Itelo ! Oh, Judas, regardez ce qui se passe ! Faites quelque chose. Au secours, vous tous, au secours ! » Je me jetai par terre devant le flot, essayant de faire un barrage de ma poitrine et de remettre les pierres en place. Les grenouilles arrivaient sur moi comme autant de pruneaux et tombaient dans mon pantalon et dans mon soulier ouvert, celui qui n'avait plus de lacet. Le bétail se mit à s'agiter, tirant sur les longes pour aller vers l'eau. Mais celle-ci était polluée et personne ne voulait laisser les bêtes boire. C'était affreux, avec les vaches qui, bien sûr, obéissaient à la voix de la nature et les indigènes qui les suppliaient et qui pleuraient, tandis que le réservoir tout entier se vidait sur le sol. Le sable absorba toute l'eau. Romilayu s'était approché de moi et il faisait de son mieux, mais ces blocs de pierre étaient trop gros pour nous, et comme le réservoir était aussi un barrage, nous étions en aval, ou je ne sais quoi. Toujours est-il que l'eau était perdue... perdue ! En quelques minutes, je vis (navrant spectacle !) la boue jaune du fond et les grenouilles mortes qui s'y déposaient. Pour elles, la mort était instantanée, l'explosion les avait tuées et tout était fini. Mais les indigènes, les vaches qui partaient en protestant, en gémissant pour avoir de l'eau ! Bientôt, tout le monde fut parti, excepté Itelo et Mtalba.

« Oh, Dieu, que s'est-il passé ? leur dis-je. C'est la catastrophe. J'ai provoqué un désastre. » Je relevai mon T-shirt mouillé et taché et j'enfouis mon visage dedans. Puis je dis à travers le tissu : « Itelo, tuez-moi !

Je n'ai rien d'autre à offrir que ma vie. Alors, prenez-la. Allez-y, j'attends. »

Je tendis l'oreille pour l'entendre approcher, mais au lieu d'un bruit de pas, ce fut celui des sanglots de Mtalba qui me parvint. Mon ventre en avant, j'étais crispé dans l'attente du coup de couteau.

— Mistah Henderson. Missieu ! Qu'est-ce qui s'est passé ?

— Poignardez-moi, dis-je, ne me demandez rien. Poignardez-moi, je vous dis. Prenez mon couteau, si vous n'en avez pas. Cela revient au même, et ne me pardonnez pas. Je ne pourrais pas le supporter. Je préfère être mort.

Ce n'était rien d'autre que la pure vérité, car il semblait bien qu'avec le réservoir j'avais fait sauter tout le reste. Je restai donc le visage enfoui dans ma chemise étirée et trempée, le cœur bourrelé de complications insupportables. J'attendais qu'Itelo enfonçât un couteau dans mon ventre nu, prêt, avec toutes ses fièvres et ses souffrances, pour l'exécution. Sous moi, l'eau du réservoir se transformait en vapeur et le soleil commençait déjà à corrompre les corps des grenouilles mortes.

10

J'entendis Mtalba gémir : « *Aii, yelli, yelli.* »
— Qu'est-ce qu'elle dit ? demandai-je à Romilayu.
— Elle dit au revoir. Pour toujours.
Et Itelo me déclara d'une voix tremblante : — S'il
vous plaît, missieu Henderson, montrez votre figure.
Je demandai : — Qu'est-ce qui se passe ? Vous n'allez
pas me tuer ?
— Non, non, vous avez gagné sur moi. Vous voulez
mourir, vous devez mourir vous-même. Vous êtes un
ami.
— Drôle d'ami, dis-je.
J'entendais bien qu'il parlait la gorge très serrée ; il
devait y avoir dedans une boule énorme. « J'aurais
donné ma vie pour vous aider, dis-je. Vous avez vu
combien de temps j'ai tenu cette bombe. Je regrette
qu'elle ne m'ait pas éclaté dans les mains et qu'elle ne
m'ait pas fait sauter. C'est toujours la même histoire
avec moi ; dès que j'arrive au milieu des gens, j'em-
brouille tout... je fais une bourde. Ils avaient raison de
pleurer en me voyant débarquer. Ils devaient flairer
que j'allais provoquer un désastre. »
Sous le couvert de ma chemise, je m'abandonnai à
mes émotions, y compris la gratitude. Je demandai :

« Pourquoi n'ai-je pas pu pour une fois, juste pour une fois, satisfaire au désir de mon cœur ? Je suis condamné à toujours tout rater. » Je pensai qu'ainsi se trouvait révélée ma fatalité, et qu'après cette révélation je pouvais aussi bien mourir.

Mais, comme Itelo ne me poignardait toujours pas, je baissai ma chemise salie par l'eau du réservoir et je dis : — Ça va, Prince, je vois que vous ne voulez pas de mon sang sur vos mains.

— Non, non, dit-il.

— Merci, alors, Itelo, dis-je. Il ne me reste donc plus qu'à continuer.

Romilayu murmura alors : — Qu'est-ce que nous faisons, missieu ?

— Nous allons partir, Romilayu. C'est ce que je peux faire de mieux pour le bien-être de mes amis. Au revoir, Prince. Au revoir, chère dame, et dites au revoir de ma part à la reine. J'espérais apprendre d'elle la science de la vie, mais je suppose que je suis trop impétueux. Je ne suis pas fait pour une pareille compagnie. Mais j'aime cette vieille femme. Je vous aime tous. Je resterais bien, dis-je, ne serait-ce que pour réparer votre réservoir...

— Il vaut mieux pas, missieu, dit Itelo.

Je le crus sur parole, après tout, il se rendait compte de la situation mieux que moi. J'avais le cœur trop lourd pour discuter avec le prince. Romilayu retourna à la case pour prendre nos affaires tandis que je sortais de la ville désertée. Il n'y avait pas une âme sur les chemins, et on avait même fait rentrer les bêtes pour qu'elles n'aient pas à me revoir. J'attendis près du mur de la ville et quand Romilayu arriva, nous repartîmes vers le désert ensemble. C'est ainsi que je m'en allai, dans le déshonneur et l'humiliation, après avoir détruit à la fois leur réservoir d'eau et mes espoirs. Car maintenant, je n'apprendrais jamais plus rien sur le *grun-tu-molani.*

Romilayu, bien sûr, voulait retourner à Baventai et je lui dis que je savais qu'il avait honoré son contrat. La jeep était à lui quand il la voudrait. — Mais, demandai-je, comment est-ce que je peux retourner aux Etats-Unis maintenant ? Itelo n'a pas voulu me tuer. C'est un être noble et l'amitié a un sens pour lui. Je ferais aussi bien de prendre ce 3.75 et de me faire sauter la cervelle plutôt que de rentrer chez moi.

— Qu'est-ce que vous voulez dire, missiou ? demanda Romilayu, déconcerté.

— Je veux dire, Romilayu, que je suis parti dans le vaste monde une dernière fois pour accomplir certains desseins ; or, tu vois bien ce qui s'est passé. Alors, si j'abandonne maintenant, je me transformerai probablement en zombie. Ma figure deviendra blanche comme de la paraffine et je resterai couché sur mon lit jusqu'au moment où je me mettrai à coasser. Ce qui est probablement tout ce que je mérite. Alors, c'est à toi de choisir. Je ne peux pas te donner d'ordres maintenant et je te laisse décider. Si tu vas à Baventai, ce sera seul.

— Vous allez seul, missieu ? dit-il, me regardant d'un air surpris.

— S'il le faut, oui, mon vieux, dis-je. Car je ne peux pas revenir en arrière. Ça ne fait rien. J'ai quelques vivres et quatre billets de mille dollars dans mon chapeau, et je suppose que je trouverai de quoi manger et boire en chemin. Je peux manger. Si tu veux mon fusil, tu peux le prendre aussi.

— Non, dit Romilayu, après avoir brièvement réfléchi. Vous n'allez pas seul, missieu.

— Tu es un type vraiment régulier. Tu es un homme

161

bien, Romilayu. Je ne suis peut-être qu'un vieux raté, qui a loupé à peu près tout ce qu'il a jamais entrepris ; j'ai le don de Midas à l'envers, en quelque sorte, et mon opinion ne vaut peut-être rien, mais c'est ce que je pense. Alors, dis-je, qu'est-ce que l'avenir nous réserve ? Où allons-nous ?

— Je ne sais pas, dit Romilayu. Peut-être les Wariri ?

— Oh, les Wariri. Le prince Itelo est allé à l'école avec leur roi... comment s'appelle-t-il déjà ?

— Dahfu.

— C'est ça, Dahfu. Alors, c'est dans cette direction que nous allons ?

A contrecœur, Romilayu dit : « Okay, missïeu. » Il paraissait nourrir des doutes quant à la valeur de sa propre suggestion.

Je pris plus que ma part du chargement et dis : « Allons-y. Peut-être déciderons-nous de ne pas entrer dans leur ville. Nous verrons plus tard. Mais partons toujours. Je n'ai pas beaucoup d'espoir, mais tout ce que je sais, c'est que chez moi je serais un homme mort. »

Nous partîmes donc dans la direction des Wariri tandis que je pensais à l'enterrement d'Œdipe à Colone... mais lui au moins, il porta chance aux gens après sa mort. A ce moment-là, j'étais presque prêt à me contenter d'un sort semblable.

Nous voyageâmes encore huit ou dix jours, à travers un pays qui ressemblait beaucoup au plateau de Hinchagara. Après le cinquième ou le sixième jour, le caractère du sol changea quelque peu. Il y avait plus de bois sur les montagnes, bien que les pentes demeurassent la plupart du temps stériles. Des mesas, des granits brûlants, des tours et des acropoles demeu-

raient attachés au sol ; je veux dire qu'ils s'y accro-
chaient et refusaient de partir avec les nuages qui
semblaient vouloir les absorber. Ou peut-être est-ce
que, dans ma mélancolie, tout me paraissait sens
dessus dessous. Cette marche à travers un terrain
difficile ne dérangeait pas Romilayu qui était autant
fait pour ce genre de voyage qu'un matelot est fait pour
être sur l'eau. Le chargement, la lettre de mer ou la
destination ne changent pas grand-chose en fin de
compte. Avec ses pieds maigres, il couvrait des distan-
ces et, pour lui, cette activité se justifiait par elle-
même. Il était très habile à trouver de l'eau et il savait
où enfoncer une paille dans le sol et boire, et il
ramassait des courges et d'autres trucs que je n'aurais
même pas remarqués et les mâchait pour s'humidifier
et se nourrir. Le soir, nous parlions quelquefois. Romilayu était d'avis qu'avec leur réservoir vide, les Arnewi
se mettraient probablement en route pour trouver de
l'eau. Et moi, me rappelant les grenouilles et bien
d'autres choses, je restais assis devant le feu et je
regardais les braises d'un air furieux, songeant à ma
honte et à ma ruine, mais on continue à vivre, et à vivre
les choses deviennent ou pires ou meilleures. Cela ne
s'arrête jamais, tous les survivants le savent. Et quand
on ne meurt pas d'un ennui, on se met un jour à le
transformer..., à s'en servir, je veux dire.
    Des araignées géantes nous apparurent, et des toiles
tendues comme des stations de radar au milieu des
cactus. Il y avait dans ces régions des fourmis dont les
corps avaient la forme de diabolos et dont les nids
faisaient de grosses bosses grises parmi le paysage. Je
n'arrivais pas à comprendre comment les autruches
pouvaient supporter de courir si vite dans cette chaleur. Je m'approchai suffisamment de l'une d'elles

pour voir combien elle avait les yeux ronds, mais, tout de suite, elle frappa le sol de ses pattes et fila avec un vent chaud dans ses plumes, laissant derrière elle une écume d'un blanc rouillé.

Parfois, le soir, quand Romilayu avait fait sa prière et qu'il s'était couché, je le tenais éveillé en lui racontant l'histoire de ma vie, pour voir si dans cet étrange décor, le désert, les autruches, les fourmis, les oiseaux de nuit et les rugissements de lions par-ci par-là, le côté maléfique ne pâlirait pas, mais ce que je racontais était toujours plus exotique et fantastique en fin de compte que les fourmis, les autruches et les montagnes. Et je demandai : — Que diraient les Wariri s'ils savaient quel homme va vers eux ?

— Je ne sais pas, missieu. Ils ne sont pas aussi bons que les Arnewi.

— Ah ? Mais tu ne leur diras rien des grenouilles et du réservoir, hein, Romilayu ?

— Non, non, missieu.

— Merci, ami, dis-je. On ne peut pas dire grand-chose à mon honneur, mais, après tout, je n'avais que de bonnes intentions. Réellement, cela me tue de penser à ce que ces bêtes doivent souffrir là-bas sans eau. Vraiment. Mais suppose que j'aie pu satisfaire la plus grande de mes ambitions et que je sois devenu un docteur comme le Dr Grenfell ou le Dr Schweitzer — ou un chirurgien ? Est-ce qu'il y a au monde un chirurgien qui ne perd pas un malade de temps en temps ? Je suis sûr que certains de ces types doivent remorquer toute une flotte d'âmes derrière eux.

Romilayu était allongé par terre avec sa main glissée sous sa joue. Son nez abyssin exprimait une grande patience.

— Le roi des Wariri, Dahfu, était le copain d'école d'Itelo. Mais tu dis qu'ils ne sont pas bons, ces Wariri. Qu'est-ce qu'ils ont qui ne va pas ?

— Les ténèbres glacées.

— Romilayu, tu es vraiment chrétien au fond du cœur, dis-je. Tu veux dire qu'ils sont plus sages. Mais de ces gens ou de moi, qui à ton avis a le plus de souci à se faire ?

Sans changer de position et avec une lueur d'humour désabusé passant dans son grand œil doux, il dit : « Oh, peut-être eux, missieu. »

Comme vous le voyez, j'avais changé d'avis et je ne songeais plus à passer sans entrer chez les Wariri et ce en partie à cause de ce que Romilayu m'avait dit d'eux. Car je me disais que je courais moins de risques de faire des dégâts chez eux si c'étaient vraiment des sauvages aussi durs et qui avaient à ce point les pieds sur terre.

Nous marchâmes donc durant neuf ou dix jours, et vers la fin de ce temps l'aspect des montagnes changea énormément. Il y avait des roches blanches en forme de dômes qui, par-ci par-là, s'aggloméraient en gros tas, et ce fut au milieu de ces cercles blancs de pierre que, le dixième jour je crois, nous finîmes par rencontrer un être humain. C'était à la fin de l'après-midi, et nous étions en train de grimper sous un soleil de plus en plus rouge. Derrière nous, les hautes montagnes dont nous étions sortis montraient leurs pics effrités et leurs épines dorsales préhistoriques. Devant nous, des arbustes poussaient entre les dômes rocheux, lesquels étaient blancs comme de la porcelaine. Et, brusquement, ce pâtre Wariri se dressa devant nos yeux, vêtu d'un tablier de cuir, tenant un bâton tordu, et, bien qu'il ne fît rien d'autre, il avait l'air dangereux.

Quelque chose dans son apparence me fit penser à un personnage biblique et, en particulier, à cet homme que Joseph rencontra quand il partit à la recherche de ses frères, qui lui indiqua la direction de Dothan. Ce que je crois, c'est que cet homme de la Bible devait être un ange, et qu'il savait que les frères de Joseph allaient le vendre. Mais il l'envoya néanmoins vers eux. Notre Noir ne portait pas seulement un tablier de cuir, il semblait tout entier fait de cuir, et s'il avait eu des ailes, elles auraient été de cuir aussi. Ses traits étaient profondément burinés dans son visage, lequel était petit, secret et très noir, même sous l'éclairage rougeâtre du soleil couchant. Nous engageâmes la conversation avec lui. Je dis : « Bonjour, bonjour » très fort, comme si j'imaginais que son ouïe était aussi profondément enfoncée que ses yeux. Romilayu lui demanda le chemin et, avec son bâton, l'homme nous dit où aller. C'était ainsi que l'on devait indiquer leur route aux voyageurs de jadis. Je lui fis un salut, mais il ne parut pas en faire grand cas et son visage de cuir ne répondit rien. Nous continuâmes donc à monter péniblement au milieu des rochers, dans la direction que l'homme avait indiquée.

— C'est loin ? demandai-je à Romilayu.

— Non, missieu. Il a dit que ce n'était pas loin.

Je songeais maintenant que nous allions peut-être passer la soirée dans une ville, et après dix jours de dur voyage je commençais à envisager avec plaisir l'idée de trouver un lit, des aliments cuits, des signes d'agitation et même, du chaume au-dessus de ma tête.

Le chemin devint de plus en plus pierreux et cela éveilla en moi des soupçons. Si nous approchions d'une ville, nous aurions dû déjà rencontrer un sentier. Au lieu de cela, nous ne voyions que ces pierres blanches

166

jetées n'importe comment, comme si elles avaient été extirpées par une main ignorante. Il doit y avoir des portions stupides de paradis, aussi, et ces pierres en descendaient tout droit. Je ne suis pas géologue, mais il me semble que le terme de calcaires convenait à ces pierres. Elles étaient faites de chaux et je crois qu'elles s'étaient formées dans l'eau. Elles étaient maintenant ultra-sèches, mais pleines de petites cavités d'où s'ex-halait un air plus frais... de sorte que c'étaient autant d'endroits idéaux pour faire la sieste au plus fort de la chaleur, à condition qu'il n'arrive pas de serpents. Mais le soleil était à son déclin, et descendait en fanfare. Les bouches des cavités étaient ouvertes et il y avait ces grosses pierres blanches, lourdes et rugueuses.

Nous venions juste de contourner un bloc de pierre pour continuer notre ascension, quand Romilayu me stupéfia. Il avait levé un pied pour faire un grand pas, mais, à mon grand étonnement, il se mit à glisser en avant sur les mains et, au lieu de monter, il s'allongea sur les pierres de la pente. Quand je le vis ainsi étendu, je lui dis : « Mais enfin, qu'est-ce qui te prend ? Qu'est-ce que **tu** fais ? Est-ce que c'est un endroit pour se coucher ? Lève-toi. » Mais son corps étendu, avec chargement et tout, se collait à la pente tandis que ses cheveux crêpelés s'immobilisaient entre les pierres. Il ne me répondit pas, mais je n'avais déjà plus besoin de réponse, car, lorsque je levai les yeux, je vis devant nous, à une vingtaine de mètres, un groupe de guer-riers. Trois hommes de la tribu étaient agenouillés avec des fusils braqués sur nous, et il y en avait huit ou dix debout derrière qui approchaient, les canons de leurs fusils les uns contre les autres, de sorte qu'ils auraient pu nous faire dégringoler la pente en mille morceaux s'ils avaient eu une puissance de feu bien suffisante. Une douzaine de fusils qui se braquent ensemble sur vous, c'est mauvais ; je jetai donc mon 3.75 et levai les bras en l'air. J'étais content, cependant, car l'incident réjouissait mon tempérament militaire. Et puis ce petit homme de cuir nous avait envoyés dans une embuscade et, je ne sais pourquoi, cette ruse élémentaire me faisait plaisir aussi. Il y a des choses qu'on n'a pas besoin d'enseigner à une âme humaine. Ha, ha ! J'étais plutôt content, vous voyez, et j'imitai Romilayu. Je m'allongeai, collai ma figure au sol au milieu des cailloux et attendis, en souriant. Romilayu était à plat, vidé de toute volonté, à l'africaine. Finalement, un des hommes descendit, couvert par les autres, et sans phrases mais avec une grande sobriété de gestes, comme font généralement des soldats, il prit le 3.75, les munitions, les couteaux et les autres armes, puis il nous donna l'ordre de nous lever. Quand nous eûmes obéi, il nous fouilla de nouveau. L'escouade au-dessus de nous abaissa ses armes, qui étaient de vieux fusils, soit du type berbère avec de longs canons et des crosses damasquinées, soit de vieilles armes européennes, peut-être prises au général Gordon à Khartoum et distribuées à travers toute l'Afrique. Oui, me disais-je, ce vieux Chinois de Gordon, pauvre type, avec ses études bibliques. Mais mieux valait mourir comme cela que dans la malodorante vieille Angleterre. J'ai très peu de tendresse pour l'âge de fer de la technologie. J'ai de la sympathie pour un homme comme Gordon parce qu'il était brave et désorienté.

Etre ainsi désarmé dans une embuscade m'amusa les quelques premières minutes, mais quand on nous dit de ramasser notre chargement et d'avancer, je commençai à changer d'avis. Ces hommes étaient plus petits, plus sombres et plus menus que les Arnewi, mais ils avaient l'air très féroces. Ils portaient des pagnes de couleurs éclatantes et avançaient d'un pas énergique et quand nous eûmes marché ainsi pendant une bonne heure, je me sentis le cœur encore moins joyeux. Je commençai à nourrir des sentiments atroces à l'égard de ces hommes, et, à la moindre provocation, je les aurais pris dans mes bras, toute la douzaine qu'ils étaient, et je les aurais précipités par-dessus la falaise. Il me fallut me rappeler les grenouilles pour me contenir. Je me maîtrisai donc et adoptai une politique d'attente et de patience. Romilayu avait l'air en très piteux état, et je passai un bras autour de ses épaules. Son visage était tout ridé à cause de la poussière de la reddition, sa chevelure de caniche était pleine de poudre grise et son oreille mutilée elle-même, son oreille était blanchie comme une roussette.

Je lui parlai, mais il était tellement inquiet que c'était à peine s'il m'entendait. Je lui dis : « Mon vieux, n'aie pas la frousse à ce point, que peuvent-ils nous faire ? Nous mettre en prison ? Nous déporter ? Exiger une rançon pour nous libérer ? Nous crucifier ? » Mais il ne partageait pas ma sérénité. Je lui dis alors : « Pourquoi ne leur demandes-tu pas s'ils nous emmènent voir le roi ? C'est un ami d'Itelo. Je sais qu'il parle l'anglais. » D'une voix découragée, Romilayu essaya de se renseigner auprès d'un des soldats, mais celui-ci se contenta de répondre « Harrrff ! ». Et les muscles de sa joue se tendirent d'une manière fort classique chez les soldats de métier. J'identifiai aussitôt cette expression.

Après trois ou quatre kilomètres de cette rapide ascension, à pied, à quatre pattes et sur le ventre alternativement, nous parvînmes en vue de la ville.

Contrairement au village Arnewi, celui-ci possédait d'assez grands bâtiments, dont certains en bois, et il était plus étendu sous la lumière rouge de cette heure de la journée, c'est-à-dire entre le crépuscule et l'obscurité. D'un côté, la nuit était déjà tombée, et l'étoile du soir avait commencé sa ronde palpitante. Les pierres blanches du voisinage avaient tendance à tomber des dômes en morceaux ronds, en boules ou en cercles, et ces boules étaient utilisées dans la ville à des fins ornementales. Des fleurs y poussaient devant le palais qui était le plus grand des bâtiments rouges. Le palais était entouré de plusieurs enceintes d'épines, et les pierres, qui avaient à peu près la taille des palourdes carnivores du Pacifique, retenaient des fleurs superbes, d'un rouge éclatant. Quand nous passâmes, deux sentinelles se mirent en position, mais on ne nous fit pas passer entre elles. A ma surprise, nous continuâmes et l'on nous fit passer par le centre de la ville et au milieu des cases. Des gens abandonnèrent leur repas du soir pour venir jeter un coup d'œil, riant et poussant des exclamations d'une voix aiguë. Les cases étaient assez quelconques, en forme de ruches et recouvertes de chaume. Il y avait des bêtes et je distinguai des jardins dans ce qui restait de lumière ; je me dis que l'approvisionnement en eau était meilleur ici et que, dans ce domaine, ces gens étaient à l'abri de mes bienfaits. Je ne le pris pas mal, de les voir rire de moi, mais choisis de flatter leur humeur : je leur fis des saluts de la main, et les saluai de mon casque. Cependant, tout cela ne me plaisait pas du tout. J'étais ennuyé qu'on ne m'eût pas accordé une audience immédiate auprès du roi Dahfu.

On nous conduisit dans une cour et l'on nous ordonna de nous asseoir par terre près du mur d'une

170

maison qui était un peu plus grande que les autres. Sur la porte était peinte une bande blanche, ce qui indiquait qu'il s'agissait d'une résidence officielle. La patrouille qui nous avait capturés s'en alla, ne laissant qu'un homme pour nous garder. J'aurais pu me saisir de son fusil et en faire un bout de ferraille en un tour de main, mais à quoi cela aurait-il servi ? Je laissai l'homme où il était, derrière mon dos, et j'attendis. Cinq ou six poules picoraient dans cet enclos à une heure où elles auraient dû aller se percher pour dormir, et quelques enfants nus jouaient à un jeu qui ressemblait à la corde à sauter et psalmodiaient avec des voix épaisses. Contrairement à ce qu'avaient fait les enfants Arnewi, ceux-ci ne s'approchèrent pas de nous. Le ciel était comme de la terre cuite puis il devint comme de la gomme pourpre, étrange à mes narines. Puis ce fut l'obscurité. Les poules et les enfants disparurent ; et cela nous laissa seuls aux pieds du type armé.

Nous attendîmes et, pour quelqu'un de violent, attendre est souvent un lit de soucis. J'imaginais que l'homme qui nous faisait attendre ainsi, le magistrat, le juge de paix, voulait simplement laisser s'éteindre le feu que nous avions au derrière. D'ailleurs, cet homme avait peut-être jeté un coup d'œil par le rideau de joncs de la porte pendant qu'il y avait encore assez de lumière pour voir ma figure. Cette vision l'avait peut-être stupéfié et maintenant il y réfléchissait, essayant de trouver la méthode à adopter avec moi. Ou alors peut-être était-il simplement tapi là-dedans comme une fourmi, à seule fin d'user ma patience.

J'étais, certes, affecté ; j'étais hors de moi. Il n'y a probablement personne au monde aussi peu fait pour attendre que moi. Je ne sais pas pourquoi, mais je ne suis pas fait pour ça, quelque chose se passe dans mon esprit. J'étais donc là, assis par terre, fatigué et inquiet, et mes pensées étaient surtout des craintes. Pendant ce temps, la nuit, splendide, s'avançait avec lenteur, comme une masse d'obscurité et de chaleur, entraînant avec elle sa plus grande étoile ; puis la lune vint aussi, incomplète et tachetée. L'interrogateur inconnu demeurait à l'intérieur, exultant probablement devant l'humiliation du grand voyageur blanc à qui l'on avait enlevé ses armes et qui était obligé d'attendre sans dîner.

C'est alors que se produisit un de ces événements que la vie n'a jamais voulu m'épargner. Tandis que j'attendais là, dans cette nuit exotique, je mordis dans un biscuit très dur et cassai un de mes bridges. Je m'étais fait des soucis à ce sujet : qu'est-ce que je ferais en pleine Afrique si j'abîmais le travail fait sur mes dents ? Ce genre de crainte m'empêchait souvent de me battre et quand, durant ma lutte avec Itelo, je fus si lourdement précipité la face contre terre, je pensai aussitôt à l'effet que cela pourrait avoir sur mes dents. En Amérique, il m'était arrivé je ne sais combien de fois, alors que je mangeais tranquillement un caramel au cinéma ou que je mordais dans un os de poulet au restaurant, de sentir un tiraillement ou un broiement et d'aller aussitôt mesurer les dégâts avec ma langue, mon cœur ayant presque cessé de battre. Cette fois, la chose tant redoutée était vraiment arrivée et je me trouvai mâchant des dents cassées en même temps que du biscuit de chien. Je sentis la patte ébréchée du bridge et la colère aussitôt m'envahit, ainsi que le dégoût et la terreur ; bon Dieu, j'étais désespéré et j'avais les larmes aux yeux.

— Qu'est-ce qu'il y a ? dit Romilayu.

Je sortis mon briquet, l'allumai et montrai à Romilayu des fragments de dents dans mes mains, puis j'ouvris la bouche en me tirant une lèvre et j'élevai la flamme, pour qu'il puisse voir à l'intérieur. — Je me suis cassé des dents, dis-je.

— Oh ! C'est mauvais ! Vous avez très mal, missieu ?

— Non, je n'ai pas mal. Je souffre dans mon esprit, voilà tout, dis-je. Cela n'aurait pas pu arriver à un pire moment. Je me rendis compte alors qu'il était horrifié de voir ces molaires dans la paume de ma main et j'éteignis mon briquet.

Après cela, force me fut de rappeler l'histoire des travaux dentaires qui avaient été effectués sur moi. Le premier de ces travaux de prothèse, le plus important, avait été entrepris après la guerre, à Paris, par Mlle Montecuccoli. C'était elle qui avait mis en place le premier bridge. Voyez-vous, nous avions engagé une nommée Berthe pour s'occuper de nos filles et c'était elle qui nous l'avait recommandée. Un général Montecuccoli avait été le dernier adversaire du grand maréchal Turenne. Dans le temps, il était d'usage que des ennemis aillent aux enterrements les uns des autres, et Montecuccoli alla à celui de Turenne et se frappa la poitrine en sanglotant. J'appréciai à sa juste valeur ce souvenir historique. Cependant, tout n'était pas rose dans cette affaire. Mlle Montecuccoli avait une imposante poitrine et, quand elle s'oubliait dans son travail, elle s'appuyait sur ma figure et m'étouffait, et comme j'avais un tas de drains, de bouts de coton et de blocs de bois dans la bouche, je ne pouvais même pas hurler. Pendant ce temps, Mlle Montecuccoli plongeait dans ma bouche le regard de ses yeux noirs dont l'expression passionnée me terrifiait. Elle avait son cabinet rue du Colisée. Il y avait une cour pavée, toute jaune et grise, avec des poubelles défoncées, des chats qui fouillaient dans les ordures, des balais, des seaux, et des latrines avec des rainures prévues pour les chaussures. L'ascenseur était une vraie chaise à porteurs et avançait avec une telle lenteur qu'on avait le temps de faire la conversation avec les gens qui passaient par l'escalier. J'avais un complet de tweed et des chaussures en peau de porc. Tandis que j'attendais dans la cour devant la case marquée de la bande blanche officielle, avec Romilayu à côté de moi, je ne pouvais m'empêcher de me rappeler tout cela... La montée dans l'ascenseur. Mon cœur bat à se rompre, et voilà Mlle Montecuccoli avec son visage de cinquante ans en forme de cœur, et son mince sourire, à la fois français, italien et roumain (de par sa mère) pour le pathos; sans parler de son imposante poitrine. Je m'assieds, plein de crainte, et elle commence à m'étouffer, tout en m'extrayant le nerf d'une dent en vue d'ancrer le bridge. Puis elle fixe celui-ci et me met un bâton dans la bouche en disant : « *Grincez ! Grincez les dents ! Fâchez-vous* [1]. » Je grince donc et me fâche de toutes mes forces en mordant le bois. Mlle Montecuccoli grince des dents elle aussi pour me montrer comment il faut faire.

Cette demoiselle estimait que, sur le plan artistique, le travail dentaire des Américains était injustifiable, et elle voulait me mettre une nouvelle couronne devant, comme celles qu'elle avait mises à Berthe, la gouvernante de mes enfants. Quand Berthe s'était fait enlever l'appendice, il n'y avait eu que moi pour aller la voir à l'hôpital. Ma femme était trop occupée au Collège de France. J'y allai donc, un chapeau melon sur la tête et

---

1. En français dans le texte.

174

des gants à la main. Ladite Berthe prétendit alors délirer et se rouler de fièvre dans son lit. Elle prit ma main et la mordit, et je sus ainsi que les dents que Mlle Montecuccoli lui avait posées étaient bonnes et fortes. Berthe avait de larges narines aussi, fort bien faites, et des jambes qui s'agitaient beaucoup. Elle me fit passer quelques semaines troublées.

Mais, pour en revenir au sujet qui m'occupe, le bridge de Mlle Montecuccoli était terrible. J'avais la sensation d'avoir un robinet dans la bouche et ma langue était coincée d'un côté. Même ma gorge m'en faisait mal et ce fut en gémissant que je montai dans l'ascenseur. Oui, reconnut Mlle Montecuccoli, c'était un peu enflé, mais je m'y habituerais vite, et je n'avais qu'à montrer le courage d'un bon soldat, que diable ! C'est ce que je fis. Mais, quand je revins à New York, il fallut tout m'enlever.

Tous ces renseignements sont essentiels. Le second bridge, celui que je venais de casser sur un biscuit de chien, avait été posé à New York par un certain Dr Spohr, qui était le cousin germain de Klaus Spohr, le peintre qui faisait le portrait de Lily. Pendant que j'étais assis dans le fauteuil du dentiste, Lily posait pour l'artiste à la campagne. Le dentiste et les leçons de violon me retenaient en ville deux jours par semaine, et j'arrivais chez le Dr Spohr, haletant, avec ma boîte à violon sous le bras, après avoir pris deux métros et m'être arrêté dans quelques bars en chemin, l'âme en bataille et le cœur répétant toujours la même chose. Quand je débouchais dans la rue du dentiste, il m'arrivait de souhaiter pouvoir prendre la maison entière dans la bouche et la couper en deux d'un coup de dents, comme Moby Dick avait fait avec les canots. Je dégringolais jusqu'au sous-sol où se trouvait le laboratoire du Dr Spohr dans lequel un technicien porto-ricain faisait des moulages au plâtre et broyait des poudres avec sa petite roulette.

Après avoir écarté quelques blouses pour trouver le commutateur, j'allumais dans les toilettes, j'entrais et, une fois que j'avais tiré la chasse d'eau des cabinets, je me faisais des grimaces dans la glace et je me regardais dans les yeux en disant : « Alors ? C'est pour quand ? Et *wo bist du, Soldat*[1] ? Sans dents, *mon capitaine*[2]. Ton âme te tue. » Et encore : « C'est toi qui fais le monde ce qu'il est. La réalité, c'est toi. »

La réceptionniste me disait : — Vous venez de votre leçon de violon, monsieur Henderson ?

— Ouais.

Attendant le dentiste comme je le faisais maintenant, avec les fragments de son travail dans la main, j'en arrivais à retourner dans ma tête de tristes pensées sur mes enfants, mon passé, Lily et ce qui allait advenir de moi avec elle. Je savais qu'à cet instant elle était, avec son visage éclairé, à peine capable de garder son menton immobile tant ses émotions étaient intenses, dans l'atelier de Spohr. Ce portrait de Lily était un grand sujet de discussions entre moi et mon fils aîné, Edward. Celui qui a la MG rouge. Il est comme sa mère, et il estime qu'il vaut mieux que moi. Et il se trompe. Il y a de grandes choses faites par des Américains, mais qui ne ressemblent ni à lui ni à moi. Elles sont faites par des gens comme ce Slocum qui construit les grands barrages. Jour et nuit, des milliers de tonnes de béton, une machinerie qui remue la terre, aplatit les montagnes et remplit la vallée du Pendjab

1. En allemand dans le texte.
2. En français dans le texte.

de lait de ciment. Ce sont ces gens-là qui réalisent de grandes choses. Sur ce plan, les gens de ma classe, les gens de la classe d'Edward, ce genre de gens que Lily avait tellement envie d'épouser, c'est zéro. Edward a toujours suivi la foule. Le jour où il a montré le plus d'indépendance, c'est celui où il a habillé un chimpanzé d'un costume de cow-boy et où il s'est mis à le promener à travers les rues de New York dans sa voiture découverte. Quand l'animal prit froid et qu'il mourut, Edward commença à jouer de la clarinette dans un orchestre de jazz et s'installa dans Bleecker Street. Il gagnait au moins 20 000 dollars par an, et il habitait tout à côté du *Mills Hotel*, une pension miteuse où les ivrognes s'entassent les uns sur les autres.

Mais un père est un père, après tout, et j'étais allé jusqu'en Californie pour essayer de parler avec Edward. Je le trouvai habitant dans une cabine de bain sur la plage de Malibu, devant le Pacifique, et nous nous assîmes tous les deux sur le sable, pour essayer d'avoir une conversation. L'eau était spectrale, paresseuse, lente, engourdissante, d'un éclat morne. Cuivrée. Une grande cuve de blancheur. La pâleur, la fumée ; le vide ; l'or terne ; l'immensité ; l'obscurité ; l'éclat fulgurant ; le flamboiement spectral. « Edward, où sommes-nous ? dis-je. Nous sommes au bout de la terre. Pourquoi ici ? » Et j'ajoutai : « C'est un drôle d'endroit pour se rencontrer. Ce qu'il y a de plus solide, ici, c'est la fumée. Mon garçon, il faut que je te parle de certaines choses. C'est vrai que je suis une brute. C'est peut-être vrai aussi que je suis cinglé, mais il y a une raison. Le bien que je voudrais que je ne fais pas. »

— Je ne comprends pas, papa.

— Tu devrais devenir docteur. Pourquoi ne fais-tu

pas ta médecine ? Je t'en prie, fais ta médecine, Edward.

— Pourquoi ?

— Pour mille bonnes raisons. Je sais, figure-toi, que tu te fais du souci pour ta santé. Tu prends des comprimés Queen Bee. Je *sais* que...

— Tu as fait tout ce chemin pour me dire quelque chose... Est-ce que c'est ça ?

— Tu crois peut-être que ton père n'est pas un être qui pense, que ta mère est seule à le faire. Ne t'y trompe pas, j'ai fait quelques observations très claires. Tout d'abord, les gens sont sains d'esprit. Cela te surprendra peut-être, Edward, mais c'est comme ça. Ensuite, l'esclavage n'a jamais été vraiment aboli. Il y a plus de gens esclaves de ceci ou de cela que tu ne peux l'imaginer. Mais il est inutile de te donner un résumé de mes pensées. C'est vrai que je suis souvent dérouté, mais je suis quand même un lutteur. Oh, je suis un lutteur. Je me bats.

— Pourquoi te bats-tu, papa ? demanda Edward.

— Pourquoi je me bats ? Mais, pour la vérité. Parfaitement, pour la vérité. Contre la fausseté. Mais la plupart de mes batailles, c'est contre moi-même que je les ai livrées.

Je comprenais très bien qu'Edward attendait que je lui dise pour quoi il devait vivre, et c'était cela qui n'allait pas. C'était cela qui me faisait mal. Car tout fils espère et tout père souhaite définir des principes bien nets. Qui plus est, on veut toujours autant que possible protéger ses enfants de l'amertume de la vie.

Un bébé phoque pleurait sur le sable et j'étais très inquiet pour lui car j'imaginais que les siens l'avaient abandonné ; j'envoyai Edward chercher une boîte de thon à l'épicerie pendant que je resterais à monter la garde pour chasser d'éventuels chiens errants ; mais un des habitués de la plage me dit que ce phoque était un mendiant et que si je le nourrissais je l'encouragerais à être un parasite. Sur quoi il lui donna un petit coup sur le derrière et l'animal s'en alla, sans rancune, jusqu'à l'eau, en sautillant sur ses nageoires ; il entra dans l'écume blanche, que survolaient les patrouilles de pélicans. — Est-ce que tu n'as pas froid la nuit, Eddy, sur la plage ? demandai-je.

— Cela ne me gêne pas beaucoup.

Je me sentais plein d'amour pour mon fils et ne pouvais pas supporter de le voir ainsi. « Il faut que tu deviennes médecin, Eddy, dis-je. Si tu n'aimes pas le sang, tu peux être interne et si tu n'aimes pas les adultes, tu peux être pédiatre, ou alors, si tu n'aimes pas les gosses, tu peux te spécialiser dans les femmes. Tu aurais dû lire les livres du Dr Grenfell que je te donnais pour Noël. Je sais très bien que tu n'ouvrais même pas les paquets. Bonté divine, il faut entrer en contact avec les gens. »

Je retournai seul dans le Connecticut et, peu après, Eddy revint avec une fille d'un pays d'Amérique Centrale en nous annonçant qu'il allait l'épouser ; c'était une Indienne de sang foncé et elle avait un visage étroit et des yeux très rapprochés.

— Papa, je suis amoureux, me dit le gosse.

— Qu'est-ce qu'il y a ? Elle est enceinte ?

— Non. Je te dis que je l'aime.

— Edward, je t'en prie, dis-je. Je ne peux pas le croire.

— Si ce sont ses origines qui t'inquiètent, alors que dirais-tu de Lily ? fit-il.

— Que je ne t'entende pas prononcer un seul mot contre ta belle-mère. Lily est une femme très bien. Qui est cette Indienne ? Je vais faire faire une enquête sur elle.

— Alors, je ne comprends pas, dit-il, pourquoi tu ne laisses pas Lily accrocher son portrait à côté des autres. Laisse Maria Felucca tranquille. (Si c'était comme cela qu'elle s'appelait.) Je l'aime, conclut-il, le visage en feu.

Je regardai ce fils auquel je tenais tant, Edward, avec ses cheveux coupés en brosse, son tronc sans hanches, son col de chemise boutonné et sa cravate de Princeton, ses chaussures blanches... son visage pratiquement sans traits. « Dieu, pensai-je. Est-ce possible que ce soit la chair de ma chair ? Mais enfin, qu'est-ce qui se passe ? Si je le laisse avec cette fille, elle n'en fera que trois bouchées. »

Mais même alors, aussi étrange que cela paraisse, je sentais mon cœur remuer d'amour pour ce garçon. Mon fils ! C'est l'inquiétude qui m'a rendu ainsi, c'est le chagrin. Alors, tant pis. *Sauve qui peut*[1] ! Qu'il épouse une douzaine de Maria Felucca et, si ça peut arranger les choses, qu'elle se fasse faire son portrait, elle aussi.

Edward retourna donc à New York avec sa Maria Felucca du Honduras.

J'avais enlevé mon propre portrait en uniforme de la Garde Nationale. Ni Lily ni moi ne serions exposés dans le vestibule.

Et ce n'était pas tout ce que j'étais obligé de me rappeler tandis que Romilayu et moi attendions dans le village Wariri. Car j'avais dit plusieurs fois à Lily : « Tous les matins, tu pars te faire peindre et tu es aussi sale que jamais. Je trouve des couches sous le lit et dans la boîte à cigares. L'évier est plein d'ordures et de

1. En français dans le texte.

graisse et il règne partout un désordre digne d'une maison hantée. Tu me fuis. Je sais parfaitement que tu fais du cent dix à l'heure dans la Buick avec les enfants à l'arrière. N'aie pas cet air agacé quand j'aborde ces sujets. Il s'agit peut-être de ce que tu appelles le monde inférieur, mais il se trouve que je dois passer de longs moments ici. »

Elle pâlit terriblement en m'entendant et elle détourna son visage et sourit, comme pour exprimer qu'il se passerait longtemps avant que je comprenne le bien que cela me faisait de faire exécuter ce portrait.

« Je sais, dis-je. Les dames d'ici t'en ont fait voir pendant la campagne pour le Bol de Lait. Elles n'ont pas voulu de toi dans le comité. Je le sais très bien. »

Mais ce que je me rappelais le plus vivement avec mes dents cassées dans la main en cette soirée dans les montagnes africaines, c'était la façon dont je m'étais déshonoré avec la femme du peintre et la cousine du dentiste, Mrs K. Spohr. Celle-ci passait pour avoir été une grande beauté avant la guerre de 14-18 (elle a une soixantaine d'années), et, comme elle ne s'était jamais remise de l'écroulement de son physique, elle continuait à s'habiller comme une jeune fille, avec des tas de volants et de fleurs partout. Elle avait peut-être été extraordinaire au lit, comme elle le prétendait, bien que ce soit rare chez les grandes beautés. Mais le temps et la nature ne l'avaient pas épargnée et elle était ravagée. Cependant, son sex-appeal était toujours là, caché dans ses yeux, comme un bandit sicilien, comme un Giuliano. Ses cheveux étaient rouges comme de la poudre de piment et le même rouge était éparpillé un peu partout sur sa figure en taches de rousseur.

Clara Spohr et moi nous rencontrâmes un après-midi d'hiver à Grand Central Station. J'avais eu mes séances avec Spohr le dentiste et Haponyi le professeur de violon, et j'étais maussade ; je me dépêchais de descendre sous terre, au point que mes souliers et mon pantalon avaient du mal à me suivre... je descendais à toute allure la pente du couloir brunâtre avec ses éclairages défaillants et son dallage piétiné par des millions de chaussures, les chewing-gums en forme d'amibes aplatis partout. C'est alors que je vis Clara Spohr sortir de l'Oyster Bar, ou plutôt être happée par cette mer, démâtée, se cramponnant à son âme au milieu du naufrage de sa beauté. Mais elle avait l'air de sombrer. Au moment où je passai, elle me fit des signaux et m'attrapa le bras, celui qui n'était pas occupé par mon violon, et nous allâmes au wagon-restaurant et commençâmes, ou plutôt continuâmes à boire. A la même heure, Lily posait pour le mari de Clara Spohr, aussi celle-ci me dit-elle : « Pourquoi ne descendez-vous pas avec moi ? Vous pourrez rentrer en voiture avec votre femme. » Ce qu'elle voulait m'entendre répondre, c'était : « Mon petit, pourquoi aller dans le Connecticut ? Sautons du train et allons faire la tournée des grands-ducs. » Mais le train quitta la gare et bientôt nous roulâmes le long du chenal de Long Island, avec la neige, le coucher de soleil, l'atmosphère qui déformait la forme du soleil du soir, et les bateaux noirs qui disaient : « Phou », et déversaient leur fumée sur les vagues. Clara brûlait, et elle parlait, parlait, et me travaillait avec ses yeux et son nez retroussé. On voyait entrer en action les plans qui préparaient les débordements de jadis, l'appétit de toute une vie qui ne cédait pas. Elle me raconta dans quelles circonstances elle avait visité, dans sa jeunesse, les archipels de

Samoa et de Tonga, et comment elle avait connu des amours passionnées sur les plages, les radeaux, au milieu des fleurs. C'était comme le sang, la sueur et les larmes de Churchill, jurant de combattre sur les plages, etc. Je ne pouvais m'empêcher de compatir, en partie. Mais j'ai pour principe que quand les gens ont décidé de se défaire devant vous, on ne doit pas les refaire. On doit les laisser reficeler leurs propres paquets. Vers la fin, alors que nous entrions en gare, elle pleurait, la vieille garce, et j'étais dans un état affreux. Je vous ai dit comment je réagis devant des femmes qui pleurent. J'étais exaspéré aussi. Nous sortîmes dans la neige et, soutenant Clara, je trouvai un taxi.

Quand nous entrâmes chez elle, j'essayai de l'aider à enlever ses caoutchoucs, mais elle poussa un cri, me saisit le visage à deux mains, et commença à m'embrasser. Sur quoi, comme un imbécile, au lieu de la repousser, je lui rendis ses baisers. Oui, je l'embrassai aussi. Avec mon bridge, tout neuf alors, dans ma bouche. C'était vraiment une situation bizarre. Les chaussures de Clara étaient parties avec ses caoutchoucs. Nous nous enlaçâmes dans l'entrée pleine de souvenirs de Samoa et des mers du Sud, et nous nous embrassâmes comme si, dans un instant, la mort allait nous séparer. Je n'ai jamais compris cette chose insensée, car je ne suis pas resté passif. Je vous le dis, j'ai rendu les baisers.

Oh, ho! Mr. Henderson. Qu'est-ce que c'est? Le chagrin? La luxure? On embrasse des beautés fanées? On est ivre?

Qui plus est, Lily et Klaus Spohr virent toute la scène. La porte de l'atelier était ouverte. Il y avait un feu de charbon dans l'âtre.

« Pourquoi est-ce que vous vous embrassez comme ça ? » demanda Lily.

Klaus Spohr ne disait jamais un mot. Il approuvait tout ce que Clara jugeait bon de faire.

11

Je vous ai donc raconté l'histoire de ces dents, faites dans un matériau appelé acrylique, réputé incassable, *fort comme la mort*. Mais je finis par les user. On m'a dit (est-ce Lily, Frances, ou Berthe ? je ne peux jamais me rappeler laquelle), que je grince des dents en dormant, et cela n'a sûrement rien arrangé. Ou peut-être que j'ai embrassé la vie trop violemment et que cela a affaibli tout l'édifice. Quoi qu'il en soit, je tremblais de tous mes membres en crachant ces molaires, et je me disais : « Tu as peut-être vécu trop longtemps, Henderson. » Et je pris une lampée de bourbon de ma gourde, qui me brûla la coupure que j'avais à la langue. Là-dessus, je rinçai les débris dans du whisky et les rangeai dans ma poche, au cas où, même ici, je tomberais sur quelqu'un qui saurait les recoller.

« Pourquoi nous font-ils attendre comme ça, Romilayu ? » demandai-je. Puis, baissant la voix, j'ajoutai : « Tu ne crois pas qu'ils ont entendu parler des grenouilles, non ? »

— Oh, non, je ne crois pas, missieu.

Nous entendîmes alors un rugissement profond

venant de la direction du palais, et je dis : « Est-ce que ce ne serait pas un lion ? »

Romilayu répondit qu'il le croyait bien.

— Oui, c'est bien ce que je pensais, dis-je. Mais l'animal doit être dans la ville. Est-ce qu'ils gardent un lion dans le palais ?

— Probablement, dit-il d'un ton hésitant.

En tout cas, l'odeur des animaux était très perceptible dans la ville.

On finit par faire au type qui nous gardait un signe dans l'ombre que je ne vis pas, car il nous dit de nous lever et nous entrâmes dans la case. A l'intérieur, on nous dit de nous asseoir et nous nous installâmes sur deux tabourets bas. Deux femmes, toutes deux rasées, brandissaient une torche au-dessus de nous. Le rasoir révélait le modelé de leurs crânes, délicat malgré des proportions imposantes. Elles écartèrent leurs grosses lèvres en nous souriant, et je trouvai dans ces sourires quelque réconfort. Quand nous fûmes assis, les femmes riant si fort que les torches remuaient et ne donnaient plus qu'une lumière irrégulière et fumeuse, un homme entra par le fond et le soulagement que j'avais éprouvé s'évanouit. Il se dissipa net quand l'homme me regarda, et je me dis : « Il a certainement entendu parler de moi, soit à propos de ces satanées grenouilles, soit à propos d'autre chose. » L'étau de la conscience me serrait jusqu'à l'os. Contre toute raison.

Etait-ce une perruque qu'il portait ? C'était une espèce de coiffure officielle, qui avait l'air faite de chanvre. Il prit place sur un banc de bois poli entre les torches. Il tenait sur ses genoux un bâton ou une baguette d'ivoire, d'aspect très officiel ; de longues touffes de peau de léopard entouraient ses poignets.

— Je n'aime pas la façon dont cet homme nous

186

regarde, dis-je à Romilayu. Il nous a fait attendre longtemps, et je suis inquiet. Qu'est-ce que tu en penses ?

— Moi pas savoir, dit-il.

J'ouvris le sac et en extirpai quelques objets : les briquets habituels et une loupe qui me tomba sous la main. Ces objets déposés sur le sol restèrent dédaignés. On apporta un gros livre, témoignage d'instruction qui me stupéfia et m'inquiéta. Qu'était-ce donc, un registre d'hôtel ou quoi ? D'étranges hypothèses me venaient à l'esprit, je me laissais aller aux plus folles suppositions. Mais le livre se révéla être un atlas, et l'homme l'ouvrit devant moi, sans maladresse, tournant les grandes pages en mouillant deux doigts sur sa langue.

— Lui dit vous montrer chez vous, m'expliqua Romilayu.

— Pourquoi pas ? dis-je. Je m'agenouillai et, grâce aux briquets et à la loupe, à force de scruter la carte d'Amérique du Nord, je trouvai Danbury, dans le Connecticut. Puis j'exhibai mon passeport, tandis que les femmes, avec leur étrange crâne chauve, riaient de la gaucherie avec laquelle je m'agenouillais et me mettais debout, de ma corpulence et des grimaces nerveuses mais qui se voulaient apaisantes, qui se jouaient sur mon visage. Ce visage, qui me semble parfois aussi grand que le corps entier d'un enfant, est toujours en train de subir des transformations qui le rendent aussi occupé, aussi étrange et changeant qu'une créature des mers tropicales tapie sous un récif, tantôt couleur d'œillet et tantôt couleur de patate douce, prête à l'action, aux aguets, songeuse, ayant poussé toutes les passions humaines jusqu'au doute : je veux dire jusqu'au moment où l'on doute de leur humanité. Toutes sortes d'expressions se jouaient ainsi entre mes yeux et me crispaient les sourcils. J'avais de bonnes raisons de me contenir et d'essayer de me conduire convenablement ; mes états de service en Afrique n'étaient pas si brillants pour l'instant.

— Où est le roi ? demandai-je. Ce personnage n'est pas le roi, n'est-ce pas ? Je pourrais lui parler. Le roi sait l'anglais. Qu'est-ce que tout ça veut dire ? Explique-lui que je veux être conduit tout de suite à Son Altesse royale.

— Oh, non, missieu, dit Romilayu. Nous ne lui disons pas ça. Lui police.

— Ha, ha, tu plaisantes.

Mais c'était vrai que ce type m'examinait comme un policier, et si vous vous souvenez de mes heurts avec la police de la route (ils étaient venus cette fois-là me calmer au bistrot de Kowinsky, près de la route n° 7, et Lily avait dû payer une caution pour me faire sortir), vous imaginez comment un homme ayant ma fortune, mon tempérament d'aristocrate et un caractère aussi impatient peut réagir à un interrogatoire policier. Surtout en tant que citoyen américain. Dans ce pays perdu. C'est bien simple, j'en bouillais. Mais j'avais beaucoup de choses à me reprocher, et je m'efforçais d'être aussi diplomate et aussi prudent qu'il m'était possible. Je supportai donc l'interrogatoire de ce petit bonhomme. Il était sec et désagréable. Depuis combien de temps étions-nous arrivés de Baventai ? Combien de jours étions-nous restés chez les Arnewi et qu'y faisions-nous ? Je tendais ma bonne oreille, guettant un son ressemblant au mot citerne, eau ou grenouille, mais je me rendais déjà compte que je pouvais faire confiance à Romilayu et qu'il me défendrait. C'est comme ça, on tombe par hasard sur des gens au bord d'un lac des tropiques plein de crocodiles dans le cadre d'une expédition cinématographique, et l'on découvre chez eux des qualités sans limites. Romilayu avait dû pourtant parler de la terrible sécheresse qui accablait la rivière Arnewi, car l'autre, celui qui nous interrogeait, déclara que les Wariri n'allaient pas tarder à organiser une cérémonie pour faire tomber toute la pluie dont ils avaient besoin. « Wak-ta ! » dit-il, et il mima une grosse averse en plongeant vers le sol les doigts de ses deux mains. Je l'écoutai avec un scepticisme que j'eus la présence d'esprit de dissimuler. Mais j'étais grandement handicapé dans cette entrevue, car les événements de la semaine dernière m'avaient sapé le moral. J'étais très bas.

— Demande-lui, fis-je, pourquoi on nous a confisqué nos fusils et quand on nous les rendra.

On me répondit que les Wariri n'autorisaient pas les étrangers à porter des armes sur leur territoire.

— C'est un rudement bon principe, dis-je. Je ne le leur reproche pas. Ils sont très malins. Il aurait mieux valu pour tout le monde que je ne visse jamais d'arme à feu. Demande-lui quand même de faire attention aux viseurs. Je ne pense pas que ces gens connaissent grand-chose à du matériel aussi perfectionné. »

L'interrogateur exhiba une rangée de dents étrangement mutilées. Est-ce qu'il riait ? Puis il parla, et Romilayu traduisit. Quel était le but de mon voyage, et pourquoi voyageais-je ainsi ?

Encore cette question ? Encore ! C'était comme la question posée par Tennyson à propos de la fleur dans la crevasse du mur. C'est-à-dire qu'y répondre obligerait peut-être à raconter toute l'histoire de l'univers. Je ne savais pas plus comment y répondre que lorsque Willatale me l'avait posée. Qu'est-ce que j'allais raconter à ce gaillard ? Que l'existence m'était devenue odieuse ? Ce n'était pas précisément le genre de réponse à faire dans ces conditions. Pourrais-je dire que le monde, le monde dans son ensemble, le monde entier, s'était dressé contre la vie et lui était hostile — contre la vie, simplement — mais que malgré cela j'étais vivant et que cela m'avait paru impossible à supporter ? Que quelque chose en moi, mon *grun-tu-molani* se rebiffait et rendait toute acceptation impossible ? Non, je ne pouvais pas dire cela non plus.

Ni : « Vous comprenez, monsieur l'interrogateur, tout est devenu si terriblement compliqué, vraiment, nous ne sommes que des instruments dans le cours des événements. »

Ni : « Je suis de ces gens pour qui le repos est fatigant : il faut que je bouge. »

Ni : « J'essaye d'apprendre quelque chose, avant que tout cela m'échappe. »

Vous vous en rendez compte, c'étaient des réponses tout à fait impossibles. Les ayant passées en revue, j'en conclus que la meilleure solution serait d'essayer de lui jeter un peu de poudre aux yeux, alors je déclarai que j'avais entendu raconter mille merveilles à propos des Wariri. Comme j'aurais été bien en peine de trouver des détails sur le moment, j'étais assez content qu'il ne me demandât pas de précisions.

— Pourrions-nous voir le roi ? Je connais un de ses amis et je brûle de le rencontrer, dis-je.

On ignora ma requête.

— Alors, laissez-moi au moins lui envoyer un message. Je suis un ami de son ami Itelo.

Toujours pas de réponse. Les femmes porteuses de torches pouffaient en nous regardant Romilayu et moi.

On nous conduisit alors dans une case où l'on nous laissa seuls. On ne posta pas de garde à la porte, mais on ne nous donna rien à manger non plus. Il n'y avait ni viande, ni lait, ni fruits, ni feu. Etrange hospitalité. Nous étions prisonniers depuis la tombée de la nuit et j'estimais qu'il devait être maintenant dix heures et demie ou onze heures. Mais qu'est-ce que cette nuit de velours avait à faire avec les pendules? Vous me comprenez? Seulement, j'avais des gargouillements d'estomac et le guerrier, après nous avoir conduits à notre case, s'en alla, nous laissant seuls. Le village était endormi. Il n'y avait que les vagues rumeurs de la nuit. On nous abandonna auprès de ce tas de vieille herbe chevelue, et je suis très difficile en ce qui concerne l'endroit où je dors et, en outre, je voulais dîner. J'avais l'estomac pas tellement vide peut-être que crispé. Je tâtai de la langue la cassure de mon bridge, et décidai de ne pas manger de ration déshydratée. Je me révoltais à cette pensée. Je dis donc à Romilayu : « Nous allons faire un peu de feu. » Cette proposition ne le séduisit pas, mais malgré l'obscurité, il vit ou comprit que la mauvaise humeur me gagnait et il essaya de m'empêcher de faire des histoires. Mais je lui dis : « Ramasse donc du petit bois, je te dis, et dépêche-toi. »

Il s'en alla donc timidement ramasser des brindilles et de la bouse sèche. Peut-être croyait-il que je voulais incendier la ville pour me venger. J'arrachai brutalement des poignées de chaume à la toiture, après quoi j'ouvris le paquet de bouillon de poulet déshydraté, que je délayai avec un peu d'eau et une goutte de bourbon pour me faciliter le sommeil. Je versai le mélange dans la petite casserole d'aluminium tandis que Romilayu allumait un petit feu près de la porte. Etant donné les odeurs, nous n'osions pas nous aventurer trop loin à l'intérieur. La case semblait servir d'entrepôt à toutes sortes d'objets, nattes usées et paniers troués, ossements et vieilles cornes, couteaux, filets, cordes, etc. Nous prîmes la soupe tiède, car il semblait qu'elle ne bouillirait jamais sur un feu aussi pauvre. Le vermicelle du bouillon descendit quand même. Après quoi, Romilayu, à croupetons, prononça ses prières habituelles. Et j'étais plein de compassion à son égard, car cela ne me semblait pas l'endroit rêvé pour passer la nuit. Il serra sous son menton ses paumes jointes, poussant un sourd grognement et penchant sa tête aux joues mutilées. Il était très inquiet et je dis : « Ce soir, il faut que tu pries vraiment un bon coup, Romilayu. » C'était surtout à moi-même que je m'adressais.

Mais tout d'un coup, je m'exclamai : « Ha ! » et tout mon côté droit se raidit comme s'il était paralysé et je n'arrivais même pas à rapprocher mes lèvres. Je m'étranglai et me mis à tousser comme si j'avais avalé de travers l'étrange poison de la peur. Car, à la faveur d'une flamme jaillie soudain de morceaux de bois plus gros, je crus voir un grand corps lisse et noir allongé derrière moi dans la case, contre le mur.

— Romilayu !

Il s'interrompit dans ses prières.

— Il y a quelqu'un dans la case.

— Non, dit-il, il n'y a personne ici, juste moi... et vous.

— Je te dis qu'il y a quelqu'un ici. Qui dort. Peut-être que cette maison appartient à quelqu'un. Ils auraient dû nous dire que nous allions cohabiter.

La peur et certaines autres émotions qui s'y rattachent m'abordent souvent par la voie nasale. Comme quand on vous fait une piqûre de novocaïne et que l'on

192

sent le liquide froid sur les muqueuses et les cartilages de la région du nez.

« Attends que je trouve mon briquet », dis-je. Et je me mis à actionner énergiquement du pouce la petite roulette de mon briquet autrichien. Il s'alluma et, quand j'avançai dans la case en le tenant au-dessus de moi pour bien éclairer le sol, j'aperçus le corps d'un homme. Je craignais alors de voir mon nez éclater sous la pression de la terreur. Mon visage, ma gorge et mes épaules se gonflaient sous l'effet du tremblement qui m'agitait, et mes jambes se dérobaient sous moi.

— Il dort ? fis-je.

— Non. Il est mort, dit Romilayu.

Je le savais très bien, trop bien.

— Ils nous ont collés là avec un cadavre. Pourquoi donc ? Quel tour cherchent-ils à nous jouer ?

— Oh ! Missieu, missieu !

J'étendis les bras devant Romilayu, essayant de le rassurer un peu et je lui dis : « Allons, remets-toi. »

Mais j'éprouvais moi-même une contraction dans le ventre qui me donnait une pénible impression de faiblesse. J'ai pourtant l'habitude des morts. J'en ai vu ma part et plus que ma part. Il me fallut pourtant quelques instants pour me remettre de cette peur qui avait ainsi déferlé sur moi, et je me demandais ce que cela pouvait signifier. Pourquoi, depuis quelque temps, me montrait-on des cadavres : d'abord la vieille voisine sur le carreau de ma cuisine, puis deux mois plus tard ce type qui gisait dans la poussière ? Il était coincé contre les bambous et le raphia qui constituaient les matériaux de construction de cette vieille maison. J'ordonnai à Romilayu de le retourner. Il refusa ; il était incapable d'obéir, alors je lui tendis le briquet qui commençait à me brûler les doigts et je le fis moi-

193

même. Je distinguai un individu de grande taille, qui n'était plus jeune, mais encore robuste. Quelque chose dans son expression donnait à penser qu'il avait détourné la tête pour éviter une odeur qui lui déplaisait, mais il avait quand même fini par être obligé de la sentir. C'est peut-être toujours comme ça avec la mort : nous n'en saurons rien avant que le moment soit venu. En tout cas, il grimaçait et avait une ride sur le front, un peu comme la marque laissée par la haute mer, pour montrer que la vie était parvenue jusqu'à ce niveau, puis avait décliné. La cause du décès n'était pas apparente.

— Il n'est pas mort depuis longtemps, dis-je. Il n'est pas encore rigide. Examine-le, Romilayu. Qu'est-ce que tu en dis ?

Romilayu n'avait pas grand-chose à en dire car le corps était nu et ne présentait que peu d'indices. J'essayais de réfléchir à ce que je devrais faire, mais je n'arrivais à rien, car je commençais à me vexer et à me mettre en colère.

— Ils ont fait ça exprès, Romilayu, dis-je. C'est pour ça qu'ils nous ont fait attendre si longtemps et que les bonnes femmes avec les torches riaient. Pendant tout ce temps, ils préparaient cette mise en scène. Si ce petit salopard avec son bâton tordu était capable de nous faire tomber dans une embuscade, je crois qu'ils ont tout aussi bien pu monter cette comédie. Ce sont vraiment les enfants des ténèbres, comme tu disais. C'est peut-être l'idée qu'ils se font d'une bonne plaisanterie. Au lever du jour, nous étions censés nous réveiller et nous apercevoir que nous avions passé la nuit avec un macchabée. Mais écoute-moi bien, Romilayu, tu vas aller leur dire que je refuse de dormir dans une morgue. Ça m'est déjà arrivé de me réveiller au milieu de morts, c'est entendu, mais ça se passait sur le champ de bataille.

— A qui je le dis ? » demanda Romilayu.

Je commençais à m'énerver. — Va, dis-je. Je t'ai donné un ordre. Va, réveille quelqu'un. Judas ! Quel culot !

— Missieu Henderson, cria Romilayu, Missieu, qu'est-ce que je fais ?

— Fais ce que je te dis ! hurlai-je, écœuré de cette cohabitation avec le mort et vibrant de la rage d'un homme fatigué qui vient de se casser un bridge.

Romilayu sortit donc, à contrecœur, et alla sans doute s'asseoir quelque part sur une pierre pour prier ou pour déplorer d'être jamais venu avec moi ou de s'être laissé tenter par la jeep, et sans doute regrettait-il de n'être pas reparti tout seul vers Baventai, après l'explosion des grenouilles. Il était évidemment trop timide pour réveiller qui que ce soit et lui exposer mes doléances. Et peut-être l'idée lui était-elle venue, comme à moi précisément, que nous risquions d'être accusés de meurtre. Je me précipitai vers la porte et me penchai dans la nuit épaisse, qui me semblait maintenant chargée d'effluves malodorants, et je dis d'une voix haletante, et aussi fort que j'osais : « Reviens, Romilayu, où es-tu ? J'ai changé d'avis. Reviens, mon vieux. » Je pensais en effet que je ne devrais pas le chasser ainsi, puisque le lendemain nous aurions peut-être à défendre notre peau. Quand il revint, nous nous accroupîmes tous les deux auprès du mort pour réfléchir et ce que j'éprouvais n'était plus tant maintenant de la peur que de la tristesse, une tristesse profonde et déchirante. Je sentais le chagrin me tirer la bouche et tous deux, regardant le corps, nous souffrîmes un moment en silence, tandis que le mort m'adressait un message muet qui disait à peu près : « Voici, étranger, cette existence que tu trouves si formidable. » Et, de la même façon, je répondais : « Oh, tais-toi, mort, je t'en prie. »

Je ne tardai pas à me convaincre d'une chose, c'était que la présence de ce cadavre était un défi auquel il fallait répondre, et je dis à Romilayu : « Ça ne va pas se passer comme ça. » Et je lui expliquai ce que je pensais que nous devrions faire.

— Non, Missieu, dit-il avec effroi.

— J'ai décidé.

— Non, non, non, nous dormons dehors.

— Jamais de la vie, dis-je. J'aurais l'air d'une fillette. Ils nous ont collé ce type sur les bras et la seule chose à faire pour nous, c'est de leur rendre la marchandise tout de suite.

— Oh, oh ! gémit Romilayu. Qu'est-ce qu'on fait, Missìeu ?

— Nous allons faire comme j'ai dit. Maintenant, fais bien attention. Je t'assure que je vois parfaitement la situation. Ils vont peut-être essayer de nous coller cette histoire sur le dos. Serais-tu prêt à supporter un procès ?

J'actionnai de nouveau le briquet et Romilayu et moi nous dévisageâmes à la lueur de la petite flamme orange que je tenais à bout de bras. Les morts le terrifiaient, alors que moi, c'était l'affront, la provocation qui me touchait le plus. Il me semblait absolument indispensable de me donner du mal, car j'étais horriblement énervé. Et ma résolution était prise : j'étais décidé à traîner le cadavre hors de la case.

— Allons, tirons-le dehors, dis-je.

— Non, non, protesta Romilayu. Nous dehors. Je vais vous préparer un lit par terre.

— Pas question. Je m'en vais aller le porter juste devant le palais. Je n'arrive pas à croire que l'ami d'Itelo, le roi, pourrait avoir participé à un pareil complot contre un visiteur.

— Oh, non, non, non! reprit Romilayu, en gémissant de plus belle. Ils vont vous attraper.

— Bon, reconnus-je, le décharger devant le palais est peut-être trop risqué. Nous l'abandonnerons ailleurs. Mais je tiens absolument à faire quelque chose.

— Pourquoi?

— Simplement parce qu'il le faut. C'est presque une question de tempérament avec moi. Je ne peux jamais accepter ce genre de chose comme ça. Ils ne vont pas nous faire ce coup-là, dis-je. J'étais trop hors de moi pour que l'on pût me raisonner. Romilayu porta à son visage couturé ses mains, qui, dans l'ombre, ressemblaient à des homards.

— Oh, là, là, mauvais tout ça.

La provocation que constituait la présence de ce cadavre me piquait au vif. J'enrageais. Le briquet était de nouveau brûlant, je l'éteignis et je dis à Romilayu : « Ce corps va s'en aller, et pas plus tard que maintenant. »

Cette fois, je partis moi-même en reconnaissance.

Là-haut, dans les cieux, c'était comme une forêt bleue... si tranquille! Une véritable tapisserie! La lune elle-même était jaune, une lune d'Afrique dans sa paisible forêt bleue, non seulement belle, mais avide de devenir plus belle encore. De nouvelles suggestions concernant sa beauté ne cessaient d'émaner des têtes blanches des montagnes. Une fois de plus, je crus entendre des lions, mais comme si leurs rugissements étaient assourdis par une cave. En tout cas, tout le monde semblait dormir. Je me glissai le long des portes endormies et, à une centaine de mètres de la maison, le sentier s'arrêtait brusquement et mon regard plongea dans un ravin. « Bon, pensai-je, je le jetterai là-dedans. Qu'ils viennent donc ensuite me reprocher sa mort. » Tout au bout du ravin, brûlait le feu d'un berger ; à part cela, les lieux étaient déserts. Sans doute des rats et d'autres charognards allaient et venaient ; il y en avait toujours, mais je ne pouvais tout de même pas essayer d'enterrer cet homme. Ce n'était pas à moi de m'inquiéter de ce qui pourrait lui arriver dans les ténèbres de ce précipice.

Le clair de lune constituait un sévère handicap, mais les chiens étaient encore plus dangereux. L'un d'eux me renifla tandis que je regagnais la case. Je m'immobilisai et il s'en alla. Seulement les chiens sont bizarres quand il s'agit de morts. C'est une question qui mériterait d'être étudiée. Darwin a prouvé que les chiens étaient capables de raisonner. Il en avait un qui regardait un parasol dont l'ombre flottait sur la pelouse et cela faisait réfléchir l'animal. Mais ces chiens des villages d'Afrique étaient très proches des hyènes. On peut raisonner avec un chien anglais, surtout si c'est une bête de la famille, mais qu'est-ce que je ferais si ces animaux à moitié sauvages se précipitaient sur moi au moment où je transporterais le cadavre vers le ravin ? Comment me débarrasserais-je d'eux ? Je me rappelai comment le Dr Wilfred Grenfell, alors qu'il dérivait sur une glace flottante avec son équipage de chiens de traîneau, dut en abattre quelques-uns et s'envelopper dans leurs peaux pour ne pas mourir. Il édifia une sorte de mât avec les pattes gelées. Cela n'avait aucun rapport cependant. Mais je me disais : et si le propre chien du mort survient ?

D'ailleurs, peut-être nous épiait-on. Si ce n'était pas

par hasard qu'on nous avait logés avec ce cadavre, peut-être toute la tribu était-elle dans le coup : peut-être en ce moment même nous guettaient-ils, la main devant leur bouche pour ne pas éclater de rire. Pendant que Romilayu pleurait et gémissait et que je bouillais d'indignation.

Je m'assis sur la porte de ma case et j'attendis que les longs nuages bleutés vinssent obscurcir partiellement la lune, et que le sommeil des villageois, s'ils étaient bien endormis, fût encore plus profond.

Enfin, non pas parce que le moment était venu, mais parce que je ne pouvais supporter d'attendre, je me levai et me nouai une couverture sous le menton, cela afin d'éviter les taches. J'avais décidé de porter l'homme sur mon dos, au cas où nous devrions courir. Romilayu n'était pas assez fort pour supporter le plus gros du fardeau. Je commençai par éloigner le corps du mur. Puis je le pris par les poignets et, me penchant d'un geste rapide, je le hissai sur mon dos. Je craignais de sentir les bras se mettre à me serrer le cou par-derrière. Des larmes de rage et de dégoût me venaient aux yeux. Je luttais pour refouler ces sentiments. Et je pensai soudain : et si cet homme était un nouveau Lazare ? Je crois à Lazare. Je crois au réveil des morts. Je suis sûr que pour quelques-uns du moins il y a une résurrection. Jamais cette croyance n'était plus présente à mon esprit que quand j'étais là penché, avec mon gros ventre, la tête en avant, et des larmes de peur et d'inquiétude me perlaient aux yeux.

Mais ce mort que j'avais sur le dos n'était pas Lazare. Il était froid et la peau que je sentais sous mes mains était bien morte. Son menton s'était calé sous mon épaule. Résolu comme peut seul l'être un homme qui est en train de sauver sa tête, je crispai les muscles

199

puissants de ma mâchoire et je serrai les dents pour maîtriser la nausée qui semblait monter en moi. Je songeais que si c'était un coup monté, si les gens de la tribu étaient éveillés et m'observaient, quand je serais à mi-chemin du ravin, ils allaient peut-être se précipiter en criant : « Voleur de morts ! Vampire ! Rendsnous notre mort ! » et ils se mettraient à me frapper sur la tête et me tueraient pour punir mon sacrilège. Ainsi finirais-je, moi, Henderson, avec toute mon énergie et mon ardeur.

— Espèce de crétin, dis-je à Romilayu, debout dans l'ombre. Prends les pieds de ce type et aide-moi à le porter. Si nous apercevons quelqu'un, tu n'as qu'à laisser tomber et filer. Je continuerai tout seul.

Il m'obéit et, la tête bourdonnante et douloureuse, je m'avançai dans le sentier. Et une voix en moi s'éleva en disant : « Aimes-tu tellement la mort ? Tiens, serstoi. »

— Je ne l'aime pas, dis-je. Qui t'a raconté ça ? C'est une erreur.

J'entendis alors près de moi le grognement d'un chien, mais j'étais plus dangereux pour lui qu'il ne pouvait l'être pour moi. Je jurai que s'il faisait des histoires, je laissais le cadavre et que je déchirais l'animal à main nue. Quand il s'approcha, le poil hérissé et que je l'aperçus, gueule ouverte, au clair de lune, j'émis un bruit de gorge si menaçant que l'animal terrorisé recula. Poussant un long gémissement, il détala. Son hurlement était si bizarre qu'il aurait dû réveiller quelqu'un, mais non, tout le monde continuait à dormir. Les cases s'alignaient, porte ouverte, comme des meules de foin. Mais, malgré leur ressemblance avec une meule de foin, chacune était soigneusement construite et, à l'intérieur, les familles de dormeurs étaient paisiblement allongées. L'air ressemblait plus que jamais à une forêt bleue, avec la lune qui répandait de doux courants de lumière jaune. Je courais, avec la silhouette massive des montagnes révélée par le clair de lune, le corps était secoué, et Romilayu, la tête tournée de côté, marchant tout de guingois, m'obéissait toujours et portait les jambes. Le ravin n'était pas loin, mais, sous la charge du corps, mes pieds s'enfoncèrent dans la terre meuble et le sable entra dans mes souliers. Je portais le type de chaussures adopté par l'infanterie britannique en Afrique du Nord, et je m'étais confectionné un lacet neuf avec un bout de toile, et cela ne tenait pas très bien. Je marchais péniblement sur la petite pente qui s'élevait jusqu'au bord du ravin et je dis à Romilayu : « Allons. Tu ne peux donc pas en porter un peu plus ? » Au lieu de soulever, il poussa et je trébuchai et dégringolai sous le cadavre. La chute fut rude et je restais là, coincé dans la poussière. Mes yeux embués voyaient les étoiles allongées, chacune comme un bâton.

Puis Romilayu dit d'une voix rauque : « Les voilà, les voilà. »

Je me dégageai et, sitôt debout, poussai le corps dans le ravin. Quelque chose en moi implora le pardon du mort... disant à peu près : « Oh, étranger, il ne faut pas m'en vouloir. Nous nous sommes rencontrés et nous nous sommes séparés. Je ne t'ai fait aucun mal. Maintenant passe ton chemin et ne m'en veuille pas de cet incident. » Fermant les yeux, je lui donnai une vigoureuse poussée et il tomba sur le dos, me sembla-t-il, d'après le bruit que j'entendis.

Agenouillé, je me tournai alors pour voir qui arrivait. Près de notre case, il y avait plusieurs torches, et on avait l'air de nous chercher ou bien de chercher le corps. Devrions-nous sauter dans le précipice à notre tour ? Cela aurait fait de nous des fugitifs, et heureusement que je n'avais pas la force de faire ce bond. J'étais trop épuisé, et j'avais des élancements dans les glandes salivaires. Nous restâmes donc immobiles jusqu'au moment où un rayon de lune révéla notre présence, et où un homme armé d'un fusil se précipita vers nous. Mais son attitude n'était pas hostile et, si mon imagination ne m'égarait pas, elle était même respectueuse. Il annonça à Romilayu que l'interrogateur voulait nous revoir, il ne regarda même pas par-dessus le bord du précipice et ne fit aucune allusion à un cadavre.

On nous ramena dans la cour et l'on nous introduisit aussitôt devant l'interrogateur. Cherchant les deux femmes, je les vis endormies sur des peaux de part et d'autre de la couche de leur mari. Les messagers qui nous avaient escortés entrèrent avec leurs torches.

S'ils voulaient me coller sur les bras une accusation de sacrilège, j'étais bel et bien coupable, puisque j'avais troublé le repos de leur mort. J'avais bien quelques arguments à invoquer, mais je n'avais pas l'intention de me défendre. J'attendis donc, un œil presque clos, d'entendre ce que le type efflanqué à la perruque de chanvre, l'interrogateur, avec ses manchettes en peau de léopard, allait dire. On m'ordonna de m'asseoir et j'obéis, m'installant sur le tabouret bas, les coudes sur mes genoux, tournant vers l'homme un visage attentif.

L'interrogateur ne fit lui non plus aucune allusion à un cadavre, mais me posa toute une série d'étranges questions, concernant mon âge, ma santé, me demandant si j'étais marié et si j'avais des enfants. A toutes mes réponses, traduites par le malheureux Romilayu, dont la voix trahissait la terreur, l'interrogateur s'inclinait profondément d'un air grave, mais bienveillant, et semblait approuver ce qu'il entendait. Comme il ne soufflait mot du mort, je me sentais ravi et tout prêt à être aimable, s'il vous plaît, et je songeais avec une certaine satisfaction, confinant même à la jubilation, que je m'étais tiré victorieusement de l'épreuve qu'ils m'avaient infligée. Cela m'avait écœuré, énervé, mais en fin de compte mon audace avait payé.

Voulais-je bien signer mon nom ? Pour comparer avec la signature de mon passeport, sans doute. J'apposai bien volontiers ma signature de mes doigts légers et soulagés, tout en me disant intérieurement : « Ha, ha ! Oh, ha, ha, ha, ha ! C'est parfait. Vous pouvez avoir mon autographe. » Où étaient donc les dames ? Elles dormaient, avec leurs grandes bouches satisfaites et leurs crânes ronds et délicats soigneusement rasés. Et les porteurs de torches ? Ils brandissaient leurs luminaires d'où montait une fumée qui allait s'effilochant.

« Allons, tout est en ordre maintenant ? Je crois que tout va bien. » J'étais vraiment très satisfait et j'avais l'impression d'avoir accompli quelque chose.

Là-dessus, l'interrogateur me présenta une étrange requête. Voudrais-je avoir l'obligeance d'enlever ma chemise ? J'hésitai un peu et voulus savoir pourquoi. Romilayu fut incapable de me le dire. J'étais un peu inquiet et je lui murmurai : — Dis donc, qu'est-ce que ça veut dire ?

— Je ne sais pas.

— Eh bien, demande à ce type.

Romilayu fit comme je le lui avais dit, mais n'obtint pour toute réponse que la répétition de la même requête.

— Demande-lui, dis-je, s'il nous laissera dormir tranquillement après cela.

Comme s'il comprenait mes propos, l'interrogateur hocha la tête, et je me dépouillai de mon T-shirt, qui avait grandement besoin d'être lavé. L'examinateur alors s'approcha de moi et m'examina de très près, ce qui me mit mal à l'aise. Je me demandais si l'on allait me prier de lutter chez les Wariri, comme j'avais dû le faire avec Itelo; je me dis que je m'étais peut-être aventuré dans une région de l'Afrique où la lutte était en honneur, où elle constituait le mode de présentation habituel. Mais cela ne semblait pas être le cas.

« Dis-moi, Romilayu, repris-je, peut-être qu'ils veulent nous vendre comme esclaves. Il paraît qu'il y a encore des esclaves en Arabie Séoudite. Bon Dieu! Quel esclave je ferais! Ha, ha! » Comme vous le voyez, j'étais encore d'humeur à plaisanter. « Ou bien est-ce qu'ils veulent me mettre dans une fosse, me recouvrir de graisse et me faire cuire? Les pygmées font ça avec les éléphants. Cela prend environ une semaine. »

Tandis que je continuais à plaisanter ainsi, l'autre continuait à m'examiner. Je lui montrai le nom de Frances tatoué à Coney Island, il y avait de cela tant d'années, et je lui expliquai que c'était le nom de ma première femme. Cela ne parut pas l'intéresser beaucoup. J'enfilai de nouveau mon tricot douteux en disant : « Demande-lui si nous pouvons voir le roi. »

Cette fois, l'interrogateur accepta de répondre. Le roi, traduisit Romilayu, voulait me voir demain et me parler dans ma propre langue.

— Magnifique, dis-je. J'ai une ou deux questions à lui poser.

Demain, répéta Romilayu, le roi Dahfu voulait me voir. Oui, oui. Le matin, avant que commencent les cérémonies pour mettre fin à la pluie qui dureraient toute la journée.

— Oh, vraiment ? dis-je. Dans ce cas, tâchons de dormir un peu.

On nous permit donc enfin de nous reposer, bien qu'il ne restât pas beaucoup de nuit. Presque aussitôt, me sembla-t-il, j'entendis les coqs chanter et je m'éveillai, pour apercevoir tout d'abord les nuages rouges échevelés et la grande traînée lumineuse qui annonçait le lever proche du soleil. Je me redressai alors, me souvenant que le roi souhaitait nous voir de bonne heure. Sur le seuil, adossé au mur, dans la même posture à peu près que moi, le mort était assis. Quelqu'un était allé le rechercher dans le ravin.

12

Je me mis à jurer. « C'est du lavage de cerveau. » Je
résolus sur-le-champ qu'ils ne me feraient jamais
perdre la tête. J'avais déjà vu des morts, beaucoup de
morts. Durant la dernière année de la guerre, j'avais
partagé le continent européen avec quelque quinze
millions d'entre eux, mais c'est toujours le cas individuel qui est le plus pénible. Le corps était tristement
couvert de la poussière dans laquelle je l'avais jeté, et
maintenant qu'ils étaient allés le chercher, mes relations avec lui n'avaient plus rien de secret, et je décidai
donc de ne pas bouger et d'attendre les événements. Je
n'avais rien d'autre à faire. Romilayu dormait encore,
une main serrée entre ses genoux, l'autre sous sa joue
fripée. Je ne voyais aucune raison de le réveiller.
L'abandonnant dans la case avec le mort, je sortis à
l'air libre. Je trouvai quelque chose de tout à fait
bizarre qui tenait à moi-même, ou bien au jour, ou
alors à tous les deux. J'avais dû contracter la fièvre
dont j'allais souffrir quelque temps. J'éprouvais également une sensation de démangeaison dans la poitrine,
et c'était particulièrement marqué à la hauteur des
côtes : c'était une de ces sensations imprécises, comme
ce que l'on éprouve lorsqu'on respire des vapeurs

d'essence. L'air autour de moi était doux et grisant ; les couleurs étaient toutes très vives. Ces couleurs étaient extraordinaires. Sans doute mes impressions étaient-elles dues à la fatigue et au manque de sommeil.

Comme c'était un jour de fête, la ville commençait déjà à s'agiter, les gens s'affairaient dans toutes les directions et je n'ai jamais su s'ils savaient ou non qui Romilayu et moi avions dans notre case. Une odeur douce et épicée de bière indigène traversait les murs de paille. C'était, semblait-il, au lever du soleil qu'on commençait à boire ici ; on percevait aussi ce qui me parut être la rumeur de l'ivresse. Je fis prudemment quelques pas et personne ne me prêta particulièrement attention, ce que j'interprétai comme un bon signe. Il semblait y avoir pas mal de querelles de famille et certains vieillards semblaient avoir la langue particulièrement acérée et un vocabulaire des plus variés, ce qui m'émerveilla. Un petit caillou vint heurter mon casque, mais je supposai qu'il ne m'était pas destiné, car les gosses se lançaient des pierres, se battaient et roulaient dans la poussière. Une femme sortit en courant de sa case et les chassa, en criant et en distribuant des gifles. Elle ne sembla pas autrement surprise de se trouver nez à nez avec moi, elle tourna les talons et regagna sa case. En jetant un coup d'œil à l'intérieur, j'aperçus un vieil homme allongé là sur une natte. Elle lui piétinait le dos de ses pieds nus, pratiquant une sorte de massage destiné à lui redresser la colonne vertébrale, après quoi elle versa sur lui un liquide gras et se mit à lui frictionner avec soin les côtes et le ventre. L'homme plissa le front, sa barbe en broussaille s'écarta, découvrant ses grandes vieilles dents, il me sourit, détournant les yeux vers le pas de la porte où j'étais arrêté. Qu'est-ce qui se passe ici ? me demandai-je, et je poursuivis ma promenade le long des étroites petites allées, regardant dans les cours et par-dessus les clôtures, prudemment bien sûr, et sans jamais oublier Romilayu qui dormait et le mort assis contre le mur. Quelques jeunes femmes étaient en train de dorer les cornes d'un buffle, de peindre et d'orner un autre animal, avec des plumes d'autruche, de vautour, et des bijoux. Quelques hommes portaient des mâchoires humaines en collier. On parait les idoles et les fétiches, on les lavait avant de leur offrir des sacrifices. Une vieille femme aux cheveux coiffés en petites tresses raides avait renversé une bouillie jaune sur l'une de ces statuettes et balançait au-dessus un poulet fraîchement tué. Le bruit cependant augmentait, un élément nouveau venait à chaque minute s'y ajouter : bruit de crécelle, fracas de tambour, battement de tam-tam, coup de trompette ou claquement d'un coup de feu.

Je vis Romilayu sortir par la porte de notre case, et l'on n'avait pas besoin d'être très observateur pour voir dans quel état il était. Je me dirigeai vers lui et, lorsqu'il m'aperçut par-dessus la foule, repérant sans doute avant toute autre chose la coquille blanche de mon casque sur ma tête, il porta la main à sa joue en grimaçant.

« Oui, oui, oui, dis-je, mais que pouvons-nous faire ? Il faut attendre. Ça ne veut peut-être rien dire. En tout cas, le roi... comment s'appelle-t-il déjà, l'ami d'Itelo, nous sommes censés le voir ce matin. Il va nous convoquer maintenant d'une minute à l'autre et je vais m'expliquer avec lui. Ne t'inquiète pas, Romilayu, je saurai bientôt ce que tout ça veut dire. Ne t'en fais pas. Sors nos affaires de la case et surveille-les. »

Sur ces entrefaites, au son d'une marche entraînante

jouée sur des tambours, de gros tambours portés par des femmes d'une taille insolite, les femmes-soldats ou les amazones du roi Dahfu, voilà que déboucha dans la rue un groupe de gens portant de grandes ombrelles. Sous l'une d'elles, un énorme parapluie de soie fuchsia, marchait un homme corpulent. Une autre ombrelle n'abritait personne et j'en conclus fort justement qu'on avait dû l'envoyer pour moi. « Tu vois, dis-je à Romilayu, on n'enverrait pas quelque chose d'aussi somptueux pour un homme qu'on a l'intention d'accuser d'un crime qu'il n'a pas commis. C'est une brillante déduction. Plutôt une intuition, si tu veux, mais je crois que nous n'avons aucune raison de nous inquiéter, Romilayu. »

Les tambours avançaient rapidement, les ombrelles tournoyant et dansant pesamment en mesure. Les Wariri s'écartaient sur le passage de ces vastes dais de soie. Le robuste gaillard au parapluie fuchsia, tout souriant, m'avait déjà vu et tendait vers moi ses gros bras, la tête haute et toujours souriant de façon à montrer qu'il m'accueillait affectueusement. C'était Horko, qui se révéla être l'oncle du roi. La robe qu'il portait, de somptueux drap écarlate, le moulait des chevilles aux aisselles. Le tissu était enroulé si serré que les bourrelets de graisse lui remontaient sous le menton et autour des épaules. Deux rubis (peut-être des grenats ?) lui pendaient aux oreilles. Il avait un visage puissant aux traits lourds. Lorsqu'il émergea de l'ombre que dispensait son parapluie de cérémonie, le soleil alluma des reflets dans ses yeux qui parurent alors presque aussi rouges que noirs. Quand il haussa les sourcils, toute la peau de son crâne remonta en même temps, creusant une douzaine de rides jusqu'à l'occiput. Il avait le cheveu court et dru planté en petites boucles serrées.

L'air jovial, il me tendit la main, de façon fort civile, et éclata de rire, exhibant une grosse langue gonflée, aussi rouge que s'il avait sucé des bonbons. Adaptant mon humeur à la sienne, je me mis à rire aussi, cadavre ou pas cadavre, et je donnai à Romilayu un coup de coude dans les côtes en disant : « Tu vois ? Tu vois ? Qu'est-ce que je te disais ? » Prudent, Romilayu ne voulait pas se laisser rassurer par des indices aussi minces. Des villageois nous entouraient, riant avec nous, mais d'un rire plus sauvage que Horko, haussant les épaules et faisant toutes sortes de mimiques. Beaucoup étaient ivres de pombo, la bière indigène. Les amazones, en gilet de cuir sans manches, les repoussèrent. Ils ne devaient pas trop approcher de Horko et de moi. Ces gilets semblables à des corsets étaient les seuls vêtements que portaient ces robustes gaillardes, plutôt lourdement bâties et qui s'épandaient vers l'arrière de façon peu commune.

— Enchanté, enchanté, dis-je à Horko, et il m'invita à prendre place sous l'ombrelle vacante. C'était un véritable article de luxe, une ombrelle de milliardaire si jamais il en fut.

— Le soleil est chaud, dis-je, bien qu'il ne soit sans doute même pas huit heures du matin. J'apprécie votre courtoisie. Je m'essuyai le visage, jouant la grande amitié, autrement dit, exploitant au maximum la situation et m'efforçant de mettre la plus grande distance possible entre le cadavre et nous.

— Moi Horko, dit-il. Oncle de Dahfu.

— Oh, vous parlez ma langue, dis-je, quelle chance. Et le roi Dahfu est votre neveu, alors ? Quelle surprise ! Et nous allons lui rendre visite maintenant ? Les messieurs qui nous ont interrogés hier soir nous l'ont dit.

— Moi oncle, oui, dit-il. Puis il donna un ordre aux amazones, lesquelles effectuèrent aussitôt un demi-tour qui aurait été bruyant si elles avaient porté des bottes, et se mirent à battre le même rythme de marche sur les tambours. Les grandes ombrelles recommencèrent à s'agiter et à danser, et la lumière allumait de magnifiques reflets sur la soie quand elle tournoyait. Même le soleil semblait s'attarder sur elles avec gourmandise. — Au palais, dit Horko.

— Allons-y, dis-je. Oui, je suis impatient. Nous sommes passés devant, hier en arrivant.

Pourquoi ne pas l'admettre, j'étais encore inquiet. Itelo semblait penser tout le bien du monde de son vieil ami de collège Dahfu, et il avait parlé de lui dans les termes les plus flatteurs mais, étant donné l'expérience que j'avais jusqu'à maintenant des Wariri, j'avais peu de raisons de me sentir à l'aise.

« Romilayu, dis-je par-dessus le fracas des tam-bours, où est mon guide Romilayu ? » Je craignais, comprenez-vous, qu'on ne décidât de le garder à cause du corps. Je le voulais à mes côtés. Il fut autorisé à marcher derrière moi dans le cortège, en portant tout mon barda. Ses forces et sa patience mises à dure épreuve, il ployait sous son double fardeau ; il n'était pas question pour moi de rien porter. Nous marchions toujours. Etant donné la taille des ombrelles et des tambours, c'était étonnant de voir avec quelle rapidité nous avancions. Nous filions comme le vent, encadrés par-devant et par-derrière des amazones aux tam-bours. Et combien la ville était différente aujourd'hui. Sur notre parcours, les spectateurs faisaient la haie, certains se penchant pour scruter mon visage sous l'ombre double du casque et de l'ombrelle. J'apercevais des milliers de mains, de pieds impatients, de visages luisants de chaleur et de curiosité, ou de l'excitation des jours de fête. Des poulets et des porcs se précipitaient coupant la route du cortège. Des bruits perçants, des hurlements et des cris de singes se faisaient entendre par-dessus le martèlement des tambours.

— C'est vraiment un contraste, dis-je, avec hier où tout était si calme. Pourquoi cela, monsieur Horko ?

— Hier, jour triste. Tous les gens jeûnent.

— Des exécutions ? demandai-je soudain. Je vis ou crus voir des corps pendus la tête en bas sur un échafaud un peu à gauche du palais. Un jeu de lumière les faisait paraître petits comme des poupées. L'atmosphère a parfois cet effet de rapetisser au lieu de jouer le rôle de loupe. « J'espère bien que ce sont des effigies », dis-je. Mais mon cœur lourd d'appréhension n'y croyait pas. Ce n'était pas étonnant qu'ils n'eussent fait aucune enquête à propos de leur cadavre. Qu'était un cadavre pour eux ? Ils paraissaient en avoir à revendre. A ce spectacle, je me sentis de plus en plus fiévreux, mes démangeaisons à la poitrine s'accrurent mais j'eus l'étrange impression que mon visage gonflait. La peur. Je n'hésite pas à l'avouer. Je me tournai vers Romilayu, mais il traînait sous le poids de notre équipement et nous étions séparés par tout un rang d'amazones joueuses de tambour.

Je dis donc à Horko, et je fus obligé de hurler à cause des tambours :

« On dirait qu'il y a beaucoup de morts. » Nous avions quitté les étroites allées et nous marchions dans une grande artère en approchant du palais.

Il secoua sa grosse tête, sourit en découvrant sa

langue teintée de rouge et se tâta une oreille, dont le lobe était distendu par un joyau rouge. Il n'avait pas entendu.

« Beaucoup de morts ! répétai-je. Puis je me dis : ne demande pas des renseignements d'un ton aussi désespéré. C'est vrai que j'étais tout rouge et que j'avais l'air éperdu.

Riant toujours, il ne pouvait reconnaître qu'il m'avait compris, pas même quand je mimai l'attitude d'un homme pendu au bout d'une corde. J'aurais bien donné quatre mille dollars sur-le-champ pour que Lily se trouve là un instant, afin de voir comment elle accommoderait tout cela avec l'idée qu'elle se faisait de la bonté et de la réalité. Nous avions eu cette terrible discussion à propos de la réalité, à la suite de quoi Ricey s'était enfuie et était rentrée au collège avec l'enfant recueilli à Danbury. J'ai toujours prétendu que Lily ne connaît rien à la réalité et que d'ailleurs elle ne l'aime pas. Et moi ? J'aime cette vieille garce comme elle est et je me plais à croire que je suis toujours prêt à affronter ce qu'elle a de pire à me montrer. Je suis un authentique adorateur de la vie, et si je ne peux pas atteindre aussi haut que son visage, je plante mon baiser quelque part un peu plus bas. Ceux qui me comprennent n'auront pas besoin d'autres explications.

Cela me consola un peu d'imaginer que Lily serait incapable de répondre. Je ne crois cependant pas un instant aujourd'hui que quoi que ce soit puisse l'arrêter. Elle saurait sûrement quoi répondre. Pendant ce temps, nous avions traversé le champ de manœuvres et les sentinelles avaient ouvert la barrière rouge. Nous retrouvions les cuves de pierres creuses de la veille avec leurs fleurs chaudes ressemblant à des géraniums, et nous apercevions l'intérieur du palais : un bâtiment de trois étages avec des escaliers extérieurs et des galeries, une construction rectangulaire qui avait l'air d'une grange. Au rez-de-chaussée, les pièces n'avaient pas de portes, elles étaient ouvertes et nues comme d'étroites écuries. Le doute ici n'était pas permis : c'était le rugissement d'une bête sauvage que j'entendais là-dessous. Seul un lion pouvait faire un bruit pareil. A part cela, auprès des rues de la ville, le palais semblait calme. Dans la cour se dressaient deux petites cases semblables à des maisons de poupées, chacune occupée par une idole à corne, badigeonnée de frais ce matin. Entre ces deux cases s'allongeait un chemin marqué de neuf.

Un drapeau passé, qui avait eu trop de soleil, pendait à la tourelle, divisé en diagonales par une ligne blanche au tracé incertain.

— Par où va-t-on chez le roi ? demandai-je.

Mais les règles de l'étiquette imposaient à Horko de me recevoir et de m'accueillir avant mon audience avec Dahfu. Son appartement était au rez-de-chaussée. Avec tout un cérémonial, on planta les ombrelles et les amazones apportèrent une vieille table de bridge, recouverte d'un tissu comme en vendent les marchands ambulants syriens, rouge et jaune avec des broderies arabes de fantaisie. Puis on apporta un service en argent, théière, pots à confiture, assiettes et tout le tremblement. Il y avait de l'eau chaude et un breuvage fait de lait mélangé à du sang de bétail frais que je refusai, des dattes et de l'ananas, du pombo, des patates douces froides et autres mets : notamment des pattes de souris que l'on mangeait avec une sorte de sirop et dont je goûtai un peu. Je mangeai quelques patates douces et bus du pombo, un puissant breuvage qui fit un effet immédiat sur mes jambes et sur mes genoux. Dans mon excitation et dans ma fièvre, j'en bus plusieurs coupes, puisque je ne voyais rien sur quoi m'appuyer, la table de bridge étant des plus chancelantes. Il me fallait donc avoir en tout cas quelque chose à l'intérieur. J'espérais vaguement que j'allais être malade. Je ne peux pas supporter d'être aussi excité que je l'étais. Je fis de mon mieux pour m'acquitter de mes mondanités envers Horko. Il voulait me faire admirer sa table de bridge et, pour lui faire plaisir, je multipliai les compliments en disant que j'en avais une exactement comme ça chez moi. C'est d'ailleurs vrai : elle est au grenier. Je m'étais assis dessous le jour où j'avais essayé de tuer le chat. Mais je lui dis qu'elle n'était pas aussi jolie que la sienne. Ah, c'était dommage que nous ne puissions pas nous asseoir comme deux messieurs à peu près du même âge, à savourer la brume de chaleur d'un paisible matin en Afrique. Mais j'étais un fugitif, j'avais plusieurs méfaits sur la conscience et les événements de la nuit précédente m'avaient vivement inquiété. J'attendais avec impatience le moment de pouvoir me disculper devant le roi, et plusieurs fois je crus qu'il était temps de se lever ; j'agitai ma grosse masse et fis mine de bouger, mais le protocole ne le permettait pas encore. Je m'efforçais d'être patient, maudissant cette peur qui me faisait gaspiller mes forces. Horko, tout essoufflé, se pencha par-dessus la table vacillante, ses doigts noueux serrant le manche de la théière. Il versa un breuvage chaud qui avait goût de foin bouilli. Lié par mille contraintes, je soulevai la tasse et en bus une gorgée le plus poliment du monde.

Horko en finit quand même de me recevoir et il fit signe que nous devions nous lever. En un temps record, les amazones enlevèrent la table et l'argenterie et s'alignèrent en formation, prêtes à nous escorter chez le roi. Elles avaient le derrière grêlé comme des passoires. Je redressai mon casque sur ma tête, remontai mon short et m'essuyai les mains sur mon T-shirt, car j'avais les paumes moites et je voulais tendre au roi une main bien sèche. C'est très important. Nous nous dirigeâmes vers l'un des escaliers. Où était Romilayu ? demandai-je à Horko. Il sourit et me dit : « Oh, bon. Oh, oh, oh, bon. » Nous montions l'escalier quand j'aperçus Romilayu en bas, qui attendait, l'air découragé, les mains pendant navrées sur ses genoux, le dos courbé. Pauvre type ! me dis-je. Il faut que je fasse quelque chose pour lui. Dès que cette histoire sera tassée, je ferai quelque chose. Il le faut absolument. Après les catastrophes dans lesquelles je l'ai entraîné, je lui dois bien une récompense.

L'escalier extérieur montait en grandes marches en prenant son temps, puis il tourna et nous conduisit sur l'autre face du palais. Il y avait là un arbre, qui tremblait et craquait, car quelques hommes étaient occupés à une tâche étrange : à l'aide de cordes et de poulies de bois rudimentaires, ils hissaient de grosses pierres dans les branches. Ils criaient des instructions à ceux restés par terre qui poussaient ces quartiers de roc vers le haut, et leurs visages brillaient de la sueur des travailleurs. Horko me dit, et je ne compris pas très bien, que ces pierres avaient un rapport avec les nuages de pluie qu'ils espéraient produire au cours de la cérémonie qui devait se dérouler bientôt. Ils semblaient tous persuadés que la pluie tomberait aujourd'hui. L'homme qui m'avait interrogé la veille au soir, avec son expression « Wak-ta », avait décrit avec ses doigts l'averse. Mais il n'y avait rien dans le ciel. Rien que le soleil. Je ne voyais jusqu'à maintenant que ces rochers ronds dans les branches, destinés sans doute à représenter des nuages de pluie.

Nous parvînmes au troisième étage où le roi Dahfu avait ses appartements. Horko me fit traverser plusieurs pièces de belle taille, mais basses de plafond, et qui semblaient soutenues par des moyens que je comprenais mal : je n'aurais pas répondu des poutres. Il y avait des draperies et des rideaux. Mais les fenêtres étaient petites et l'on ne voyait pas grand-chose, sauf quand un rayon de soleil faisait irruption ici et là pour révéler un râtelier de javelots, un siège bas ou une peau de bête. A la porte de l'appartement du roi, Horko s'effaça. Je ne m'attendais pas à cela et je dis : « Hé, où allez-vous ? » Mais une des amazones me prit par le bras et me poussa par la porte. Avant de voir Dahfu lui-même, j'aperçus un grand nombre de femmes — vingt ou trente, me sembla-t-il tout d'abord — et la densité de toutes ces femmes nues, leur *volupté* (seul un mot français peut ici faire l'affaire) m'accablait de tous côtés. Il faisait très chaud et cela sentait fortement la femme. La température me rappelait celle d'une couveuse : et sans doute le plafond bas était-il responsable aussi de cette association d'idées. Près de la porte, sur un haut tabouret, un tabouret qui ressemblait à ceux qu'utilisaient jadis les comptables, se trouvait une vieille femme grise et pesante, arborant le gilet des amazones ainsi qu'une sorte de képi comme on en portait encore dans l'armée italienne au début du siècle. Elle me serra la main de la part du roi.

— Comment allez-vous ? dis-je.

Le roi ! Ses femmes me laissèrent passer, s'écartant lentement devant moi, et je le vis à l'autre bout de la pièce, étendu sur un divan vert de trois mètres de long, en forme de croissant, lourdement capitonné. Ce somptueux divan avait l'air confortable, si bien que son corps d'athlète harmonieusement proportionné, vêtu de caleçons violets coupés dans une sorte de crêpe de chine qui lui descendaient jusqu'aux genoux, semblait flotter, et il portait autour du cou une écharpe blanche brodée d'or. Ses pieds étaient chaussés de mules de satin blanc assorties. Malgré mon inquiétude et ma fièvre, je l'examinai avec admiration. Comme moi, il était grand, un mètre quatre-vingts au moins, estimai-je, et il se reposait somptueusement. Les femmes étaient aux petits soins. De temps en temps, l'une d'elles lui essuyait le visage avec un morceau de flanelle, une autre lui caressait la poitrine, une troisième bourrait sa pipe, la lui allumait et tirait quelques bouffées pour l'empêcher de s'éteindre.

Je m'approchai ou plutôt je trébuchai vers lui. Sans me laisser venir trop près, une main me retint et l'on disposa un tabouret pour moi à environ un mètre cinquante de ce divan vert. Entre nous, dans une grande coupe de bois, se trouvaient deux crânes humains inclinés joue contre joue. Leurs fronts brillaient de cet éclat jaune qu'ont les crânes et j'avais devant moi les orbites réunies, les trous du nez et les doubles rangées de dents.

Le roi remarqua avec quelle méfiance je le regardais et parut sourire. Il avait de grosses lèvres, c'était ce qu'il y avait chez lui de plus nettement négroïde, et il dit : « Ne vous alarmez pas. Ces têtes serviront aux cérémonies de cet après-midi. »

Il y a certaines voix qui vous résonnent à jamais dans la tête une fois qu'on les a entendues, et dès les premiers mots qu'il prononça, je reconnus que c'était le cas de la sienne. Je me penchai en avant pour mieux le voir. Le roi s'amusait beaucoup de me voir étendre les mains sur ma poitrine et sur mon ventre, comme pour retenir quelque chose et il se souleva sur un coude pour m'examiner. Une femme glissa un coussin derrière sa tête, mais il le repoussa sur le sol et s'allongea de nouveau. La chance ne m'a pas encore abandonné, pensai-je. Car je comprenais que l'embuscade dans laquelle nous étions tombés, notre capture, notre interrogatoire, toute cette histoire de nous avoir fait coucher avec le mort, rien de tout cela ne pouvait provenir du roi. Ce n'était pas son genre et, sans savoir encore exactement quel homme il pouvait être, je commençais déjà à être ravi de cette rencontre.

— Hier après-midi, j'ai été informé de votre arrivée. J'ai été si excité. J'ai à peine dormi la nuit dernière, en pensant à notre rencontre... Oh, ha, ha. Ce n'était vraiment pas bon pour moi, dit-il.

— C'est drôle, je n'ai guère dormi moi-même, dis-je. J'ai dû me contenter de quelques heures de sommeil. Mais je suis ravi de vous connaître, Roi.

— Oh, je suis très content. Très. Je suis navré pour votre sommeil. Mais pour moi je suis content. Pour moi, c'est une grande occasion. Très significative. Je vous souhaite bon accueil.

— Je vous apporte le salut de votre ami Itelo, dis-je.

— Oh, vous avez rencontré les Arnewi ? Je vois que vous tenez à visiter quelques-uns des coins les plus reculés. Comment se porte mon très cher ami ? Il me manque. Avez-vous lutté ?

— Je pense bien, dis-je.

— Et qui a gagné ?

— Nous étions à peu près de force égale.

— Vous semblez un personnage très intéressant, dit-il. Surtout du point de vue physique. Exceptionnel, reprit-il. Je ne crois pas avoir jamais rencontré quelqu'un de votre catégorie. C'est qu'il est très fort. Je n'ai jamais pu lui faire toucher terre, ce qui lui a toujours fait très grand plaisir. Toujours.

— Je commence à me faire vieux, dis-je.

— Oh, allons donc, dit le roi. Vous êtes comme un monument. Croyez-moi, je n'ai jamais vu quelqu'un qui ait l'air aussi fort que vous.

— J'espère que vous et moi n'avons pas à nous battre, Votre Altesse, dis-je.

— Oh, non, non. Nous n'avons pas cette coutume. Pas chez nous. Je dois vous demander pardon, dit-il, de ne pas m'être levé pour vous serrer la main. J'ai demandé à ma générale, Tatu, de me remplacer, car je répugne à me lever. Par principe.

— Vraiment ? Vraiment ? dis-je.

— Moins je remue, et plus je me repose, plus il est facile pour moi de m'acquitter de mes tâches. De toutes mes tâches. Y compris mes devoirs envers ces nombreuses épouses. Vous ne vous en rendez peut-être pas compte au premier coup d'œil, mais c'est une existence extrêmement compliquée qui exige que je me soigne. Monsieur, dites-moi franchement...

— Je m'appelle Henderson, dis-je. Etant donné la façon dont il était vautré et dont il tirait sur sa pipe, j'eus l'impression que j'étais l'objet d'un examen attentif.

— Monsieur Henderson. Oui, j'aurais dû vous demander. Je suis tout à fait navré de négliger la civilité. Mais je pouvais à peine me contenir, sachant que vous étiez là, Monsieur, avec l'occasion d'avoir une conversation en anglais. Depuis mon retour, j'ai trouvé qu'il me manquait beaucoup de choses dont je ne me serais pas douté pendant que j'étais en classe. Vous êtes mon premier visiteur civilisé.

— Il n'y a pas beaucoup de gens qui viennent ici ?

— C'est parce que nous le préférons. Cela fait bien des générations maintenant que nous avons choisi de vivre à l'écart, et nous sommes magnifiquement bien cachés parmi ces montagnes. Vous êtes surpris que je parle anglais ? Je pense que non. Votre ami Itelo a dû vous raconter. J'adore le caractère de cet homme. Nous avons connu ensemble bien des expériences. C'est un grand désappointement pour moi de ne pas vous avoir étonné davantage, dit-il.

— Ne vous inquiétez pas, les surprises ne m'ont pas manqué. Le prince Itelo m'avait parlé de cette école de Malindi où vous avez étudié tous les deux. Comme je l'ai déjà dit, j'étais dans un état bizarre, car je brûlais d'anxiété et j'étais fort déconcerté par les événements de la nuit précédente. Mais il y avait chez cet homme un je-ne-sais-quoi qui me donnait l'impression que nous pourrions parvenir ensemble au fond des choses. Je ne me fiais pour cela qu'à son aspect et qu'au ton de sa voix, car il y avait dans son attitude un rien de légèreté et sans doute voulait-il m'éprouver. Quant à l'éloignement des Wariri ce matin, étant donné les dispositions d'esprit dans lesquelles j'étais, le monde n'était pas lui-même : il prenait l'aspect d'un organisme, d'un organe pensant parmi les cellules duquel j'errais. C'était de l'esprit que me venait l'élan, c'était l'esprit qui réglait ma course, et rien donc sur terre ne pouvait vraiment me surprendre tout à fait.

— Mr. Henderson, je serais heureux si vous répondiez franchement à la question que je vais vous poser. Aucune de ces femmes ne peut comprendre, vous n'avez donc pas à hésiter. Est-ce que vous m'enviez ?

Ce n'était pas le moment de raconter des mensonges.

— Vous voulez dire : est-ce que je voudrais changer de place avec vous ? Ma foi, Votre Altesse — sans vous offenser — vous me semblez être dans une situation très séduisante. Mais, de toute façon, mon sort n'est guère enviable, dis-je. A peu près n'importe qui est mieux loti que moi.

Il avait le nez retroussé, mais large à la base. Le noir un peu rouge de ses yeux devait être un trait de famille, car je l'avais déjà observé chez son oncle Horko. Mais le roi avait les yeux plus lumineux. Il me demanda donc, poursuivant son raisonnement : — C'est à cause de toutes ces femmes ?

— Vous savez, Votre Altesse, dis-je, j'en ai connu pour ma part un certain nombre, mais pas toutes en même temps, comme cela semble être votre cas. Mais il se trouve que, pour l'instant, je suis très heureusement marié. Ma femme est une créature remarquable et notre mariage est une véritable communion spirituelle. Je ne suis pas aveugle à ses défauts ; je lui dis parfois qu'elle est l'autel de mon ego. C'est une brave femme, avec quand même quelque chose d'un maître chanteur. Il ne faut pas trop en demander à la nature. « Ha, ha. » Je vous ai dit que je me sentais l'esprit un peu dérangé. Je continuai donc : — Pourquoi est-ce que je vous envie ? Vos sujets vous portent dans leur cœur. Ils ont besoin de vous. Regardez comme ils vous entourent et veillent à satisfaire vos moindres désirs. On voit bien comme ils vous apprécient.

— Tant que je reste jeune et fort, dit-il, mais avez-vous idée de ce qui se passera quand je perdrai mes forces ?

— Qu'est-ce que ?...

— Ces mêmes dames, qui sont tellement aux petits

soins, me dénonceront et le Bunam qui est le grand prêtre chez nous, avec d'autres prêtres de la tribu, m'emmènera dans la brousse et là, on m'étranglera.

— Oh, bon Dieu ! fis-je.

— Parfaitement. Je vous expose là en toute franchise le sort auquel peut s'attendre un roi chez nous, les Wariri. Le prêtre restera jusqu'au moment où un ver apparaîtra sur mon cadavre ; il l'enveloppera alors dans un bout de soie et l'apportera au peuple. Il le montrera en public en déclarant que c'est l'âme du roi, mon âme. Puis il repartira pour la brousse et, au bout d'un certain temps, il reviendra en ville avec un lionceau, en expliquant que le ver s'est maintenant métamorphosé en lion. Et après un nouveau laps de temps, on annoncera au peuple que le lion est devenu le nouveau roi. Ce sera mon successeur.

— Etranglé ? Vous ? Mais c'est affreux. En voilà des façons !

— Vous m'enviez toujours ? dit le roi, remuant doucement ses grosses lèvres tièdes.

J'hésitai et il remarqua : — Je déduis de mes brèves observations ceci : que vous êtes sans doute enclin à cette passion.

— Quelle passion ? Vous voulez dire que je suis envieux ? dis-je, vexé, et j'en oubliai que je m'adressais au roi. Entendant des accents de colère, les amazones de la garde alignées derrière les épouses le long des murs de la salle commencèrent à s'agiter et à s'énerver. Une syllabe du roi les apaisa. Puis il s'éclaircit la voix, se soulevant sur son divan, et l'une des beautés sans voile lui tendit un plateau d'argent pour qu'il pût cracher. Ayant aspiré de sa pipe du jus de tabac, la chose lui déplut et il jeta la pipe par terre. Une autre

223

dame de la cour la ramassa et en essuya le tuyau avec un chiffon.

Je souris, mais je suis sûr que mon sourire était crispé. J'en avais les poils autour de la bouche tordus. Je me rendais pourtant compte que je ne pouvais pas demander d'explication à propos de cette remarque. Je repris donc : — Votre Altesse, il s'est passé cette nuit un incident tout à fait insolite. Je ne me plains pas d'être tombé dans une embuscade à mon arrivée ni qu'on m'ait subtilisé mes armes, mais dans ma case, la nuit dernière, il y avait un cadavre. Je ne veux pas à proprement parler formuler une plainte, car je suis capable de me débrouiller avec les morts. J'ai pensé néanmoins que vous devriez être mis au courant.

Le roi parut vraiment déconcerté ; je ne perçus aucune trace de comédie dans son indignation, et il déclara : — Comment ? Je suis certain qu'il s'agit d'une erreur. Si c'est intentionnel, je serai absolument navré. J'aurais dû m'occuper de cela moi-même.

— Je dois vous avouer, Votre Altesse, que j'ai eu le sentiment d'un assez mauvais accueil et que, moi aussi, j'ai été assez démonté. Mon guide était au bord de la crise de nerfs. Et ma foi, autant tout vous dire : bien que nullement désireux de m'occuper de vos morts, j'ai pris sur moi de me débarrasser du corps. Mais qu'est-ce que ça signifie ?

— Qu'est-ce que cela peut bien signifier ? dit-il. A mon avis, rien.

— Oh, alors, je suis soulagé, dis-je. Mon guide et moi, nous avons passé une ou deux heures fort pénibles à cause de cet incident. Et pendant la nuit, on a rapporté le corps.

— Toutes mes excuses, dit le roi. Mes plus sincères

224

excuses. Vraiment. Je comprends bien que c'était horrible et également bien incommodant.

Il ne me demanda aucune précision. Il ne me dit pas : « Qui était ce mort ? Comment était-il ? » Il ne semblait même pas avoir envie de savoir si c'était un homme, une femme ou un enfant. J'étais si heureux de voir dissipée l'angoisse que m'avait inspirée cet incident que, sur le moment, je ne pris pas garde à ce bizarre manque d'intérêt.

— Il doit y avoir pas mal de décès chez vous en ce moment, dis-je. En venant au palais, j'aurais juré avoir aperçu des pendus.

Au lieu de me répondre, il dit : — Il faut vous faire quitter ce logis déplaisant. Veuillez me faire le plaisir d'être mon hôte au palais.

— Je vous remercie.

— On enverra prendre vos affaires.

— Mon porteur, Romilayu, les a déjà apportées, mais il n'a pas pris de petit déjeuner.

— Soyez assuré qu'on va s'occuper de lui.

— Et mon fusil...

— Quand vous aurez l'occasion de tirer, il sera entre vos mains.

— J'entends sans cesse un lion, dis-je. Cela a-t-il un rapport avec le renseignement que vous m'avez donné à propos de la mort de... Je n'achevai pas ma question.

— Qu'est-ce qui vous amène chez nous, Mr. Henderson ?

L'envie me prit de me confier à lui — tant il m'inspirait confiance — mais comme il avait esquivé ma question à propos des rugissements de lion que j'entendais distinctement dans le sous-sol, je ne pouvais guère me mettre à parler ouvertement comme ça, alors je dis : « Je suis simplement un voyageur. » Ma

225

position sur le tabouret à trois pieds pouvait donner à penser que j'étais recroquevillé là pour éviter les questions. La situation exigeait un équilibre et un calme qui me manquaient. Et je n'arrêtais pas de me frotter ou de m'essuyer le nez avec mon mouchoir de couleur de chez Woolworth. J'essayai de deviner laquelle de ces femmes pouvait bien être la reine. Et puis, comme ce n'était peut-être pas poli de dévisager les différents membres du harem, dont la plupart étaient si douces, si souples et si noires, je baissai les yeux, me rendant compte que le roi m'observait. Il semblait parfaitement à l'aise, et moi au comble de l'embarras. Il était étendu, il flottait ; j'étais contracté, crispé. Je transpirais au creux des genoux. Oui, il planait comme un esprit alors que je sombrais comme une pierre, et de mes yeux épuisés je ne pouvais m'empêcher de le regarder sans plaisir (me rendant ainsi coupable du défaut qu'il avait décelé chez moi) baigner dans toutes ces tendres attentions. Et s'il y avait au bout du compte un tel prix à payer ? Il me semblait quant à moi qu'il en avait pour son argent.

— Me permettez-vous de vous poser quelques questions encore, Mr. Henderson ? Quel genre de voyageur êtes-vous ?

— Oh... ça dépend. Je ne sais pas encore. Il faudra voir. Vous savez, dis-je, il faut être très riche pour entreprendre un pareil voyage. J'aurais pu ajouter, comme l'idée m'en venait tout juste, que certaines personnes se contentaient d'*être* (par exemple, Walt Whitman : « C'est assez de seulement être ! Assez de respirer ! Joie ! Joie ! Tout n'est que joie ! »). *Etre*. D'autres s'intéressaient à *devenir*. Les gens qui sont ont toutes les veines. Les gens qui deviennent n'ont absolument pas de chance, ils sont tout le temps en pleine agitation. Ceux qui Deviennent ont toujours à donner des explications à ceux qui Sont. Alors que ceux qui Sont provoquent ces explications. Je crois sincèrement que c'est une chose que tout le monde devrait comprendre en ce qui me concerne. Willatale, la reine des Arnewi et la dignitaire Hamer, était vraiment de ceux qui Sont. Et aussi le roi Dahfu. Et si j'avais effectivement possédé la conscience éveillée nécessaire, j'aurais avoué que je commençais à en avoir plein le dos du Devenir. Assez ! Assez ! Il était temps d'être Devenu. Temps d'Etre ! Assez dormi, l'esprit. Amérique, éveille-toi ! Au diable les experts. Mais je dis seulement à ce roi sauvage : — Je crois que je suis une sorte de touriste.

— Ou de vagabond, dit-il. J'aime déjà beaucoup le manque d'assurance dont vous semblez faire preuve.

J'essayai de m'incliner lorsqu'il dit cela, mais j'en fus empêché par une combinaison de facteurs, le principal étant ma position déjà recroquevillée, mon ventre touchant mes genoux nus (soit dit en passant, j'avais grandement besoin d'un bain, comme la posture dans laquelle j'étais me le révélait). « Vous êtes trop bon, dis-je. Il y a un tas de gens chez moi qui trouvent que je ne suis qu'une cloche. »

A ce stade de notre conversation, j'essayai de découvrir, de deviner comme en tâtonnant avec mes doigts, les principaux aspects de la situation. Les choses semblaient aller bien, mais dans quelle mesure pouvaient-elles vraiment aller bien ? D'après Itelo, ce roi Dahfu était un type étonnant. Il avait la médaille d'or. Première classe, comme aurait dit Itelo. Premier choix. A vrai dire, j'étais déjà conquis, mais je ne devais pas oublier ce que j'avais vu ce matin, ni que j'étais parmi des sauvages, que j'avais cohabité avec un cadavre, que j'avais vu des gens pendus par les pieds et que le roi avait fait au moins une insinuation douteuse. En outre, ma fièvre ne faisait que croître, et il me fallait faire un effort considérable pour ne pas m'assoupir. J'en avais des courbatures dans la nuque et autour des yeux. Je dévisageais sans vergogne tout ce qui m'entourait, y compris ces femmes qui auraient mérité une tout autre attitude. Mais mon but était de voir l'essentiel, rien que l'essentiel, et de me garder des hallucinations. De toute façon les choses ne sont pas ce qu'elles semblent.

Quant au roi, l'intérêt qu'il me portait semblait s'accroître sans cesse. Souriant à demi, il me scrutait avec une attention de plus en plus soutenue. Comment devinerais-je jamais les buts secrets de son cœur ? Dieu ne m'a pas donné moitié assez d'intuition pour répondre à mes besoins. Comme je ne pouvais pas me fier à lui, force m'était de le comprendre. Le comprendre ? Bon sang ! Autant extraire une anguille de la bouillabaisse une fois cuite. Cette planète transporte des milliards de passagers, et ceux-ci ont été précédés de je ne sais combien de milliards, et il y en a encore bien des milliards à venir, et aucun d'eux, aucun, je ne peux espérer jamais le comprendre. Jamais ! Et quand je pense combien j'étais sûr de pouvoir comprendre les gens — vous savez bien ? — il y a de quoi vous faire pleurer. Bien sûr, vous me demanderez peut-être : qu'est-ce que le nombre vient faire là-dedans ? Et c'est vrai. Nous nous laissons trop accabler par le nombre, nous devrions plus facilement accepter les multitudes que nous ne le faisons. Etant par la taille précisément à mi-chemin des soleils et des atomes, vivant parmi les conceptions astronomiques, avec chaque pouce, chaque empreinte digitale posant un mystère, nous devrions avoir l'habitude de vivre au milieu des nombres énormes. Dans l'histoire du monde, il y a eu, il y a et il y aura bien des âmes et, quand on y réfléchit un peu, c'est admirable et non pas déprimant. Cela rend tristes beaucoup d'imbéciles parce qu'ils croient que la quantité les enterre vivants. C'est tout simplement idiot. Les nombres sont très dangereux, mais leur principal effet est d'humilier votre orgueil. Et c'est une bonne chose. Mais j'étais tellement persuadé de comprendre. Prenez, par exemple, une phrase comme : « Mon père, pardonnez-leur ; ils ne savent pas ce qu'ils font. » Cela peut être interprété comme la promesse qu'en temps voulu nous serons délivrés de notre aveuglement et que nous comprendrons. D'autre part, cela peut aussi vouloir dire qu'avec le temps nous comprendrons les énormités et les crimes que nous commettons nous-mêmes, et cela me semble sonner comme une menace.

J'étais donc assis là, l'air songeur. Peut-être serait-il plus conforme à la vérité de dire que j'écoutais les grognements de mon esprit. Le roi observa alors, à ma vive surprise : « Vous ne paraissez pas trop éprouvé par votre voyage. Je pense que vous devez être très fort. Très. Je le vois d'un coup d'œil. Vous me dites que vous avez pu résister à Itelo ? Peut-être était-ce simple courtoisie de votre part. Au premier abord, on ne vous croirait pas si courtois. Mais je ne vous cacherai pas que vous me semblez être un exemple de développement comme je ne saurais prétendre en avoir jamais vu. »

D'abord, c'était l'examinateur au milieu de la nuit qui, éludant la question du corps, m'avait demandé d'ôter ma chemise de façon à pouvoir inspecter mon physique, et maintenant c'était le roi qui manifestait le même intérêt. J'aurais pu me vanter et dire : « Je suis assez fort pour escalader en courant une colline sur cent mètres avec un de vos corps sur le dos. » Car ma force m'inspire une certaine fierté : c'est un mécanisme de compensation. Mais mes sentiments avaient connu des fluctuations considérables. Tout d'abord, j'avais été rassuré par la personne et par l'attitude du roi, ainsi que par son ton de voix. Je m'étais réjoui. Mon cœur avait décrété des vacances. Puis de nouveau, les soupçons m'avaient envahi et voilà maintenant que ces questions précises sur mon physique me faisaient une fois de plus suer d'angoisse. Je me rappelais que, s'ils songeaient à moi pour un sacrifice, la victime idéale est exempte de toute imperfection. Je déclarai donc qu'en fait je ne me portais pas si bien depuis quelque temps et que, pour l'instant, je me sentais fiévreux.

— Vous ne pouvez pas avoir la fièvre, dit Dahfu, car de toute évidence vous transpirez.

— C'est encore une autre des bizarreries de mon tempérament, expliquai-je. Je peux avoir une grosse fièvre tout en ruisselant de sueur. » Cet argument le laissa indifférent. « Et il m'est arrivé quelque chose d'affreux la nuit dernière, alors que je mangeais un bout de biscuit, ajoutai-je. Une véritable catastrophe. J'ai cassé mon bridge. »

En me servant de mes doigts, j'ouvris toute grande ma bouche et renversai la tête en arrière, l'invitant à regarder. Je déboutonnai également ma poche et lui montrai les dents, que j'avais rangées là. Le roi plongea son regard dans le fossé béant de ma bouche. Je ne saurais dire quelle était exactement son impression, mais il dit : — Cela semble en effet très ennuyeux. Où cela s'est-il passé ?

230

— Oh, juste avant que ce type me cuisine, dis-je. Comment l'appelez-vous déjà ?

— Le Bunam. Est-ce que vous lui trouvez l'air très digne ? C'est le chef de tous les prêtres. Je comprends bien comme cela a dû vous agacer de vous casser les dents ainsi.

— J'étais fou de rage, répondis-je. Je me serais battu d'être aussi stupide. Bien sûr, je peux mâcher avec les chicots. Mais s'ils se déchaussaient ? Je ne sais pas si vous vous y connaissez beaucoup en dentisterie, Votre Altesse, mais, là-dessous, tout a été limé jusqu'à la chair et, croyez-moi, un simple courant d'air sur ces chicots, ça n'est pas supportable. J'ai eu des tas d'ennuis avec mes dents, comme ma femme d'ailleurs. On ne peut naturellement pas compter garder ses dents indéfiniment. Elles finissent par s'user. Mais ce n'est pas tout...

— Y a-t-il d'autres maux dont vous souffrez ? demanda-t-il. Vous présentez l'aspect d'un organisme extrêmement robuste.

Je rougis et répondis : — J'ai des hémorroïdes assez gênantes, Votre Altesse. En outre, je suis sujet aux évanouissements.

— Le petit mal ou le grand mal ? demanda-t-il d'un ton compatissant.

— Non, dis-je, ce que j'ai défie toute classification. Je suis allé consulter les plus grands médecins de New York, et ils assurent que ce n'est pas l'épilepsie. Mais, il y a quelques années, je me suis mis à avoir des crises d'évanouissements absolument imprévisibles. Elles peuvent me frapper pendant que je lis le journal ou que je suis sur une échelle en train de réparer un carreau. Il m'est arrivé de tomber dans les pommes en jouant du violon. Et puis, il y a environ un an, ça m'est arrivé dans l'ascenseur express du Chrysler Building. Ça doit être la vitesse de la montée qui m'a fait ça. Une dame en vison se trouvait à côté de moi. J'ai posé la tête sur son épaule, elle a poussé un grand cri et je suis tombé.

Après avoir été un stoïque pendant tant d'années, je ne suis guère habile à décrire mes maux de façon convaincante. Et puis, à force de lire de la littérature médicale, je me rends compte à quel point l'esprit, l'esprit seul, sans parler du fait de boire ni de rien de tout cela, est à l'origine de mes malheurs. C'était de la perversité pure qui me faisait m'évanouir. En outre, mon cœur répétait si souvent *Je veux* que je me sentais le droit d'avoir un peu de répit et que je trouvais très reposant de tomber pâle de temps en temps. Je commençai néanmoins à comprendre que le roi allait certainement m'utiliser s'il le pouvait car, malgré son amabilité, il se trouvait vis-à-vis de ses épouses dans une situation délicate. Comme il ne ferait jamais de vieux os, il n'avait aucune raison de me ménager particulièrement.

— Votre Majesté, dis-je d'une voix forte, cela a été une visite merveilleuse et passionnante. Qui aurait cru ça ! En plein cœur de l'Afrique ! Itelo m'avait vanté les mérites de Votre Majesté. Il m'avait dit que vous étiez formidable, et je vois que c'est vrai. Tout cela restera gravé dans ma mémoire, mais je ne voudrais pas abuser de votre hospitalité. Je sais que vous comptez faire pleuvoir aujourd'hui, et je ne ferai sans doute que vous gêner. Alors, merci encore de la façon dont vous m'avez reçu, tous mes meilleurs vœux pour la cérémonie, mais je crois qu'après le déjeuner, mon guide et moi, nous ferions mieux de filer.

Dès qu'il eut compris mon intention et alors même que je parlais encore, il se mit à secouer la tête et,

pendant ce temps, les femmes me regardaient avec une
expression dénuée de toute amitié, comme si j'agaçais
ou que je contrariais le roi, lui faisant ainsi dépenser
des forces qu'il pourrait mieux employer.

— Oh, non, Mr. Henderson, dit-il. Il n'est même pas
concevable que nous vous laissions repartir si tôt après
votre arrivée. Vous avez beaucoup de charme, mon
cher hôte. Croyez bien que ce serait pour moi une
privation absolument épouvantable que de me passer
de votre compagnie. Je pense d'ailleurs que le Destin a
voulu que nous devenions plus intimes. Je vous ai dit
dans quel état d'excitation j'étais depuis l'annonce de
votre arrivée. Aussi, comme le moment est venu pour
les cérémonies de commencer, je vous prie d'être mon
invité.

Il se coiffa d'un grand chapeau à larges bords, du
même violet que son pantalon, mais en velours. Des
dents humaines, pour le protéger du mauvais œil,
étaient cousues à sa couronne. Il se leva de son divan
vert, mais seulement pour se recoucher dans un
hamac. Des amazones en petit gilet de cuir faisaient
office de porteurs. Quatre de chaque côté posèrent les
montants sur leurs épaules et ces épaules, bien qu'il
s'agit d'amazones, étaient douces. La force physique
m'excite toujours, surtout chez les femmes. J'adore
voir dans les cinémas de Times Square des films des
Jeux Olympiques, surtout ceux qui montrent ces splendides Atalantes en train de courir et de lancer le
javelot. Je dis toujours : « Regardez-moi ça ! Mesdames et messieurs... regardez à quoi peuvent ressembler
des femmes ! » Cela séduit en moi le soldat tout autant
que l'amateur de beauté. J'essayai de remplacer ces
huit amazones par huit femmes de ma connaissance :
Frances, Mlle Montecuccoli, Berthe, Lily, Clara Spohr,

etc., mais de toutes, seule Lily avait la stature voulue. Je ne pouvais imaginer une équipe cohérente. Berthe, malgré sa force, était trop large, et Mlle Montecuccoli avait un buste puissant mais pas d'épaules. Ces amies et connaissances, ces êtres chers auraient été également incapables de porter le roi.

A la demande de Sa Majesté, je l'accompagnai pour descendre les escaliers jusque dans la cour. Le roi n'était pas allongé nonchalamment dans son hamac ; sa silhouette avait une réelle élégance, elle montrait qu'il avait de la race. Rien de tout cela n'aurait peut-être été sensible si je les avais connus, Itelo et lui, du temps qu'ils étaient étudiants à Beyrouth. Nous avons tous rencontré des étudiants africains et généralement ils portent des complets trop amples et leurs cols de chemise sont froissés parce qu'ils n'ont pas l'habitude des cravates.

Dans la cour, la procession fut rejointe par Horko, avec ses parasols, ses amazones, ses épouses, ses enfants portant de longues gerbes de maïs, ses guerriers tenant des idoles et des fétiches dans leurs bras fraîchement barbouillés d'ocre et de craie et aussi affreux qu'on pouvait l'imaginer. Les uns n'étaient que dents, d'autres que narines, et quelques-uns avaient des outils plus grands qu'eux. La cour soudain devint très encombrée. Le soleil brillait et brûlait. L'acétylène n'est pas plus efficace pour décaper la peinture que le soleil sur les portes de mon cœur. Je me dis, non sans ridicule, que je me sentais faible. (C'était à cause de ma taille et de ma force que cela paraissait ridicule.) Et je songeai que c'était comme un jour d'été à New York. Je m'étais trompé de métro et, au lieu d'arriver dans le haut de Broadway, j'étais descendu au coin de Lexington Avenue et de la 125e Rue, et je débouchai péniblement sur le trottoir.

Le roi me dit : « Les Arnewi aussi ont des difficultés avec l'eau, Mr. Henderson ? »

Je pensai : Tout est perdu. Il a entendu parler du réservoir. Mais ce ne semblait pas être le cas. Il n'y avait dans ses manières aucune insinuation ; il se contentait de regarder du hamac vers le ciel bleu et sans nuage.

— Eh bien, je vais vous expliquer, Roi, dis-je. Ils n'ont pas eu beaucoup de chance dans ce secteur.

— Oh ? fit-il, l'air songeur. C'est toujours comme ça avec eux, en ce qui concerne la chance, vous ne savez pas ? D'après une vieille légende, nous ne formions autrefois qu'une seule et même tribu, mais la question de la chance nous séparait. Dans notre langue, le mot qui les désigne est *nibai*, qu'on peut traduire par « malchanceux ». C'est exactement l'équivalent dans notre langue.

— Vraiment ? Les Wariri ont l'impression d'avoir de la chance alors ?

— Oh, oui. Dans bien des cas. Nous prétendons être le contraire de ce qu'ils sont. On dit : *Wariri ibai.* Autrement dit : Wariri le Veinard.

— Pas possible ? Voyez-vous ça. Et qu'en pensez-vous ? Vous trouvez que le dicton dit vrai ?

— Avons-nous de la chance, nous les Wariri ? demanda-t-il. Il me remettait à ma place, aucun doute là-dessus, car je l'avais provoqué avec cette question, je vous assure ! C'était une expérience. Ce fut une leçon pour moi. Il se drapa dans sa majesté, mais si discrètement que c'en était presque imperceptible. — Nous avons de la chance, dit-il. C'est un fait incontestable.

— Vous pensez donc que vous aurez de la pluie aujourd'hui ? dis-je avec un sourire sardonique.

— J'ai vu de la pluie par des jours qui avaient commencé comme celui-ci, répondit-il sans se démonter. Et il ajouta : — Je crois que je comprends votre attitude. Elle tient à l'amabilité des Arnewi. Ils ont fait sur vous l'impression qu'ils font d'ordinaire. N'oubliez pas qu'Itelo est un grand ami et que nous avons de bons souvenirs communs. Ah, oui, je connais les qualités que l'on apprécie : Générosité. Docilité. Bonté. Aucun substitut ne devrait être accepté. Sur ce point, je suis absolument d'accord avec vous, Mr. Henderson.

Je portai une main à mon visage et je regardai le ciel, en pensant avec un petit rire : Bon sang ! C'est extraordinaire de rencontrer un personnage pareil si loin de chez moi ! Vraiment, il faut voyager. Et, croyez-moi, le monde est un esprit. Voyager, c'est un itinéraire spirituel. Je m'en étais toujours douté. Ce que nous appelons la réalité n'est rien d'autre que la pédanterie. Je n'avais pas besoin de me quereller avec Lily, dressé devant elle dans notre lit conjugal et criant jusqu'au moment où Ricey s'affola et prit la fuite avec l'enfant. Je proclamais alors que j'étais en meilleurs termes qu'elle avec la réalité. Oui, oui, oui. Le monde des faits est réel, voilà, et ne doit pas être modifié. Tout le monde physique est là et appartient à la science. Mais il y a aussi le secteur nouménal, et là nous créons et nous créons et nous créons. Tout en foulant nos chemins pavés d'angoisse, nous croyons que nous savons ce qui est réel. Et, au fond, je disais la vérité à Lily. Je connaissais mieux la réalité, c'est entendu, mais parce que c'était la mienne, parce qu'elle était pleine et gonflée de ma propre ressemblance ; tout comme la sienne lui ressemblait. Oh, quelle révélation ! La vérité me parlait. A moi, moi, Henderson !

Les yeux du roi brillaient en me fixant d'un air si chargé de signification que j'avais le sentiment qu'il pourrait, si l'envie l'en prenait, passer droit dans mon âme. Il pourrait l'investir. Je le sentais. Mais, comme je suis ignorant et que je ne connais rien aux domaines supérieurs — sur ce plan, je suis un débutant maladroit, à cause des affronts que j'ai essuyés — je ne savais à quoi m'attendre. Toutefois, sous la lumière des yeux du roi Dahfu, je me rendais compte qu'en faisant sauter la citerne, je n'avais pas perdu ma dernière chance. Que non, mon bon monsieur.

Horko, l'oncle du roi, dirigeait toujours le cortège. Par-delà des murs du palais arrivaient des hurlements et des bruits qui dépassaient tout ce que j'avais jamais entendu sortir de gorges ou de poumons humains. Mais, dès qu'il y eut un répit, le roi me dit : — Je comprends, monsieur le Voyageur, que vous êtes parti pour vous acquitter d'une tâche de la plus haute importance.

— C'est vrai, Votre Majesté. Tout à fait vrai, dis-je en m'inclinant. Sinon, j'aurais pu rester au lit et regarder un atlas photographique ou des clichés d'Angkor Vat. J'en ai toute une boîte, des koda-chromes.

— Diable, c'est ce que je voulais dire, fit-il. Et vous avez laissé votre cœur auprès de nos amis Arnewi. Ils sont charmants, nous en convenons. Je me suis même demandé si c'était une question de milieu ou de tempérament. J'ai souvent penché pour l'explication naturelle et non pour les qualités acquises. J'aimerais bien parfois voir mon ami Itelo. Je donnerais une fortune pour entendre sa voix. Malheureusement, je ne

puis faire le voyage. Mon office... mes fonctions officiel-
les. Le bien vous impressionne, n'est-ce pas, monsieur
Henderson ?

Sous l'éclat du soleil, de petites paillettes d'or à
l'intérieur même de mes yeux m'aveuglaient ; je hochai
la tête en disant : — Oui, Votre Altesse. Parfaitement.
Le vrai bien. Garanti sur facture.

— Oui, je sais quelle est votre opìnion là-dessus, dit-
il avec une étrange douceur, teintée de mélancolie. Je
n'aurais jamais cru que je pourrais supporter celà de
qui que ce soit, ni que j'y serais même obligé, et en tout
cas sûrement pas de ce personnage dans son hamac
royal, avec son chapeau violet à larges bords, avec les
dents cousues dessus, ses grands yeux doux et bizarres
un peu rouges et sa bouche aux grosses lèvres roses. —
Il paraît, reprit-il, que le mal peut être facilement
spectaculaire, qu'il fait de l'effet et qu'il impressionne
plus vite l'esprit que le bien. Oh, à mon avis, c'est une
erreur. Peut-être est-ce vrai du bien commun. Il y a
beaucoup, beaucoup de braves gens. Oh, oui. Leur
volonté leur dit de faire le bien, et ils le font. Comme
c'est ordinaire ! Simple arithmétique. « J'ai laissé de
côté les *et caetera* que j'aurais dû faire et accompli les *et
caetera* que j'aurais dû négliger. » Ce n'est même pas
une vie. Oh, comme c'est sordide de tenir ainsi une
comptabilité. J'estime au contraire que le bien ne peut
être effort ou conflit. Quand il est grand et noble, il est
en même temps supérieur. Oh, Mr. Henderson, il est
bien plus spectaculaire. Il est apparenté à l'inspiration
et non au conflit, car là où un homme rencontre un
conflit, il tombe, et s'il se sert de l'épée il périt
également par l'épée. Une volonté terne produit un
bien sans éclat, sans intérêt. Si quelqu'un trace une
ligne de bataille là, il risque d'être découvert là mort,

en témoignage de la puissance de l'effort, seulement de l'effort.

— Oh, roi Dahfu, m'écriai-je... Oh, Votre Majesté ! Il m'avait tellement ému. Simplement avec ces quelques mots qu'il avait prononcés allongé dans son hamac. — Connaissez-vous la reine de là-bas, la femme Hamer, Willatale ? C'est la tante d'Itelo, vous savez. Elle allait m'initier au *grun-tu-molani,* mais de fil en aiguille...

Là-dessus, les amazones reprirent position sous les montants du hamac qui s'éleva et s'avança. Et les cris, les hurlements d'excitation ! Les rugissements, les bruits de tambour, comme si les animaux parlaient de nouveau par les peaux qui avaient jadis recouvert leur corps ! C'était un déchaînement de sons : on se serait cru à Coney Island, à Atlantic City ou à Times Square le soir de la Saint-Sylvestre ; quand le roi franchit la porte, cette immense cacophonie laissa loin derrière tout ce que j'avais jamais pu entendre en fait de bruit.

Je criai au roi : — Où est-ce que ?...

Je me penchai tout près pour entendre sa réponse : « ... avons un endroit... réservé... une arène », dit-il.

Je n'en entendis pas davantage. La frénésie était si débridée qu'elle était digne d'une grande métropole. Il y avait un tel tourbillon d'hommes et de femmes et de fétiches, des grognements de chiens battus, des plaintes de fer qu'on aiguise, des sonneries de trompes et de cornes qui défiaient toutes les gammes. Les limites du son éclataient. J'essayai de protéger mon oreille valide en la bouchant avec mon pouce, et même celle qui n'entendait pas bien avait plus que son compte. Un millier de villageois au moins devaient se trouver dans cette cohue, la plupart nus, beaucoup peinturlurés et tous utilisant quelque chose pour faire du bruit et poussant des clameurs. Le temps était lourd, étouffant, et tout mon corps me démangeait. C'était une chaleur pénible, poussiéreuse et, par moments, j'avais l'impression d'avoir le visage enveloppé dans de la serge. Mais je n'avais pas le temps de songer à cette déplaisante sensation, car j'étais entraîné avec le roi par le cortège. La procession pénétra dans un stade — c'est peut-être un bien grand mot — disons plutôt un grand enclos ceint d'une palissade. Là se trouvait une quadruple rangée de bancs taillés dans ce calcaire blanc dont j'ai déjà parlé. Le roi avait une loge royale où je pris place également, sous un dais aux rubans flottants, avec les épouses, les dignitaires et autres personnages de la cour. Les amazones, dans leurs gilets-corsets, avec leur grand crâne lisse et délicatement modelé, rasé et rond comme un melon, étaient postées alentour. Flanqué de son escorte et de ses parasols, Horko s'inclina pour saluer le roi. La ressemblance qu'il y avait entre eux donnait l'impression qu'ils pourraient se communiquer leurs pensées simplement en se regardant ; c'est parfois comme ça. Le même nez, les mêmes yeux, le même message de la race inscrit dans tous les traits. Ainsi, sans un mot, il me sembla que Horko pressait son royal neveu de faire quelque chose dont ils avaient précédemment discuté. Mais, à le voir, le roi ne voulait rien promettre. C'était lui qui commandait ici ; il n'y avait aucun doute là-dessus.

Portée bien haut par quatre amazones tenant chacune un pied, arriva la table de bridge sur laquelle était posée la coupe contenant deux crânes que j'avais vue quelques instants plus tôt dans l'appartement du roi. Mais ils avaient maintenant des rubans noués autour des orbites, de longs rubans brillants de couleur bleu sombre. On les déposa devant le roi, qui leur accorda un bref coup d'œil puis s'en désintéressa.

Cependant, l'énorme Horko, tout tassé, si bien qu'il avait les talons joints dans son fourreau cramoisi, la graisse remontant en bourrelets vers son menton et ses épaules, prit la liberté de singer mon expression. Je crus du moins reconnaître sur son visage la grimace que j'esquissais. Peu m'importait. Je m'inclinai brièvement, pour lui signifier qu'il m'avait en effet fort bien imité. Et, en politicien qu'il était, il me fit un petit salut joyeux et impudent du bras. Le parasol de couleur tourna au-dessus de sa tête ; il regagna sa loge, à la gauche du roi, et s'assit avec l'homme qui m'avait interrogé et qui m'avait fait attendre la nuit entière, celui que Dahfu appelait le Bunam, en compagnie du vieux type à la peau tannée qui nous avait envoyés dans cette embuscade. Celui qui s'était dressé au milieu des rochers blancs comme l'homme qu'avait rencontré Joseph. Et qui avait envoyé Joseph à Dothan. Sur quoi, les frères virent Joseph et dirent : « Attention, voici que vient le rêveur. » Tout le monde devrait étudier la Bible.

Croyez-moi, je me sentais comme un rêveur, vraiment.

— Qui est cet homme tout ridé comme une olive grecque ? dis-je.

— Pardon ? fit le roi.

— Avec le Bunam et votre oncle.

— Ah, oui. Un grand prêtre. Une sorte de devin.

— Nous l'avons rencontré hier avec un bâton tordu, disais-je, lorsque plusieurs escouades d'amazones armées de mousquets se mirent à viser le ciel. Je ne voyais nulle part trace du 3.75. Ces grandes femmes commencèrent à tirer des salves en l'honneur du roi et de feu le père du roi, Gmilo, ainsi que pour quelques autres. Puis, me dit le roi, il y eut une salve en mon honneur.

— Pour moi ? Vous plaisantez, Votre Altesse, dis-je. Mais il ne plaisantait pas, alors, je lui demandai : — Est-ce que je dois me lever ?

— Je crois que ce serait très apprécié, dit-il.

Je me levai donc, et les cris et les acclamations reprirent de plus belle. Je me dis : « On a appris comment je m'étais débarrassé de ce corps. Ils savent que je ne suis pas une mauviette, mais un homme fort et courageux. Un costaud. » Je commençais à être sensible à l'ambiance : mes démangeaisons s'accentuaient. Je n'avais rien à dire, pas le moindre mortier ni bazooka pour tirer, afin de répondre aux salves des amazones. Mais je me sentais obligé d'émettre un bruit, alors je poussai un mugissement de taureau assyrien. Vous savez, être le centre d'attention d'une foule m'émeut et me trouble toujours. Cela m'avait fait ça quand les Arnewi pleuraient et quand ils s'étaient groupés autour de la citerne. Et aussi, en Italie, du côté de Salerne, quand je m'étais retrouvé rasé non loin de la place forte des Guiscardos d'antan. Dans une grande assemblée, mon père avait également tendance à s'exciter. Un jour, il souleva l'estrade où avait pris place l'orateur et la lança dans la fosse d'orchestre.

Bref, je mugis. Et de magnifiques acclamations me saluèrent. Car on m'entendit. On m'avait vu me serrer la poitrine en mugissant. Cela déchaîna l'enthousiasme de la foule et ses clameurs, je dois en convenir, étaient comme une pâture pour moi. Je songeai : c'est donc ça qu'aiment les gens qui ont une vie publique ? Bien, bien. Je ne m'étonnais plus maintenant que ce Dahfu eût abandonné la civilisation pour revenir être le roi de sa tribu. Bon sang, qui ne voudrait être roi, même un petit roi ? C'était quelque chose à ne pas manquer. (Pour un garçon jeune et fort, le moment de payer était bien loin : les épouses ne pouvaient inventer assez d'attentions et d'expressions de gratitude ; il était le chéri de leurs cœurs.)

Je restai debout aussi longtemps que c'était possible, et je m'assis quand je ne pus faire autrement.

Et voilà qu'à mon horreur j'aperçus un visage grimaçant avec une bouche comme une grande boucle ouverte et un front infiniment ridé. C'était le genre de vision qu'on pourrait avoir dans une vitrine de la Cinquième Avenue et, en vous tournant pour voir quelle fantastique apparition New York fait jaillir derrière vous, vous constatez qu'il n'y a plus personne. Ce visage, toutefois, tenait bon, il restait là tout en grimaçant parmi les invités de la loge royale. Pendant ce temps, on faisait de profondes entailles sanglantes sur le torse qui supportait cette tête. Avec un vieux couteau vert-de-grisé, une arme bien cruelle. Oh, mais c'est qu'on tailladait cet homme, qu'on le lardait de coups de couteau. Assez ! Arrêtez ! Seigneur ! Mais c'est de l'assassinat, me dis-je. Jusqu'au tréfonds de moi, comme dans un tunnel, je sentais le choc se répercuter comme quand le métro passe sous de grands buildings.

Mais ce n'était pas une coupure profonde : elle était latérale et superficielle et, malgré la rapidité du prêtre peinturluré qui maniait le couteau, c'était fait suivant un plan et non sans habileté. On frotta de l'ocre sur les plaies, ce qui devait produire une brûlure intolérable, mais le type souriait toujours et le roi me dit : — Cette performance est quasi habituelle, Mr. Henderson. Inutile de vous inquiéter. Cela lui permet de progresser dans la carrière sacerdotale et il en est ravi. Quant au sang, il est censé inciter les cieux à ouvrir aussi leurs vannes ou à amorcer les pompes du firmament.

— Ha, ha! fis-je en riant. Mais dites donc, Roi, repris-je, qu'est-ce que c'est que ça? Oh, Seigneur... répétez! Les pompes du firmament! Ça, c'est une trouvaille!

Mais le roi n'avait pas de temps à me consacrer. Sur un signal venant de la loge de Horko, des détonations claquèrent dans tous les coins, une gigantesque salve accompagnée de la note plus basse des tambours. Le roi se leva. Hourras frénétiques! Fontaines de louanges! Visages hurlant d'orgueil et crispés par des inspirations multiples. Au milieu du noir des chairs, jaillit une vague de couleur rouge, et les gens se dressèrent tous sur la pierre blanche des tribunes en agitant des objets rouges. Car la pourpre était la couleur de fête des Wariri. Les amazones saluèrent avec des étendards pourprés, aux couleurs du roi. On brandit son parasol rouge dont la toile tendue se balança dans les airs.

Le roi n'était plus à mes côtés. Il était descendu de la loge pour prendre place dans l'arène. A l'autre bout du cercle, qui n'était pas plus grand qu'un terrain de base-ball, une grande femme se leva. Elle était nue jusqu'à la taille et sa tête était couronnée de bouclettes laineuses. Lorsqu'elle s'approcha, je constatai que son visage était couvert d'un magnifique réseau de cicatrices ressemblant à du braille. Deux pointes descendaient vers chaque oreille et une troisième vers la base du nez. Elle était peinte jusqu'au ventre d'une couleur rouille ou or terne. Elle était jeune, car ses seins étaient menus et ne tremblaient pas quand elle marchait, comme cela se produit chez nombre de femmes, et elle avait les bras longs et minces. Les trois os principaux

244

apparaissaient : je veux dire qu'on distinguait l'humé-
rus fuselé, le radius et le cubitus. Elle avait un petit
visage au profil fuyant et, la première fois que je
l'aperçus à l'autre bout du terrain, elle n'avait pas plus
de traits que la boule qui coiffe un mât ; de loin, on
aurait dit une pomme dorée. Elle portait un pantalon
pourpre, assorti à celui du roi, et elle était sa parte-
naire dans un jeu auquel ils se mirent à jouer. Je me
rendis compte pour la première fois qu'il y avait un
groupe de silhouettes drapées au centre de l'arène,
disons à peu près à l'emplacement qu'aurait dû occuper la plate-forme du lanceur. Je devinai — et je ne me
trompais pas — que c'était là que se trouvaient les
dieux. Autour d'eux et au-dessus d'eux, le roi et cette
femme dorée se mirent à jouer avec les deux crânes.
Les faisant tournoyer au bout de leurs longs rubans, ils
couraient chacun sur quelques mètres puis les lançaient en l'air, par-dessus les statues de bois dressées
sous les bâches, la plus grande de ces idoles étant de la
taille d'un vieux piano droit Steinway. Les deux crânes
s'envolaient bien haut, puis le roi et la fille essayaient
chacun de les rattraper. C'était un jeu sans bavure.
Tous les bruits s'étaient tus comme disparaissent les
plis sous le fer chaud. Un silence sans défaut suivit les
premiers lancers, si bien qu'on entendait même le son
creux que faisait chaque crâne happé au vol. Bientôt
même le sifflement des crânes dans l'air parvint à ma
bonne oreille. La femme lança son crâne. Les gros
rubans rouges et bleus le faisaient ressembler à une
fleur. Je jure devant Dieu qu'on aurait dit une gen-
tiane. En l'air, il croisa le crâne lancé par la main du
roi. Tous deux filaient, les rubans flottant derrière,
comme deux pieuvres. Je ne tardai pas à comprendre
qu'il ne s'agissait pas seulement d'un jeu, mais d'une

compétition, et naturellement je pris le parti du roi. Je n'en savais rien, mais la pénalité qui frappait le joueur ayant laissé tomber un de ces crânes aurait très bien pu être la mort. Pour ma part, je suis très habitué à la mort, non seulement en raison de mon âge, mais pour un tas de raisons qu'il est inutile de mentionner maintenant. La mort et moi sommes pour ainsi dire cousins. Mais l'idée qu'il pût arriver quelque chose au roi m'était insoutenable. Sa confiance avait beau sembler grande, et ses volte-face et sa sûreté merveilleuses à regarder à mesure qu'il s'échauffait comme un grand joueur de tennis ou comme un cavalier de classe, il était aussi viril à un point qui faisait paraître superflues toutes mes craintes ; un homme pareil prend tout ce qu'il fait sur lui ; néanmoins je tremblais pour lui. Et je m'inquiétais pour la fille aussi. Que l'un d'eux trébuche, laisse glisser les rubans ou se heurter les crânes, et peut-être auraient-ils à payer très cher, comme le pauvre type que j'avais trouvé dans ma case. Il n'était sûrement pas mort de mort naturelle. On ne peut pas me la faire : j'aurais été un coroner extraordinaire. Mais le roi et la femme étaient en pleine forme, d'où je conclus qu'il ne devait pas passer tout son temps sur le dos, dorloté par toutes ses poupées, car il courait et bondissait comme un lion, plein d'énergie, et il avait fière allure. Il n'avait même pas ôté le chapeau rouge avec sa décoration de dents humaines. Et il était à la hauteur de la femme car, à mon avis, c'était elle qui le défiait. Elle se conduisait comme une prêtresse, veillant à ce qu'il donnât le meilleur de lui-même. A cause de la peinture dorée et des marques en braille sur son visage, elle avait un air un peu inhumain. Lorsqu'elle sautait, en dansant, ses seins demeuraient immobiles, comme s'ils étaient vraiment en or, et en raison de sa longueur et de sa minceur, quand elle bondissait, elle avait je ne sais quoi de surnaturel, comme une sauterelle géante.

Puis ce furent les deux ultimes lancers et chacun rattrapa son crâne. Chacun le plaça sous son bras comme un masque d'escrime, et chacun s'inclina. Il y eut alors un effrayant vacarme, et de nouveau jaillirent les drapeaux et les chiffons rouges.

Le roi avait le souffle court lorsqu'il revint avec cette toque à la François Ier que le Titien aurait pu peindre. Il se rassit. Aussitôt, les épouses l'entourèrent d'un drap pour qu'on ne le vît pas boire en public. C'était tabou. Puis elles épongèrent sa sueur et massèrent les muscles de ses longues jambes et de son ventre haletant, desserrant les cordons d'or de son pantalon pourpre. J'aurais voulu lui dire combien il avait été magnifique. Je brûlais de lui dire ce que j'éprouvais. Quelque chose comme : « Oh, Roi, c'était royal. Un travail de véritable artiste. Bon sang, oui, d'artiste ! Roi, j'aime la noblesse et la beauté du geste. » Mais je ne pouvais rien dire. J'ai cette brutale réticence. C'est l'esclavage de l'époque. Nous sommes censés être imperturbables. Comme je le disais à mon fils Edward, c'est de l'esclavage ! Et il croyait que j'étais une poire quand je disais que j'aimais la vérité. Oh, c'était pénible ! D'ailleurs, j'ai souvent envie de dire des choses et elles me restent dans l'esprit. Elles n'existent donc pas vraiment ; on ne peut pas s'en vanter si elles n'émergent jamais. En mentionnant le firmament, le roi lui-même m'avait montré la voie, et j'aurais pu lui dire un tas de choses tout de suite. Quoi ? Eh bien, par exemple, que ce n'est pas le chaos qui gouverne tout. Que tout n'est pas qu'une course morbide et précipitée, désemparée, à travers un rêve qui s'achève dans l'oubli. Non, mon bon monsieur ! Une ou deux choses peuvent stopper cette course. L'art, par exemple. La vitesse est contenue, le temps redivisé. La mesure ! Cette grande pensée. Mystère ! La voix des anges ! Pourquoi diable est-ce que je jouais du violon ? Et pourquoi mes os fondaient-ils dans ces grandes cathédrales de France si bien que je ne pouvais pas le supporter, que je devais me saouler et accabler Lily d'injures ? Et je songeais que si je parlais de ça au roi et si je lui disais ce qu'il y avait dans mon cœur, peut-être deviendrait-il mon ami. Mais les femmes étaient entre nous avec leurs cuisses nues et leur derrière tourné vers moi, ce qui aurait été le comble de l'impolitesse si elles n'avaient été des sauvages. Je n'avais donc aucune possibilité de parler au roi malgré mon état inspiré. Quelques minutes plus tard, quand je pus de nouveau lui adresser la parole, je dis : « Roi, j'ai eu l'impression que si l'un de vous avait manqué son coup, ça aurait eu de bien vilaines conséquences. »

Avant de répondre, il s'humecta les lèvres, et sa poitrine haletait encore. « Je peux vous expliquer, Mr. Henderson, pourquoi le fait de manquer son coup est négligeable. » Ses dents brillaient, son essoufflement lui donnait l'air de me sourire, bien qu'il n'y eût pas de quoi. « Un jour, c'est ici qu'on attachera les rubans. (De deux doigts, il désigna ses yeux.) Mon propre crâne volera dans les airs. (Il fit le geste de quelque chose qui plane.) Il volera.

— C'étaient des crânes de rois ? dis-je. Des parents à vous ? » Je n'avais pas le courage de lui demander carrément si c'étaient son père et son grand-père. A l'idée de ce qu'il évoquait, j'en avais la chair de poule.

Mais nous n'avions pas le temps d'approfondir ce point. Il se passait trop de choses. On procédait aux

248

sacrifices du bétail et l'on opérait sans grand tralala. Un prêtre orné de plumes d'autruche qui jaillissaient de partout passa le bras autour du cou d'une vache, lui saisit le museau, lui leva la tête et lui trancha la gorge comme on craque une allumette. La bête s'effondra, morte. Personne n'y prit garde.

13

Après cela, il y eut des danses tribales et d'autres qui rappelaient exactement ce qu'on voit d'ordinaire au music-hall. Une vieille femme lutta avec un nain, mais le nain se mit en colère et essaya de faire mal à la vieille qui s'arrêta de se battre pour le rabrouer. L'une des amazones descendit dans l'arène et souleva le petit homme ; elle s'en fut d'un pas dansant, l'emportant sous son bras. Des ovations et des applaudissements partirent des gradins. Ensuite, il y eut un autre numéro du genre comique. Deux types, armés chacun d'un fouet, essayaient de se frapper mutuellement sur les jambes et bondissaient en l'air pour éviter les coups. Ces folichonneries de fêtes romaines ne me rassuraient guère. J'étais très nerveux. L'inquiétude, l'appréhension des abominations à venir me mettaient dans tous mes états. Je ne pouvais évidemment pas demander une avant-première à Dahfu. Il respirait profondément et regardait tout avec un calme impénétrable.

Je finis quand même par dire : « En dépit de toutes ces opérations, le soleil continue à briller et il n'y a pas de nuages à l'horizon. Je doute même que l'humidité se soit accrue, bien qu'on la sente très proche. »

Le roi me répondit : « Votre remarque est vraie,

selon toutes les apparences. Je ne vous le conteste pas, Mr. Henderson. Cependant j'ai déjà vu la pluie venir par des jours pareils à celui-ci, et contre toute attente. Oui, des jours exactement comme celui-ci. »

Je lui jetai un regard de côté, mais intense. J'y condensai beaucoup de choses que je n'essaierai pas de vous expliquer en détail maintenant. Il y avait peut-être un peu d'outrecuidance dans ce regard. Mais ce qu'il voulait surtout dire, c'était : « Ne nous racontons pas d'histoires, Votre Altesse. Vous croyez que c'est si facile d'obtenir ce qu'on veut de la Nature ? Ha, ha ! Moi, je n'ai jamais eu ce que je demandais. » Mais tout haut, je dis seulement : « Je serais presque prêt à vous faire un pari, Roi. »

Je ne m'attendais pas à ce qu'il relève le défi si vite. « Ah oui ? Bravo. Vous voulez vraiment que nous pariions, Mr. Henderson ? »

Après cette provocation, j'étais lancé. De tout mon être. Et, bien sûr, contre toute raison. Je dis : — Mais, bien sûr. Si vous voulez parier, je parie.

— Entendu, dit le roi, souriant, mais entêté lui aussi.

— Mais, roi Dahfu, le prince Itelo m'avait dit que vous vous intéressiez à la science.

— Est-ce qu'il vous a dit, me demanda mon homme avec un plaisir évident, est-ce qu'il vous a dit que j'avais fréquenté l'école de médecine ?

— Non !

— C'est pourtant la vérité. J'ai suivi deux années de cours.

— Par exemple ! Vous ne pouvez pas savoir comme c'est important pour moi d'apprendre cela. Mais, en ce cas, comment parierions-nous ? Vous voulez me faire plaisir, c'est tout. Vous savez, Votre Altesse, ma femme

Lily est abonnée au *Scientific American*, de sorte que j'ai des vues sur le problème de la pluie. La technique qui consiste à ensemencer les nuages avec de la glace sèche n'a pas donné de bons résultats. Les théories récentes veulent que la pluie vienne, avant tout, d'averses de poussière qui arrivent de l'espace sidéral. Quand cette poussière touche l'atmosphère, il se passe quelque chose. Il y a une autre théorie, qui me plaît davantage, et selon laquelle les embruns salés de l'océan, l'écume de mer en d'autres termes, constituent l'un des principaux ingrédients de la pluie. L'humidité prend et se condense sur ces cristaux transportés par l'air, puisqu'il faut qu'elle se condense sur quelque chose. C'est donc vraiment frustrant, Votre Altesse. S'il n'y avait pas d'écume de mer, il n'y aurait pas de pluie, et s'il n'y avait pas de pluie, il n'y aurait pas de vie. Qu'est-ce qu'ils en penseraient, tous ces savants ? Si l'océan ne possédait pas cette forme particulière de beauté, la terre serait nue. Avec un sentiment d'intimité croissant, et comme en confidence, je ris et ajoutai : « Votre Majesté, vous ne pouvez pas savoir combien tout cela m'excite. La vie vient de la crème des mers. A l'école, nous chantions une chanson : *O Marianina. Viens, oh viens et change-nous en écume.* » Je lui en chantai un petit bout, à mi-voix. Cela lui plaisait, je le voyais bien.

« Vous avez une voix qui n'est pas ordinaire », me dit-il en souriant, très gai. Je commençais à penser que cet homme m'aimait bien. « Et ce que vous m'apprenez est passionnant, vraiment.

— Ah, je suis content que vous le preniez comme ça. C'est formidable, ça ! Mais je suppose que, du coup, notre pari ne tient plus.

— Mais si, mais si. Nous allons parier quand même.

— Roi Dahfu, je reconnais que j'ai ouvert ma grande gueule. Permettez-moi de retirer ce que j'ai dit au sujet de la pluie. Je suis prêt à avaler des couleuvres. En tant que roi, vous devez soutenir la cérémonie de la pluie, évidemment. Alors, je vous fais mes excuses. Pourquoi ne me dites-vous pas tout simplement : « Allez vous faire voir, Henderson », et puis voilà ?

— Absolument pas. Il n'y a aucune raison. Nous allons parier, et pourquoi pas ? » Il parlait avec une telle fermeté que je ne pouvais rien répliquer.

— Entendu, Votre Altesse, ce sera comme vous voudrez.

— Parole d'honneur. Qu'allons-nous parier ? demanda-t-il.

— Ce que vous voudrez.

— Très bien. Ce que je voudrai.

— Ça n'est pas juste. Il faut que je vous concède des points, dis-je. Il fit un geste large de sa main, sur laquelle il y avait un gros bijou rouge. Son corps était retombé dans le hamac, car il se tenait tantôt assis, tantôt couché. Je voyais que cela lui faisait plaisir de jouer ; il avait un tempérament de parieur. Voyant que j'avais les yeux fixés sur sa bague, un énorme grenat serti d'or et entouré de pierres plus petites, il dit :
— Cette bague vous plaît ?

— Elle est très jolie, dis-je, voulant signifier que je ne tenais pas tellement à désigner un objet quelconque.

— Qu'est-ce que vous pariez ?

— J'ai de l'argent liquide sur moi, mais je ne pense pas que cela vous intéresse. J'ai un assez bon Rolleiflex dans mes bagages. Mais je n'ai pris des photos que par hasard. J'ai été beaucoup trop occupé depuis que je

suis en Afrique. Il y a mon fusil, aussi, un Magnum 375
Hand H à viseur télescopique.

— Je ne vois pas en quoi cela me serait utile si je
gagnais.

— Chez moi, j'ai des choses que je serais heureux de
mettre en jeu, dis-je. Il me reste quelques beaux
cochons Tamworth.

— Oh, vraiment ?

— Je vois bien que cela ne vous intéresse pas.

— Il serait préférable de parier quelque chose de
personnel, dit-il.

— Oh, oui. La bague est un objet personnel. Je
comprends. Si je pouvais détacher de moi mes soucis,
je les mettrais en jeu. Ils sont personnels. Ho, ho.
Seulement, je ne les souhaiterais pas à mon pire
ennemi. Voyons, qu'est-ce que j'ai qui pourrait vous
servir ; qu'est-ce que je possède qui irait avec le fait
d'être roi ? Des tapis ? J'en ai un beau dans mon atelier.
Il y a aussi une robe de chambre en velours qui ferait
bien sur vous. Il y a même un violon de Guarnerius.
Oh, mais... j'ai trouvé... les tableaux. J'ai un portrait de
moi et un de ma femme. A l'huile.

Je n'étais pas sûr qu'il m'eût bien entendu car il dit :
— Il ne faut pas vous imaginer que vous ne courez
aucun risque.

— Et alors ? dis-je. Qu'est-ce qui se passera si je
perds ?

— Ce sera intéressant.

Entendant cela, je commençai à m'inquiéter.

— Bon, c'est réglé alors. Nous parions la bague
contre les tableaux à l'huile. Ou alors, disons que si je
gagne vous resterez mon invité, pendant un certain
temps.

— Entendu. Mais combien de temps ?

254

— Oh, c'est trop théorique, dit-il, détournant les yeux. Laissons cela à débattre pour le moment.

Ces arrangements pris, nous regardâmes tous les deux en l'air. Le ciel était d'un bleu pâle et reposait sur les montagnes ; il n'y avait pas un souffle de vent. Je me dis que ce roi devait être plein de délicatesse. Il voulait m'offrir une compensation pour le cadavre de la veille et, aussi, m'indiquer qu'il serait heureux que je reste chez lui un moment. Il mit fin à la discussion avec un grand geste, très africain, comme pour enlever son gant ou faire une répétition de l'abandon de la bague. Je transpirais abondamment, mais ne me sentais pas rafraîchi. Pour essayer d'avoir moins chaud, j'ouvris la bouche.

Puis je dis : « Ha, ha ! Votre Majesté, voilà un pari bien mal parti. »

A cet instant, des cris furieux s'élevèrent et je pensai : « Ah, la partie légère de la cérémonie est terminée. » Plusieurs hommes en plumes noires, hommes-oiseaux minables — avec leurs plumes roussâtres qui leur pendaient sur les épaules — se mirent à enlever leurs masques aux dieux. Ils les leur arrachèrent irrespectueusement. Et ce manque de respect n'était pas involontaire, vous comprenez. Il était destiné à faire rire, et c'est exactement ce qu'il fit. Ces hommes, emplumés, ces hommes-oiseaux, encouragés par les rires, commencèrent à se livrer à toute sorte de bouffonneries ; ils montaient sur les pieds des statues, renversaient les plus petites, faisant des gestes lubriques ou moqueurs, etc. Le nain fut installé sur les genoux d'une déesse, et il fit crouler la foule de rire en tirant vers le bas ses paupières inférieures et en sortant la langue, mimant un fou tout ratatiné. La famille des dieux, tous assez courts de jambes et longs de tronc, se

255

montrait très tolérante devant tous ces excès. La plupart avaient de petits visages disproportionnés posés sur de grands cous. Dans l'ensemble, cela ne faisait pas une équipe bien sévère. Mais ils avaient quand même de la dignité... du mystère ; c'étaient les dieux, après tout, et ils rendaient les jugements du destin. Ils régissaient l'air, les montagnes, le feu, les plantes, le bétail, la chance, la maladie, les nuages, la naissance, la mort. Il fallait quand même le reconnaître, même le plus aplati, renversé sur le ventre, avait le dernier mot pour quelque chose. L'attitude de la tribu semblait être de se présenter devant les dieux avec tous ses défauts étalés, puisque de toute façon des hommes éphémères ne pouvaient espérer leur cacher quoi que ce fût. Je comprenais bien l'idée, mais, en fait, je trouvais que c'était une profonde erreur à la base. J'avais envie de dire au roi : « Vous voulez me faire croire que tout ce sang mauvais est nécessaire ? » Je m'étonnais aussi qu'un homme comme lui fût le roi d'une pareille bande de corniauds. Mais il prenait tout cela calmement.

Bientôt, ils se mirent à déplacer tout le panthéon. Ils commencèrent par les dieux les plus petits, qu'ils prenaient un malin plaisir à manier très brutalement. Ils les laissaient tomber ou les faisaient rouler, les grondant comme s'ils étaient maladroits. Quand même ! me dis-je. Je trouvais que c'était assez bas comme attitude, mais, objectivement, je voyais bien qu'il y avait des tas de raisons d'en vouloir aux dieux. De toute façon, ça m'était absolument égal. Je restai là, assez bougon, sous mon casque, essayant de faire comme si tout cela ne me regardait pas.

Quand cette bande de corbeaux en arriva aux statues plus grandes, ils tirèrent et poussèrent, mais sans résultat, et ils durent demander de l'aide à la foule. Des hommes forts sautèrent les uns après les autres, dans l'arène, pour prendre une idole et la traîner jusqu'à, disons, une position de demi-centre sur le terrain, tandis que des ovations et des cris montaient des gradins. D'après la taille et la musculature des champions qui déplaçaient les idoles les plus grandes, je compris que cette démonstration de force faisait traditionnellement partie de la cérémonie. Certains s'approchaient des grands dieux par-derrière et les saisissaient par la taille, d'autres les abordaient de dos, comme des hommes qui déchargent des sacs de farine à l'arrière d'un camion, et les hissaient sur leurs épaules. L'un d'eux tordit les bras de l'idole, comme j'avais fait la nuit précédente pour le cadavre. Voyant ainsi appliquée ma propre technique, j'eus un sursaut.

— Qu'est-ce qu'il y a, Mr. Henderson ? demanda le roi.

— Rien, rien, rien, dis-je.

Le groupe des dieux qui restaient diminuait. Les hommes forts les avaient presque tous emportés. Ceux qui étaient encore à leur place primitive étaient des spécimens superbes, et j'ai l'œil pour ces choses. Pendant une certaine période de ma vie, je m'étais beaucoup intéressé aux poids et haltères et je m'entraînais aux barres. Comme chacun sait, le développement des cuisses compte pour beaucoup. J'essayai d'intéresser mon fils Edward à ces activités ; il n'y aurait peut-être pas eu de Maria Felucca si j'avais réussi à le persuader de se faire des muscles. Mais, à bien réfléchir, c'est ainsi que je me suis fabriqué cette façade corpulente et ces autres étranges déformations que l'on observe chez tous les individus particulièrement grands d'une espèce (comme ces fraises géantes de

257

l'Alaska). Oh, mon corps, mon corps! Pourquoi ne
sommes-nous jamais devenus vraiment amis? Je l'ai
chargé de mes vices, comme un radeau, comme une
péniche. Oh, qui me délivrera du corps de cette mort?
De ces déformations, en tout cas, dues à mon envergure
et au travail accompli par mon psychisme. Parfois, une
voix m'a conseillé, follement : « Brûle la terre. Pourquoi un homme de bien mourrait-il? Qu'un imbécile
quelconque soit plutôt jeté dans la tombe! » Quelle
méchanceté! Quelle perversité! Hélas, ce qui se passe
à l'intérieur d'une âme, c'est terrible!

Quoi qu'il en soit — j'étais de plus en plus passionné
— quand il ne resta que deux dieux, les deux plus
grands (Hummat, le dieu de la montagne, et Mummah,
la déesse des nuages), plusieurs hommes forts se
présentèrent et échouèrent. Oui, ils ratèrent leur coup.
Ils ne pouvaient pas faire bouger d'un pouce ce
Hummat, qui avait des favoris comme un loup marin,
des piquants sur tout le front et une paire d'épaules
pareilles à des rocs. Quand plusieurs candidats eurent
renoncé, sous les huées et les moqueries de la foule, un
type s'avança, qui portait un fez rouge et une sorte de
pantalon de toile cirée de couleur très vive. Il arriva
d'un pas vif, balançant ses mains ouvertes, cet homme
qui allait soulever Hummat, et se prosterna devant le
dieu... ce qui était le premier geste de dévotion que
j'eusse vu jusqu'alors. Puis il contourna la statue pour
l'aborder de dos, et passa la tête sous un de ses bras.
Une petite barbe raide étincelait autour de sa figure. Il
écarta les jambes, cherchant la bonne position de ses
pieds sensibles, tapotant la poussière. Après cela, il
s'essuya les mains sur ses genoux et se saisit de
Hummat, l'attrapant par le bras et par en dessous par
l'enfourchure. Les yeux agrandis et fixes, et devenant

258

humides à cause de son effort statique, il commença à soulever le grand Hummat. De sa bouche, distendue au point que la mâchoire allait rejoindre les muscles de la clavicule, les tendons partaient comme les minces rayons d'une bicyclette, et les muscles de ses hanches formaient de gros nœuds à l'aine, s'enflant auprès des pantalons souillés de toile cirée. C'était là un homme vraiment fort, et je le regardai avec contentement. Il était de mon type. On mettait un fardeau devant lui, il s'en saisissait, il se jetait dedans la poitrine en avant, il le soulevait, il allait jusqu'à la limite de sa force. « A la bonne heure, dis-je. Fais marcher tes dorsaux. » Comme tout le monde poussait des vivats, excepté Dahfu, je me levai aussi, et me mis à crier : « Yay, yaay ! Et maintenant soulève ! Yay, il y arrive. Il va le faire. Oh, que Dieu le bénisse. Quel amour ! Voilà un homme... voilà comment je les aime. Vas-y. Oh ! hisse. Ho ! Ça y est. Il l'a fait. Ah, Dieu merci ! » C'est alors que je me rendis compte que j'étais en train de crier comme ça et je me rassis auprès du roi, étonné de ma propre ardeur.

Le champion renversa Hummat sur son épaule et porta le dieu de la montagne à vingt pieds plus loin. Il le reposa sur son socle, au milieu des autres. Le souffle coupé, l'homme se retourna et regarda Mummah, seule au milieu du cercle. Elle était plus grande encore que Hummat. Sous les applaudissements, le champion l'examina. Et elle l'attendait. Elle était obèse, pour ne pas dire hideuse, cette puissance femelle. Ils l'avaient faite très pesante, et l'homme fort qui lui faisait face paraissait déjà découragé. Non qu'elle vous interdît d'essayer. Non, en dépit de son aspect hideux, elle paraissait assez tolérante, et même insouciante comme la plupart des dieux. Mais elle semblait exprimer la confiance qu'elle avait en son immutabilité. La foule encourageait le champion, tout le monde était debout ; même Horko et ses amis, dans leur loge, s'étaient levés. Son parasol faisait maintenant une ombre vieux rose, et, dans sa robe rouge serrée, il tendait son bras vigoureux et désignait Mummah du pouce... la grande, joyeuse, Mummah de bois, dont les genoux fléchissaient un peu sous le poids de ses seins et de son ventre, de sorte qu'elle devait étendre les doigts sur ses cuisses pour se soutenir. Et, comme il arrive parfois aux femmes grasses, elle avait des mains élégantes et gracieuses. Elle attendait l'homme qui allait la déplacer.

« Tu peux en venir à bout, mon vieux », criai-je, moi aussi. Je demandai au roi : — Comment s'appelle ce garçon ?

— Cet homme fort ? Oh, c'est Turombo.

— Qu'est-ce qui se passe, il ne croit pas qu'il pourra la remuer ?

— Il manque de confiance en lui, c'est évident. Tous les ans, il arrive à bouger Hummat, mais pas Mummah.

— Oh, mais il en est sûrement capable.

— Je ne crois pas, malheureusement, dit le roi, dans son curieux anglais chantant et nasal. Ses grosses lèvres gonflées étaient plus rouges que celles des autres membres de la tribu. De ce fait, sa bouche était plus visible que ne le sont généralement les bouches. — Cet homme, comme vous voyez, est puissant, et c'est un homme vraiment fort, comme je crois vous l'avoir entendu clamer. Mais une fois qu'il a bougé Hummat, il est épuisé, et c'est la même chose tous les ans. Vous comprenez, il faut déplacer Hummat d'abord, car sinon il ne permettrait pas le passage des nuages par-dessus les montagnes.

Bienveillante Mummah, son gras visage brillait splendidement au soleil. Ses tresses de bois étaient comme un nid de cigogne et s'élargissaient vers le haut... figure simple, heureuse, stupide, patiente, elle invitait Turombo ou tout autre champion à éprouver sa force.

— Vous savez ce qui le gêne ? dis-je au roi. C'est le souvenir de défaites passées... les défaites passées, vous pouvez m'en demander là-dessus. Je pourrais vraiment vous en raconter. Mais c'est ça son problème. J'en suis certain.

Turombo, qui était très petit pour sa carrure et sa force, semblait vraiment dans de sales draps. Ses yeux, qui étaient devenus immenses et humides par l'effort qu'il avait fait pour saisir Hummat, étaient plus ternes maintenant. Il s'attendait à échouer, et la façon qu'il avait de rouler les yeux en nous regardant, nous et la foule, le montrait bien. J'aime autant vous dire que ce spectacle me faisait mal au cœur. Enfin, il toucha cependant son fez pour saluer le roi, un geste de consécration qui reconnaissait déjà la défaite. Il ne se faisait pas d'illusions au sujet de Mummah. Il allait essayer, quand même. Il frotta contre sa courte barbe les jointures de ses doigts, tout en s'approchant douce-ment de la déesse et en la mesurant du regard d'un air décidé.

L'ambition avait dû jouer un très petit rôle dans la vie de Turombo. Alors que dans ma poitrine à moi il y avait un flux — non, c'est trop peu dire — un estuaire s'ouvrit, une immense baie d'espoir et d'ambition. Car je voyais là ma chance. Je savais que moi je pouvais réussir. Grands Dieux ! Je tremblais des pieds à la tête et j'étais glacé. Je savais que je pouvais soulever Mummah, et je me liquéfiais, je brûlais de descendre dans l'arène et de le faire. J'avais le désir ardent de montrer ce que j'avais en moi, je brûlais comme ce buisson que j'avais enflammé avec mon briquet autrichien pour les enfants Arnewi. J'étais certainement plus fort que Turombo. Et si, tandis que je le prouverais, mon cœur devait se rompre, si la vieille carcasse devait se briser, tant pis : que je meure. Cela m'était égal maintenant. J'avais désiré faire du bien aux Arnewi quand j'étais arrivé et que j'avais vu leur détresse. Au lieu de cela, j'avais inconsidérément asséné tout le poids de ma volonté aveugle et de mon ambition sur les grenouilles. J'étais arrivé vêtu de lumière, ou le croyant, et j'étais reparti drapé d'ombre et d'obscurité, de sorte qu'il aurait peut-être mieux valu pour moi obéir à mon impulsion première, celle qui m'avait saisi à mon arrivée, quand la jeune femme avait éclaté en sanglots et que je m'étais dit que je devrais peut-être jeter mon arme, abandonner toute idée de violence et m'en aller dans le désert pour y rester jusqu'au moment où je serais de nouveau en état de voir des humains. Mon désir d'accomplir une bonne action là-bas, parce que je m'étais pris d'une telle amitié pour les Arnewi, et surtout pour la vieille borgne Willatale, était sincère et intense, mais ce n'était même pas un petit mouvement d'âme à côté du désir que je ressentais maintenant, dans la loge royale, auprès du roi semi-barbare en pantalon et chapeau de velours pourpre. J'étais enflammé de l'envie de *faire* quelque chose. Car je voyais là quelque chose que je pouvais faire. Ces Wariri qui pour le moment (avec leurs histoires de cadavres dans la nuit et tout le reste) avaient beau ne rien m'inspirer de tendre... ils avaient beau être pires que les fils de Sodome et Gomorrhe réunis, je ne pouvais quand même pas laisser passer cette occasion d'*agir*, et de me distinguer. De faire le point qui serait le bon sur la tapisserie de ma destinée avant qu'il soit trop tard. J'étais donc content que Turombo se montrât si humble. Je me disais que cela valait mieux pour lui. Avant même d'avoir touché Mummah, il avait implicitement reconnu qu'il ne serait jamais capable de la bouger. Et cela me convenait parfaitement. Elle était à moi ! Et j'avais envie de dire au roi : « Je peux le faire. Laissez-moi y aller. » Cependant, ces mots restèrent dans ma gorge, car déjà Turombo s'était approché de la déesse par-derrière. Il prit position pour la soulever, s'accroupissant, et croisa ses gros bras autour du ventre de Mummah. Puis, on vit apparaître son visage à côté de la hanche. Il était tout crispé par l'effort, la préparation à la peine, la peur et la souffrance, comme si Mummah, en vacillant, pouvait écraser l'homme sous son poids. Mais elle se mit à bouger dans son étreinte. Le nid de cigogne, les tresses de bois, tout cela chavirait et se balançait comme l'horizon par grosse mer quand on est à l'avant du bateau. Je pense à cette comparaison car je sentais le mouvement dans mon estomac. Turombo tirait à partir du socle, comme un homme qui essaie de déraciner un vieil arbre. C'est ainsi qu'il travaillait. Mais bien qu'il secouât cette vieille Mummah, il ne réussit pas à soulever son socle de terre.

La foule le conspua quand il reconnut enfin que la chose était au-dessus de ses forces. Il ne pouvait pas y arriver, voilà tout. Et moi, je me réjouissais de son échec. C'est terrible à dire, mais c'est pourtant vrai. « Mon bonhomme, me dis-je, tu es fort, mais il se trouve que je suis plus fort que toi. Ce n'est pas du tout une question personnelle. C'est le destin... il l'a voulu comme ça. Comme pour Itelo. C'est un travail pour moi. Cède, cède ! *Cède !* Car voilà Henderson qui arrive ! Qu'on me laisse face à face avec Mummah, et, Dieu !... »

Je dis à Dahfu : — Je suis vraiment navré qu'il n'ait pas réussi. Ce doit être dur pour lui.

— Oh, c'était prévu qu'il ne pourrait pas, dit le roi Dahfu. J'en étais certain.

Je commençai alors, avec le plus profond sérieux, le visage empreint de sévérité comme moi seul je sais l'avoir : « Votre Majesté... » (J'étais excité à en éclater. J'enflais, j'avais la nausée, et mon sang circulait bizarrement dans mon corps... Il me picotait le visage, et surtout le nez, comme s'il allait commencer à se décharger par là. J'étais à la torture, comme si j'avais eu une couronne d'essence en feu autour de la tête. Et je dis : « Majesté, sire, je... laissez-moi faire ! Il le faut. »

Si le roi m'avait répondu, je n'aurais pu l'entendre alors, car dans cet air chaud et sec je ne voyais qu'un seul visage, à ma gauche, et sourd aux cris furieux que poussait la foule contre Turombo. Un visage concentré exclusivement sur moi, de sorte qu'il était détaché du monde entier. C'était le visage de l'examinateur, l'homme avec qui j'avais eu affaire la veille au soir, celui que Dahfu appelait le Bunam. Ce visage ! Les yeux ridés exprimaient une sagesse humaine éternelle. Je sentais combien ces veines devaient être chargées. Ah, seigneur Dieu ! Cet homme me parlait, inexorable. Par les sillons de son visage, le froncement de ses sourcils, tout ce qui était contenu dans ses veines, il me transmettait un message. Et ce qu'il me disait, je le savais. Je l'entendais. Le discours silencieux du monde que mon âme la plus secrète écoutait sans cesse m'arrivait maintenant avec une clarté spectaculaire. A l'intérieur de moi... à l'intérieur de moi je l'entendais. Oh, les choses que j'entendais ! Le premier mot, sévère, était *Fantoche !* J'en fus grandement secoué. Et pourtant, il y avait là quelque chose. C'était vrai. Et j'étais obligé, il était de mon devoir impérieux d'entendre. *Et néanmoins tu es un homme. Ecoute ! Prête-moi l'oreille, pauvre idiot ! Tu es aveugle. Les pas ont été accidentels, mais la destinée ne pouvait être autre. Alors ne mollis pas maintenant, oh, non, mon vieux, intensifie plutôt ce que tu es. C'est la seule et unique voie... intensifier. Si jamais tu succombes, lavette, si tu te retrouves gisant inanimé dans ton sang trop gras, ignorant la nature dont tu as trahi le don, le monde ne tardera guère à reprendre ce que le monde a donné en vain. Chaque particularité n'est qu'une impulsion parmi nombre d'autres venant du cœur même des choses... ce vieux cœur des choses. Le but en apparaîtra finalement mais peut-être pas à toi.* La voix ne fut pas engloutie. Elle s'arrêta, tout simplement. Elle avait terminé ce qu'elle avait à dire, voilà tout.

Mais je comprenais maintenant pourquoi on avait logé le cadavre avec moi. C'était une idée du Bunam. Il m'avait bien jugé. Il avait voulu voir si j'étais assez fort pour déplacer l'idole. Et j'avais passé l'épreuve avec succès. Oh oui ! Je l'avais passée coûte que coûte. Quand j'avais saisi l'homme mort, son poids était tombé sur moi comme le poids de mes propres membres, endormis et lourds, mais j'avais lutté contre ma réaction et je l'avais surmontée. J'avais soulevé l'homme. Et maintenant, le visage sévère, exalté, silencieux, plein de veines et de nœuds de l'examina-

teur annonçait les résultats. J'avais passé l'examen.
Avec mention très bien. Cent pour cent.

Je dis, tout haut : — Il faut que j'essaie.

— Quoi donc ? dit Dahfu.

— Votre Altesse, dis-je, à condition que ce ne soit
pas considéré comme l'ingérence d'un étranger dans
vos affaires, je crois que je pourrais bouger cette
statue... la déesse Mummah. J'aimerais sincèrement
être utile, car j'ai certaines capacités qui devraient être
utilisées proprement. Il faut que je vous dise que je n'ai
pas très bien réussi chez les Arnewi, où j'étais animé
d'un sentiment semblable. Roi, j'avais un grand désir
d'accomplir un acte pur et désintéressé... pour exprimer ma foi en quelque chose de plus haut. Au lieu de
cela, j'ai amené à ces gens un tas d'ennuis. Il n'est que
juste que j'avoue tout.

Je ne me contrôlais plus, je n'étais donc pas sûr de la
clarté de mes paroles, mais mon dessein devait cependant être facile à comprendre. Je vis, sur le visage du
roi, une expression où la curiosité se mêlait de sympathie.

— Est-ce que vous ne vous précipitez pas trop à
travers le monde, Mr. Henderson ?

— Oh, si, Roi, je ne tiens pas en place. Mais ce qu'il y
a, c'est que je ne pouvais vraiment plus continuer
comme j'étais, où j'étais. Il fallait que je fasse quelque
chose. Si je n'étais pas venu en Afrique, je n'aurais eu
qu'une autre solution : rester au lit. Idéalement
parlant...

— Oui ? C'est ce qui me fascine le plus. Quel aurait-
il été, cet idéal ?

— Je ne peux pas vraiment le dire, Roi. C'est une
énigme. Je suis poursuivi par une espèce de besoin
de servir. J'ai toujours admiré le Dr Wilfred Grenfell.

J'étais fou de cet homme, vous savez. J'aurais aimé faire des tournées de bon pasteur. Pas forcément avec une meute de chiens. Mais ça, ce n'est qu'un détail.

— Oh, j'ai bien senti, dit-il, ou je devrais dire plutôt que mon intuition m'a indiqué une telle tendance chez vous.

— Je serai heureux d'en discuter après, dis-je. Mais pour le moment, je vous demande : quelle est la situation ? Est-ce que je pourrais essayer ma force contre Mummah ? Je ne sais pas pourquoi, mais j'ai le sentiment que je pourrais la bouger.

Il déclara : « Je suis obligé de vous faire savoir, Mr. Henderson, qu'il pourra y avoir des conséquences. »

J'aurais dû relever cette phrase et demander au roi ce qu'il entendait par là, mais je lui faisais confiance et je n'imaginais pas de conséquences vraiment graves. De toute façon, cette brûlure intérieure, ce désir, cet estuaire qui s'enflait — vous voyez ce que je veux dire — une ambition toute-puissante me possédait et j'étais fichu. Qui plus est, le roi sourit, rétractant ainsi à demi son avertissement.

— Vous avez réellement la conviction que vous pouvez le faire ? dit-il.

— Tout ce que je peux vous dire, Roi, c'est laissez-moi essayer. Tout ce que je veux, c'est lui passer mes bras autour du corps.

Je n'étais pas en état d'identifier les subtilités de l'attitude du roi. Il avait maintenant satisfait aux exigences de sa conscience, si celle-ci en avait et, en même temps, il m'avait eu. Peut-on mieux faire, je vous le demande ? Mais moi, j'avais été pris, et c'était uniquement ma faute si j'avais laissé inachevé ce qui me poussait depuis des années... *Je veux, je veux, je*

267

veux, et Lily, et le *grun-tu-molani*, et le petit Noir que ma fille avait ramené à la maison de Danbury et le chat que j'avais essayé de massacrer et le destin de Miss Lenox, et les dents, et le violon, et les grenouilles dans le réservoir et tout le reste.

Mais le roi n'avait cependant pas encore donné son consentement.

Dans son manteau de léopard, le Bunam s'approcha, à pas mesurés par de légers mouvements de hanches, venant de la loge où il était assis avec Horko. Il était suivi par les deux épouses aux grandes têtes rasées, si délicates, et aux dents courtes et gaies. Elles étaient plus grandes que leur mari et arrivaient derrière lui en flânant, très détendues.

L'examinateur, ou Bunam, s'arrêta devant le roi et s'inclina. Les femmes s'inclinèrent aussi. De petits signaux s'échangèrent entre elles et les femmes ou concubines du roi — je ne sais dans quelle catégorie elles entraient — tandis que l'examinateur s'adressait à Dahfu. Il avait levé son index et l'avait approché de son oreille, comme un pistolet de starter, et il se penchait souvent, et avec raideur, vers le roi. Il parlait rapidement, mais avec régularité, et il avait l'air de très bien savoir ce qu'il voulait et, quand il eut terminé, il inclina de nouveau la tête et me regarda sévèrement, comme tout à l'heure, d'un regard lourd de signification. Les veines de son front étaient toutes gonflées.

Dahfu, dans son hamac fastueux, se tourna vers moi. Il tenait toujours entre ses doigts les rubans attachés au crâne.

— Le point de vue du Bunam, c'est que vous avez été attendu. Et aussi, que vous êtes arrivé au bon moment...

— Pour ce qui est de ça, Votre Altesse, qui peut le dire ? Si vous croyez que les augures sont bons, je veux bien. Ecoutez, Votre Altesse, j'ai l'air d'un boxeur et j'ai toute sorte de dons étranges, surtout physiques ; mais je suis également très sensible. Tout à l'heure, vous m'avez parlé d'envie, et je dois reconnaître que vous m'avez blessé. C'est comme un poème que j'ai lu une fois et qui s'appelait : « Ecrit en prison. » Je ne me le rappelle pas en entier, mais il y a un passage qui dit : « J'envie même à la mouche ses lueurs de joie, dans les bois verts et tout autour, j'envie la mouche qui se pose dans le soleil, sur l'herbe verte et j'aimerais que mon but soit atteint. » Or, vous savez aussi bien que moi, Roi, de quel but je parle. Votre Altesse, je ne souhaite vraiment pas vivre sous une loi de décadence. Dites-moi, combien de temps le monde devra-t-il être ce qu'il est ? Pourquoi ne peut-il y avoir d'espoir pour la souffrance ? Je crois, figurez-vous, qu'il y a quelque chose à faire, et c'est pour cela que je me suis précipité dans le monde, comme vous l'avez remarqué. Il y a toute sorte de mobiles derrière cela. Il y a ma femme, Lily, et puis il y a les enfants... vous devez en avoir pas mal, vous aussi, alors vous comprenez peut-être ce que je ressens...

Je lus de la sympathie sur son visage, et j'essuyai le mien avec mon mouchoir de chez Woolworth. Mon nez, en outre, me grattait de l'intérieur, et je ne voyais pas ce que je pourrais y faire.

— Je regrette sincèrement si je vous ai blessé, dit le roi.

— Oh, ça ne fait rien. Je juge assez bien les hommes et vous, vous êtes un homme bien. De vous, je peux donc l'accepter. De plus, la vérité est la vérité. A tout vous avouer, il m'est *arrivé* d'envier les mouches, aussi.

Raison de plus pour briser les murs de la prison. N'est-ce pas ? Si j'avais une constitution mentale qui me permette de vivre à l'intérieur de la coquille de noix tout en me croyant roi de l'espace infini, très bien. Mais je ne suis pas comme ça. Roi, je suis un Devenant. Vous, voyez-vous, votre situation est différente. Vous êtes un Etat. Il faut que je cesse de Devenir. Seigneur, quand pourrai-je Etre ? J'ai attendu terriblement longtemps. Je suppose que je devrais avoir plus de patience, mais, au nom du ciel, Votre Altesse, il faut que vous compreniez ce qui se passe en moi. C'est pourquoi je vous demande cela. Il faut que vous me laissiez y aller. Je ne sais pas pourquoi, mais je me sens dans l'obligation de le faire, et c'est peut-être ma plus grande chance qui s'offre ici. » Je m'adressai ensuite à l'examinateur, qui était là avec son manteau de léopard à parements, avec sa baguette en os à la main, et je lui dis : « Excusez-moi. » Je lui fis signe, en levant quelques doigts, et j'ajoutai : « Je suis à vous tout de suite. » Le corps brûlant et l'esprit fiévreux comme je l'avais, j'étais incapable de contrôler le moins du monde mes paroles et je dis : « Roi, je vais vous dire exactement ce qu'il en est de moi, aussi exactement que possible. Chaque homme qui naît doit mener sa vie jusqu'à une certaine profondeur... sinon ! Or, Roi, je commence à voir ma profondeur. Vous ne voudriez pas que je recule, maintenant ? »

Il dit : — Non, Mr. Henderson. Sincèrement, je ne le voudrais pas.

— Bon. Je vois que vous comprenez la situation, dis-je.

Il m'avait écouté, étendu comme il était, avec une sorte de douceur pensive. — Bien, quelles que puissent

270

être les conséquences, j'accorde la permission demandée. Je ne vois pas pourquoi je la refuserais.

— Merci, Votre Majesté. Merci.

— Tout le monde est dans l'attente.

Je me levai aussitôt et retirai ma chemise ; je bombai le torse et passai mes mains dessus, puis sur mon visage et, avec mon short me serrant bizarrement la ceinture et la sensation d'être grand et imposant, avec le soleil qui me brûlait la tête, je descendis dans l'arène. Je m'agenouillai devant la déesse... avec un genou seulement. Je la mesurai du regard tout en séchant mes mains moites avec de la poussière et en les essuyant contre mon pantalon de toile. Les cris des Wariri, et même le son grave des tambours, ne parvenaient que faiblement à mes oreilles. Ils se produisaient sur une petite échelle, infiniment réduite, tout là-bas à la périphérie d'un grand cercle. La sauvagerie et la stridence de ces Africains qui malmenaient les dieux et pendaient les morts par les pieds n'avaient rien à voir avec l'émotion qui m'emplissait le cœur. C'était quelque chose de distinct et d'absolument indépendant, quelque chose en soi. Mon cœur n'avait qu'un seul grand désir. Il fallait que je passe mes bras autour de cette énorme Mummah et que je la soulève.

Quand je m'approchai d'elle, je vis combien elle était énorme, débordante et informe. Elle avait été graissée et elle brillait devant mes yeux. Des mouches se promenaient sur sa surface. L'un des petits sphinx de l'air était assis sur sa lèvre, occupé à se laver. Comme une mouche menacée s'en va vite ! La décision est instantanée, et il semble ne pas y avoir de force d'inertie à surmonter et il n'y a pas un mouvement superflu dans la façon dont une mouche prend le départ. Au moment où je commençai, toutes les mouches s'envolèrent avec un bruit déchirant dans l'air chaud. Sans hésiter une seconde, j'encerclai Mummah de mes bras. Je n'allais pas me laisser faire. J'appuyai mon ventre contre elle et fléchis un peu les genoux. Elle sentait comme une vieille femme vivante. Pour moi, elle était un personnage vivant, en fait, et non pas une idole. Nous nous rencontrions champion contre challenger, mais aussi en intimes. Et, avec ce plaisir profond que l'on éprouve en rêve ou durant ces jours chauds et bénéfiques, où tout est flottant et où tous les désirs sont satisfaits, je posai ma joue contre sa poitrine de bois. Je serrai les genoux et je dis : « Allez, tu vas monter, chérie. Pas la peine de te faire plus lourde ; si tu pesais le double, je te soulèverais quand même. » Le bois obéit à ma pression et la bienveillante Mummah, avec son sourire de bois, me céda ; je la soulevai de terre et la portai à vingt pieds de là, jusqu'à la place qu'elle devait occuper maintenant au milieu des autres dieux. Les Wariri bondissaient au milieu de la pierre blanche de leurs gradins, criant, chantant, délirant, s'embrassant les uns les autres et chantant mes louanges.

Je demeurai immobile. A côté de Mummah installée à sa nouvelle place, j'étais ravi. J'étais si content de ce que j'avais fait que mon corps tout entier était plein d'une douce chaleur, d'une lumière douce et sacrée. Toutes les sensations de malaise que j'avais ressenties depuis le matin s'étaient changées en sensations exactement contraires. L'impression d'être misérable était devenue chaleur et plénitude intérieure. Vous savez, pareille chose m'est déjà arrivée. J'ai vu un affreux mal de tête se transformer en un mal aux gencives qui n'est autre que le signe précurseur de la beauté à venir. J'ai senti cette douleur dans les gencives descendre, puis reparaître dans ma poitrine en pulsation de plaisir. J'ai connu aussi des maux d'estomac qui fondaient dans le ventre et descendaient pour se transformer en chaleur délicieuse dans mes parties. Je suis comme ça. Donc ma fièvre se transforma en jubilation. Mon esprit était réveillé et il saluait la vie de nouveau. Quelle affaire ! La vie ! J'étais encore vivant et gesticulant et j'avais ce bon vieux *grun-tu-molani*.

Rayonnant et riant tout seul, mais oui, resplendissant de contentement, je retournai m'asseoir auprès du hamac de Dahfu et j'essuyai mon visage avec un mouchoir, car j'étais oint de sueur.

— Mr. Henderson, dit le roi dans son anglais à l'accent africain, vous êtes vraiment une personne d'une force extraordinaire. J'ai la plus grande admiration pour vous.

— Merci à vous, dis-je, de m'avoir offert une occasion si merveilleuse. Pas seulement la chance de soulever la vieille femme, mais celle d'atteindre ma profondeur. La profondeur réelle. Je veux dire la profondeur qui a toujours été la mienne.

Je lui étais reconnaissant. J'étais son ami alors. Pour tout dire, à cet instant, je l'aimais bien.

14

Quand le ciel commença à se remplir de nuages,
après mon tour de force, je n'en fus pas aussi surpris
que j'aurais pu l'être. Je notai l'arrivée des nuages, en
regardant le ciel par en dessous, sans en avoir l'air.
J'étais enclin à les considérer comme mon dû.

« Ah, cette ombre est juste ce qu'il nous fallait », dis-
je au roi Dahfu au moment où le premier nuage passa
au-dessus de nos têtes. Car le dais de sa loge n'était fait
que de rubans, bleus et pourpres, et il y avait aussi,
bien entendu, les parasols de soie, mais ils n'intercep-
taient pas vraiment le flamboiement du soleil. Non
seulement le gros nuage qui arrivait de l'est nous
donnait de l'ombre, mais encore il apportait un repos à
nos yeux en éteignant un peu les couleurs. Après le
grand effort que je venais de fournir, je demeurais
immobile. Les sensations violentes qui m'avaient
envahi semblaient avoir disparu ou s'être transfor-
mées. Les Wariri, cependant, continuaient à manifester en mon honneur, agitant leurs drapeaux, faisant
tournoyer des crécelles et sonner des clochettes tout en
grimpant les uns sur les autres pour exprimer leur joie.
C'était très bien. Je ne désirais pas être loué à ce point
pour ce que j'avais fait, étant donné surtout que j'y

avais tant gagné personnellement. Je ne bougeais donc pas, en nage comme j'étais, et je faisais semblant de ne pas remarquer l'agitation de la tribu.

« Tiens, voyez qui arrive », dis-je. C'était le Bunam. Il était venu jusqu'à la loge, et il avait les bras pleins de feuilles, de guirlandes de fleurs, d'herbes et de branches de pin. Auprès de lui, fière et pleine d'allure avec son drôle de képi à l'italienne, se tenait la femme corpulente qui m'avait serré la main au moment où nous avions été présentés, la générale, comme l'appelait Dahfu, le chef de toutes les amazones. D'autres femmes soldats l'accompagnaient, vêtues de gilets de cuir. La grande femme qui s'était livrée au jeu des crânes avec le roi apparut, elle aussi, à l'arrière-plan, toute dorée et brillante. Ce n'était pas une amazone, elle, non ; mais elle était un personnage de très haut rang, et aucune grande cérémonie n'était complète sans elle. Je n'éprouvai pas beaucoup de plaisir à voir le Bunam sourire, et je me demandai s'il était venu pour exprimer des remerciements, ou s'il voulait quelque chose de plus, comme les branchages, les feuilles et les guirlandes et tout ce fourrage me le donnaient à penser. Je voyais aussi que les femmes étaient curieusement équipées. Deux d'entre elles portaient des crânes au bout de longues hampes de fer, tandis que d'autres tenaient des espèces de chasse-mouches faits de bandes de cuir. Mais à la façon dont elles tenaient serrés ces instruments, je soupçonnais qu'ils n'étaient pas destinés à chasser des mouches. C'étaient de petits fouets. Les tambours s'étaient joints au groupe qui se tenait devant la loge royale et je me dis qu'ils étaient sur le point de se lancer dans quelque nouvelle démonstration et qu'ils attendaient le signal du roi.

« Qu'est-ce qu'ils veulent ? » demandai-je à Dahfu,

car son regard était dirigé vers moi plutôt que vers le Bunam et ces immenses femmes nues et la générale avec son vieux képi de garnison. Tous les autres me regardaient aussi. Ce n'était pas le roi qu'ils étaient venus voir, mais moi. Le fameux ange, en tablier de cuir noir, l'homme qui avait surgi de terre avec son bâton tordu et qui nous avait envoyés dans une embuscade, Romilayu et moi, était là tout spécialement, auprès du Bunam. Et ces gens avaient tourné vers moi toutes les ténèbres, toute l'attente, toute la sauvagerie, toute la puissance de leurs yeux. Pour ma part, j'étais resté dévêtu, à demi nu, me rafraîchissant après l'effort et encore hors d'haleine. Et, sous le regard scrutateur de tous ces yeux noirs, je commençai à m'inquiéter. Le roi avait essayé de me prévenir qu'il y aurait peut-être des conséquences si j'entreprenais de m'occuper de Mummah. Mais je n'avais pas échoué. Non, j'avais réussi, brillamment.

« Qu'est-ce qu'ils me veulent ? » demandai-je à Dahfu.

En fin de compte, c'était un sauvage, lui aussi. Il continuait à balancer un crâne (celui de son père, peut-être) au bout d'un long ruban et il portait des dents humaines cousues à son chapeau à larges bords. Quelle pitié pouvais-je attendre de ce personnage, alors que lui-même, à la minute où il faiblirait, serait condamné ? Ce que je veux dire, c'est que si par hasard il n'était pas poussé par de bons motifs, il pouvait très bien — quelle raison y avait-il de croire le contraire ? — laisser arriver du mal à un étranger intrus. Mais oui, il pouvait très bien permettre que tous les malheurs fondent sur moi. Mais, sous l'ombre veloutée de son chapeau, dont les plis faisaient comme une couronne, il ouvrit sa bouche aux lèvres gonflées et dit :

« Mr. Henderson, nous avons une nouvelle pour vous. L'homme qui bouge Mummah occupe, par voie de conséquence, la position de roi de la pluie chez les Wariri. Ce poste est celui de Sungo. Vous êtes le nouveau Sungo, Mr. Henderson, et c'est pourquoi ils sont tous ici. »

J'étais sur mes gardes et plein de méfiance. Je répondis : « Dites-moi ça dans un anglais clair. Qu'est-ce que ça veut dire ? » Je commençai à penser dans mon for intérieur : Voilà une jolie façon de me récompenser d'avoir bougé leur déesse.

— Aujourd'hui, vous êtes le Sungo.

— C'est peut-être bien, mais ça ne l'est peut-être pas. A tout vous avouer, il y a quelque chose là qui commence à me mettre mal à l'aise. Ces types ont l'air décidés. Décidés à quoi ? Ecoutez, Votre Altesse, ne me jouez pas un sale tour. Vous voyez ce que je veux dire ? Je croyais que vous m'aimiez bien.

Il se rapprocha un peu de moi en déplaçant son hamac d'une poussée de ses doigts sur le sol, et il me dit : « Oui, je vous aime bien. Tout ce qui s'est passé jusqu'ici n'a fait qu'accroître mon attachement pour vous. De quoi vous inquiétez-vous ? Vous êtes le Sungo pour eux. Ils vous demandent de les suivre. »

Je ne sais pas pourquoi, mais je n'arrivais pas, en cet instant, à avoir absolument confiance dans le roi. « Promettez-moi une chose, dis-je, s'il doit m'arriver un malheur, je voudrais pouvoir envoyer un message à ma femme. Quelque chose de très général, dans le genre : adieu et tendres baisers, pour lui dire qu'elle a été une bonne épouse pour moi, dans l'ensemble. C'est tout. Et ne faites pas de mal à Romilayu. Il n'a rien fait. » J'entendais déjà les gens dire, chez moi, à une petite réception par exemple : « *Ce gros Henderson, il a*

277

eu son compte finalement. *Comment, vous ne saviez pas ?*
Il est allé en Afrique et il a disparu dans l'intérieur du
pays. Il a probablement malmené des indigènes et ils
l'ont poignardé. Bon débarras. Il paraît que l'héritage se
monte à trois millions de dollars. Je suppose qu'il savait
qu'il était fou et qu'il méprisait les gens de le laisser faire
n'importe quoi. Il était pourri jusqu'à la moelle, quoi. »
« Pourris jusqu'à la moelle vous-mêmes, salauds. » « Il
était excessif en tout. » « Ecoutez, j'étais excessif parce
que je voulais vivre. C'est vrai... je regardais peut-être
tout au monde comme un médicament à avaler... et
alors ? Qu'est-ce que vous avez donc, tous ? Vous ne
comprenez donc rien ? Vous ne croyez donc pas à la
régénération ? Vous pensez qu'un type n'a qu'à se laisser
couler, c'est tout ? »

— Oh, Henderson, dit le roi, quels soupçons ! Qu'est-
ce qui vous a fait croire qu'un danger vous menaçait,
vous ou votre serviteur ?

— Alors pourquoi est-ce qu'ils me regardent comme
ça ?

Le Bunam, et le berger tout en cuir et les négresses
barbares.

— Vous n'avez absolument rien à craindre, dit
Dahfu. C'est inoffensif. Non, non, dit cet étrange prince
d'Afrique, ils demandent simplement votre présence
pour purifier des étangs et des puits. Ils disent que
vous avez été envoyé ici dans ce but. Ha, ha, Mr. Henderson, vous avez laissé entendre tout à l'heure que
c'était un sort enviable de se trouver dans le sein du
peuple. Mais c'est là que vous êtes maintenant, vous
aussi.

— Oui, mais je n'y connais rien du tout. Vous, en
tout cas, vous êtes né comme ça.

— Ne soyez pas ingrat, Henderson. Il est évident que vous aussi vous devez être né pour quelque chose.

En l'entendant dire cela, je me levai. J'avais sous mes pieds cette étrange pierre blanche calcaire, multiforme. Cette pierre aussi était un monde en soi, plus même qu'un simple monde, un monde à l'intérieur d'un monde, comme des rêves en série. Je descendis au milieu des bourdonnements et des cris, fond sonore qui rappelait celui des pauses entre les mi-temps aux retransmissions de base-ball. L'interrogateur s'approcha de moi par-derrière et m'ôta mon casque, tandis que la robuste vieille générale se penchait, non sans mal à cause de sa raideur, pour m'enlever mes chaussures. Après cela, et cela ne m'aurait servi à rien de lui résister, elle m'enleva mon short. Ce qui me laissa vêtu seulement de mon caleçon, lequel était passablement sali par le voyage. Et ce n'était pas fini, car, tandis que le Bunam me revêtait de branchages et de feuilles, la générale commençait à me défaire de mon dernier voile en coton. « Non, non », dis-je, mais déjà mon caleçon était descendu jusqu'à mes genoux. Le pire était arrivé, et j'étais nu. L'air était maintenant mon unique vêtement. J'essayai de me couvrir avec les feuilles. J'étais sec, j'étais engourdi, je brûlais, et ma bouche s'agitait en silence ; je tentai de protéger ma nudité avec mes mains et les feuilles, mais Tatu, la générale des amazones, écarta mes doigts et mit dedans un des fouets à multiples lanières. Puisqu'on m'avait enlevé mes vêtements, je pensai que j'allais pousser un cri, m'écrouler et périr de honte. Mais j'étais soutenu par la main de la vieille amazone, posée sur mon dos, et poussé en avant. Tout le monde se mit à hurler : « Sungo, Sungo, Sungolay. » Oui, c'était moi, Henderson, le Sungo. Nous courûmes. Nous laissâmes derrière nous le Bunam, le roi, et même l'arène et nous entrâmes dans les chemins tortueux de la ville. Les pieds lacérés par les pierres, ahuri, je courais, la terreur aux entrailles, prêtre de la pluie. Non, le roi, le roi de la pluie. Les amazones criaient et psalmodiaient des syllabes courtes, aiguës, hardies. Ces grandes têtes, chauves et délicates, et ces bouches ouvertes, et la force et la puissance de ces mots... ces femmes avec leurs courts vêtements de cuir à boutonnage serré et leurs corps généreux ! Elles couraient. Et moi, au milieu de ces compagnes nues, nu moi-même, dénudé devant et derrière dans mes banderoles d'herbes et de feuilles, je dansais sur mes pieds brûlés et tailladés, sur les pierres brûlantes. Il fallait que je crie, moi aussi. Imitant la générale Tatu, qui avait approché son visage du mien et hurlait, la bouche ouverte, je criai, moi aussi : « Ya-na-bu-ni-ho-no-mum-mah ! » Quelques hommes égarés, des vieux pour la plupart, qui se trouvaient sur le chemin, furent battus par les femmes, et déguerpirent, et moi-même, qui sautillais tout nu dans mes maigres feuilles, je semblais inspirer de la terreur à ces traînards. Les crânes avaient été emportés dans notre course, sur leurs hampes de fer. Ils étaient fixés sur des bougeoirs. Nous courûmes tout autour de la ville, aussi loin que les potences. C'étaient des morts qui pendaient là, chacun régalant une foule de vautours. Je passai sous les têtes qui se balançaient, sans avoir le temps de regarder, car nous courions vite maintenant, à un train terrible ; je haletais et sanglotais, et je me disais : Mais enfin, où allons-nous ? Nous avions une destination ; c'était un grand abreuvoir ; les femmes s'arrêtèrent là, sautant et psalmodiant, et puis une dizaine d'entre elles se jetèrent sur moi. Elles me soulevèrent et me donnèrent une poussée qui me fit aboutir dans l'eau surchauffée et surie dans laquelle se trouvaient déjà quelques bêtes à longues cornes. Cette eau n'avait qu'une quinzaine de centimètres de profondeur ; la boue dessous était beaucoup plus profonde et c'est dans cette boue que je m'enfonçai. Je pensai qu'elles voulaient peut-être que je reste là, englouti au fond de l'abreuvoir, mais les porteuses de crânes me présentèrent leurs hampes de fer, je les agrippai et me laissai tirer en avant. J'aurais presque préféré rester dans la boue, tant ma volonté était à plat. Me mettre en colère était inutile. Et d'ailleurs, on n'avait pas du tout eu l'intention de se moquer de moi. Tout avait été fait avec le plus grand sérieux. Je sortis de l'abreuvoir, dégoulinant de boue croupie. J'espérais que cela couvrirait au moins ma honte, car les maigres herbes, en s'envolant, m'avaient laissé tout découvert. Non pas que ces grandes gaillardes me soumissent à un quelconque examen. Non, non, elles ne s'en préoccupaient guère. Mais je fus entraîné avec elles, avec leurs fouets, leurs crânes et leurs fusils, moi, leur roi de la pluie, criant dans ma crasse et mon délire : « Ya-na-bu-ni-ho-no-mum-mah ! » Oui, le voilà, celui qui a bougé Mummah, le champion, le Sungo. Voilà Henderson, des U.S.A.... Capitaine Henderson, Purple Heart, ancien combattant d'Afrique du Nord, de Sicile, du Mont Cassin, etc., ombre géante, homme de chair et de sang, chercheur qui ne connaît pas de repos, être pitoyable et violent, vieux paillard têtu au bridge cassé, avec ses menaces de mort et de suicide. Oh, vous, maîtres du ciel ! Oh, vous, puissances qui régissez implacablement les destins ! Oh, je vais sombrer ! Je vais me précipiter dans la mort, et ils me jetteront sur le tas de fumier et les vautours joueront à papa maman dans ma bedaine. Et, de tout mon cœur, je criai :

« Pitié, ayez pitié ! » Et, après, je criai : « Non, justice ! » Puis je changeai d'avis et criai : « Non, non, vérité, vérité ! » Et puis : « Que Ta volonté soit faite ! Pas ma volonté, mais la Tienne ! » Ce pitoyable accès de violence, cette pauvre brute vacillante, en appelant au ciel pour obtenir la vérité. Entendez-vous ça ?

Nous criions, nous sautions et nous tourbillonnions à travers des chemins terrifiés, tapant des pieds, avec les tambours et les crânes qui suivaient le mouvement. Et, pendant ce temps, le ciel s'emplissait de longues ombres chaudes et grises, de nuages de pluie, d'une forme anormale à mes yeux, serrés les uns contre les autres comme des tuyaux d'orgue ou comme les ammonites de l'époque paléozoïque. Les amazones criaient et hurlaient, la gorge enflée, et moi, clopinant avec elles, j'essayais de me rappeler qui j'étais. *Moi.* Avec mes feuilles enduites de limon qui me séchaient sur la peau. Le roi de la pluie. L'idée me vint que, malgré tout, ce devait être une sorte de distinction, mais de quel genre, j'aurais été bien en peine de le dire.

Sous les nuages de pluie qui allaient s'épaississant, une brise chaude se leva. Elle avait une odeur de fumée. C'était quelque chose d'oppressant, d'insinuant, de suffocant, d'étouffant. L'air était plein de désir, tumescent, lourd. Très lourd. Il aspirait à être délivré, comme une chose vivante. La générale, couverte de sueur, me donna une poussée de son bras, tout en roulant des yeux et en haletant. La boue séchait sur moi et me faisait une espèce de costume de terre très raide. Je me sentais, à l'intérieur de moi, comme le Vésuve, toute la flamme de la couche supérieure et le sang se précipitant vers le haut comme la lave bouillonnante. Les fouets sifflaient, avec un bruit sec, mauvais, et je me demandai ce qu'ils pouvaient bien faire. Après le coup de vent, l'obscurité se fit plus grande, comme autour des trains quand ils passent, avec leur fumée âcre, dans le tunnel de Grand Central, par une accablante journée d'août, c'est-à-dire comme les ténèbres éternelles. A ce moment-là, j'ai toujours fermé les yeux.

Mais je ne pouvais pas les fermer maintenant. Nous retournâmes, courant toujours, jusqu'à l'arène où les hommes de la tribu des Wariri attendaient. De même que la pluie demeurait contenue, de même leurs voix demeuraient hors de ma portée, séparées de moi par un très mince barrage. J'entendis Dahfu me dire : « Après tout, Mr. Henderson, vous pouvez perdre votre pari. » Car nous étions de nouveau devant sa loge. Il donna un ordre à Tatu, la générale, et nous tournâmes tous les talons et nous précipitâmes dans l'arène... moi avec les autres, tournoyant, inspiré, en dépit de mon grand poids, en dépit des vilaines entailles que j'avais aux pieds. Mon cœur était plein de tumulte, ma tête pleine de vertige, et j'avais en moi quelque chose de cet éclat fulgurant du paysage vide du Pacifique auprès duquel j'avais marché avec Edward. Rien que du blanc, grouillant, et les oiseaux discutaillant au-dessus des harengs, avec de grands nuages partout. Sur les pierres blanches multiformes, je voyais des gens debout, sautant, frénétiques, sous le poids opprimant des grands nuages de Mummah, ces énormes figures tubéreuses sur le point d'éclater. Il y avait un grand délire. Ils criaient, criaient. Et de tous ces cris, ma tête, la tête du roi de la pluie, était la ruche. Tous volaient vers moi, pénétraient dans mon cerveau. Au-dessus de tous les autres bruits, j'entendais le rugissement de lions, tandis que la poussière frémissait sous mes pieds.

Les femmes qui m'entouraient dansaient, si l'on peut appeler cela danser. Elles bondissaient et hurlaient et venaient se cogner contre moi. Tous ensemble, nous approchions des dieux, dont le groupe était toujours là, avec Hummat et Mummah qui dépassaient tous les autres. Et maintenant, j'avais envie de me laisser tomber par terre pour éviter de prendre une part quelconque à ce qui me paraissait une chose terrible, car ces femmes, les amazones, se précipitaient sur les figures des dieux avec leurs fouets courts et se mettaient à les frapper. « Arrêtez ! » criai-je. « Cessez ! Qu'est-ce qui vous prend ? Vous êtes folles ? » Ç'aurait été différent, peut-être, s'il s'était agi d'une fouettée symbolique et si les dieux n'avaient été que touchés par les grosses lanières de cuir. Mais elles s'acharnaient sur les images des dieux, si bien que les plus petits oscillaient sous les coups tandis que les plus grands les supportaient, impuissants à se défendre, sans changer d'expression. Ces enfants des ténèbres se dressaient et hurlaient comme les mouettes sur une mer déchaînée. C'est alors que je tombai quand même sur le sol. Nu, je me jetai par terre en rugissant : « Non, non, non ! » Mais Tatu me saisit par le bras et, avec effort, me remit à genoux. C'est à genoux et rampant que je fus tiré au milieu du tumulte. Ma main, qui tenait toujours le fouet, fut soulevée une ou deux fois puis abaissée, de sorte que je fus amené à accomplir contre mon gré la tâche du roi de la pluie. « Oh, je ne peux pas faire ça. Vous ne me le ferez jamais faire », disais-je. « Oh, frappez-moi et tuez-moi. Embrochez-moi et faites-moi rôtir sur le feu. » Je tentai de me cacher en me mettant face contre terre et, dans cette position, je fus frappé sur la nuque avec un fouet et, ensuite, sur le visage aussi, car les femmes se tournaient dans toutes les directions maintenant et se frappaient l'une l'autre en même temps que moi et les dieux. Pris dans cette folie, je parais les coups tout en restant à genoux, et j'avais l'impression que je luttais pour ma vie ; je criais. Jusqu'au moment où retentit un coup de tonnerre.

Ensuite, après une rafale hennissante de vent froid, les nuages crevèrent et la pluie se mit à tomber. Des gouttes d'eau grosses comme des grenades s'abattirent tout autour de moi et sur moi. Le visage de Mummah, qui avait été zébré de coups de fouet, était couvert maintenant de bulles d'argent et le sol commençait à mousser. Les amazones m'étreignirent, me serrant contre leurs corps mouillés. J'étais trop abasourdi pour les repousser. Je n'avais jamais vu une eau pareille. C'était comme le flot hollandais qui s'était précipité sur les hommes du duc d'Albe après la rupture des digues. Ces torrents de pluie me cachaient les gens. Je cherchai la loge de Dahfu dissimulée par la tornade et je fis le tour de l'arène en tâtant la pierre blanche de la main pour me guider. Je rencontrai Romilayu, qui recula en me voyant, comme si j'étais dangereux pour lui. Sa chevelure était très aplatie par la tornade et son visage exprimait une grande peur. « Romilayu, dis-je, je t'en prie, mon vieux, il faut que tu m'aides. Regarde dans quel état je suis. Tâche de trouver mes vêtements. Où est le roi ? Où sont-ils tous ? Va chercher mes vêtements... mon casque, dis-je. Il me faut mon casque. »

Nu, je m'accrochai à lui et courbai le dos, car je glissais sur le sol. Il me conduisit à la loge du roi. Quatre femmes tenaient une couverture au-dessus de Dahfu pour le protéger de la pluie et on avait soulevé son hamac. On l'emmenait.

« Roi, roi ! » criai-je.

Il rejeta le bord de la couverture qu'on avait mise sur lui. Je le vis dessous, avec son chapeau à larges bords. Je lui criai : — Qu'est-ce qui nous est arrivé ?

Il dit simplement : — C'est la pluie.

— La pluie ? Quelle pluie ? C'est le déluge. On dirait la fin...

— Mr. Henderson, dit-il, ce que vous venez de faire pour nous est une grande chose, et après vos efforts nous devons vous donner du plaisir, nous aussi. Et, remarquant mon expression, il ajouta : — Voyez-vous, Mr. Henderson, les dieux nous connaissent. Et tandis qu'on l'emmenait loin de moi dans son hamac, dont les huit femmes tenaient les montants, il dit encore : — Vous avez perdu le pari.

Je restai là, dans mon manteau de terre, comme un navet géant.

15

Voici comment je devins le roi de la pluie. C'était sans doute bien fait pour moi, cela m'apprenait à me mêler d'affaires qui ne me regardaient pas le moins du monde. Mais ç'avait été plus fort que moi, j'avais obéi à une de ces impulsions qu'il n'est pas question de combattre. Et dans quel guêpier m'étais-je fourré ? Quelles en étaient les conséquences ? Je gisais dans une petite pièce au rez-de-chaussée du palais, entièrement nu, couvert de boue et de bleus. La pluie tombait, noyant la ville, ruisselant du toit en lourds rideaux, sinistre et surnaturelle. Frissonnant, je me couvris de peaux et regardai autour de moi avec des yeux ronds, enveloppé jusqu'au menton dans les dépouilles de bêtes inconnues, et me répétant sans arrêt : « Oh, Romilayu, ne m'en veux pas. Comment pouvais-je savoir dans quelle aventure je me lançais ? » Ma lèvre supérieure s'allongeait et j'avais le nez déformé : c'était la douleur des coups de fouet et je sentais que mes yeux étaient devenus noirs et énormes. « Oh, je suis bien loti : j'ai perdu mon pari et je suis à la merci de ce type. »

Mais, comme auparavant, Romilayu ne me lâcha pas. Il essaya de me réconforter un peu en me disant

287

qu'à son avis le pire était passé et en m'assurant que j'avais trop tôt fait de me sentir pris au piège. Ses propos étaient fort raisonnables. Il conclut : — Vous dormez, Missieu, vous pensez demain.

— Romilayu, dis-je, j'en apprends sans arrêt davantage sur tes bons côtés. Tu as raison, il faut que j'attende. Je suis dans une situation difficile et je ne vois absolument pas comment en sortir.

Là-dessus, lui aussi se prépara à dormir et s'agenouilla, les mains crispées, les muscles commençant à trembler sous sa peau, tandis qu'il murmurait les premiers mots de sa prière. Je dois reconnaître que je puisais dans son attitude quelque réconfort.

— Prie, prie, lui dis-je, oh, prie, mon vieux. Prie tant que tu peux. Prie pour que ça s'arrange.

Quand il eut fini, il s'enroula dans la couverture et remonta ses genoux, glissant comme d'habitude sa main sous sa joue. Mais avant de fermer les yeux, il dit : — Pourquoi vous avez fait ça, Missieu ?

— Oh, Romilayu, dis-je, si je pouvais expliquer ça, je ne serais pas où j'en suis aujourd'hui. Pourquoi a-t-il fallu que je fasse sauter ces satanées grenouilles sans regarder à droite ni à gauche ? Je ne sais pas comment cela se fait que j'agisse toujours aussi intensément. Tout ça est si bizarre que l'explication doit être bizarre aussi. Le raisonnement ne me mènera nulle part, je ne peux compter que sur l'illumination. Et, songeant comme tout était noir et combien lointaine semblait toute illumination, je me remis à soupirer et à geindre.

Au lieu de s'inquiéter parce que je n'avais pas pu lui fournir une réponse satisfaisante, Romilayu s'endormit et je finis par en faire autant, cependant que la pluie tombait à seaux et que le lion ou que les lions rugissaient dans les sous-sols du palais. Mon corps et mon esprit étaient en repos. Comme si je m'étais évanoui. J'avais le visage couvert d'une barbe de dix jours. Des rêves et des visions me vinrent, mais il est inutile que j'en parle : il suffit de dire que la nature fut charitable avec moi et que je dus dormir douze heures sans bouger, tout endolori que je fusse, avec mes pieds coupés et mon visage meurtri.

Lorsque je m'éveillai, le ciel était pur et chaud, et Romilayu était déjà debout. Deux femmes, des amazones, étaient dans la petite pièce avec moi. Je me lavai et me rasai, en utilisant une grande cuve placée dans le coin, supposai-je, dans ce dessein. Puis les femmes que j'avais fait sortir revinrent avec quelques vêtements dont Romilayu déclara que c'était la tenue du Sungo, ou roi de la pluie. Il me déclara que je ferais mieux de les porter, car cela pourrait m'attirer des ennuis de refuser. Puisque maintenant j'étais le Sungo. J'examinai donc le costume. Il était de couleur verte, en soie, et taillé sur le même modèle que celui du roi Dahfu, du moins la culotte.

— Il appartient au Sungo, dit Romilayu. Maintenant vous Sungo.

— Bon sang, cette saleté de pantalon est transparent, dis-je, mais je suppose qu'il vaut mieux que je le mette. Je portais le caleçon taché dont j'ai parlé plus haut, et j'enfilai le pantalon vert par-dessus. Malgré ma nuit de repos, je n'étais pas au mieux de ma forme. J'avais encore de la fièvre. J'imagine que c'est naturel pour des Blancs d'être malades en Afrique. Sir Richard Burton était aussi proche du fer que peut l'être un homme de chair, et il eut pourtant de graves accès de fièvre. Speke fut plus malade encore. Mungo Park était malade et tenait à peine debout. Le Dr Livingstone était sans arrêt malade. Alors pourquoi pas moi ?

Une des amazones, Tamba, qui avait d'affreux poils au menton, s'approcha de moi par-derrière, souleva mon casque et se mit à me peigner avec une sorte de démêloir en bois primitif. Ces femmes étaient censées me servir.

Elle me dit : — Joxi, Joxi ?

— Qu'est-ce qu'elle veut ? Qu'est-ce que c'est que Joxi ? Le petit déjeuner ? Je n'ai pas faim. Je suis trop nerveux pour avaler quoi que ce soit. Je me contentai de boire un peu de whisky d'une de mes gourdes, simplement pour maintenir mon tube digestif ouvert ; je me dis que cela ferait peut-être du bien à ma fièvre aussi.

— Elles vont vous montrer Joxi, dit Romilayu.

Tamba s'allongea sur le sol à plat ventre, et l'autre femme, qui s'appelait Bebu, se mit debout sur son dos et se mit en devoir de la pétrir, de la masser et de lui remettre les vertèbres en place à l'aide de ses pieds. Quand elle eut terminé — et, à en juger par le visage de Tamba, c'était un vrai plaisir — elles inversèrent leur position. Elles essayèrent ensuite de me montrer comme cela faisait du bien et dans quelle forme cela les mettait, en se frappant la poitrine avec entrain.

— Remercie-les de leurs bonnes intentions, dis-je. C'est probablement un merveilleux traitement, mais je crois que pour aujourd'hui je m'en passerai.

Après cela, Tamba et Bebu se couchèrent par terre et l'une après l'autre me saluèrent dans les règles. Chacune d'elles prit mon pied et le plaça sur sa tête comme Itelo l'avait fait pour reconnaître ma suprématie. Les femmes s'humectaient les lèvres pour que la poussière vînt s'y coller. Quand elles eurent fini, Tatu, la générale, vint me conduire auprès du roi Dahfu, et elle se livra aux mêmes manifestations d'humilité, avec son képi sur la tête. Après quoi, les deux femmes m'apportèrent un ananas sur un plateau de bois et je me forçai à en avaler une tranche.

Puis je gravis l'escalier avec Tatu qui aujourd'hui me laissa passer devant. Des sourires, des cris, des bénédictions, des applaudissements et des chants m'accueillirent; c'étaient surtout les vieux qui avaient envie de me parler. Je n'étais pas encore habitué au costume vert; il me semblait à la fois large et flottant. Du balcon, j'aperçus les montagnes. L'air était exceptionnellement clair et les montagnes étaient rassemblées, contrefort après contrefort, brunes et douces comme la robe d'un bœuf de Brahma. Et le vert aujourd'hui semblait aussi beau qu'une fourrure. Les arbres étaient bien verts aussi et les fleurs dessous s'épanouissaient, fraîches et rouges, dans les cuvettes de pierres blanches. Je vis les femmes du Bunam passer à nos pieds, avec leurs dents courtes, et tournant vers nous leurs grosses têtes rasées. C'était moi qui devais les faire sourire, avec mon pantalon vert bouffant de Sungo, mon casque colonial et mes souliers à semelles de caoutchouc.

Pénétrant à l'intérieur, nous traversâmes les antichambres et entrâmes dans l'appartement du roi. Son grand divan était vide, mais les femmes étaient allongées sur leurs coussins et leurs nattes, bavardant, se peignant et s'arrangeant les ongles et les pieds. Il régnait là une atmosphère de bavardage mondain. La plupart des femmes avaient adopté pour se reposer une position très bizarre : elles pliaient les jambes comme nous plions les bras et étaient allongées sur le dos, parfaitement désossées. Stupéfiant. Je les regardais avec stupeur. Il flottait dans la pièce une odeur tropicale, comme dans certaines parties du jardin britannique, ou comme les fumées de charbon de bois et de miel, comme le blé noir chauffé. Personne ne me regardait, c'était à croire que je n'existais pas. Cela me semblait impossible ; autant refuser de voir le *Titanic*. D'ailleurs, j'étais l'attraction du pays, le Sungo blanc qui avait soulevé Mummah. Mais sans doute était-il incorrect de ma part de visiter leur appartement et n'avaient-elles d'autre solution que de m'ignorer.

Nous quittâmes l'appartement par une petite porte et je me trouvai dans la chambre du roi. Il était assis sur un siège bas sans dossier, fait d'un carré de cuir rouge tendu sur un large cadre. On avança le même siège pour moi, puis Tatu se retira et alla s'installer discrètement près du mur. Une fois de plus, lui et moi étions face à face. Il n'avait plus de chapeau bordé de dents cette fois-ci, plus de crânes. Il portait son pantalon collant et ses mules brodées. Auprès de lui, sur le sol, une pile de livres : il lisait quand j'étais entré et il corna soigneusement sa page et reposa le volume sur le dessus de la pile. Quel genre de lecture intéressait un esprit comme le sien ? Mais, au fait, quelle sorte d'esprit était le sien ? Je n'en avais aucune idée.

— Oh, dit-il, maintenant que vous êtes rasé et reposé, vous avez fière allure.

— Je me sens comme un tabernacle de procession, voilà l'impression que j'ai, Roi. Mais il paraît que vous voulez que je m'attife comme ça, et je ne voudrais pas me dégonfler sur un pari. Tout ce que je peux dire, c'est que si vous me permettiez de ne pas porter ce costume, je vous serais rudement reconnaissant.

— Je comprends, dit-il. J'aimerais beaucoup le faire, mais la tenue du Sungo est vraiment indispensable. Sauf le casque.

— Il faut que je me protège des insolations, dis-je.

D'ailleurs, j'ai toujours quelque chose sur la tête. En Italie, pendant la guerre, je dormais avec mon casque. Et c'était un casque métallique.

— Mais un couvre-chef à l'intérieur n'est sûrement pas nécessaire, dit-il.

Je refusai pourtant de saisir l'allusion, et je m'assis devant lui avec mon casque colonial.

Bien sûr, le teint extrêmement noir du roi le faisait paraître à mes yeux d'une fabuleuse étrangeté. Il était noir comme... comme la richesse. Par contraste, ses lèvres semblaient rouges, et elles étaient enflées ; et sur sa tête, les cheveux vivaient (dire qu'ils poussaient ne serait pas suffisant). Comme ceux de Horko, ses yeux brillaient d'une petite lueur rouge. Et même assis sur un tabouret de cuir, il avait l'air de se reposer aussi somptueusement que sur le divan ou que dans son hamac.

— Roi, dis-je.

Au ton décidé que j'avais, il me comprit et dit : — Mister Henderson, vous avez droit à toutes les explications qu'il est en mon pouvoir de vous donner. Voyez-vous, le Bunam était certain que vous seriez assez fort pour déplacer notre Mummah. Et quand j'ai vu comment vous étiez bâti, j'ai été d'accord avec lui. Tout de suite.

— Bon, fis-je, c'est entendu, je suis fort. Mais comment tout cela est-il arrivé ? Il me semble que vous étiez sûr de votre coup. Vous avez parié avec moi.

— C'était par amour du dieu et rien d'autre, dit-il. J'en savais aussi peu que vous.

— Est-ce que cela se passe toujours comme ça ?

— Oh, pas du tout, c'est extrêmement rare.

Je pris mon air le plus finaud, haussant les sourcils car je voulais lui faire comprendre que le phénomène

ne m'avait pas encore été expliqué de façon satisfaisante. Et, en même temps, j'essayais de le jauger. Il ne
prenait pas de grands airs, il ne la ramenait pas, le
gaillard. Il réfléchissait avant de répondre, mais sans
prendre des airs de penseur. Et quand il parlait de lui,
les faits qu'il me citait correspondaient à ce que j'avais
entendu de la bouche du prince Itelo. A treize ans, on
l'avait envoyé à la ville de Lamu, et ensuite il était allé
à Malindi. — Tous les rois précédents, depuis plusieurs
générations, dit-il, devaient connaître le monde et ont
été envoyés à l'école au même âge. On n'arrive de nulle
part, on suit les cours, puis on rentre. Un fils à chaque
génération est envoyé à Lamu. Un oncle va avec lui et
l'attend là-bas.

— Votre oncle Horko ?

— Oui, c'est Horko. Il assurait la liaison. Il m'a
attendu neuf ans à Lamu. Je m'étais installé avec Itelo.
Je n'aimais pas cette vie dans le Sud. Les jeunes gens
au collège étaient gâtés. Du khôl sur les yeux. Du
rouge. Une façon de parler pleine de chichis. Je voulais
autre chose que cela.

— Vous êtes très sérieux, dis-je. Ça saute aux yeux.
Je m'en suis tout de suite aperçu.

— Après Malindi, Zanzibar. De là, Itelo et moi nous
sommes embarqués comme matelots. Une fois à destination de l'Inde et de Java. Puis vers la mer Rouge et
Suez. Cinq ans en Syrie dans une école confessionnelle.
Très bien traités. A mon point de vue, c'était surtout
l'enseignement scientifique qui valait la peine. Je
préparais mon doctorat en médecine et je l'aurais
passé sans la mort de mon père.

— C'est tout à fait remarquable, dis-je. J'essaie
simplement de concilier ça avec hier. Avec les crânes et
ce type, le Bunam, et les amazones et tout le reste.

294

— C'est intéressant, j'en conviens. Mais ce n'est pas à moi, Henderson — Henderson-Sungo — de rendre le monde cohérent.

— Peut-être avez-vous eu la tentation de ne pas revenir ? demandai-je.

Nous étions assis tout près l'un de l'autre et, comme je l'ai noté, sa peau noire le rendait fabuleusement étrange à mes yeux. Comme tous les gens qui ont un don de vie extrêmement fort, il avait presque une seconde ombre, je vous assure. C'était quelque chose de fumeux, de bleuâtre. Je le remarquais parfois avec Lily, et j'en pris conscience notamment ce jour de l'orage à Danbury où elle me dirigea par erreur vers la carrière pleine d'eau, puis téléphona à sa mère de son lit. Elle l'avait de façon très notable cette fois-là. C'est quelque chose de brillant et de pourtant flou ; c'est fumeux, bleuâtre, tremblotant, cela jette des feux comme un joyau. C'était comparable à ce que j'avais senti émaner de Willatale quand je lui avais embrassé le ventre. Mais ce roi Dahfu possédait ce don au plus haut point.

En réponse à ma dernière question, il répondit : — Pour plusieurs raisons, j'aurais pu souhaiter voir mon père vivre plus longtemps.

Je m'en doutais, le vieux avait dû être étranglé.

Sans doute avais-je l'air navré de lui avoir rappelé son père, car il éclata de rire pour me mettre de nouveau à l'aise et dit : — Ne vous inquiétez pas, Mr. Henderson... il faut que je vous appelle Sungo, car vous êtes le Sungo maintenant. Ne vous inquiétez pas, je vous assure. C'est un sujet qu'on ne peut éviter. Son heure est venue, il est mort, et je suis devenu roi. Il a fallu que j'aille rechercher le lion.

— De quel lion parlez-vous ? demandai-je.

— Voyons, je vous l'ai dit hier. Vous avez peut-être oublié : le cadavre du roi, le ver qui en sort, l'âme du roi, le lionceau ? Je me rappelais maintenant. Bien sûr, il m'avait raconté tout ça. — Eh bien, reprit-il, ce très jeune animal, libéré par le Bunam, le successeur du roi doit le capturer un an ou deux après qu'il est devenu adulte.

— Quoi ? Il faut que vous le chassiez ?

— Le chasser ? fit-il en souriant. J'ai une autre fonction. Le capturer vivant et le garder avec moi.

— C'est donc l'animal que j'entends dans le sous-sol ? J'aurais juré que j'entendais un lion là-dessous. Bon Dieu, c'est donc ça ! dis-je.

— Non, non, non, dit-il de sa voix douce. Ce n'est pas cela, Mr. Henderson-Sungo. C'est un autre animal que vous avez entendu. Je n'ai pas encore capturé Gnilo. C'est pourquoi je ne suis pas encore pleinement reconnu comme roi. Vous me trouvez à mi-course. Pour emprunter une de vos formules, moi aussi je dois terminer mon Devenir.

Malgré tous les chocs de la veille, je commençais à comprendre pourquoi, dès que j'avais vu le roi, je m'étais senti rassuré. Cela me réconfortait d'être assis avec lui ; cela me réconfortait de façon extraordinaire. Il était assis, ses grandes jambes étendues, le dos voûté, les bras croisés sur la poitrine, et son visage arborait une expression mélancolique mais plaisante. Un bourdonnement sourd filtrait parfois d'entre ses grosses lèvres. Cela me rappelait le bruit qu'on entend parfois venant d'une station électrique quand on passe devant dans une rue de New York par une nuit d'été : les portes sont ouvertes ; toutes les pièces de cuivre et d'acier sont en marche, luisant sous une unique petite lampe, et un vieux type en salopette et en pantoufles fume sa pipe, avec toute l'immense puissance de l'électricité derrière lui. Je suis sans doute un des êtres les plus sensibles à l'enchantement qui aient jamais vécu. Contrairement aux apparences, j'ai des dons de médium. « Henderson, me dis-je, et pas pour la première fois, c'est une de ces histoires de *luth suspendu, sitôt qu'on le touche, il résonne*[1]. Et tu as vu hier ce que peut être la sauvagerie, tu l'as vu en faisant des passes avec le crâne de son propre père. Et maintenant les lions. Des lions ! Et dire que ce type est presque médecin diplômé. Tout ça, c'est de la folie. » Telles étaient mes pensées. Mais il me fallait tenir compte aussi du fait que j'ai une voix en moi qui répétait *je veux, je veux,* insistante et exigeante, faisant tout un raffut, pleine de désirs et toujours déçue, et qui me poussait comme les rabatteurs poussent le gibier. Je n'avais donc pas à conclure un arrangement avec la vie, j'avais à accepter les conditions qu'elle voudrait bien m'imposer. Mais, par moments, j'aurais été content de découvrir que ma fièvre seule était à l'origine de tout ce qui était arrivé depuis que j'avais quitté Charlie et sa femme pour partir de mon côté : les Arnewi, les grenouilles, Mtalba, le cadavre et la galopade en feuille de vigne avec ses géantes. Et maintenant ce puissant personnage noir qui cherchait à me calmer... mais était-il digne de confiance ? Et moi, j'étais là, tassé dans mon pantalon de soie verte qui accompagnait la charge de roi de la pluie. J'étais aux aguets, à l'affût, tendant l'oreille, l'œil méfiant. Oh, bon Dieu ! Comme c'est facile à briser, un homme pour qui la réalité n'a pas de demeure fixe ! Comme c'est facile à briser ! J'étais donc là assis dans ce palais, avec

---

1. En français dans le texte.

ces murs rouge vif, et les pierres blanches parmi lesquelles s'épanouissaient les fleurs. Près de la porte se dressaient les amazones, et notamment cette farouche vieille statue avec son gros nez. Elle était assise par terre, l'air rêveur, avec son képi.

Mais tout de même, comme nous étions là à bavarder, je sentais que nous étions des hommes aux dimensions insolites. La confiance, c'était autre chose.

Sur ces entrefaites s'engagea une conversation telle qu'on n'en pourrait avoir nulle part ailleurs dans le monde. Je remontai un peu mon pantalon vert. La fièvre me faisait un peu vaciller la tête, mais j'exigeai de ma part une certaine fermeté et je dis : — Votre Majesté, je n'ai pas l'intention de ne pas honorer notre pari. J'ai certains principes. Mais je ne sais toujours pas à quoi tout ça rime et pourquoi je suis déguisé en roi de la pluie.

— Ce n'est pas un simple déguisement, répondit Dahfu. Vous êtes le Sungo. Au sens littéral, Mr. Henderson. Je n'aurais pas pu faire de vous un Sungo si vous n'aviez pas eu la force de déplacer Mummah.

— Bon, alors très bien... mais le reste, les dieux ? J'étais très gêné, Votre Altesse, je peux bien vous le dire. Je ne saurais prétendre que j'aie mené une vie exemplaire. Je suis sûr que ça se lit sur ma figure... (Le roi acquiesça.) J'ai fait tout un tas de choses, aussi bien comme soldat que comme civil. Je vais vous le dire tout net : je ne mérite même pas d'avoir mon nom sur du papier hygiénique. Mais quand je les ai vus commencer à battre Mummah et Hummat et tous les autres, je suis tombé par terre. Il faisait très sombre là-bas, et je ne sais pas si vous vous en êtes aperçu ou pas.

— Je vous ai vu. Ce n'est pas, Henderson, l'idée que je me fais de la façon dont on doit être, dit le roi d'une

298

voix douce. J'ai bien d'autres idées. Vous verrez. Mais devons-nous nous parler seulement en tête à tête ?

— Vous voulez m'accorder une faveur, Votre Altesse, une grande faveur ? La plus grande faveur possible ?

— Assurément. Mais oui, certainement.

— Très bien, alors voici : voulez-vous accepter de moi la vérité ? C'est mon seul espoir. Sans cela, tout le reste peut aussi bien claquer.

Il se mit à sourire. — Voyons, comment pourrais-je vous refuser cela ? Je suis ravi, Henderson-Sungo, mais il faut que vous me permettiez de formuler la même requête, sinon, ce sera inutile si cela n'est pas réciproque. Mais avez-vous une idée quant à la forme que la vérité doit prendre ? Etes-vous prêt à l'accueillir si elle se présente sous une autre forme, à laquelle vous ne vous attendiez pas ?

— Votre Majesté, c'est d'accord. C'est un pacte entre nous. Oh, vous ne comprenez pas quelle faveur vous me faites là. Quand j'ai quitté les Arnewi (et autant que je vous dise que j'ai gaffé là-bas... vous le savez peut-être), j'ai cru que j'avais perdu ma dernière chance. J'étais sur le point d'apprendre des choses à propos du *grun-tu-molani*, quand s'est passé cet événement épouvantable, qui était entièrement ma faute, et je suis parti dans la consternation générale. Seigneur, que j'étais humilié. Vous comprenez, Votre Altesse, je pense sans arrêt au sommeil de l'esprit et je me demande quand diable il va se réveiller. Alors hier, quand je suis devenu le roi de la pluie, oh... quelle expérience ! Comment l'expliquerai-je jamais à Lily (ma femme) ?

— J'en ai parfaitement conscience, Mr. Henderson-Sungo. Je désirais vous garder avec moi un moment, dans l'espoir qu'il serait possible d'échanger des idées importantes. Car j'ai un certain mal à m'exprimer devant mon peuple. Seul Horko est allé dans le monde et avec lui je ne peux pas converser librement non plus. Ils sont contre moi ici... »

Cela, il le dit sur un ton presque de confidence, et quand il eut parlé, ses grosses lèvres se refermèrent et le silence retomba dans la pièce. Les amazones étaient allongées par terre, comme si elles dormaient, Tatu avec son chapeau et les deux autres complètement nues, à l'exception de leurs gilets de cuir. Leurs yeux noirs étaient à peine ouverts, mais aux aguets. J'entendais les épouses derrière la lourde porte de la pièce où nous nous trouvions, qui s'agitaient.

— Vous avez raison, dis-je, il ne s'agit pas seulement d'attendre la vérité. C'est une question de solitude aussi. Comme si l'on était sa propre tombe. Quand on revient de cet enterrement, on ne distingue pas le bien du mal. Ainsi, par exemple, l'idée m'a traversé quelquefois qu'il y a un rapport entre la vérité et les coups.

— Comment ça ? Qu'avez-vous pensé ?

— Eh bien, voilà. L'hiver dernier, alors que je coupais du bois, un éclat a jailli du billot et m'a cassé le nez. Alors la première chose à laquelle j'aie pensé, ç'a a été la *vérité* !

— Ah, dit le roi, sur quoi il se mit à parler d'une voix étouffée et confidentielle, d'un tas de choses dont je n'avais jamais entendu parler, tandis que je le regardais en arrondissant les yeux. Etant donné les circonstances, reprit-il, cela peut sembler être le cas. Je ne crois pas, en fait, qu'il en soit ainsi. Mais j'ai l'impression qu'il existe une loi de la nature humaine concernant la force. L'homme est une créature qui ne peut supporter les coups sans broncher. Par contre, prenez le cheval : il n'éprouve jamais le besoin de se venger. Pas plus que le bœuf. Mais l'homme est une créature qui a l'esprit de revanche. S'il est puni, il s'efforcera de refuser la punition. Quand il n'y arrive pas, cela peut lui briser le cœur. Cela se peut... vous ne croyez pas, Mr. Henderson-Sungo ? Le frère lève la main contre son frère et le fils contre son père (terrible !) et le père aussi contre son fils. Et d'ailleurs, c'est une question de continuité, car si le père ne frappait pas le fils, ils ne seraient pas semblables. C'est fait pour perpétuer la similarité. Oh, Henderson, l'homme ne peut supporter sans rien dire les coups. S'il y est obligé, pour le moment il baissera les yeux et pensera en silence aux moyens de riposter. Ces coups des premiers âges, tout le monde les sent encore. Le premier, paraît-il, a été asséné par Caïn, mais comment cela pourrait-il être ? Au commencement des temps, il y a eu une main brandie qui frappait. Et les gens en tressaillent encore. Ils souhaitent tous se débarrasser, se libérer et faire rejaillir le coup vers les autres. C'est ainsi que je conçois la domination terrestre. Mais, quant à la part de vérité que contient la force, c'est une autre question.

La pièce était noyée d'ombre, mais la chaleur, avec son odeur de combustion végétale, imprégnait l'atmosphère.

— Une minute, une minute, Sire, dis-je, après avoir froncé les sourcils et m'être mordu les lèvres. Permettez-moi de voir si je vous ai bien compris. Vous dites que l'âme mourra si elle ne peut faire subir à autrui ce qu'elle subit ?

— Pour un moment, je suis navré de le dire, elle éprouve alors paix et joie.

Je haussai les sourcils, et non sans mal, car les coups de fouet que j'avais reçus sur le visage me faisaient atrocement souffrir. Je le toisai donc d'un seul œil en disant : — Vous êtes navré de le dire, Votre Altesse ? C'est pourquoi il a fallu nous battre, moi et les dieux ?

— Ma foi, Henderson, j'aurais dû vous prévenir plus clairement quand vous avez voulu déplacer Mummah. Sur ce point, vous avez raison.

— Mais vous pensiez que j'étais l'homme dont vous aviez besoin et vous vous êtes dit cela avant même que j'aie vu les statues. Puis, pour couper court à ces reproches, j'ajoutai : — Vous voulez que je vous dise, Votre Altesse, il y a des gens qui peuvent rendre le bien pour le mal. Même moi, je comprends ça. Tout dingue que je sois. Je me mis à trembler de tous mes membres, en me rendant compte de quel côté de la barrière j'étais, et ce depuis le début.

Chose curieuse, je constatai qu'il était d'accord avec moi. Il était heureux que j'eusse dit cela. — Tout homme brave le pense, me dit-il. Il ne veut pas vivre sur la colère. A frappe B ? B frappe C ?... Notre alphabet n'est pas assez long pour représenter toute la situation. Un homme brave essaiera de s'arranger pour que le mal s'arrête avec lui. Il gardera le coup au lieu de le rendre. Aucun homme ne sera frappé par lui, et c'est une ambition sublime. Vous comprenez, un type se jette dans une mer de coups, en disant qu'il ne croit pas qu'elle soit infinie. C'est ainsi que bien des gens courageux ont péri. Mais un nombre plus grand encore qui était plus impatient que brave. De gens qui ont dit : assez de ce fardeau de la colère. Je ne peux supporter de plier la nuque sous ce joug. Je ne peux pas manger davantage de ce répugnant potage de peur.

Je voudrais préciser ici que la beauté physique du roi Dahfu m'impressionnait autant que ses paroles, sinon plus. Sa peau noire brillait de cet éclat qu'ont les plantes en plein épanouissement. Son dos était long et musclé. Ses lèvres retroussées étaient d'un rouge robuste. La perfection humaine est de courte durée et nous l'adorons plus peut-être que nous ne le devrions. Mais c'était plus fort que moi. Je n'y pouvais rien. J'éprouvai un élancement dans les gencives, là où les choses s'enregistrent indépendamment de ma volonté, et je compris alors combien il m'impressionnait.

— En fin de compte, vous avez raison, et le bien rendu pour le mal, c'est la solution. Je suis de votre avis, mais cela me semble un but bien lointain pour l'espèce humaine en général. Je suis peut-être mal placé pour faire une prédiction, Sungo, mais je crois que les esprits nobles auront leur tour dans le monde.

J'étais ébranlé ; je frémis en entendant cela. Bon Dieu ! J'aurais donné n'importe quoi pour entendre un autre homme me dire cela. Mon cœur était si ému que je sentis mon visage s'étendre jusqu'à avoir sans doute la longueur d'un pâté de maisons. Les hauteurs auxquelles s'élevait notre conversation me faisaient brûler de fièvre et d'excitation, et je voyais les choses, non pas seulement en double ou en triple, mais en innombrables profils de couleurs vacillantes, or, rouge, vert, ombre, etc., tout cela se superposant autour de chaque objet. Parfois, Dahfu me semblait avoir trois fois sa taille, avec le spectre qui l'entourait. Plus grand que nature, il me dominait et parlait avec plusieurs voix à la fois. Je serrais les jambes à travers la soie de mon pantalon vert de Sungo, et je suis sûr qu'à ce moment, j'étais fou. Un peu. Vraiment, j'étais parti, je ne vous mens pas. Le roi me traitait avec une dignité tout africaine, et c'est l'un des sommets du comportement humain. Je ne sais pas où l'on peut trouver ailleurs des gens aussi dignes. Ici, au milieu des ténèbres, dans une petite pièce perdue près d'un coin de l'équateur, dans cette même ville que j'avais traversée sous le clair de lune et les forêts bleues des cieux, avec le cadavre sur mon dos. Imaginez une araignée victime soudain d'une attaque et qui se mettrait à rédiger un traité de botanique ou quelque chose comme ça, une vermine transfigurée, vous voyez ? Eh bien, c'est ainsi que j'accueillais les paroles du roi quand il avait dit que la noblesse aurait son tour dans le monde.

— Roi Dahfu, dis-je, j'espère que vous voulez bien me considérer comme votre ami. Je suis profondément touché par ce que vous dites. Bien que je sois un peu déconcerté par tout ce qu'il y a là de nouveau... d'étrange. Cependant, j'estime que j'ai de la chance d'être ici. Hier, je me suis fait rosser. Bon, très bien. Puisque de toute façon je suis de ces hommes qui souffrent, je suis heureux en tout cas que, pour une fois, cela ait servi à quelque chose. Mais permettez-moi de vous demander, quand les nobles auront leur tour... comment cela va-t-il se passer ?

— Vous voudriez savoir ce qui me fait croire avec une telle assurance que ma prédiction finira par se réaliser ?

— Bien sûr, dis-je, évidemment. Je suis très curieux. Je veux dire : quelle méthode pratique recommandez-vous ?

— Je ne vous cacherai pas, Mr. Henderson-Sungo, que j'ai mon idée là-dessus. D'ailleurs, je ne tiens pas à en faire un secret. Je ne demande qu'à vous l'expliquer. Je suis heureux que vous vouliez me considérer comme un ami. Sans réserve, j'ai la même attitude à votre égard. Votre venue m'a rendu joyeux. En ce qui concerne cette histoire de Sungo, je suis sincèrement désolé. Nous ne pouvions pas nous empêcher de nous servir de vous. C'était à cause des circonstances. Vous voudrez bien me pardonner. C'était pratiquement un ordre, mais j'étais trop heureux d'y obéir, et je lui pardonnais volontiers. Je n'étais pas trop corrompu ni trop malmené par la vie pour ne pas savoir reconnaître l'extraordinaire. Je me rendais compte qu'il était une sorte de génie. Bien plus que cela. Je compris qu'il était un génie du même type mental que moi.

— Bien sûr que oui, Votre Altesse. Je ne demandais pas mieux que de vous laisser m'utiliser hier. Je l'ai dit moi-même.

— Merci, Mr. Henderson-Sungo. C'est donc réglé. Savez-vous que, du point de vue de la chair, vous êtes assez imposant ? Vous avez quelque chose de monumental. Je veux dire sur le plan somatique.

Là-dessus, je me crispai un peu, car je flairais là quelque chose de douteux, et je dis : — Vraiment ?

— Ne revenons pas sur notre pacte de vérité, Mr. Henderson, s'exclama le roi.

Je descendis aussitôt de mes grands chevaux. — Oh, bien sûr, Votre Altesse. Notre pacte tient, dis-je, quoi qu'il arrive. Ça n'était pas du bobard. J'ai promis ça très sérieusement, et je tiens à ce que vous me le rappeliez.

Cela lui plut et il reprit : — En ce qui concerne la vérité, j'ai déjà observé que quelqu'un peut n'être pas prêt à la recevoir si elle est différente de ce qu'il attendait. Mais je faisais allusion à votre apparence qui, à bien des égards, est assez éloquente.

Du regard, il désigna la pile de livres auprès de son tabouret, comme si cela avait un rapport. Je tournai la tête pour lire les titres, mais l'éclairage n'était pas assez bon.

— Vous avez un air très féroce, dit-il.

Ce n'était pas une nouveauté ; néanmoins, venant de lui, cette observation me blessa. — Ma foi, que voulez-vous ? dis-je, je suis de ces gens qui n'ont pas pu survivre sans être défigurés. La vie m'a martelé. Et pas seulement la guerre... j'ai eu une mauvaise blessure, vous savez. Mais les coups de la vie (je me frappai vigoureusement la poitrine). C'est là ! Vous comprenez ce que je veux dire, Roi ? Mais naturellement je ne veux pas que même une vie comme la mienne soit gaspillée, bien que j'aie quelquefois menacé de me suicider. Si je ne peux pas apporter une contribution active, je devrais au moins illustrer quelque chose. Mais même là, je ne sais pas comment m'y prendre. Je n'ai pas l'impression d'illustrer quoi que ce soit.

— Oh, c'est une erreur que vous faites. Vous illustrez des volumes entiers, me dit-il. Pour moi, vous êtes un trésor d'illustrations. Ce n'est pas votre aspect que je condamne. Seulement, je vois le monde dans votre physique. Au cours de mes études médicales, c'est devenu pour moi la plus grande des fascinations, et indépendamment de cela, je me suis livré à une étude approfondie des types humains, pour aboutir à tout un système de classification : l'agonie. L'appétit. L'obstiné. L'éléphant immunisé. Le porc astucieux. L'hystérique fataliste. Celui qui accepte la mort. L'homme qui porte son phallus comme un étendard. Celui qui s'endort rapidement. Le narcisse intoxiqué. Le rire fou. Les pédants. Les Lazares bagarreurs. Oh, Henderson-Sungo, combien de formes diverses ! Innombrables !

— En effet, c'est un vaste sujet.

— Oh, je pense bien. J'y ai consacré des années et j'ai fait des observations de Lamu à Istanbul et à Athènes.

— Ça c'est un gros morceau, dis-je. Alors, expliquez-moi, qu'est-ce que j'illustre le mieux ?

— Eh bien, tout en vous, Henderson-Sungo, proclame : « Salut, salut, que dois-je faire ? Quel est mon devoir ? Tout de suite ! Que va-t-il advenir de moi ? » et ainsi de suite. C'est mauvais.

Sur le moment, je n'aurais pu dissimuler combien grande était ma stupéfaction, même si j'avais passé un doctorat en dissimulation, et je déclarai d'un ton songeur : — Oui. C'est ce que Willatale commençait à me dire, je crois. Le *grun-tu-molani* n'était qu'un commencement.

— Je connais cette expression arnewi, dit le roi. Oui, je suis allé là-bas aussi, avec Itelo. Je comprends ce que ce *grun-tu-molani* veut dire. Je comprends très bien. Et je connais la dame en question, une femme étonnante, un joyau humain, un triomphe dans son genre... je parle de son système de classification. C'est entendu, le *grun-tu-molani* est quelque chose, mais ça ne suffit pas. Mr. Henderson, il en faut davantage. Je peux vous montrer quelque chose maintenant... quelque chose sans quoi vous ne comprendrez jamais tout à fait le but que je vise ni mon point de vue. Voulez-vous venir avec moi ?

— Où ça ?

— Je ne peux pas vous le dire. Il faut que vous me fassiez confiance.

— Oh, bien sûr. D'accord. Je crois...

Mon consentement était tout ce qu'il voulait, il se leva, et Tatu, qui dormait auprès du mur avec son képi sur les yeux, se leva elle aussi.

16

De cette petite pièce, la porte ouvrait sur un long couloir protégé par un toit de chaume. Tatu, l'amazone, s'effaça pour nous laisser passer puis nous suivit. Le roi me précédait déjà de plusieurs pas dans ce corridor. Je m'efforçais de le suivre, et la nécessité où je me trouvais de marcher plus vite me faisait sentir à quel point les coupures de la veille m'avaient abîmé les pieds. Je trottinais donc et boitillais tandis que Tatu venait derrière moi, de son pas solide et militaire. Elle avait fermé au verrou de l'extérieur la porte de la petite pièce, si bien que personne ne pouvait nous suivre, et quand nous eûmes traversé le couloir, long d'une quinzaine de mètres, elle poussa un autre verrou qui fermait la porte à cette extrémité. Ce devait être rudement lourd, car elle plia les genoux, mais la vieille était solidement bâtie et connaissait son métier. Le roi passa et j'aperçus un escalier qui descendait. Il était assez large, mais sombre : on n'y voyait goutte. Une odeur de pourriture et de moisissure montait de ces ténèbres, me prenant un peu à la gorge. Mais le roi s'enfonça dans cette obscurité et je me dis : « Ce qu'il faudrait, c'est une lampe de mineur ou une cage de canari », en essayant de chasser les craintes qui m'en-

vahissaient. Mais, me dis-je, bon, s'il faut y aller,
allons-y. Un, deux, trois, en route, capitaine Henderson. Parce que, dans un moment pareil, c'était à mon
côté militaire que je faisais appel. Je maîtrisais ainsi
mes sentiments d'anxiété, principalement en faisant
avancer mes jambes, et je pénétrai dans ces ténèbres.
« Roi ? » dis-je, quand je fus entré. Mais je n'eus pas de
réponse. Ma voix tremblait un peu, je l'entendis, puis
je perçus un pas rapide sur les marches plus bas.
J'étendis les bras, mais sans rencontrer de rampe ni de
mur. Mais, en tâtant prudemment du pied, je découvris que l'escalier était large et régulier. Toute lumière
provenant d'en haut se trouva arrêtée quand Tatu eut
claqué la porte. Un instant plus tard, j'entendis un
lourd verrou que l'on repoussait. Je n'avais d'autre
solution maintenant que de descendre ou de m'asseoir
en attendant que le roi revînt vers moi. Cette dernière
solution risquant de me faire perdre son respect et tout
ce que j'avais bâti la veille en déplaçant Mummah. Je
continuai donc tout en me disant que ce roi était un
être rare et sans doute un grand homme, qu'il ne devait
être rien de moins qu'un génie, qu'il était d'une stupé-
fiante beauté, que le bourdonnement qui émanait de
lui me rappelait celui de la station électrique de la 16e
Rue à New York par une nuit d'été, que nous étions
amis et liés par un pacte de vérité ; je me dis enfin qu'il
avait prédit à la noblesse un avenir plus brillant que
jamais. De tous les arguments que j'énumérais ainsi, ce
dernier me séduisait le plus. J'avançais donc sur mes
pieds douloureux derrière lui, tout en me répétant :
« Aie confiance, Henderson, c'est le moment d'avoir
confiance. » Puis je finis par distinguer de la lumière et
la fin de l'escalier apparut. La largeur de l'escalier
était due à l'architecture rudimentaire du palais.

J'étais maintenant sous les bâtiments. La lumière du jour provenait d'une étroite ouverture au-dessus de ma tête ; cette lumière était jaune à l'origine, mais devenait grise au contact des pierres. Dans l'ouverture, deux barreaux de fer empêchaient même un enfant de se faufiler. Examinant ma situation, je découvris un petit passage taillé dans le granit qui descendait vers un autre escalier, de pierre aussi. Celui-ci était plus étroit, il descendait profondément et je ne tardai pas à trouver les marches brisées, avec de l'herbe et de la terre qui passaient par les craquelures. « Roi ? appelai-je, hé, Roi, vous êtes là-bas, Votre Altesse ? »

Mais rien ne venait d'en bas sauf des courants d'air tièdes qui soulevaient les toiles d'araignées. Qu'est-ce qu'il a à se dépêcher comme ça ? pensai-je, et j'avais des crispations dans les joues, mais je descendais toujours. Au lieu de se rafraîchir, l'air semblait se réchauffer, la lumière emplissait la caverne comme un liquide gris et jaune, les parois agissant comme un filtre, car l'atmosphère était aussi unie que de l'eau. J'arrivai en bas, les quelques dernières marches étant taillées à même la terre et la base des murs se confondant avec le sol. Ce qui me rappela ce crépuscule tacheté à Banyuls-sur-Mer, dans cet aquarium où j'avais vu cette bizarre créature, la pieuvre, qui pressait sa tête contre la vitre. Mais là où je n'avais senti que du froid, ici j'avais une impression de grande chaleur. J'avançais, et il me semblait que tout mon attirail — le casque, bien sûr, mais même le pantalon de soie verte du roi de la pluie, qui était pourtant léger — m'accablait inutilement. Peu à peu, les murs s'écartèrent pour former une sorte de grotte. Sur la gauche, le tunnel disparaissait dans les ténèbres. Je n'avais absolument pas l'intention d'aller par là. De l'autre côté, se dressait un mur semi-circulaire dans lequel on voyait une grande porte avec une barre en bois. Elle était entrouverte et j'aperçus sur le bord de cette porte la main de Dahfu. Le temps à peu près de compter jusqu'à vingt, ce fut tout ce que je vis de lui, mais je n'avais plus besoin maintenant de me demander où il me conduisait. Un bruit sourd derrière la porte était assez éloquent : c'était l'antre du lion. Et comme la porte était entrouverte, je jugeai préférable de ne pas bouger. Je me figeai où j'étais, car il n'y avait que le roi entre moi et l'animal que je commençais maintenant à apercevoir par instants. Cette bête n'était pas celle qu'il devait capturer. Je ne comprenais pas encore exactement quelles étaient ses relations avec elle, mais je me rendais bien compte que si lui-même n'avait aucune hésitation à entrer, il devait préparer l'animal à ma venue. On comptait donc que j'allais pénétrer dans l'antre avec lui, c'était hors de doute. Et en entendant le grondement doux et inquiétant que faisait cette créature, j'avais l'impression d'être à califourchon sur une corde. Je m'étais strictement ordonné d'avoir confiance, mais en tant que soldat il me fallait penser à ma ligne de retraite et là, j'étais mal loti. Si je remontais l'escalier, je me heurterais en haut à une porte fermée au verrou. Et ça ne serait pas la peine de frapper ou de crier. Tatu n'ouvrirait jamais et je me voyais pourchassé jusqu'en haut et gisant là, le fauve se lavant la gueule dans mon sang. Ce serait sans doute mon foie qui partirait le premier, puisqu'il en est ainsi avec les bêtes de proie : elles mangent aussitôt les organes les plus nutritifs et les plus substantiels. L'autre solution consistait à m'enfoncer dans ce tunnel obscur, dont je me disais que lui aussi devait mener sans doute à une autre porte close. Je restais donc planté là, dans ce triste pantalon vert, avec mon caleçon sale dessous, en essayant de me dominer. Pendant ce temps, j'entendais les rugissements s'élever et s'apaiser, et je percevais aussi la voix du roi ; il parlait avec l'animal, tantôt en wariri et tantôt en anglais, peut-être à mon intention, afin de me rassurer. « Doucement, doucement, ma belle. Là, là, ma jolie. » C'était donc une femelle et il lui parlait d'une voix douce et ferme, pour la calmer, et sans élever la voix, il me dit : — Henderson-Sungo, elle sait maintenant que vous êtes là. Il faut peu à peu que vous approchiez... petit à petit.

— Croyez-vous que je doive, Votre Altesse ?

Il leva la main posée sur la porte et remua les doigts. J'avançai d'un pas et je ne puis nier que je sentais peser sur ma conscience l'ombre du chat que j'avais essayé d'abattre sous la table de bridge. Je ne distinguais pas grand-chose à part le bras du roi. Il continuait à me faire signe et je progressais à petits pas sur mes semelles de caoutchouc. Les grognements du fauve me déchiraient maintenant comme des épines, et des taches noires grosses comme des dollars d'argent passaient devant mes yeux. Entre-temps, j'apercevais le corps de l'animal qui passait devant l'ouverture : la tête calme et redoutable, les yeux clairs et les lourdes pattes. Le roi recula et me prit le bras, puis m'attira auprès de lui. Il me tenait maintenant au creux de son bras. — Roi, pourquoi avez-vous besoin de moi ici ? murmurai-je dans un souffle. La lionne se retourna, puis me heurta et je poussai un soupir quand je sentis le choc.

Le roi dit : « Ne bougez pas », puis il s'adressa de nouveau à la lionne en lui disant : « Oh, ma mignonne, ma jolie, c'est Henderson. » Elle se frottait contre lui et je sentais la pesée qu'elle exerçait. Elle nous arrivait beaucoup plus haut que la taille. Quand il la toucha, elle fronça sa gueule moustachue si bien qu'on voyait la racine noire de chaque poil. Puis elle s'éloigna, passa derrière nous, revint et cette fois se mit à m'examiner. Je sentis son museau me flairer d'abord sous les aisselles, puis entre les jambes, ce qui fit se recroqueviller mon membre à l'abri de ma panse. Me tenant serré et me soutenant, le roi continuait à lui parler d'un ton doux et apaisant, tandis que je sentais le souffle de la bête à travers la soie verte de mon pantalon de Sungo. Je me mordais l'intérieur des joues, tout en fermant les yeux lentement, et je me rendais compte que mon visage n'exprimait plus qu'une immense résignation devant le destin. Et la souffrance. (Voici tout ce qui reste d'une vie : prends-le ! Voilà ce qu'on pouvait lire sur mon visage.) Mais la lionne cessa de me flairer l'aine et se remit à arpenter son antre, tandis que le roi me disait pour me réconforter : — Henderson-Sungo, tout va bien. Elle va se faire facilement à votre présence.

— Comment le savez-vous ? dis-je, la gorge sèche.

— Comment je le sais ! répéta-t-il d'un ton assuré. Comment moi je le sais ? (Il eut un petit rire sourd.) Mais je la connais, voyons... c'est Atti.

— C'est bien gentil, dis-je. Cela vous semble peut-être la chose la plus naturelle du monde, mais moi... Les mots s'arrêtèrent sur mes lèvres, car elle revenait vers nous et j'aperçus ses yeux. Ils étaient si grands, si clairs, comme des ronds de colère. Puis elle passa devant moi, se frottant contre le flanc de Dahfu, son ventre s'agitait doucement, puis de nouveau elle tourna et plongea la tête sous sa main, pour se faire caresser. Elle repartit vers le fond de son antre, de cette grande salle aux murs de pierre où filtrait une lumière grise et jaune. Elle marchait le long des murs et, quand elle grognait, on apercevait les taches sombres et veloutées à la base de ses moustaches. Le roi, d'un ton ravi, enjoué, un peu nasal et chantant l'appelait : « Atti, Atti. » Et il disait : « N'est-ce pas qu'elle est belle ? » Puis, s'adressant à moi : — Il faut que vous restiez tranquille, Mr. Henderson-Sungo.

— Non, non, murmurai-je affolé, ne bougez pas, mais il ne m'écoutait pas. Roi, au nom du ciel, dis-je. Il essayait de me faire comprendre que je ne devais pas m'inquiéter, mais il était si occupé avec sa lionne, il tenait tellement à me montrer quelles aimables relations il y avait entre eux que, lorsqu'il s'écartait de moi, son pas ressemblait au bond qu'il faisait dans l'arène, la veille, pour lancer les crânes. Oui, exactement comme la veille il dansait et sautait sur ses jambes puissantes, dans ses mules blanches brodées d'or. Il y avait quelque chose de si fier et, semblait-il, de si chanceux dans ces jambes qui frémissaient sous le tissu du pantalon. Malgré ma peur affreuse, je me disais qu'un homme possédant de telles jambes doit avoir de la chance. Mais j'espérais qu'il n'allait pas forcer sa chance, car une confiance exagérée peut souvent être le prélude à une catastrophe, si j'en crois mon expérience. La lionne, cependant, continuait à trotter auprès de lui, en passant sa tête sous les doigts du roi. Il l'emmena vers le fond de l'antre, où une sorte de plate-forme ou de banc se dressait contre le mur sur de gros poteaux. Il s'assit là, prenant la tête de la lionne sur son genou, la grattant et la caressant, tandis qu'elle faisait mine de le boxer, assise sur son arrière-train. Je voyais jouer les muscles de ses épaules pendant qu'il lui tirait les oreilles, qu'elle avait petites et rondes. Je ne bougeais pas d'un pouce de la position où j'étais, pas même pour remonter mon casque quand il me descendit sur les sourcils tant j'avais plissé le front à force de réfléchir. J'étais là, à demi sourd, à demi aveugle, la gorge serrée et tous les sphincters contractés. Le roi, cependant, avait pris une de ces attitudes confortables qui lui étaient familières et était appuyé sur un coude. Atti était debout, les pattes antérieures sur le bord de l'estrade, et léchait la poitrine du roi ; sa langue frottait et se courbait contre sa peau, et il avait levé une jambe qu'il avait nonchalamment posée sur le dos de la bête. J'en étais si estomaqué que je faillis m'évanouir, et je ne sais pas si c'était parce que je craignais pour lui ou pour une autre raison. Je ne sais pas, le saisissement peut-être, l'admiration. Il était allongé de tout son long sur cette plate-forme, et personne ne savait s'étendre comme lui. Il élevait cela à la hauteur d'un art, et peut-être ne plaisantait-il pas lorsqu'il disait qu'il entretenait sa force en s'allongeant, car cela semblait vraiment renforcer sa qualité. La lionne prit son élan sur ses pattes puissantes, toutes griffes rentrées, et bondit auprès de lui avec un bruit souple et étouffé. Elle se mit à arpenter l'estrade, me jetant un coup d'œil de temps en temps, comme si elle protégeait le roi. Lorsqu'elle me regardait, c'était de cet œil rond et clair, tout empreint d'une sévérité naturelle. Il n'y avait aucune menace directe dans ce regard, rien de personnel ; néanmoins, je sentais, malgré le casque qui les comprimait, mes cheveux se dresser sur ma tête. Je continuais à craindre obscurément que le crime que j'avais voulu commettre contre le monde félin en vienne je ne sais comment à être connu ici. Et puis je redoutais l'heure qui devait marquer l'éveil de l'esprit. J'avais peut-être tout à fait mal compris. Comment savais-je que ce ne serait pas pour moi l'heure du jugement ?

Quoi qu'il en fût, je n'avais pour l'instant d'autre solution que de rester là, ce que je fis. Le roi finit par dégager sa main de derrière la lionne, qui passait et repassait au-dessus de lui. Il me désigna la porte en disant : — Voulez-vous la fermer, Mr. Henderson. Et il ajouta : Une porte ouverte la rend très nerveuse.

Je lui demandai : — Je ne risque rien en bougeant ? Je me trouvais la gorge bizarrement enrouée.

— Faites très lentement, dit-il, mais ne vous inquiétez pas, car elle fait exactement ce que je lui dis.

Je me glissai jusqu'à la porte, à reculons, et quand j'y fus parvenu à pas très lents, j'aurais bien voulu continuer et m'asseoir dehors pour attendre. Mais en aucune circonstance, contre vents et marées, je ne pouvais me permettre d'affaiblir les liens qui m'unissaient au roi. Je m'appuyai donc à la porte et la fermai, tout en poussant un grand soupir. J'étais vidé. Je n'avais pas la force de supporter une crise après l'autre, comme ça, sans arrêt.

— Avancez maintenant, Henderson-Sungo, dit-il. Jusqu'à maintenant, c'est admirable. Un tout petit peu plus vite, mais sans brusquerie. Vous serez mieux plus près. Les lions sont presbytes. Leurs yeux sont faits pour voir de loin. Approchez plus près.

J'approchai, les maudissant sous cape, lui et sa lionne, observant en tremblant la bête qui agitait le bout de sa queue d'un mouvement aussi régulier qu'un métronome. Au milieu de la salle, je n'avais pour tout soutien au monde qu'une pierre.

— Plus près, plus près, dit-il en me faisant signe d'avancer. Elle va s'habituer à vous.

— A condition que je n'en meure pas, dis-je.

— Oh, non, Henderson, elle aura de l'influence sur vous comme elle en a sur moi.

Quand je fus à portée de sa main, il m'attira à lui, tout en repoussant de sa main gauche la tête du fauve. Je me hissai non sans mal auprès de lui puis je m'épongeai le visage. Machinalement, car avec la fièvre il était parfaitement sec. Atti s'avança jusqu'au bout de la plate-forme, puis revint sur ses pas. Le roi l'éloigna de ma nuque où mes cheveux se hérissèrent comme un oursin quand elle approcha. Elle me flaira le dos. Le roi souriait et trouvait que nous nous entendions admirablement. Je me mis à pleurer. Puis la bête s'éloigna et le roi dit : — Ne vous mettez pas dans un état pareil, Henderson-Sungo.

— Oh, Votre Altesse, je ne peux pas m'en empêcher. C'est ce que je ressens. Ce n'est pas seulement que j'ai peur d'elle, et Dieu sait que j'ai peur, mais il n'y a pas que ça. C'est la richesse du mélange qui me tue. La richesse du mélange. Et ce que je ne peux pas comprendre, c'est pourquoi, alors que j'ai si souvent connu la peur, je ne suis toujours pas capable de la supporter. Et je continuai à sangloter, mais pas trop fort, car je ne voulais pas provoquer la lionne.

— Essayez donc plutôt d'apprécier la beauté de cette bête, dit-il. Ne croyez pas que j'essaie de vous faire subir une épreuve pour le plaisir. Croyez-vous que je veuille mettre vos nerfs à l'épreuve ? Vous faire un lavage de cerveau ? Ma parole, ce n'est absolument pas le cas. Si je n'étais pas sûr de mon autorité sur la lionne, je ne vous mettrais pas dans une telle situation, ce serait vraiment scandaleux. Il avait posé sur le cou de la bête la main qui portait la bague de grenat, et il reprit : — Si vous voulez rester où vous êtes, je vais vous donner tout à fait confiance.

Il sauta à bas de la plate-forme, et la brusquerie de son geste me secoua terriblement. Je sentis une bouffée de terreur me monter au cœur. La lionne sauta à son tour et tous deux se dirigèrent vers le centre de la salle. Il s'arrêta et lui donna un ordre. Elle s'assit. Il prononça une autre phrase et elle s'allongea sur le dos, ouvrant la gueule, puis il s'accroupit et fourra son bras entre les mâchoires de la bête, s'appuyant sur les babines froncées, tandis qu'elle agitait violemment la queue, balayant la pierre. Retirant son bras, il la fit se redresser, puis il se glissa sous elle et passa ses jambes autour du dos de l'animal ; ses pieds chaussés de mules blanches se croisaient sur l'échine de la lionne et il lui avait noué les bras autour du cou. Elle le portait ainsi, sa gueule contre la tête du roi, pendant qu'il lui parlait. Elle grognait, mais cela ne s'adressait pas à lui, semblait-il. Ils firent ainsi le tour de l'antre et revinrent jusqu'à la plate-forme où elle monta, en se léchant les babines. Il rajusta son pantalon rouge en me regardant. Jusqu'alors, j'avais cru que le monde n'avait plus rien d'étrange à me montrer. De toute évidence, je n'avais rien vu ! En le voyant pendu au cou de la lionne, et lui souriant, je me rendis compte que je n'avais vraiment pas vu grand-chose. Un pareil spectacle, je vous assure, c'est vraiment ce qu'on appelle de la maîtrise, du génie, tout simplement. Et la bête elle-même s'en rendait compte. A son niveau, il était parfaitement clair qu'elle aimait cet homme. Qu'elle l'aimait ! D'un amour de bête. Et moi, je l'aimais aussi. Qui aurait pu s'en empêcher ?

— C'est plus fort que tout ce que j'ai vu, dis-je.

Il se laissa tomber par terre et repoussa la bête de son genou, puis revint sur l'estrade. Au même moment, Atti bondit à son tour, ébranlant le tréteau.

— Maintenant, Mr. Henderson, avez-vous changé d'avis ?

— Roi, c'est différent. C'est on ne peut plus différent.

— Je note pourtant, dit-il, que vous avez toujours peur.

J'essayai de dire que non, mais des tremblements m'agitaient le visage et je ne pus articuler un mot. Là-dessus, je me mis à tousser, la main devant la bouche et mes yeux s'emplirent de larmes. Je finis par dire : — C'est un réflexe.

La lionne marchait de long en large et le roi me prit le poignet et me fit poser la main sur le flanc de la bête. Je sentis lentement sa fourrure passer sous mes doigts, et mes ongles devenaient comme cinq bougies allumées. Les os de ma main devenaient incandescents. Et un choc affreux me remonta le long du bras jusque dans la poitrine.

— Maintenant que vous l'avez touchée, que pensez-vous ?

— Ce que je pense ? (J'essayai de maîtriser avec mes dents le tremblement de ma lèvre inférieure.) Oh, Votre Majesté, je vous en prie. Pas tout le même jour. Je fais de mon mieux.

— Il est vrai, reconnut-il, que j'essaie de vous faire faire des progrès rapides. Mais je voudrais vous voir surmonter très vite les difficultés préliminaires.

Je sentis mes doigts, qui gardaient une bizarre odeur de fauve. — Ecoutez, dis-je, je suis moi-même très impatient. Mais il faut que je vous dise qu'il y a une limite à ce que je peux supporter en une seule fois. J'ai encore le visage marqué des blessures que j'ai reçues hier, et je crains qu'elle ne sente le sang frais. Il paraît que personne ne peut retenir ces animaux une fois qu'ils ont senti ça.

Cet homme extraordinaire m'éclata de rire au nez en disant : — Oh, Henderson-Sungo, vous êtes exquis. (Voilà une chose dont je ne m'étais jamais douté.) Je tiens vraiment beaucoup à vous et vous savez, reprit-il, il n'y a pas beaucoup de gens à avoir touché des lions.

J'aurais pu lui répondre : « J'aurais bien pu vivre sans ça. » Mais, comme il aimait tellement les lions, je ne le lui dis pas et me contentai de marmonner.

— Et comme vous avez peur ! Vraiment ! Terriblement peur. Cela me ravit. Je n'ai jamais vu une telle manifestation de crainte. Vous savez, beaucoup de gens forts adorent ce mélange de peur et de satisfaction. Je crois que vous devez être de ceux-là. Et puis, j'aime quand vous haussez les sourcils. Ils sont vraiment extraordinaires. Et votre menton prend l'aspect d'un noyau de pêche, vous devenez tout rouge comme si on vous étranglait, votre visage se congestionne, vous ouvrez toute grande la bouche. Et quand vous vous êtes mis à pleurer ! J'ai adoré quand vous vous êtes mis à pleurer.

Je savais qu'il n'y avait rien là de vraiment personnel, mais que c'était plutôt dû à l'intérêt scientifique ou médical qu'il prenait à ces manifestations. — Qu'arrive-t-il à votre *labium inferiorum* ? dit-il, toujours intéressé par mon menton. Comment arrivez-vous à avoir autant de replis dans la chair ? (Cette remarque était à mes yeux extrêmement révélatrice.) Il était si supérieur à moi et il me dominait tant de sa présence, de cette seconde ombre ou de ce halo fumeux qui émanait de lui, de cette façon qu'il avait de monter à califourchon sur la lionne, que je le laissai tout dire sans protester. Après avoir fait quelques autres observations émerveillées à propos de mon nez, de mon ventre et des plis de mes genoux, le roi me dit : — Atti et moi nous influençons l'un l'autre. Je voudrais que vous aussi vous participiez à notre amitié.

— Moi ? (Je ne savais pas de quoi il parlait.)

— Il ne faut pas croire, parce que je fais des observations sur votre constitution, que je ne me rends pas compte à quel point vous êtes remarquable sur d'autres plans.

— Dois-je comprendre, Votre Altesse, que vous avez des projets pour moi en ce qui concerne cet animal ?

— Parfaitement, et je vais vous les expliquer.

— Eh bien, je crois que nous devrions procéder prudemment, dis-je. Je ne sais pas ce que mon cœur peut encore supporter. Comme l'indiquent mes crises d'évanouissement, je ne peux pas supporter une tension trop forte. D'ailleurs, comment pensez-vous qu'elle se comporterait si je tombais dans les pommes ?

— Peut-être, dit-il alors, avez-vous assez vu Atti pour le premier jour.

Il redescendit de la plate-forme, suivi par la bête. Il y avait une lourde grille soulevée par une corde qui passait sous une poulie à près de six mètres au-dessus du sol : ce fut là que le roi entraîna la lionne dans un enclos séparé. Je n'ai jamais vu un félin franchir une porte autrement que de son plein gré, et elle ne fit pas exception à la règle. Il lui fallut flâner à l'entour pendant que le roi se cramponnait à la corde qui maintenait la grille suspendue en l'air. J'avais envie de conseiller au roi de lui donner un coup de pied dans le derrière pour l'aider à se décider, puisque manifestement c'était lui son maître, mais je ne pouvais vraiment présumer des réactions de la lionne dans ces

321

conditions. Enfin, de son pas doux et menu, si souple, si délibéré, si vigilant, elle passa dans la pièce voisine. Lâchant la corde, le roi laissa retomber le grand panneau qui heurta la pierre avec un grand fracas, puis il vint me rejoindre sur l'estrade, l'air ravi, paisible. Il se renversa en arrière, ses lourdes paupières se baissèrent un peu et son souffle se fit calme et détendu. Assis auprès de lui dans mon pantalon de barbare sous lequel on voyait mon caleçon, j'avais l'impression que ce n'étaient pas seulement les planches qu'il soutenait. Car après tout, j'étais dessus également, et je ne me sentais pas soutenu de la même façon. En tout cas, je restai assis en attendant qu'il eût fini de se reposer. Une fois de plus, je songeai à la vieille prophétie que Daniel avait faite à Nabuchodonosor : *Ils te chasseront d'entre les hommes, et ta demeure sera avec les bêtes des champs.* L'odeur du lion demeurait tenace sur mes doigts. Je la flairai à plusieurs reprises, puis mes pensées revinrent aux grenouilles des Arnewi, au bétail qu'ils vénéraient, au chat de mes locataires que j'avais essayé de tuer, pour ne pas parler des porcs que j'avais élevés. De toute évidence, cette prophétie s'appliquait particulièrement à moi, laissant peut-être entendre que je n'étais pas tout à fait adapté à la société des hommes.

Le roi, après un bref repos, était prêt à reprendre la parole.

— Alors, Mr. Henderson, commença-t-il, avec son accent exotique.

— Eh bien, Roi, vous allez m'expliquer pourquoi je devrai me lier d'amitié avec cette lionne. Pour l'instant, je n'en ai pas la moindre idée, oh, vraiment pas !

— Je m'en vais éclairer votre lanterne, dit-il, et pour commencer je vais vous expliquer ce que sont les lions.

Il y a un an ou un peu plus, j'ai capturé Atti. Les Wariri ont une méthode traditionnelle pour se procurer un lion s'ils en ont besoin d'un. Des rabatteurs s'avancent et l'animal est dirigé vers ce que l'on appelle un hopo, qui est un très vaste enclos comprenant plusieurs kilomètres de brousse. Les animaux sont excités par les bruits de tambours et de trompes, et poussés vers l'orifice le plus large de l'hopo vers la partie plus étroite où se trouve le piège, et c'est moi, en tant que roi, qui dois procéder à la capture. C'est ainsi que je me suis procuré Atti. Il faut vous dire qu'à l'exception de mon père, Gmilo, les lions sont des animaux interdits. Atti fut amenée ici malgré une désapprobation et une opposition très vive, provoquant beaucoup d'inquiétude et de discussions, surtout de la part du Bunam.

— Mais qu'est-ce qu'ils ont ces types, demandai-je. Ils ne méritent pas un roi comme vous. Avec une personnalité comme la vôtre, vous pourriez gouverner un grand pays.

Le roi fut heureux, je crois, de me l'entendre dire. — Quoi qu'il en soit, dit-il, j'ai de graves difficultés avec le Bunam, avec mon oncle Horko et avec d'autres, pour ne rien dire de la reine mère et de certaines de mes épouses. Car, Mr. Henderson, il n'y a qu'un seul lion que l'on supporte, c'est le défunt roi. On estime que les autres sont des faiseurs d'ennuis et qu'ils créent des complications. Vous comprenez ? La principale raison pour laquelle le défunt roi doit être capturé par son successeur, c'est qu'on ne peut pas le laisser dans la compagnie de créatures aussi malfaisantes. On dit que les sorcières wariri ont des relations illicites avec de mauvais lions. Certains enfants, que l'on croit issus d'une telle union, sont réputés dangereux. J'ajoute que si un homme peut prouver que sa femme lui a été infidèle avec un lion, il réclame un châtiment extrême.

— C'est très bizarre, dis-je.

— Pour nous résumer, reprit le roi, je suis l'objet de deux séries de critiques. Tout d'abord, je n'ai pas encore réussi à attraper Gmilo, mon père-lion. Ensuite, on dit que comme je garde Atti, je ne ferai rien de bon. Mais malgré toute cette opposition, je suis décidé à la garder.

— Qu'est-ce qu'ils veulent ? dis-je. Vous devriez abdiquer, comme le duc de Windsor.

Il me répondit par un petit rire, puis déclara dans le profond silence de la salle — avec cet air jaune-gris qui pesait sur nous, s'épaississant et s'assombrissant peu à peu : — Ce n'est pas du tout mon intention.

— Alors, dis-je, que vous en ayez marre de tout cela, je le comprends parfaitement.

— Henderson-Sungo, dit-il, je vois qu'il faut que je vous en dise davantage. La coutume veut que le roi amène ici son successeur dès l'âge le plus tendre. C'est ainsi que j'avais coutume d'aller voir mon grand-père lion. Il s'appelait Suffo. Dès ma petite enfance, je me suis trouvé fort intime avec les lions et le monde ne m'a rien offert en remplacement. Les lions me manquent tellement, que quand Gmilo, mon père, mourut et que l'on m'annonça au collège le triste événement, malgré mon goût pour la médecine, je n'hésitai pas un instant. J'irai même jusqu'à affirmer que l'absence de toute relation avec des lions m'avait affaibli et que je rentrais au pays pour me remettre d'aplomb. Naturellement, ç'aurait été un grand coup de chance de capturer Gmilo tout de suite. Mais comme au lieu de cela j'attrapai Atti, je n'eus pas le courage de renoncer à elle.

Je pris un pli de mon pantalon de soie pour m'essuyer le visage que la fièvre desséchait de façon inquiétante. J'aurais dû ruisseler de sueur.

— Et pourtant, reprit-il, il faut attraper Gmilo. Je vais le capturer.

— Je vous souhaite bonne chance.

Il me saisit alors le poignet et me le serra vigoureusement en disant : — Je ne vous en voudrai pas, Mr. Henderson, de regretter que tout ceci ne soit pas une illusion ou une hallucination. Mais, comme nous sommes convenus de nous dire mutuellement la vérité, je vous demande d'être patient.

Ce qu'il me faudrait, pensai-je, ce serait une bonne poignée de comprimés de sulfamides.

— Oh, Mr. Henderson-Sungo, dit-il, après un long moment de réflexion, et sans desserrer son étrange étreinte sur mon poignet (il y avait rarement de la brusquerie dans ses gestes), il reprit : — Oui, je pourrais facilement comprendre cela : illusion, imagination, rêve. Mais il ne s'agit pas de rêve ni de sommeil, nous sommes bien éveillés. Ha, ha ! Les hommes doués de l'appétit le plus robuste ont toujours été ceux à douter le plus fort de la réalité. Ceux qui ne pouvaient supporter de voir les espoirs déçus, l'amour se changer en haine, la mort, le silence, etc. L'esprit a droit à certains doutes raisonnables et, à chaque courte vie, il s'éveille, il voit et il comprend ce que tant d'autres esprits à la vie tout aussi brève ont laissé derrière eux. Il est naturel de se refuser à croire que tant de petits intervalles aient pu créer une seule grande chose. Que les créatures humaines, à force de réfléchir, finissent par avoir raison. C'est ce qui surprend. Oui, Sungo, ce même être éphémère est un être de l'imagination. Et en ce moment même, ce don si précieux semble le faire mourir et non pas vivre. Pourquoi ? C'est stupéfiant. Oh, quel tableau déprimant, Henderson, reprit-il. Mais pour en venir aux faits, ne doutez pas de moi, Dahfu, l'ami d'Itelo, votre ami. Car vous et moi sommes devenus amis et il faut que vous m'accordiez votre confiance.

— Je suis absolument d'accord, Votre Altesse royale, dis-je. Ça me botte tout à fait. Je ne vous comprends pas encore, mais je suis prêt à vous accorder un sursis. Et ne vous en faites pas trop pour la possibilité d'hallucination. Au fond, il n'y a pas beaucoup de gens qui aient bien connu la vie réelle, de fond en comble, comme moi. C'est ce qu'il y a de plus constant chez moi. De temps en temps, j'ai perdu la tête, mais je suis toujours retombé sur mes pieds et, je vous assure, que ça n'a pas toujours été facile. Mais ça me plaît. *Grun-tu-molani !*

— Oui, dit-il, c'est vrai. C'est une attitude à laquelle je souscris. *Grun-tu-molani*. Mais sous quelle forme ? Voyez-vous, Mr. Henderson, je suis convaincu que vous êtes un homme à la vaste imagination et que vous avez également besoin... vous avez particulièrement besoin de quelque chose.

— Vous êtes sur la bonne voie, dis-je. La forme que cela prend chez moi, en fait, c'est : *Je veux, je veux, je veux*.

Surpris, il me demanda : — Pourquoi, comment ça ?

— Il y a quelque chose en moi qui répète ça sans arrêt, dis-je. Il y a eu des moments où c'était à peine si j'arrivais à avoir la paix.

Cela lui flanqua un coup et il resta assis, parfaitement immobile, les mains posées sur ses grosses cuisses, tournant vers moi son visage aux grosses lèvres, avec son grand nez aux narines ouvertes.

— Et vous entendez cette voix ?

— Je l'entendais presque tout le temps, dis-je.

— Qu'est-ce que c'est ? dit-il à voix basse. Comme c'est étrange ! C'est un phénomène très impressionnant. Je ne me souviens pas de l'avoir jamais vu décrit. Cette voix a-t-elle jamais dit ce qu'elle voulait ?

— Non, dis-je, jamais. Je n'ai jamais pu lui faire préciser de nom.

— C'est si extraordinaire, dit-il, et extrêmement pénible, non ? Mais cela persistera jusqu'à ce que vous ayez répondu, j'imagine. Cela me touche d'entendre cela. Et quoi que ce soit, de quelle avidité cela témoigne. Cela ressemble aussi à une longue peine de prison. Mais vous dites que cette voix refuse de dire ce qu'elle veut ? ou de dire avec précision s'il faut vivre ou mourir ?

— Oh, j'ai souvent menacé de me suicider, Votre Altesse. De temps en temps, quelque chose m'agace, je fais toute une scène et je menace ma femme de me faire sauter la cervelle. Non, je n'ai jamais pu faire dire à cette voix ce qu'elle voulait, et jusqu'à maintenant je ne lui ai donné que ce qu'elle ne voulait pas.

— Oh, la mort provenant de ce que l'on ne veut pas est la cause de décès la plus courante. Mais c'est vraiment un phénomène remarquable, n'est-ce pas, Henderson ? Il m'est bien plus facile maintenant de comprendre pourquoi vous avez réussi avec Mummah. Uniquement sur la base de cette envie emprisonnée.

— Oh, m'écriai-je, vous comprenez ça maintenant, Votre Altesse royale ? Vraiment ? Je vous en suis si reconnaissant, vous n'avez pas idée ; c'est que moi, je ne m'y retrouve pas. Et c'était vrai. Un souffle d'amour et de gratitude s'agitait, se pressait et m'accablait de façon intolérable. — Vous voulez savoir ce que cette

327

expérience signifie pour moi ? Pourquoi parler de ce qu'elle a d'étrange ou d'illusoire ? Je sais que ce n'est pas une illusion quand je peux vous expliquer clairement ce que cela était d'entendre *je veux, je veux* répété inlassablement. Maintenant que j'ai connu ça, je n'ai pas à m'inquiéter des hallucinations. Je sens au fond de mes os que ce qui me pousse ainsi, c'est quelque chose de réel. Avant de partir de chez moi, j'ai lu dans un magazine qu'il y a des fleurs dans le désert (dans le grand désert américain) qui ne fleurissent peut-être qu'une fois tous les quarante ou cinquante ans. Ça dépend de la quantité de pluie qui tombe. Or, d'après cet article, vous pouvez prendre les graines et les flanquer dans un seau d'eau, elles ne germeront pas. Non, mon bon monsieur, non, Votre Altesse, tremper dans l'eau n'y fera rien. Il faut que ce soit la pluie qui filtre à travers le sol. Il faut que ça tombe sur les graines pendant un certain nombre de jours. Alors, pour la première fois en cinquante ou soixante ans, vous voyez des lys et des pieds-d'alouette et tout ça. Des roses. Des pêches sauvages. A la fin, je m'étranglai, et je conclus d'une voix rauque : — Le magazine en question, c'était le *Scientific American.* Je crois vous avoir dit, Votre Altesse, que ma femme y est abonnée. Lily. Elle a l'esprit très éveillé et très curieux... (ce fut à peine si je parvins à articuler les derniers mots : parler de Lily me bouleversait).

— Je vous comprends, Henderson, dit-il gravement. Il y a entre nous une certaine compréhension.

— Merci, Roi, dis-je. Allons, nous commençons à arriver à quelque chose.

— Je vous demande pendant un moment de garder vos remerciements. Il faut que je vous demande d'abord votre confiance patiente. Je vous demande aussi dès le début de croire que je n'ai pas quitté le monde pour retourner auprès de mes Wariri, parce que je voulais faire votre être.

Autant que je dise ici qu'il avait eu une intuition à propos des lions ; à propos de l'esprit humain ; à propos de l'imagination, de l'intelligence et de l'avenir de la race humaine. Parce que, comprenez-vous, l'intelligence est libre maintenant (dit-il), et elle peut partir de n'importe où et aller n'importe où. Et peut-être qu'il avait perdu la tête et qu'il s'était laissé entraîner par ses idées. Parce qu'il n'était pas un simple rêveur, mais un de ces rêveurs agissants, un homme avec un programme. Et quand je dis qu'il avait perdu la tête, ce que j'entends par là, ce n'est pas que son jugement l'avait abandonné, mais que son enthousiasme et ses visions l'avaient entraîné très loin.

17

Le roi avait dit qu'il était heureux de ma visite à
cause de l'occasion qu'elle lui donnait de s'entretenir
avec quelqu'un ; il ne mentait pas. Nous parlâmes,
parlâmes, parlâmes et je n'affirmerais pas que je
comprenais tout à fait ce qu'il me disait. Simplement,
je réservais mon jugement, et j'écoutais avec attention
en n'oubliant pas que le roi m'avait prévenu que la
vérité pouvait se présenter sous des formes auxquelles
je ne serais pas préparé.

Je vais donc vous donner un bref résumé de son point
de vue. Il avait une sorte de conviction sur les rapports
entre intérieur et extérieur, surtout en ce qui concernait les êtres humains. Et, comme il avait été un
étudiant zélé et un grand lecteur, il avait occupé le
poste de concierge à la bibliothèque de son école, en
Syrie, et il avait passé de longues heures après la
fermeture à se remplir la tête de littérature étrange. Il
disait, par exemple : « James, *Psychology*, un livre très
prenant. » Il en avait parcouru des tas, de ces livres.
Et, ce qu'il en avait tiré, c'était une croyance en la
transformation du matériel humain, qui s'opérait dans
les deux sens, de l'écorce au cœur ou du cœur à
l'écorce ; la chair influençant l'esprit, l'esprit influen-

çant la chair, puis retour à l'esprit, et retour encore à la chair. Le processus, tel qu'il le voyait, était totalement dynamique. Songeant à l'esprit et à la chair tels que moi je les connaissais, je dis : « Etes-vous vraiment et absolument certain que c'est comme ça, Votre Altesse ? »

Certain ? Il était plus que certain. Il était triomphalement certain. Il me rappelait beaucoup Lily avec ses convictions. Cela les exaltait tous les deux de croire quelque chose et ils avaient tendance à faire des assertions bizarres. Dahfu aimait aussi parler de son père. Il me dit par exemple que feu son père, Gmilo, avait été un lion à tous les points de vue à l'exception de la barbe et de la crinière. Il était trop modeste pour prétendre avoir lui-même quelque ressemblance avec les lions, mais moi je la voyais bien. Je l'avais déjà vue quand il était dans l'arène, sautant et faisant tournoyer les crânes au bout de leurs rubans, puis les rattrapant. Il commença avec cette observation élémentaire, qu'on avait souvent faite devant lui, que les gens des montagnes étaient pareils à des montagnes, les gens des plaines comme des plaines et les gens de l'eau comme l'eau, les gens qui vivaient avec des bêtes (« Oui, les Arnewi, vos copains, Sungo ») comme des bêtes. « C'est une idée un peu à la Montesquieu », dit-il, et il enchaîna par d'interminables exemples. C'étaient des choses que des millions de gens avaient notées au cours de leur vie : ceux qui s'occupaient de chevaux ont des franges et de grandes dents, des veines saillantes et un gros rire ; chiens et maîtres en viennent à se ressembler ; maris et femmes arrivent à une grande similarité. Penché en avant, dans mon pantalon de soie verte, je pensais : « Et les cochons ?... » Mais le roi disait : — La Nature est une grande imitatrice. Et, comme l'homme est le prince des organismes, il est le maître des adaptations. Il est l'artiste des suggestions. Il est lui-même sa principale œuvre d'art, il travaille dans sa propre chair. Quel miracle ! Quel triomphe ! Et aussi quel désastre ! Que de larmes il faut verser !

— Oui, si vous avez raison, c'est plutôt triste, dis-je.

— Les débris de l'échec remplissent la tombe, dit-il, la poussière dévore ce qui lui appartient, et pourtant un flot vital continue à couler. Il y a une évolution. Nous ne devons pas l'oublier.

Bref, il avait toute une explication scientifique sur la façon dont les gens étaient faits. Pour lui, ce n'était pas assez de dire qu'il pouvait y avoir des désordres physiques qui avaient leur origine dans le cerveau. *Tout* y avait son origine. — Je ne veux pas abaisser le niveau de notre discussion, dit-il, mais, pour vous donner un exemple, le bouton qu'une dame a sur le nez peut être une idée d'elle, réalisée par une soumission à un ordre solennel de son psychisme ; plus fondamentalement encore, le nez lui-même, bien qu'en partie héréditaire, est aussi dans une certaine mesure une émanation de sa pensée.

J'avais, depuis un moment, la tête aussi légère qu'un panier d'osier, et je dis : — Un bouton ?

— Dans mon esprit, c'est un exemple de la façon dont les désirs profonds produisent une flamme extérieure, dit-il. Mais si vous voulez faire des reproches... non ! Les reproches ne servent à rien. Nous sommes loin d'être assez libres pour être les maîtres. Mais la même chose exactement s'accomplit en partant de l'intérieur. La maladie est un discours du psychisme. C'est là une métaphore permise. Nous disons que les fleurs ont le langage de l'amour. Les lis expriment l'amour. Les roses, la passion. Les marguerites ont leur mystère. Ha ! J'ai lu ça un jour sur la broderie d'un coussin. Mais, et là je suis sérieux, le psychisme est polyglotte, car s'il convertit la peur en symptômes, il convertit aussi l'espoir. Il y a des joues ou des visages entiers qui expriment l'espoir, des pieds le respect, des mains la justice, des sourcils la sérénité, etc. Il était ravi de la réaction qu'il lisait sur mon visage, lequel devait briller de tous ses feux. — Oh, dit-il, je vous effraie ? Rien ne pouvait lui plaire davantage.

Au cours d'autres entretiens, je lui dis : — Je reconnais que votre idée me frappe vraiment dans le plus vif de moi-même... suis-je tellement responsable de ma propre apparence ? Je reconnais que mon aspect extérieur m'a donné bien du fil à retordre. Physiquement, je suis une énigme pour moi-même.

Il dit : — C'est l'esprit de quelqu'un qui, dans un certain sens, est l'auteur de son corps. Je n'ai jamais vu un visage, un nez comme le vôtre. Pour moi, ce trait seul, du point de vue de la conversation, est une découverte totale.

— Mais, Roi, dis-je, voilà la pire nouvelle qu'on m'ait jamais apprise, mis à part un deuil dans la famille. Pourquoi serais-je responsable, plus qu'un arbre ? Si j'étais un saule, vous ne me diriez pas des choses pareilles.

— Oh, dit-il, vous prenez trop de libertés. Et il continua ses explications, citant toute sorte de preuves médicales et d'expériences faites sur le cerveau. Il me dit, et me répéta, que non seulement la substance corticale recevait des impressions des extrémités et des sens, mais qu'elle renvoyait des ordres et des directives. Et comment cela se passait exactement, quels ventricules réglementaient quelles fonctions, comme la température et les hormones, etc., et je n'arrivais pas à le suivre tout à fait. Il continuait à parler de fonctions végétales, ou choses de ce genre, et, toutes les deux phrases, je perdais pied.

Finalement, il me mit dans les mains tout un chargement de sa documentation et je dus l'emporter dans mon appartement et promettre de l'étudier. Il avait rapporté ces livres et ces journaux de l'école. « Comment ? » lui demandai-je. Et il me dit qu'il était revenu par Malindi et que, là, il avait acheté un âne. Il n'avait rapporté rien d'autre, pas de vêtements (qu'en aurait-il fait ?) ni d'autres biens, excepté un stéthoscope et un appareil à mesurer la tension. Car il était étudiant en médecine de troisième année quand on l'avait rappelé dans sa tribu. « C'est là que j'aurais dû aller tout de suite après la guerre, à la faculté de médecine, dis-je. Au lieu de faire l'imbécile. Croyez-vous que j'aurais fait un bon docteur ? » Il dit Oh ?... qu'il ne voyait pas pourquoi non. Au début, il manifesta une certaine réserve. Mais quand je l'eus convaincu de ma sincérité, il parut vraiment voir un avenir pour moi. Evidemment, dit-il, je pourrais faire mon internat alors que d'autres hommes se retiraient de la vie active, mais, après tout, il ne s'agissait pas des autres hommes mais de moi, E. H. Henderson. J'avais soulevé Mummah. Ne l'oublions pas. Une cheminée pouvait me tomber dessus et m'aplatir, mais mis à part des causes aussi imprévisibles, j'étais bâti pour durer quatre-vingt-dix ans. Aussi le roi finit-il par considérer mon ambition avec sérieux, et, généralement, il disait avec beaucoup de gravité : « Oui, c'est là une perspective tout à fait admirable. » Il traitait avec une gravité égale un autre problème, celui de mes devoirs de roi de la pluie. Quand j'essayais d'en plaisanter, il m'arrêtait net et disait : « Il est bon que vous vous rappeliez, Henderson, que vous êtes le Sungo. »

Voici donc mon programme, moins un point : Tous les matins, les deux amazones, Tamba et Bebu, s'occupaient de moi et me proposaient un joxi, ou massage par piétinement. Elles étaient inévitablement surprises et déçues de me voir refuser, et elles se faisaient le traitement à elles-mêmes : elles se l'administraient l'une à l'autre. Tous les matins aussi, j'avais une entrevue avec Romilayu et j'essayais de le rassurer au sujet de ma conduite. Je croyais que cela le rendait soucieux et perplexe de me voir aussi intime, *ami comme cochon*[1], avec le roi. Je lui disais : « Romilayu, il faut que tu comprennes. C'est un roi très spécial. » Mais il se rendait compte d'après l'état dans lequel j'étais qu'il n'y avait pas que des conversations entre Dahfu et moi ; il y avait aussi une expérience en cours dont je tarde à vous parler.

Avant le déjeuner, les amazones tenaient un rassemblement. Ces femmes avec leurs gilets courts ou leurs justaucorps se courbaient devant moi dans la poussière. Chacune d'elles s'humectait la bouche de façon que la boue y colle, et prenait mon pied pour le poser sur sa tête. Il régnait là une atmosphère très païenne, chaude, opprimante, solennelle, et tout se passait au son des tambours et des clairons. Et moi, je continuais à avoir la fièvre. De petits foyers de maladie et d'ardeur brûlaient en moi. Mon nez était extrêmement sec, bien que je fusse le roi de l'humidité. Je sentais le lion aussi... mais je ne saurais dire jusqu'à quel point cela se remarquait. Quoi qu'il en soit, j'apparaissais dans ma culotte bouffante verte, avec mon casque et mes chaussures à semelles de crêpe, devant la bande des amazones. Elles apportaient alors les parasols d'appa-

1. En français dans le texte.

rat, aux plis semblables à de lourdes paupières. Des femmes serraient des cornemuses sous le bras. Au milieu de toute cette agitation et de ces criailleries, les serviteurs dépliaient les fauteuils de bridge et nous prenions tous place pour déjeuner.

Tout le monde était là, le Bunam, Horko, l'aide du Bunam. C'était une bonne chose que ce Bunam n'eût pas besoin de beaucoup de place. Car Horko lui en laissait très peu. Mince et droit, le Bunam me regardait avec cette expression qui ne le quittait jamais de profonde expérience humaine; elle se fixait, cette expression, par un pli creusé entre les yeux du Bunam. Ses deux femmes, avec leurs têtes rasées et leurs dents courtes très gaies, étaient toutes deux de vrais rayons de soleil. Elles avaient l'air de beaucoup aimer s'amuser. De temps en temps, Horko lissait sa robe sur son ventre ou encore tapotait les lourdes pierres rouges qui tiraient vers le bas les lobes de ses oreilles. On posait devant moi une sorte de boule, ou boulette, blanche et molle, qui semblait être de la farine mais qui était quelque chose de plus grossier et de plus salé; en tout cas, cela ne pouvait pas faire de mal à mon bridge. Je pourrais certainement mourir de douleur avant de rejoindre la civilisation si jamais les bouts de métal fixés sur les chicots de dents qui restaient après le travail à la roulette de Mlle Montecuccoli et de Spohr devaient s'en aller. Je me faisais des reproches car j'avais un bridge de rechange et que je n'aurais jamais dû partir sans. Il était dans une boîte, avec le moulage de plâtre, et cette boîte était dans la malle de ma Buick. Il y avait un ressort qui retenait le cric pour le pneu de secours et j'avais mis la boîte avec le bridge de remplacement au même endroit. Je le voyais. Je le voyais aussi bien que si j'étais allongé dans cette malle.

C'était une boîte en carton gris, avec du papier de soie rose dedans, et, sur le couvercle, l'inscription « Buffalo Dental Manufacturing Company ». Dans ma crainte de perdre ce qui restait de mon bridge, je mâchais même les boulettes salées avec d'extrêmes précautions. Le Bunam, avec ses airs concentrés de penseur, mangeait comme tout le monde. Lui et le type en cuir noir avaient l'air très occulte ; on s'attendait toujours à voir ce dernier déplier une paire d'ailes et s'envoler. Il mâchait, lui aussi, et, pour tout dire, il régnait une gaieté du style Alice au Pays des Merveilles dans la cour du palais. Il y avait même des gosses, tout en tête et en ventre, comme de petits pains noirs, qui jouaient avec des cailloux dans la poussière.

Quand on entendait Atti rugir dans les sous-sols du palais, personne ne faisait de commentaire. Seul Horko lui sourcillait, mais il retrouvait très vite son sourire. Il était toujours tellement luisant qu'il devait avoir du sang comme du cirage. Comme le roi, il était très doué sur le plan physique, et il avait la même teinte d'yeux, mais les siens étaient protubérants. Je me disais que durant ces années qu'il avait passées à Lamu, pendant que son neveu faisait ses études dans le Nord, il devait s'en être payé. Il n'avait pas une tête à aller à l'église, d'après moi, en tout cas.

Bref, c'était la même chose tous les jours. Après la cérémonie du repas, j'allais, accompagné d'une escorte d'amazones, voir Mummah. Elle avait été ramenée à son autel par six hommes qui l'avaient transportée couchée sur de lourdes perches. J'avais moi-même assisté au transport. Sa chambre, qu'elle partageait avec Hummat, donnait sur une cour séparée du palais où il y avait des piliers de pierre et un bassin empli d'une eau déplaisante. C'était notre réserve spéciale du

Sungo. Ma visite quotidienne à Mummah me remontait le moral. Pour commencer, la partie la pire de la journée était alors terminée (je m'expliquerai en temps voulu) et, ensuite, je m'étais très attaché à la déesse, pas seulement à cause du succès que j'avais obtenu grâce à elle, mais à une qualité qui émanait d'elle, soit en tant qu'œuvre d'art, soit en tant que divinité. Laide comme elle était, avec ses tresses en nid de cigogne et ses jambes qui fléchissaient sous la masse de son corps, je lui attribuais des desseins bienveillants. « Salut, ma bonne dame, lui disais-je. Mes compliments. Comment va votre mari ? » Car je considérais que Hummat était son mari, ce vieux dieu de la montagne que Turombo, le champion au fez rouge, avait soulevé. Ils avaient l'air d'un bon ménage, et ils étaient là, satisfaits l'un de l'autre, à côté du bassin d'eau puante. Et, tandis que je faisais la conversation avec Mummah, Tamba et Bebu remplissaient des gourdes et nous traversions un autre passage où nous attendait une troupe considérable d'amazones avec un parasol et un hamac. Ces deux articles étaient verts, comme ma culotte, la couleur du Sungo. On m'aidait à monter dans le hamac et je m'allongeais au fond, de tout mon poids, et je regardais le ciel étincelant, figé dans la forte chaleur du milieu de l'après-midi, et le parasol tendu qui tournait, tantôt dans le sens des aiguilles d'une montre, tantôt dans l'autre sens, avec ses franges paresseuses. Nous quittions rarement l'enceinte du palais sans entendre gronder Atti, en bas, ce qui faisait toujours se raidir les amazones en nage. Celle qui portait le parasol vacillait alors, quelquefois, et je recevais alors directement la morsure enflammée du soleil qui faisait bondir le sang dans mon cerveau comme le café dans un percolateur.

Après ce rappel des expériences auxquelles le roi et

moi nous livrions, à la poursuite de son dessein très particulier, nous entrions dans la ville, avec un tambour fermant notre marche. Des gens s'approchaient de Tamba et de Bebu avec de petites coupes et se voyaient donner une portion d'eau. Des femmes spécialement, car le Sungo était aussi le maître de la fertilité ; laquelle va avec l'humidité, vous comprenez. Cette expédition avait lieu chaque après-midi, au battement lent, presque irrégulier, de l'unique tambour. Cela faisait un son étiré, presque défaillant, mais toujours à peu près dans le rythme. Les femmes s'avançaient dans le soleil, sortant de leurs cases, avec leurs coupes en terre pour recevoir leurs gouttes d'eau du bassin. Moi, j'étais allongé à l'ombre et j'écoutais les battements ensommeillés du tambour, les doigts solidement entrecroisés sur mon ventre. Quand nous arrivions au centre de la ville, je descendais de mon hamac. Nous étions sur la place du marché. C'était également le tribunal. Vêtu d'une robe rouge, le juge était assis sur un tas de fumier. Il avait un visage peu avenant ; il ne me plaisait pas du tout. Il y avait toujours un litige et l'accusé était attaché à un poteau et bâillonné avec un bâton fourchu qui lui entrait dans le palais et appuyait sur sa langue. Le procès s'arrêtait pour moi. Les avocats cessaient de brailler et la foule criait : « Sungo ! Aki-Sungo. » (Grand Sungo Blanc). Je descendais de mon hamac et saluais. Tamba et Bebu me tendaient une gourde perforée semblable aux petits arrosoirs dont les blanchisseuses se servaient dans le temps. Non, attendez... comme le goupillon dont les catholiques se servent dans leurs églises. J'agitais ma gourde et les gens venaient vers moi riant et courbant le dos pour recevoir les gouttes, de vieux types édentés avec des poils grisonnants dans la fente de leur postérieur et des jeunes filles dont les seins pointaient vers le sol, des types costauds aussi aux dos puissants. Je me rendais bien compte qu'il y avait une certaine moquerie mêlée au respect qu'on témoignait à ma force et à ma charge. Quoi qu'il en soit, je veillais toujours à ce que le prisonnier attaché à son poteau ait sa part, et j'ajoutais des gouttes d'eau à la sueur qui coulait déjà sur la peau du pauvre garçon.

Tels étaient, en gros, mes devoirs de faiseur de pluie, mais c'est du dessein particulier du roi que je dois vous parler, et de toute la documentation qu'il m'avait donnée. Je répugnais à m'y atteler ; après notre conversation préliminaire, je me disais que cette documentation me réservait sûrement de mauvaises surprises. Il y avait deux livres, qui avaient un air assez usagé, et aussi des éditions scientifiques bon marché, sans couverture, avec des premières pages abîmées. J'en feuilletai quelques-unes. L'impression était serrée et noire, et les seuls espaces clairs du texte étaient remplis par des schémas de molécules. A part cela, les mots étaient épais et lourds comme des pierres tombales, et j'étais très découragé quand je les regardais. J'avais le sentiment de prendre la limousine pour aller à l'aérodrome de La Guardia et de passer devant les cimetières de Queens. Lourd. Chaque mort a été expédié par la poste et les pierres sont des timbres que la mort a léchés.

Toujours est-il que, par un après-midi très chaud, je m'assis devant tous ces livres pour voir ce que je pouvais en faire. Je portais mon uniforme : la culotte de soie verte, le casque avec son bout de sein dessus et les chaussures aux semelles de crêpe déformées et se retroussant comme des lèvres ricanantes. Imaginez le tableau. La maladie et la fièvre m'ont rendu somnolent. Le soleil est de plomb. Les bandes d'ombre ont l'air solides. L'air est langoureux de chaleur et les montagnes sont, par endroits, comme des bonbons de mélasse, jaunes, friables, alvéolaires, brûlées. A les voir, on se dit qu'elles doivent être mauvaises pour les dents. Et moi j'ai ces livres devant moi. Dahfu et Horko les avaient chargés sur l'âne quand ils avaient franchi les montagnes, en venant de la côte. Après cela, on avait abattu l'animal et on l'avait donné à manger à la lionne.

Pourquoi serais-je obligé de lire tout ça ? me disais-je. Ma résistance face à ces livres était grande. D'abord, j'avais peur de découvrir que le roi n'était qu'un hurluberlu ; je me disais que ce ne serait pas juste qu'après que je fus venu jusqu'ici pour percer le sommeil de l'esprit, que j'eus soulevé Mummah et que je fus devenu roi de la pluie, Dahfu se révélât n'être qu'un excentrique de plus. C'est pourquoi, je calais. Je me fis quelques patiences. Après cela, j'eus très envie de dormir et je contemplai les couleurs du dehors, fixées par le soleil, vertes comme de la peinture, brunes comme de la croûte.

Je suis un lecteur nerveux et émotif. Je me mets un livre devant le nez et il suffit d'une bonne phrase pour changer mon cerveau en volcan ; je commence à penser à tout à la fois et une véritable lave de pensées descend le long de mes flancs. Lily prétend que j'ai trop d'énergie mentale. Si l'on en croit Frances, par contre, je n'ai pas de force cérébrale du tout. Tout ce que je peux sincèrement dire c'est que lorsque je lus, dans un des livres de mon père : « Le pardon du péché est éternel », ce fut exactement comme si j'avais été frappé avec une pierre sur la tête. J'ai dit, je crois, que mon père se servait de billets comme signets, et je présume que j'ai dû empocher l'argent trouvé dans ce livre-là et en oublier ensuite jusqu'au titre. Peut-être ne voulais-je pas savoir un mot de plus sur le péché. Tel quel, c'était parfait, et j'avais peut-être peur que l'auteur ne gâche tout par la suite. Bref, je suis du genre inspiré, et non systématique. Et d'ailleurs, si je ne devais pas me soumettre à cette seule phrase, à quoi cela me servirait-il de lire tout le livre ?

Non, je n'ai jamais été assez calme pour lire, et il fut un temps où j'aurais jeté les livres de mon père aux cochons si j'avais pu penser que cela leur ferait du bien. Ce grand nombre de livres me déconcertait. Quand je commençais à lire quelque chose sur la France, je me rendais compte que je ne savais rien de Rome, qui venait avant, puis de la Grèce, puis de l'Egypte, et ainsi de suite en remontant en arrière jusqu'au gouffre primitif. En fait, il n'y avait pas un seul livre que je pouvais lire, car je n'en savais jamais assez. Je finis par me rendre compte que les seuls ouvrages qui me procuraient un plaisir quelconque étaient des choses comme *Le Roman de la Chirurgie*, *Victoire sur la Douleur*, ou des biographies médicales... comme celles d'Osler, Cushing, Semmelweis, et Metchnikov. Et, à cause de l'attachement que j'avais pour Wilfred Grenfell, je m'intéressais au Labrador, à Terre-Neuve, au Cercle Arctique et, finalement, aux Esquimaux. On aurait pu croire que Lily m'aurait suivi, pour les Esquimaux, mais il n'en fut rien, et je fus très déçu. Les Esquimaux sont à un stade où ils sont réduits aux choses essentielles et je pensais que cela attirerait Lily qui est un être si fondamental dans son genre.

Elle l'est, certes, mais en même temps elle ne l'est pas. Ce n'est pas une femme naturellement sincère. Regardez comme elle a menti à propos de tous ses fiancés. Et je ne suis pas certain que Hazard lui ait vraiment donné un coup de poing sur l'œil en allant au mariage. Comment pourrais-je l'être ? Elle m'a dit que sa mère était morte alors que la vieille vivait toujours. Elle m'a menti au sujet du tapis, car c'était bien celui sur lequel son père s'était tué. Je suis tenté de dire que les idées font des gens des menteurs. Oui, souvent, elles les conduisent au mensonge.

Lily pratique volontiers le chantage aussi. Vous savez que je l'aime tendrement cette grande fille, et j'aime parfois, pour mon amusement personnel, penser à elle morceau par morceau. Je commence par une main ou un pied ou même un orteil et je continue par tous les membres et les jointures. Cela me procure une satisfaction merveilleuse. Elle a un sein plus petit que l'autre, le cadet et l'aîné en quelque sorte ; les os de son bassin ne sont pas bien recouverts ; elle est un peu maigre de ce côté-là. Mais son corps est doux et joli à voir. Qui plus est, elle devient blanche chaque fois qu'elle devrait rougir et c'est ce qui me touche plus que tout. Néanmoins, elle est insouciante et panier percé, elle ne tient pas la maison propre, elle a une âme de chevalier d'industrie et elle m'exploite. Avant notre mariage, je fis une vingtaine de lettres pour elle, adressées un peu partout, au Département d'Etat et à une douzaine de missions étrangères et autres. *Elle se servait de moi comme référence.* Elle partait pour la Birmanie ou le Brésil, et elle faisait implicitement peser sur moi la menace que je ne la reverrais jamais. J'étais fait. Je ne pouvais pas l'abandonner à tous ces gens. Mais quand nous fûmes mariés et que je manifestai le désir de passer notre lune de miel à camper chez les Esquimaux, elle ne voulut pas en entendre parler. Quoi qu'il en soit (pour rester sur le sujet des livres) j'avais lu Freuchen et Gontran de Poncins et je m'étais exercé à vivre dehors l'hiver. J'avais construit un igloo avec un couteau et, quand il gela, nous nous brouillâmes parce qu'elle ne voulait pas venir avec les gosses coucher sous les peaux avec moi comme font les Esquimaux. Je voulais essayer.

Je parcourus tous les ouvrages que m'avait donnés Dahfu. Je savais qu'ils devaient avoir un rapport avec les lions et pourtant je n'y trouvai, page après page, pas la moindre allusion à un lion quel qu'il fût. J'avais envie de grogner, de sommeiller, de faire n'importe quoi plutôt que de me plonger dans ces ouvrages arides par cette brûlante journée africaine, alors que le ciel était aussi bleu que l'alcool de grain est blanc. Le premier article, que je pris parce que le paragraphe d'introduction paraissait facile, était signé Scheminsky, et il n'était pas facile du tout. Mais je luttai jusqu'au moment où je tombai sur le terme *allochiria* d'Obersteiner, et là je m'effondrai. Je me dis : « Bonté divine ! Qu'est-ce que c'est que tout ça ? Sous prétexte que je lui ai dit que je voulais devenir médecin, le roi s'imagine que j'ai une formation médicale. Il faut que je mette les choses au point avec lui. » Tout ça était trop difficile pour moi, voilà tout.

J'y mis néanmoins le meilleur de moi-même. Je sautai l'*allochiria* d'Obersteiner et à la fin je réussis à débrouiller un paragraphe par-ci par-là. La plupart de ces articles traitaient des rapports entre le corps et le cerveau, et insistaient particulièrement sur l'attitude, la confusion entre la droite et la gauche et diverses exagérations et difformités de la sensation. Ainsi, un type qui avait une jambe normale pouvait être convaincu qu'il avait une patte d'éléphant. C'était très intéressant en soi et il y avait quelques descriptions assez extraordinaires. Mais je ne cessais de me dire :

« Il faut te décrasser, mon vieux, rafraîchir un peu ton intelligence et comprendre où ce type veut en venir, car ta vie en dépend peut-être. » C'était bien ma chance de penser que j'avais abordé en un lieu où les conditions de vie étaient simplifiées de façon que je pouvais m'y adapter — enfin ! — et de me retrouver dans un palais en ruine en train de lire des publications médicales avancées. Je suppose qu'il doit rester peu de princes indigènes sans culture, car les écoles polytechniques reçoivent des *gens de couleur*[1] du monde entier, et certains d'entre eux ont déjà fait des découvertes prodigieuses. Mais je n'ai jamais entendu parler de quelqu'un qui suive la voie du roi Dahfu. Bien sûr, celui-ci s'était peut-être créé sa petite association estudiantine pour lui tout seul. En ce cas, je pourrais être amené à me trouver dans de drôles de bains avec lui, car on ne peut s'attendre de la part de gens qui sont dans une classe à eux tout seuls à ce qu'ils soient raisonnables. Etant moi-même occupant d'une classe à part, je sais cela par expérience personnelle.

Je prenais un peu de repos après la lecture d'un article de Scheminsky et je me faisais une réussite, respirant fort au-dessus de mes cartes, lorsque Horko, l'oncle du roi, entra, en cette journée de chaleur particulièrement forte, dans ma chambre au rez-de-chaussée du palais. Derrière lui venait le Bunam, et avec le Bunam venait toujours son compagnon ou assistant, l'homme en cuir noir. Tous trois s'écartèrent pour laisser entrer une quatrième personne, une femme d'un certain âge qui avait l'air d'une veuve. On se trompe rarement sur les veuves. Ils l'avaient amenée

1. En français dans le texte.

pour venir me voir, et à la façon dont ils s'écartaient, il était évident qu'elle était le visiteur le plus important. Pour me lever, je titubai un peu, l'espace était limité dans ma chambre et cet espace était déjà très occupé par Tamba et Bebu, toutes deux allongées, et par Romilayu qui était dans le coin. Nous étions huit dans une pièce qui, en fait, n'était pas assez grande pour me contenir moi. Le lit était fixé et on ne pouvait pas l'emporter dehors. Il était recouvert de peaux et de guenilles indigènes, et les cartes sur lesquelles je ruminais étaient étalées en quatre rangées irrégulières... j'avais poussé de côté la documentation du roi Dahfu. Et voilà qu'ils m'amenaient cette vieille femme dans une robe à franges qui lui tombait des épaules jusqu'à mi-cuisse environ. Ils arrivèrent l'un après l'autre du dehors où régnait la chaleur torride de l'après-midi africain et, comme j'avais eu les yeux fixés sur les rouges et les noirs brillants et crasseux des cartes, je fus incapable, tout d'abord, de concentrer mon regard sur la femme. Mais elle s'approcha de moi, et je vis alors qu'elle avait un visage rond, mais pas parfaitement rond. La symétrie faisait défaut d'un côté. C'était à l'endroit de la mâchoire. Elle avait le nez retroussé, de grosses lèvres, et comme son visage tout entier était doucement projeté vers l'avant, on avait l'impression qu'elle vous l'offrait. Sa bouche manquait un peu de dents, mais je la reconnus tout de suite. « Voyons, me dis-je, c'est une parente de Dahfu. Ce doit être sa mère. » Je reconnaissais la parenté dans la courbure du visage, les lèvres et la teinte rouge des yeux.

— Yasra, Reine, dit Horko. Mama Dahfu.
— Madame, je suis très honoré, dis-je.
Elle prit ma main et la plaça sur sa tête, qui était

rasée, bien sûr. Toutes les femmes mariées avaient la tête rasée. Son geste fut facilité par une différence de près de cinq centimètres entre nos tailles. Horko et moi dominions tous les autres. Il était enveloppé dans son étoffe rouge, et les pierres pendaient à ses oreilles comme les deux lobes d'un coq chaque fois qu'il se penchait pour parler à Yasra.

J'ôtai mon casque, découvrant les meurtrissures et les bleus que j'avais sur le nez et sur les joues, vestiges de la cérémonie de la pluie. Mes yeux devaient être un peu fous de solennité car ils attirèrent l'attention de l'homme en cuir noir, lequel parut les désigner tout en disant quelque chose au Bunam. Mais je plaçai à mon tour la main de la vieille reine sur ma tête, respectueusement, et je dis : « Madame, Henderson, pour vous servir. Et vous pouvez prendre mes paroles à la lettre. » Je dis par-dessus mon épaule à Romilayu : « Traduis-lui ça. » Son toupet de cheveux était juste derrière moi et, dessous, son front était plus plissé que d'habitude. Je vis le Bunam regarder les cartes et les publications étalées sur le lit et je raflai le tout pour le cacher derrière mon dos car je ne voulais pas que les biens du roi fussent exposés à la curiosité du Bunam. Puis je dis à Romilayu : « Dis à la reine qu'elle a un fils admirable. Le roi est mon ami et je suis son ami aussi. Dis-lui que je suis fier de le connaître. »

Je pensais cependant : « Elle est en bien mauvaise compagnie, non ? » car je savais que c'était le travail du Bunam de faire périr le roi défaillant : Dahfu me l'avait dit. Le Bunam n'était autre que le bourreau du mari de la reine... et voilà qu'elle venait avec lui faire une visite de fin d'après-midi : il y avait là quelque chose de pas bien.

Chez nous, on appelait ça venir à l'heure du cocktail.

A cette heure, les rouages et les mécaniques dont les silhouettes bouchent l'horizon ralentissent, s'obscurcissent, et le monde, avec ses connivences et ses inventions, son poids d'efforts et de désirs de transformer, connaissait une sorte de détente.

La vieille reine avait peut-être deviné ma pensée, car elle paraissait triste et troublée. Le Bunam ne me quittait pas des yeux car il cherchait visiblement à m'atteindre d'une façon quelconque ; quant à Horko, avec sa figure pendante et charnue, il n'avait pas l'air bien réjoui non plus. Le but de cette visite était double : m'amener à faire des révélations au sujet de la lionne, et aussi utiliser l'influence que je pouvais avoir auprès du roi. Il avait des ennuis, très sérieux, à cause d'Atti.

Ce fut Horko qui parla surtout ; il se servait d'un mélange de plusieurs langues qu'il avait toutes apprises pendant son séjour à Lamu : une sorte de français, de l'anglais et un peu de portugais. Son sang luisait à travers son visage et ses oreilles étaient tirées vers le bas par leurs ornements au point qu'elles tombaient presque jusque sur ses épaules grasses. Il entama la conversation en parlant de Lamu... une ville très moderne, à l'en croire. Des automobiles, des cafés, de la musique, plusieurs langues : « *Tout le monde très distingué, très chic*[1]. » Je fermai mon oreille défectueuse d'une main et donnai à Horko tout le bénéfice de l'autre, acquiesçant aussi de la tête tandis qu'il parlait ; quand il vit que je comprenais son afro-français de Lamu, il commença à retrouver un peu de gaieté. On voyait que son cœur était resté dans cette ville et que les années qu'il y avait passées étaient

1. En français dans le texte.

probablement les plus belles de sa vie. C'était son Paris à lui. Je l'imaginais très facilement s'étant octroyé une maison et des domestiques et aussi des filles et passant ses journées dans un *café*[1] en veste à parements, avec peut-être une *boutonnière*[1], car c'était un promoteur. Il en voulait à son neveu d'être parti et de l'avoir laissé là huit ou neuf ans. « Parti de l'école de Lamu, dit-il. *Pas assez bon*[1]. Mauvais, mauvais, j'ai dit. Pas partir Lamu. Nous partir. Lui partir. Papa Roi Gmilo mourir. *Moi aller chercher Dahfu.* Un année. » Il pointa un gros doigt vers moi par-dessus la tête chauve de la reine Yasra, et, en voyant son indignation, je pensai qu'on avait dû le tenir pour responsable de la disparition de Dahfu. C'était son devoir de ramener l'héritier du trône.

Mais il remarqua que son ton ne me plaisait pas beaucoup et il dit : — Vous ami Dahfu ?

— Parfaitement.

— Oh, moi aussi. *Roi neveu. Aime neveu. Sans blague*[1]. Dangereux.

— Allons donc, qu'est-ce que tout ça veut dire ? demandai-je.

Me voyant mécontent, le Bunam parla à Horko d'un ton sec, et la reine mère, Yasra, poussa un cri : « Sasi ai. Ai, sasi, Sungo. » Comme elle me regardait par en bas, elle ne devait voir que le dessous de mon menton, ma moustache et les trous de mes narines, mais pas mes yeux, de sorte qu'elle ne savait pas comment j'accueillais son appel, car c'était un appel. C'est pourquoi elle entreprit d'embrasser les jointures de mes doigts encore et encore, un peu comme avait fait

1. En français dans le texte.

Mtalba la veille de ma malheureuse expédition contre les grenouilles. Une fois de plus, j'eus conscience d'être en contact avec une sensibilité toute particulière. Mes mains ont perdu beaucoup de leur forme par suite des abus auxquels elles ont été soumises. Il y avait, par exemple, l'index avec lequel, imitant Pancho Villa, j'avais visé le chat, sous la table de bridge. — Oh, Madame, ne faites pas ça, dis-je. Romilayu... Romilayu..., dis-lui de cesser. Dis-lui que si j'avais autant de doigts qu'il y a de marteaux à un piano, ils seraient tous à son service. Que veut la vieille reine ? Ces types la font chanter, je le vois bien.

— Aider son fils, missieu, dit Romilayu derrière mon dos.

— Pourquoi ? dis-je.

— Sauver du lion sorcier, missieu. Oh, très mauvais lion.

— Ils ont fichu la frousse à la vieille mère, dis-je, foudroyant le Bunam et son assistant du regard. Voyez-le, ce nécrophore. Jamais content s'il n'a pas de cadavres ou de gens à mettre dans leur tombe. Je le sens sur vous. Et voyez cette chauve-souris, avec ses ailes de cuir, c'est son copain. Il pourrait jouer le Fantôme de l'Opéra. Il a une figure de fourmilier... de mangeur d'âmes. Tu vas leur dire tout de suite que je considère le roi comme un être brillant et noble. Tu ne mâcheras pas les mots, ordonnai-je à Romilayu, c'est pour la vieille dame.

Mais je ne pouvais changer de sujet malgré tout le bien que je disais du roi. Ils étaient venus pour me renseigner sur les lions. A une seule exception près, les lions portaient en eux les âmes de sorciers. Le roi avait capturé Atti et il l'avait ramenée chez lui à la place de son père Gmilo, qui était toujours en liberté. Ils

350

trouvaient cela très mauvais, et le Bunam était là pour m'avertir que Dahfu m'impliquait dans sa sorcellerie. « Oh, pouh, dis-je à ces gens, je ne pourrais jamais être sorcier. Mon caractère est juste à l'opposé. » A eux deux, Horko et Romilayu finirent par me faire sentir l'importance et la solennité — la pesanteur — de la situation. J'essayai d'y échapper, mais en vain ; ils m'en recouvraient, comme d'une dalle de pierre. Les gens étaient furieux. La lionne causait des méfaits. Des femmes qui avaient été ses ennemies dans la précédente incarnation avaient des fausses couches. Il y avait la sécheresse aussi, à laquelle j'avais mis fin en soulevant Mummah. En conséquence, j'étais très populaire. (Je rougis et je sentis une espèce de rose maussade me monter au visage.) « Ce n'était rien du tout », dis-je. Mais Horko me dit alors combien il était mauvais que je fusse descendu dans l'antre. On me rappela de nouveau que Dahfu n'était pas en pleine possession du trône tant que Gmilo n'était pas capturé. De sorte que le vieux roi était contraint de demeurer dans les fourrés en mauvaise compagnie (les autres lions étant tous, sans exception, des malfaisants avérés). Ils prétendaient tous que la lionne corrompait Dahfu et le rendait incapable de faire son devoir, et que c'était elle qui tenait Gmilo éloigné.

J'essayai de leur dire qu'il y avait des gens qui avaient une tout autre idée des lions qu'eux. Je leur dis qu'ils ne pouvaient avoir raison en condamnant tous les lions à l'exception d'un et qu'il devait y avoir une erreur quelque part. Puis j'en appelai au Bunam, voyant que c'était lui qui, de toute évidence, était à la tête des forces anti-lion. Je me disais que son regard plissé, la veine sévère qui barrait son front, et tous ces champs complexes de peau qu'il avait autour des yeux

devaient être les signes (même ici, où l'Afrique entière
brûlait comme des océans de pétrole vert sous le ciel
absolu et déployé) de ce dont ils auraient été les signes
à New York, à savoir, une pensée profonde. « Je trouve
que vous devriez suivre le roi. C'est un homme exceptionnel qui fait des choses exceptionnelles. Il arrive
que ce genre de grands hommes soient obligés d'aller
au-delà d'eux-mêmes. Comme César, ou Napoléon, ou
Chaka le Zoulou. Dans le cas du roi, le sujet d'intérêt
est la science. Et, bien que je ne sois pas expert en la
matière, je crois qu'il considère l'humanité dans son
ensemble, et qu'il la voit lasse d'elle-même et ayant
besoin d'être remontée par la nature animale. Vous
devriez vous féliciter de ce qu'il ne soit pas un Chaka et
ne vous abatte pas tous. C'est heureux pour vous qu'il
n'ait pas ce genre de caractère. » Je me disais qu'on
pouvait toujours essayer la menace. Celle-ci, cependant, parut sans effet. La vieille femme continuait à
murmurer, sans lâcher mes doigts, tandis que le
Bunam, écoutant Romilayu qui faisait de son mieux
pour traduire mes paroles, s'était figé dans une attitude d'une raideur farouche, de sorte que seuls ses
yeux bougeaient, et encore très peu, ils brillaient
surtout. Puis, quand Romilayu se tut, le Bunam fit un
signe à son assistant, en faisant claquer ses doigts, et
l'homme de cuir noir sortit de son manteau dépenaillé
un objet que je pris tout d'abord pour une aubergine
ratatinée. Il la tenait par la queue et l'apporta tout près
de mon visage. Je vis alors une paire d'yeux secs et
morts qui me regardaient, et des dents dans une
bouche sans haleine. Les yeux avaient une expression
apathique et *finie*. Ils me voyaient de l'au-delà. L'une
des narines de ce jouet était aplatie et l'autre était
distendue ; le visage tout entier de cette momie blan-

che, sèche, d'enfant ou de nain, avait l'air d'aboyer. Mon souffle me brûlait comme de la moutarde, et la voix de communication intérieure que j'avais entendue quand j'avais soulevé le cadavre essaya de parler, mais ne put s'élever au-dessus du murmure. Je suppose que certaines gens sont plus pleins de mort que d'autres. De toute évidence, j'ai, moi, un grand potentiel de mort. Quoi qu'il en soit, j'en viens à demander (ou peut-être est-ce plus une plainte qu'une question) pourquoi est-elle toujours près de moi... pourquoi? Pourquoi est-ce que je ne peux pas m'en éloigner un moment? Pourquoi, pourquoi?

— Alors, qu'est-ce que c'est que ça? demandai-je.

C'était la tête d'une des femmes-lions... une sorcière. Elle était allée à des rendez-vous avec des lions. Elle avait empoisonné et ensorcelé des gens. L'assistant du Bunam l'avait attrapée et elle avait été jugée et condamnée à être étranglée. Mais elle était revenue. Ils étaient tous formels: c'était là la lionne que Dahfu avait capturée. C'était Atti. L'identification ne faisait pas de doute.

— *Ame de lion*, dit Horko. *En bas*[1].

— Je ne sais pas comment vous pouvez en être tellement sûrs, dis-je. Je n'arrivais pas à détacher les yeux de la tête ratatinée au regard fini, inexpressif. Elle me parlait comme l'avait fait cette créature, à l'aquarium de Banyuls, après que j'eus mis Lily dans le train. Et je pensai, tout comme je l'avais fait alors, dans la pénombre aqueuse de ces murs de pierre: « Cette fois, ça y est! C'est la fin! »

1. En français dans le texte.

Ce soir-là, Romilayu pria avec plus de ferveur que
jamais. Ses lèvres étaient tendues loin en avant et les
muscles bondissaient sous sa peau tandis que sa voix
gémissante montait des extrêmes profondeurs. « C'est
ça, Romilayu, dis-je, prie. Vas-y carrément. Prie
comme jamais. Donne ton maximum. Vas-y, Romilayu, prie, te dis-je. » Il ne me parut pas y mettre assez
du sien, et je l'ahuris complètement en sortant du lit
dans ma culotte de soie verte et en venant m'agenouil-
ler par terre pour prier avec lui. Pour tout vous dire, ce
n'était pas la première fois, durant ces dernières
années, que j'adressais quelques paroles à Dieu. Romilayu me regarda par-dessous le nuage de cheveux frisés
qui pendaient sur son front bas, puis il poussa un
soupir et frissonna, mais je ne pouvais évidemment pas
savoir si c'était de satisfaction de découvrir que j'avais
un peu de religion ou de terreur d'entendre brusquement ma voix dans son sillage ; peut-être aussi était-ce
à cause du spectacle que j'offrais. Oh, j'étais emporté
par mes émotions ! Cette tête desséchée et la vue de la
pauvre reine Yasra m'avaient touché au plus profond
de moi-même. Et je priais, je priais : « Oh, vous...
Quelque Chose, dis-je, vous Quelque Chose à cause de

qui il n'y a pas Rien. Aidez-moi à accomplir Votre Volonté. Enlevez-moi mes péchés stupides. Libérez-moi. Père qui êtes aux cieux, ouvrez mon cœur idiot et au nom du Christ préservez-moi des choses irréelles. Oh, Vous qui m'avez enlevé aux cochons, ne me laissez pas tuer pour des lions. Et pardonnez mes crimes et ma sottise et laissez-moi retourner vers Lily et les gosses. » Puis je me tus et, les paumes pressées l'une contre l'autre, je continuai à prier, agenouillé, mon poids me courbant presque jusqu'aux larges planches du sol.

J'étais très secoué, voyez-vous, parce que je comprenais bien, maintenant, que j'étais pris entre le roi et la faction du Bunam. Le roi était décidé à mener jusqu'au bout son expérience avec moi. Il croyait que ce n'était jamais trop tard pour qu'un homme change, même s'il était tout à fait formé. Il m'avait pris comme exemple, et il attendait de pied ferme que j'absorbe des qualités de lion au contact de son lion.

Quand je demandai à le voir, le matin qui suivit la visite de Yasra, du Bunam et de Horko, on me conduisit à son pavillon privé. C'était un jardin décoré d'une manière qui paraissait conventionnelle. Aux quatre coins, il y avait des orangers nains. Une vigne en fleur couvrait le mur du palais comme une bougainvillée, et le roi était assis là sous un de ses parasols déployés. Il portait son large chapeau de velours bordé d'une frange de dents humaines et occupait un siège garni de coussins ; il était entouré d'épouses qui lui essuyaient sans cesse le visage avec de petits carrés de soie de couleur. Elles lui allumaient sa pipe et lui tendaient des boissons, s'assurant qu'il était protégé par une étoffe brochée chaque fois qu'il buvait une gorgée. Auprès d'un des orangers, un vieux type jouait d'un instrument à cordes. Très long, un peu plus court seulement qu'une contrebasse, arrondi dans le bas, cet instrument était posé sur un pied épais et l'homme en jouait avec un archet de crin. Il émettait des notes grinçantes. Le vieux musicien lui-même était tout en os, avec des genoux cagneux et une longue tête luisante, striée de rangées successives de rides. Quelques cheveux blancs pareils à des fils flottaient dans l'air derrière lui.

— Oh, Henderson-Sungo, c'est bien que vous soyez ici. Nous allons avoir un divertissement.

— Ecoutez, Votre Altesse, il faut que je vous parle, dis-je. Je ne cessais de m'essuyer la figure.

— Bien sûr, mais nous allons voir des danses.

— Mais il faut que je vous dise quelque chose, Votre Majesté.

— Oui, bien sûr, mais les danses d'abord. Mes dames me donnent un divertissement.

Ses dames ! me dis-je, et je regardai autour de moi cet assemblage de femmes nues. Car depuis qu'il m'avait dit que lorsqu'il ne pourrait plus leur servir à rien on l'étranglerait, je les regardais sans beaucoup d'aménité. Mais il y en avait qui étaient splendides, les plus grandes, qui se mouvaient avec une élégance de girafes et dont les petits visages étaient ornés de dessins en balafres. Leurs hanches et leurs seins allaient à leurs corps plus que n'importe quel costume n'aurait pu le faire. Quant à leurs traits, ils étaient larges mais pas grossiers ; au contraire, leurs narines étaient très minces et fines, et leurs yeux étaient doux. Elles étaient peintes et couvertes d'ornements et parfumées d'un musc qui sentait un peu le naphte. Quelques-unes portaient des colliers qui avaient l'air de chapelets de noix creusées, qui faisaient deux ou trois tours autour de leur cou et leur pendaient jusqu'aux pieds. D'autres avaient des coraux, des perles et des plumes, et les danseuses portaient des écharpes de couleur qui s'agitaient légèrement autour de leurs épaules tandis qu'elles parcouraient le jardin de leurs longues jambes élégantes au son de la musique grinçante que faisait le vieux avec son archet, crin, crin, crin.

— Mais je dois vous dire quelque chose.

— Oui, je m'en doutais, Henderson-Sungo. Mais il faut que nous regardions les danses. Voilà Mupi, elle est excellente. L'instrument sanglotait, gémissait et grinçait tandis que le vieux s'évertuait dessus avec son archet barbare. Mupi, prêtant l'oreille à la musique, se balança d'abord deux ou trois fois, puis leva la jambe sans plier le genou ; quand son pied revint lentement vers le sol, il parut chercher quelque chose. Puis elle commença à s'agiter en mesure, continuant à tâtonner avec un pied puis l'autre, les yeux fermés. Les minces coquilles d'or frappé, pareilles à des noix creusées, bruissaient sur le corps de Mupi. Elle prit la pipe du roi de la main de celui-ci et en versa les charbons ardents sur sa cuisse, en appuyant avec sa main, et, pendant qu'elle se brûlait ainsi, ses yeux que la douleur rendait fluides, ne cessèrent pas un instant de regarder droit dans les yeux du roi.

Celui-ci me souffla : — C'est une bonne fille... une très bonne fille.

— Elle est visiblement amoureuse de vous, dis-je. La danse continua, au son grinçant de l'instrument à deux cordes. « Votre Altesse, il faut que je vous parle... » La frange de dents cliqueta quand il tourna vers moi sa tête recouverte du chapeau souple à large bord. A l'ombre de ce chapeau, le visage du roi était plus vif que jamais, et surtout son nez effilé et ses lèvres très gonflées.

— Votre Altesse.

— Oh, vous êtes très obstiné. Bien. Puisque vous prétendez que c'est tellement urgent, allons dans un endroit où nous pourrons parler. Il se leva, ce qui provoqua une grande agitation chez les femmes. Elles se mirent à sauter dans tous les sens, à traverser en courant le petit pavillon, à pousser des cris et à faire s'entrechoquer bruyamment leurs ornements ; certaines pleurèrent de déception de voir le roi partir et quelques-unes m'invectivèrent avec des voix aiguës parce que j'emmenais Dahfu ; plusieurs crièrent « Sdudu Lebah ! » Lebah était un mot que j'avais appris et qui signifiait lion en wariri. Les femmes avertissaient le roi du danger que représentait Atti ; elles l'accusaient de désertion. Le roi riait et leur faisait de grands gestes de la main. Il paraissait très affectueux et je crois qu'il faisait savoir aux femmes qu'il les aimait bien, toutes. Moi j'attendais, à côté, immense, mon visage soucieux encore tiraillé par les meurtrissures.

Les femmes avaient raison, car Dahfu ne me ramena pas dans son appartement, mais me conduisit de nouveau dans l'antre, en bas. Quand je me rendis compte de la direction qu'il prenait, je courus derrière lui, disant : — Attendez, attendez. Discutons d'abord. Une minute seulement.

— Je regrette, Henderson-Sungo, mais nous devons aller chez Atti. Je vous écouterai en bas.

— Excusez-moi de vous dire ça, Roi, mais vous êtes très têtu. Pour le cas où vous ne le sauriez pas, vous êtes dans de sales draps.

— Oh, diable, dit-il, je sais ce qu'ils ont dans la tête.

— Ils sont venus chez moi et ils m'ont montré la tête d'une personne dont ils disent qu'elle était comme Atti dans une existence précédente.

Le roi s'arrêta. Tatu venait de nous faire passer la porte et attendait dans la galerie, tenant le lourd verrou dans ses bras. — C'est le coup bien connu de la peur. Nous y résisterons. Mon vieux, tout ne peut pas être rose dans une affaire comme celle-ci. Est-ce que cela vous tourmente ? C'est parce que j'ai montré l'attachement que j'ai pour vous. Il me prit par l'épaule.

Peut-être à cause du contact de sa main, je faillis m'écrouler du haut des marches. — Tenez, dis-je, je suis prêt à faire à peu près ce que vous direz. La vie m'en a fait beaucoup voir, Roi, mais je n'ai jamais eu vraiment peur, au fond. Je suis un soldat. Tous les miens ont été des soldats. Ils ont protégé les paysans, et ils sont partis pour les croisades et ont combattu les Mahométans. J'ai même eu un ancêtre, du côté de ma mère, sans qui le général Grant n'aurait même pas imaginé engager un combat. Il disait : « Est-ce que Billy Waters est là ? — Présent, mon général. — Très bien, commencez la bataille. » Je vous le dis, j'ai du sang martial dans les veines. Mais, Votre Altesse, vous me brisez avec cette histoire de lion. Et votre mère, vous pensez à elle ?

— Au diable ma mère, Sungo, dit-il. Est-ce que vous croyez que le monde n'est qu'un œuf et que nous sommes là pour le couver ? Les phénomènes passent avant tout. Absolument avant tout le reste. Je vous parle d'une grande découverte et vous répondez en discutant mères. Je me rends compte qu'ils lui font le coup de la peur, à elle aussi. Ma mère a déjà survécu à mon père Gmilo de la moitié d'une décade. Passez la porte avec moi et Tatu fermera. Venez, venez. Je ne bougeai pas. Il cria : — Venez, je vous dis ! et je passai la porte. Je vis Tatu peiner pour mettre en place le gros morceau de bois qui servait de verrou. Il retomba, la porte claqua et nous nous trouvâmes dans le noir. Le roi descendait l'escalier en courant.

Je le rattrapai à l'endroit où la lumière pénétrait par un grillage dans le plafond, lumière jaune, glauque, pierre conditionnée.

Il me dit : — Pourquoi me menacez-vous comme ça avec votre figure ? Vous avez une expression vraiment périlleuse.

Je dis : — C'est à cause de ce que je sens. Je vous l'ai déjà dit, je suis un peu médium. Et je sens le danger.

— Evidemment, puisque danger il y a. Mais je capturerai Gmilo et tout cela cessera complètement. Personne ne discutera ni ne contestera mon pouvoir alors. Tous les jours, des éclaireurs partent à la recherche de Gmilo. On l'a même déjà signalé. Je peux vous assurer qu'il sera capturé très bientôt.

Je dis avec ferveur que j'espérais fortement qu'il allait l'attraper et en finir, de façon que nous n'ayons plus à nous inquiéter des deux étrangleurs, le Bunam et l'homme de cuir noir. Ils cesseraient alors de persécuter la mère du roi. En m'entendant parler encore de sa mère, le roi parut furieux. Pour la première fois depuis que nous nous connaissions, il me lança un long regard de reproche. Puis il se remit à descendre les marches. Secoué, je le suivis. Après tout, me dis-je, ce roi noir se trouvait être un génie. Comme Pascal découvrant à l'âge de douze ans la trente-deuxième proposition d'Euclide.

Mais pourquoi des lions ?

Parce que, Mr. Henderson, me répondis-je à moi-

même, vous ne savez pas ce que c'est que l'amour vrai si vous croyez qu'il peut comporter un choix délibéré. On aime, voilà tout. C'est une force naturelle. Irrésistible. Il est tombé amoureux de la lionne au premier coup d'œil... *le coup de foudre*[1]. Je dégringolai la partie de l'escalier couverte de mauvaises herbes tout en poursuivant ce dialogue avec moi-même. En même temps, je retenais mon souffle car nous approchions de l'antre. Le nuage de peur qui m'entourait était plus suffocant encore qu'avant ; ma figure s'y heurtait littéralement et cela rendait ma respiration maladroite. Mon souffle devint bruyant. La bête nous entendit et commença à rugir à l'intérieur de sa tanière. Dahfu regarda à travers le grillage et dit :
— Ça va, nous pouvons entrer.

— Maintenant ? Vous croyez qu'elle est bien ? Elle me paraît agitée. Pourquoi n'attendons-nous pas ici, dis-je, que vous voyiez comment elle est ?

— Non, il faut que vous veniez, dit le roi. Est-ce que vous n'avez pas encore compris que j'essayais de faire quelque chose pour vous ? Quelque chose de bien ? Je peux difficilement imaginer quelqu'un qui en ait plus besoin que vous. Le danger est négligeable, réellement. L'animal est dompté.

— Dompté pour vous, mais elle ne me connaît pas encore vraiment. Je suis tout aussi prêt à prendre un risque raisonnable que n'importe qui. Mais je n'y peux rien, cette lionne me fait peur.

Il s'arrêta, et je me dis que j'étais en train de baisser grandement dans son estime, et rien n'aurait pu me blesser davantage. « Oh ! », dit-il, et il semblait particulièrement pensif. Il réfléchit en silence. Il me parut à

1. En français dans le texte.

ce moment, puis quand il parla, plus grand que nature. « Je crois me rappeler que quand nous parlions de coups nous disions qu'il manquait des braves. » Il poussa un soupir et dit, de sa bouche grave qui, même à l'ombre de son chapeau, était d'une couleur très rouge : « La peur dirige les humains. Son empire est le plus puissant de tous. Elle vous rend blancs comme des bougies. Elle coupe les yeux en deux. Il a été créé plus de peur que de n'importe quoi, dit le roi. En tant que force façonneuse, elle arrive en second, car il n'y a, au-dessus d'elle, que la Nature elle-même.

— Mais cela ne s'applique-t-il pas à vous aussi ? Il acquiesça aussitôt : — Oh, certainement. Cela s'applique. Cela s'applique à tout un chacun. Même si cela ne se voit pas, cela s'entend, comme la radio. C'est sur presque toutes les longueurs d'ondes. Tous tremblent, tous tressaillent, à un degré plus ou moins fort.

— Et vous croyez qu'il y a un remède ? demandai-je.

— Mais bien sûr. Sinon il faudra renoncer à tout ce qu'il y a de meilleur dans l'imagination. Quoi qu'il en soit, je ne vous pousserai plus à entrer avec moi comme je l'ai fait. Comme l'a fait mon père, Gmilo. Comme l'a fait Stuffo, le père de Gmilo. Comme nous l'avons tous fait. Non. Si c'est vraiment au-dessus de vos forces, disons-nous au revoir et reprenons chacun notre chemin.

— Une minute, Roi, ne soyez pas si pressé, dis-je. J'étais mortifié et affolé ; rien n'aurait pu m'être plus douloureux que de voir rompus mes rapports avec lui. Quelque chose avait éclaté dans ma poitrine, je sentais mes yeux s'emplir de larmes et je dis, étouffant presque : — Vous ne m'enverriez pas promener comme ça, Roi ? Vous connaissez mes sentiments. Il vit combien j'étais frappé ; il me répéta cependant que mieux valait peut-être que je m'en aille, car bien que nous fussions faits pour être amis, de tempérament, et que lui aussi eût une profonde affection pour moi, et qu'il fût heureux d'avoir pu me rencontrer et aussi reconnaissant des services que j'avais rendus aux Wariri en soulevant Mummah, néanmoins, tant que je ne comprendrais pas ce qu'étaient les lions, tout approfondissement de notre amitié était impossible. Je devais absolument comprendre de quoi il était question. — Attendez une minute, Roi, dis-je. Je me sens extraordinairement proche de vous et je suis prêt à croire ce que vous me direz.

— Merci, Sungo, dit-il. Moi aussi, je suis proche de vous. C'est très réciproque. Mais j'ai besoin que nos rapports soient plus profonds. J'ai le désir d'être compris de vous et d'être en communication avec vous. Il nous faut développer entre nous une similarité sous-jacente dont vous avez déjà les éléments en vous, et nous le ferons par le truchement de la lionne. Autrement, comment pourrions-nous rester fidèles au pacte de vérité que nous avons conclu ?

J'étais bouleversé et je dis : — Oh, c'est dur, Roi, d'être menacé de perdre un ami.

Cette menace lui était extrêmement pénible, à lui aussi. Oui, je voyais qu'il souffrait presque autant que moi. Presque. Car qui peut souffrir autant que moi ? Je suis à la souffrance ce que Gary est à la fumée. Une des plus grandes entreprises du monde.

— Je ne comprends pas, dis-je.

Il m'amena près de la porte et me fit regarder par le grillage Atti, la lionne et, de son ton doux, personnel, qui lui était particulier et qui allait curieusement au cœur du sujet, il dit : — Ce qu'un chrétien peut ressentir dans l'église Sainte-Sophie, que j'ai visitée en

Turquie quand j'étais étudiant, je le tire de la lionne. Quand elle fléchit la queue, cela me frappe au cœur. Vous me demandez ce qu'elle peut faire pour vous ? Beaucoup de choses. Pour commencer, elle est inévitable. Faites-en l'essai, et vous verrez qu'elle est inévitable. Et c'est ce dont vous avez besoin, car vous êtes un éviteur. Oh, vous avez réussi des esquives capitales. Mais elle va changer tout ça. Elle fera briller la conscience avec éclat. Elle vous polira. Elle vous imposera le moment présent. Ensuite, les lions sont des maîtres de l'expérience. Mais ils n'agissent jamais dans la hâte. Ils font leurs expériences avec un luxe délibéré. Le poète dit : « Les tigres de la colère sont plus sages que les chevaux de l'instruction. » Considérons les lions du même œil. Bien plus, observez Atti. Contemplez-la. Comment marche-t-elle, comment flâne-t-elle ou respire-t-elle ? J'insiste sur la partie respiratoire, dit-il. Elle n'a pas une respiration superficielle. La liberté des muscles intercostaux et la souplesse de l'abdomen (la partie inférieure de son ventre, exposée à notre vue, était d'un blanc immaculé) donnent cette continuité vitale entre les parties du corps. Elle met cette chaleur dans les yeux bruns pareils à des bijoux. Il y a aussi des points plus subtils, comme la façon dont elle offre des suggestions, ou obtient des caresses. Mais je ne peux m'attendre à ce que vous voyiez tout cela immédiatement. Atti a trop à vous apprendre.

— A m'apprendre ? Vous pensez vraiment qu'elle pourrait me transformer ?

— Excellent. C'est précisément cela. Vous transformer. Vous ne croyiez pas que vous deviez périr. Vous avez essayé une fois de plus, et pour la dernière fois, d'affronter le monde. Avec l'espoir d'un changement.

Oh, ne vous étonnez pas d'être à ce point reconnu, dit-il, voyant combien j'étais ému de découvrir que mon attitude était comprise. Vous m'avez dit beaucoup de choses. Vous êtes franc. Cela vous rend irrésistible, comme peu le sont. Vous avez les rudiments d'un haut caractère en vous. Vous pourriez être noble. Certaines parties de vous sont depuis si longtemps enfouies peut-être qu'elles peuvent être considérées comme mortes. Y a-t-il une possibilité de résurrection pour elles ? C'est là qu'intervient la transformation.

— Vous croyez que j'ai une chance ? demandai-je.

— Ce n'est pas impossible du tout si vous suivez mes directives.

La lionne passa devant la porte en la frôlant. J'entendais son grondement doux, grave, continuel.

Dahfu se prépara alors à entrer. Toute la partie inférieure de mon corps se glaça. Mes genoux étaient comme deux pierres dans un froid torrent alpin. Ma moustache me piquait les lèvres, ce qui me faisait me rendre compte que je plissais le front, que je grimaçais de terreur, et je savais aussi que mes yeux devaient s'emplir d'une noirceur fatale. Comme il l'avait fait auparavant, le roi prit ma main pour entrer et je pénétrai dans l'antre en suppliant intérieurement : « Aidez-moi, mon Dieu ! Oh, aidez-moi ! » L'odeur était aveuglante, car ici, près de la porte, où l'air était enfermé, cela puait radieusement. De cette obscurité émergeait le visage de la lionne, plissé, avec ses moustaches pareilles aux plus minces fuseaux tracés avec un diamant à la surface d'un verre. Elle permit au roi de la caresser, mais elle passa devant lui pour venir m'examiner, traçant dans sa démarche ces cercles clairs d'une colère inhumaine, convexes, bruns et purs, et enfermant en eux des anneaux de lumière noire.

Entre sa bouche et ses naseaux, une ligne divisait sa lèvre, comme la taille d'un sablier, puis s'en allait jusqu'au museau. Elle renifla mes pieds, remontant jusqu'à la fourche, cette fois encore, ce qui faisait se cacher mes parties dans mon ventre du mieux qu'elles pouvaient. Puis elle mit sa tête sous mon aisselle et ronronna avec une vibration si intense que ma tête en tinta comme une timbale.

Dahfu murmura : — Vous lui plaisez. Oh, je suis content. Je suis enthousiasmé. Je suis fier de vous deux. Est-ce que vous avez peur ?

J'éclatais. Je ne pus que faire oui de la tête.

— Plus tard, vous rirez de vous-même. Mais maintenant, c'est normal.

— Je ne peux même pas amener mes mains l'une contre l'autre pour les tordre, dis-je.

— Vous vous sentez paralysé ? demanda-t-il.

La lionne s'en alla, elle fit le tour de l'antre en longeant les murs, son pas étouffé par les lourds coussinets de ses pattes.

— Est-ce que vous voyez ? me demanda le roi.

— A peine. C'est à peine si je distingue quoi que ce soit.

— Commençons par la marche.

— Derrière des barreaux, tout de suite. Ce serait formidable.

— Vous voilà encore en train d'éviter, Henderson-Sungo. Il me regardait par-dessous le rebord de velours doucement sinueux de son chapeau. — Le changement ne se produit pas comme cela. Il faut que vous vous forgiez une nouvelle habitude.

— Oh, Roi, que puis-je faire ? Mes orifices sont vissés, tant derrière que devant. Ils en seront peut-être à l'extrême opposé dans une minute. Ma bouche est desséchée, mon cuir chevelu se plisse. Je sens ma nuque s'épaissir et s'alourdir. Je vais peut-être me trouver mal.

Je me souviens qu'il me considérait avec une vive curiosité, comme si les symptômes que je lui décrivais l'intéressaient du point de vue médical. « Toutes les résistances se déploient au maximum », dit-il, en guise de commentaire. Il ne semblait pas possible que le noir de son visage puisse être dépassé et pourtant, ses cheveux, ce que l'on en voyait sous le rebord de son chapeau, étaient plus noirs. — Bon, dit-il, nous allons les laisser se manifester. J'ai fermement confiance en vous.

Je dis d'un ton faible : — Je suis heureux de vous l'entendre dire. Encore faut-il que je ne sois pas déchiré en morceaux. Que je ne sois pas à moitié dévoré.

— Croyez-m'en, une telle éventualité n'est pas possible. Regardez donc comment elle marche. Elle est belle ? Vous l'avez dit ! Et qui plus est, c'est une beauté non apprise, la beauté de l'espèce. Je crois que quand la peur se sera calmée en vous, vous serez capable d'admirer cette beauté. Je crois qu'une partie de l'émotion que procure la beauté résulte d'une victoire sur la peur. Quand la peur cède, une beauté est révélée à sa place. On dit la même chose de l'amour parfait, si je me souviens bien, et cela veut dire que l'ego cesse d'avoir la première place. Oh ! Henderson, regardez comme son comportement est rythmé. Est-ce que vous avez fait le chat en première année d'anatomie ? Regardez comme elle courbe la queue. J'ai l'impression de ressentir le geste personnellement. Et maintenant, suivons-la. Il se mit à me faire faire le tour de l'antre derrière la lionne. J'étais plié en deux et j'avais les jambes lourdes comme si j'avais été ivre. Mon pantalon de soie verte ne flottait plus mais était chargé d'électricité et il collait à l'arrière de mes cuisses. Le roi ne cessa pas de parler, ce dont j'étais heureux car ses paroles étaient mon unique soutien. Je ne pouvais suivre en détail son raisonnement — je n'étais pas en état de le faire — mais, graduellement, je compris que ce qu'il voulait, c'était que j'imite ou que j'adopte le comportement des lions. Qu'est-ce que cela va être, me disais-je, la méthode Stanislavski ? Le Théâtre d'art dramatique de Moscou ? Ma mère avait visité la Russie en 1905. A la veille de la guerre du Japon, elle avait vu la maîtresse du tzar danser dans un ballet.

Je dis au roi : — Et comment interviennent dans tout cela l'*allochiria* d'Obersteiner et tous ces documents médicaux que vous m'avez donnés à lire ?

Il me répondit patiemment : — Tous les morceaux se raccordent parfaitement. Bientôt ce sera clair. Mais tout d'abord, essayez, au moyen du lion, de distinguer les états qui sont donnés des états qui sont créés. Observez que cette Atti est complètement lion. Elle n'est jamais en désaccord avec l'inhérent. Elle est cent pour cent à l'intérieur du donné.

Mais je répliquai d'une voix brisée : — Puisqu'elle n'essaie pas d'être humaine, pourquoi devrais-je essayer de faire le lion ? Je n'y arriverai jamais. S'il faut que je copie quelqu'un, pourquoi est-ce que cela ne peut pas être vous ?

— Oh, assez d'objections, Henderson-Sungo. *Moi aussi*, je l'ai copiée. Le transfert du lion à l'homme est possible, je le sais par expérience. Puis il cria « Sakta », ce qui était, pour la lionne, le signal de courir. Elle partit au trot et le roi se mit à bondir derrière elle, et je courus aussi, essayant de rester près de lui. « Sakta, sakta », criait-il, et la lionne prenait de la vitesse. Elle allait vite, maintenant, le long du mur d'en face. Dans quelques minutes, elle arriverait derrière moi.

— Roi, Roi, fis-je, laissez-moi passer devant vous, au nom du ciel.

— Sautez en l'air, me fit-il, pour toute réponse. Mais je clopinais lourdement derrière lui, essayant de le dépasser, et sanglotant. Je voyais, en esprit, du sang en grosses gouttes, plus grosses que des pièces de monnaie, jaillir de ma peau au moment où la lionne y enfonçait ses griffes, car j'étais convaincu que, du moment que j'étais en mouvement, j'étais un gibier permis et qu'elle m'attaquerait dès qu'elle serait sur moi. Ou peut-être me casserait-elle le cou. Je me disais que ce serait peut-être préférable. Un coup, un moment de vertige, et l'esprit s'emplit de nuit. Ah, Dieu ! Il n'y aurait pas d'étoiles dans cette nuit-là ! Il n'y aurait rien.

Je ne pus pas rattraper le roi, je fis donc semblant de trébucher et je me laissai tomber lourdement par terre, sur le côté, en poussant un cri fou. Quand il me vit couché sur le ventre, le roi étendit le bras pour faire signe à Atti de s'arrêter, criant : « Tana, tana, Atti. » Elle fit un saut de côté et se mit à marcher vers la planche de bois. D'où j'étais, dans la poussière, je la regardai. Elle se ramassa sur ses hanches et atteignit avec légèreté la planche sur laquelle elle aimait s'allonger. Elle avança une patte et entreprit de se laver avec sa langue. Le roi s'accroupit à côté d'elle et me dit :

— Vous êtes blessé, Mr. Henderson ?

— Non, j'ai été secoué, c'est tout, dis-je.

Il commença alors à m'expliquer : — J'ai l'intention de vous dénouer, Sungo, parce que vous êtes très contracté. C'est pour cela que nous avons couru. La tendance de votre conscient est d'isoler le moi. Cela vous rend extrêmement contracté et replié sur vous-même, c'est pourquoi j'ai envie, ensuite...

— Ensuite ? dis-je. Comment ensuite ? J'ai mon compte. Je suis aplati dans la poussière. Qu'est-ce que je suis censé faire de plus, Roi, au nom du ciel ? D'abord, on m'a collé un cadavre, puis on m'a jeté dans l'abreuvoir, attifé par les amazones. Bon. C'était pour la pluie. Même la culotte de Sungo et tout le reste. Bon ! Mais maintenant quoi ?

Plein de patience et de sympathie, il me répondit, en soulevant un coin plissé de sa coiffure de velours, couleur de vin généreux : — Soyez patient, Sungo, dit-il. Ces choses que vous venez de mentionner étaient pour nous, les Wariri. Ne croyez pas que je puisse être ingrat. Mais ce qui se passe maintenant, c'est pour vous.

— C'est ce que vous ne cessez de dire. Mais comment le numéro avec le lion me guérira-t-il de ce que j'ai ?

La ligne, penchée en avant, du visage du roi, suggérait, comme le visage de sa mère, qu'il vous était offert. — Oh, dit-il, une noble conduite, une noble conduite ! Il n'y aura jamais que souffrance sans noble conduite. Je sais que vous êtes parti de chez vous, en Amérique, parce que privé de noble conduite. Vous avez bien fait face aux premières occasions qui vous étaient offertes, Henderson-Sungo, mais vous devez continuer. Profitez des études que j'ai faites et qui, par chance, sont à votre disposition.

Je léchai ma main car je me l'étais égratignée en tombant, puis je m'assis et méditai sombrement. Il était accroupi en face de moi, les genoux entre les bras.

370

Il me regardait fixement par-dessus ses gros bras croisés et il essayait de faire se rencontrer nos yeux.

— Que voulez-vous que je fasse?

— Ce que j'ai fait. Ce que Gmilo, Suffo, tous les ancêtres ont fait. Ils ont tous fait le lion. Chacun a absorbé le lion en lui. Si vous agissez comme je le souhaite, vous aussi vous ferez le lion.

Si mon corps, si ma chair n'étaient qu'un rêve, alors il y avait peut-être un espoir qu'ils s'éveillent. C'était ce que je pensais, au milieu de mes douleurs cuisantes. Je me trouvais, pour ainsi dire, couché au fond des choses. Finalement, je poussai un soupir et entrepris de me lever, faisant pour cela un des plus grands efforts que j'eusse jamais faits. Voyant cela, le roi dit : — Pourquoi vous lever, Sungo, puisque nous vous avons mis sur le ventre?

— Comment cela, sur le ventre? Vous voulez que je rampe?

— Non, bien sûr que non, ramper est pour une autre sorte de créature. Mais soyez à quatre pattes. Je désire que vous adoptiez la posture d'un lion. Il se mit lui-même à quatre pattes, et je fus obligé de reconnaître qu'il avait beaucoup du lion. Atti avait croisé les pattes et ne nous regardait qu'occasionnellement.

— Vous voyez? dit-il.

— Il est normal que vous soyez capable de le faire, répondis-je. Vous avez été élevé dans ce sens. Et, en plus, c'est votre théorie. Mais moi, je ne peux pas. Je me laissai retomber par terre.

— Oh, dit-il. Mr. Henderson, Mr. Henderson, est-ce là l'homme qui parlait de sortir d'un tombeau de solitude? Qui m'a récité le poème de la petite mouche sur la feuille verte au soleil couchant? Qui voulait cesser de Devenir? Est-ce là le Henderson qui a parcouru la moitié du monde en avion parce qu'il avait en lui une voix qui disait *Je veux* ? Et maintenant parce que son ami Dahfu lui tend un remède, il tombe ? Vous voulez en terminer là avec moi ?

— Voyons, Roi, ce n'est pas vrai. Ce n'est pas vrai du tout, et vous le savez. Je ferais n'importe quoi pour vous.

Pour le prouver, je me hissai sur mes mains et sur mes pieds et je restai là, les genoux pendants, essayant de regarder droit devant moi et d'avoir autant l'air d'un lion que possible.

— Oh, excellent, dit-il. Je suis si heureux. J'étais certain que vous aviez assez de flexibilité en vous. Prenez appui sur vos genoux, maintenant. Oh, c'est mieux comme ça, beaucoup mieux. Mon ventre avançait entre mes bras. — Votre structure est loin d'être ordinaire, dit-il. Mais je vous présente mes félicitations les plus sincères pour avoir abandonné votre précédente attitude de fixité. Et maintenant, voudriez-vous prendre un peu plus de souplesse ? Vous avez l'air coulé en un seul bloc. Le diaphragme domine. Pouvez-vous bouger les différentes parties ? Vous dépouiller d'une partie de cette lourde répugnance dont est empreinte toute votre attitude. Pourquoi être si triste et à ras de terre ? Vous êtes un lion maintenant. Concevez, mentalement, votre environnement. Le ciel, le soleil et les créatures des fourrés. Vous êtes apparenté à tout cela. Les moustiques sont vos cousins. Le ciel est votre pensée. Les feuilles sont votre assurance et vous n'en avez pas besoin d'autre. Le discours des étoiles se poursuit toute la nuit sans interruption. Est-ce que vous êtes avec moi ? Dites-moi, Mr. Henderson, est-ce que vous avez consommé de grandes quantités d'alcool dans votre vie ? Votre visage laisse entendre

que oui, le nez surtout. N'y voyez là rien de personnel.
Beaucoup peut être changé. Pas tout, certes, mais
vraiment beaucoup. Vous pouvez acquérir un nouvel
équilibre, qui sera votre équilibre. Il ressemblera à la
voix de Caruso, que j'ai entendue sur des disques,
jamais fatiguée parce que la fonction est aussi naturelle qu'elle l'est chez les oiseaux. Mais, dit-il, c'est un
autre animal que vous me rappelez fortement. Mais
lequel ?

Je n'allais rien lui dire. De toute façon, mes cordes
vocales étaient attachées les unes aux autres comme
des spaghetti trop cuits.

— Oh, vraiment ! Comme vous êtes grand, dit-il. Et
il poursuivit dans cette veine.

Je finis quand même par retrouver ma voix, et je lui
demandai : — Combien de temps voulez-vous que je
garde cette position ?

— D'après mes observations, dit le roi, il est très
important que, dans ce premier essai, vous ayez *d'une
manière quelconque* le sentiment d'être lion. Commençons par le rugissement.

— Vous ne croyez pas que ça va l'exciter, elle ?

— Non, non. Ecoutez, Mr. Henderson. Je désire que
vous vous imaginiez que vous êtes un lion. Littéralement un lion.

Je gémis.

— Non, Mr. Henderson. Je vous en prie, faites-moi
plaisir. Un vrai rugissement. Il faut que nous entendions votre voix. Telle quelle, elle est plutôt étouffée. Je
vous ai dit que la tendance de votre conscient est
d'isoler le moi. Alors, imaginez que vous êtes avec
votre proie. Vous voulez chasser un intrus, lui intimer
l'ordre de partir. Vous pouvez commencer par un
grognement.

Au point où j'en étais, il n'y avait pas moyen de reculer. Il ne me restait aucune autre solution. Je devais m'exécuter. Je commençai donc à former un grondement dans ma gorge. J'étais au désespoir.

— Plus fort, plus fort, dit le roi avec impatience. Atti n'a rien remarqué, c'est donc loin d'être ça.

Je donnai plus de force au son que je produisais.

— Et lancez des regards furieux. Rugissez, rugissez, rugissez, Henderson-Sungo. N'ayez pas peur. Laissez-vous aller. Mettez-y de la hargne. Sentez-vous lion. Baissez-vous sur les pattes avant. Remontez l'arrière-train. Menacez-moi. Ouvrez ces superbes yeux tachetés. Oh, faites monter le ton. C'est mieux, c'est mieux, dit-il, mais il y a encore trop de pathos. Montez le ton. Maintenant, avec votre main — votre patte — attaquez ! Donnez un coup ! Retombez ! Encore une fois... frappez, frappez, frappez, frappez ! Sentez-le. Soyez la bête ! Vous retrouverez votre humanité plus tard, mais pour le moment, soyez-le totalement.

J'étais donc la bête. Je m'abandonnai entièrement, et toute ma souffrance s'exprima dans mon rugissement. C'étaient mes poumons qui fournissaient l'air, mais la note venait de mon âme. Le rugissement me brûla la gorge et me fit mal au coin des lèvres, et, bientôt, j'emplis l'antre comme un tuyau d'orgue de basse. Voilà où m'avait envoyé mon cœur, avec sa clameur. Voilà où j'avais abouti. Oh, Nabuchodonosor ! Comme je comprends la prophétie de Daniel. Car j'avais des griffes, et des poils, et des dents, et j'éclatais d'un bruit enflammé, mais, quand tout cela s'était manifesté, quelque chose demeurait encore. Cette dernière chose, c'était mon ardent désir humain.

Quant au roi, il était enthousiaste : il me félicitait, il se frottait les mains, il me regardait dans les yeux.

374

« Oh ! bien, Mr. Henderson. Bien, bien. Vous êtes l'homme que je croyais », l'entendis-je dire quand je m'arrêtai pour reprendre mon souffle. Autant aller jusqu'au bout, pensai-je, puisque aussi bien j'étais accroupi dans la poussière et dans les ordures du lion, puisque j'étais allé jusque-là ; j'y mis donc toutes mes forces et je rugis à me faire éclater la tête. Chaque fois que j'ouvrais mes yeux protubérants, je voyais le roi se réjouir à côté de moi sous son chapeau, et la lionne qui me regardait, de son tréteau ; elle avait l'air d'une créature entièrement en or assise là.

Quand je n'en pus plus, je tombai face contre terre. Le roi pensa que je m'étais peut-être évanoui et il me tâta le pouls et me tapota les joues en disant : « Allons, allons, cher ami. » J'ouvris les yeux, et il dit : — Ah, ça va ? J'étais inquiet. Vous êtes passé du cramoisi au noir en commençant par le sternum et en remontant jusqu'à la figure.

— Non, ça va. Comment est-ce que je m'en tire ?

— Merveilleusement, mon frère Henderson. Croyez-moi, ce sera bienfaisant pour vous. Je vais emmener Atti et vous laisser reposer. Nous en avons fait assez pour la première fois.

Le roi alla enfermer Atti dans sa pièce du fond, et nous nous assîmes ensemble sur le tréteau et parlâmes. Le roi semblait certain que le lion Gmilo allait faire son apparition très bientôt. On l'avait vu dans le voisinage. Dahfu me dit qu'après le retour de Gmilo il relâcherait la lionne, ce qui mettrait fin à la controverse avec le Bunam. Après quoi, il se remit à parler des rapports entre le corps et le cerveau. Il dit : « Le tout, c'est d'avoir un modèle désirable dans la substance corticale. Car une noble conception personnelle est indispensable. La conception, c'est l'homme. En d'autres termes, vous êtes de corps ce que vous êtes d'âme. Et, ainsi, un homme est réellement son propre créateur. Le corps et le visage sont secrètement peints par l'esprit de l'homme, qui travaille par le truchement de la substance corticale et des ventricules trois et quatre, lesquels dirigent le courant de l'énergie vitale à travers tout l'organisme. Et cela explique ce qui m'excite tellement, Henderson-Sungo. » Il était en effet très excité. Il s'envolait. L'enthousiasme l'avait fait monter jusqu'au ciel. J'avais le vertige à essayer de le suivre là-haut. Et, en même temps, je ressentais de l'amertume devant ce qu'impliquait aussi sa théorie que je commençais à comprendre. Car si j'étais le peintre de mon propre nez et de mon front et de ma carrure insensée, de mes bras et de mes doigts, alors, j'avais commis rien d'autre qu'un crime vis-à-vis de moi-même. Qu'avais-je fait ! Un gâchis d'humanité ! Oh, ho, ho, ho, ho ! Que la mort ait la bonté de me balayer et de dissoudre ce gigantesque assemblage d'erreurs. « Ce sont les cochons — je venais de le comprendre brusquement — les cochons ! Les lions pour lui, les cochons pour moi. Je voudrais être mort. »

— Vous êtes pensif, Henderson-Sungo.

Je n'étais pas loin, en cet instant, d'en vouloir au roi. J'aurais dû comprendre que son brillant esprit n'était pas un don sûr, mais qu'il reposait, comme ce palais rouge délabré, sur des étais douteux.

Il entreprit de me faire un cours d'un nouveau genre. Il me dit que la nature pouvait n'être qu'une mentalité. Je ne voyais pas très bien ce qu'il entendait par là. Il se demandait si les objets inanimés eux-mêmes n'avaient pas aussi une existence mentale. Il dit que Mme Curie avait parlé quelque part de particules bêta qui jaillissaient comme des bandes d'oiseaux. — Vous vous rappelez ? fit-il. Le grand Kepler croyait que la planète entière dormait, s'éveillait et respirait. Etait-ce une absurdité ? En ce cas, l'esprit humain peut s'associer avec l'Intelligence Suprême pour accomplir un certain travail. Par imagination. Et il se mit alors à parler une fois encore de la procession de monstres que l'imagination humaine avait créée au lieu de cela. — Je les ai classés dans les catégories que j'ai déjà citées, dit-il ; à savoir l'appétit, l'angoisse, l'hystérique fatal, les lazares lutteurs, les éléphants immunisés, les rieurs fous, le génital creux, etc. Imaginez ce qu'il pourrait y avoir à la place, créé par des imaginations différentes. Quels types gais, brillants, joyeux, quelles beautés et quelle bonté, quelles douces joues et quels nobles maintiens. Ah, ah, ah ! ce que nous pourrions être ! L'occasion invite à atteindre des sommets. Vous auriez dû être un de ces sommets, Mr. Henderson-Sungo.

— Moi ? dis-je, encore abasourdi par mon propre rugissement. Mon horizon mental était loin d'être clair, bien que les nuages qui le couvraient ne fussent ni bas ni sombres.

— Vous voyez, dit Dahfu, vous êtes arrivé ici me parlant de *grun-tu-molani*. Que pourrait être le *grun-tu-molani* sur un fond de vaches ?

C'était comme s'il m'avait dit : *Espèce de porc !*

Il était vain de maudire Nicky Goldstein pour ça. Ce n'était pas sa faute s'il était juif, s'il m'avait annoncé qu'il allait élever des visons dans les Catskill et si je lui avais dit que j'allais élever des cochons. Le destin est bien plus complexe que cela. Je devais être voué aux cochons bien avant d'avoir rencontré Goldstein. Deux truies, Esther et Valentine, me suivaient toujours avec leurs ventres tachetés et leurs soies revêches, rousses, aux reflets de rouille, d'aspect si doux, mais piquantes comme des épingles au toucher. « Ne les laisse pas traîner dans l'allée », me disait Frances. C'était alors que je l'avais prévenue : « Ne leur fais pas de mal. Ces animaux sont devenus une partie de moi-même. »

Ces créatures en étaient-elles vraiment arrivées à faire partie de moi ? J'hésitais à aborder carrément le sujet avec Dahfu et à lui demander s'il voyait sur moi l'influence des cochons. M'examinant secrètement, je tâtai mes pommettes. Elles ressortaient comme les champignons qui poussent sur le tronc des arbres, ces champignons que l'on voit blancs comme du saindoux quand on les casse en deux. J'allai toucher mes cils sous mon casque. Les cochons n'ont de cils que sur la paupière supérieure. J'en avais quelques-uns en bas, mais rares et sans pointes. Quand j'étais enfant, je voulais faire comme Houdini et j'essayais de ramasser des aiguilles par terre avec mes cils, pendu la tête en bas au pied de mon lit. Lui y parvenait. Moi, je n'y réussis jamais, mais ce n'était pas parce que j'avais les cils trop courts. Oh ! j'avais changé, sans aucun doute. Tout le monde change. Le changement est prescrit à l'avance. Les changements doivent venir. Mais comment ? Le roi dirait qu'ils étaient soumis à l'image maîtresse. Je me mis à tâter mes bajoues, mon groin ; je n'osais pas baisser les yeux pour constater ce qui m'était arrivé. Des tripes, un chaudron plein. Le tronc, un gros cylindre. Il me semblait que je ne pouvais même pas respirer sans grogner. Ciel ! Je mis ma main sur mon nez et sur ma bouche et je jetai au roi un regard désespéré. Mais il entendit la vibration gutturale de mes cordes vocales et il dit : — Qu'est-ce que ce bruit étrange que vous faites, Henderson-Sungo ?

— A quoi cela vous fait-il penser, Roi ?

— Je ne sais pas. Une syllabe animale ? C'est curieux, vous avez l'air en bonne forme après votre effort.

— Je ne me sens pas tellement en forme. Je n'ai pas atteint un de vos sommets. Vous le savez aussi bien que moi.

— Vous exhibez l'œuvre d'une imagination puissante et originale bien que bloquée.

— Est-ce là ce que vous voyez ? demandai-je.

Il dit : — Ce que je vois est très mélangé. Des éléments bizarres se sont frayé un chemin hors de votre corps. Des excroissances. Vous êtes un amalgame exceptionnel de forces véhémentes. Il soupira et eut un sourire paisible ; toute son humeur était très paisible à ce moment-là. Il dit : — Nous ne prononçons pas de condamnation. Tant de facteurs viennent s'interposer ici. Fomenter. Promulguer. Chacun est différent. Un milliard de petites choses qui ne sont pas perçues par l'objet de leur influence. La véritable intelligence, la pure, fait du mieux qu'elle peut, mais comment juger ? Les éléments négatifs et positifs entrent en lutte, et nous ne pouvons que regarder, et nous émerveiller ou pleurer. On voit parfois un exemple clair d'ange et de vautour entrant en collision. L'œil est céleste, le nez flamboie d'une certaine façon. Mais le visage et le corps sont le livre de l'âme, ouvert au lecteur qui possède la science et la sympathie. Je le regardais, grognant toujours.

— Sungo, dit-il, écoutez-moi très attentivement, car je vais vous dire ce dont je suis fortement convaincu. Je fis comme il demandait, car je pensais qu'il allait peut-être m'apprendre quelque chose sur moi-même qui me permettrait d'espérer.

— La carrière de notre espèce, dit-il, prouve que les

imaginations deviennent littérales. Ce ne sont pas des rêves. Pas de simples rêves. Je dis que ce ne sont pas des rêves parce qu'ils deviennent immanquablement réalité. A l'école, à Malindi, j'ai lu tout Bulfinch. Et je dis qu'il n'y a pas de simples rêves. Non. Les oiseaux volaient, les harpies volaient, les anges volaient, Dédale et son fils volaient. Et vous voyez, il n'y a plus le rêve et l'histoire, car on vole littéralement. Vous avez volé jusqu'ici, jusqu'en Afrique. Toutes les réalisations humaines ont cette même origine, identiquement. L'imagination est une force de la nature. N'est-ce pas assez pour remplir un être d'extase ? L'imagination, l'imagination, l'imagination ! Elle transforme en réalité. Elle soutient, elle modifie, elle rachète ! Voyez-vous, dit-il, moi, ici en Afrique, c'est à cela que je me consacre à ma façon, dans la mesure de mes moyens, j'en suis convaincu. Ce que l'*Homo sapiens* imagine, il peut lentement y parvenir. Oh, Henderson, comme je suis heureux que vous soyez ici ! J'ai tant désiré avoir quelqu'un avec qui discuter. Un esprit qui fût un compagnon pour le mien. Vous êtes pour moi une bénédiction.

19

Tout autour du palais s'étendait une sorte de terrain
vague végétal et minéral. Les arbres étaient rabougris
et noueux. Il y avait aussi des fleurs qui étaient
également du resssort du Sungo. Mes femmes les arro-
saient et elles s'épanouissaient au milieu des pierres
blanches. Le soleil faisait ressortir le rouge de leurs
pétales. Chaque jour, je sortais de l'antre, tout secoué
par mes rugissements, la gorge éraillée, la tête en feu et
les yeux comme de la suie mouillée, les jambes faibles
et les genoux tremblants. Tout ce qu'il me fallait alors,
c'était le poids du soleil pour me donner l'impression
d'être en convalescence. Vous savez comment c'est
pour certaines personnes qui se remettent de dures
maladies. Elles deviennent étrangement sensibles ;
elles se promènent en rêvant ; de petits détails qu'elles
remarquent les frappent vivement, elles deviennent
sentimentales ; elles voient de la beauté dans tous les
coins. C'est ainsi que, sous le regard de tout le village,
j'allais me pencher sur ces fleurs, je me courbais
désespérément vers les coupes de minerai pétrifié,
pleines d'humus détrempé, et je humais les fleurs, en
poussant des grognements et des soupirs, mon pantalon de Sungo me collant à la peau, et les cheveux sur

ma tête, surtout sur la nuque, poussant à foison. J'avais des boucles noires, plus drues que d'habitude, comme un mérinos, très noires, et qui empêchaient mon casque de bien tenir. Peut-être mon esprit, en changeant de maître, stimulait-il le développement d'un autre homme.

Tout le monde savait d'où je venais et, j'imagine, m'avait entendu rugir. Si moi je pouvais entendre Atti, ils pouvaient m'entendre. Observé par tous, et dangereusement par des ennemis, les miens et ceux du roi, je m'avançais pesamment dans la cour en essayant de humer les fleurs. Non pas qu'elles sentissent quelque chose. Elles n'avaient que la couleur. Mais c'était assez ; cela me frappait l'âme, et Romilayu me suivait toujours, prêt à me soutenir si besoin en était. (« Romilayu, que penses-tu de ces fleurs ? Elles font un bruit d'enfer », disais-je.) Dans ces moments-là, où je devais paraître contagieux et dangereux en raison de mes contacts constants avec la lionne, il ne m'évitait pas, il ne cherchait pas à me fuir. Il ne me laissait pas tomber. Et, comme j'aime la loyauté plus que tout, j'essayai de lui faire comprendre que je le dispensais de toutes ses obligations envers moi. « Tu es un vrai pote, dis-je. Tu mérites que je te donne bien plus qu'une jeep. Je voudrais y ajouter quelque chose. » Je tapotais son crâne aux cheveux crépus — ma main semblait très épaisse ; chacun de mes doigts paraissait être une igname —, puis je rentrai en grommelant jusqu'à mon appartement. Là, je m'allongeai pour me reposer. J'étais épuisé d'avoir tant rugi. Mes os avaient perdu jusqu'à leur moelle, et j'avais l'impression qu'ils étaient creux. Je me couchai sur le côté, soufflant et grommelant, avec mon ventre gonflé comme une outre. Je m'imaginais parfois que, des talons au casque, sur toute la longueur de mes cent quatre-vingt-dix centimètres, j'étais l'image de cet animal familier, au ventre tacheté, avec des défenses brisées et de larges pommettes. Bien sûr, en moi, mon cœur débordait de sentiments humains, mais extérieurement, dans l'écorce si vous voulez, je manifestais tous les étranges abus, toutes les déformations d'une existence. A dire vrai, je n'avais pas entière confiance dans la science du roi. Là-bas, dans l'antre, pendant que je vivais un enfer, il était là, calme, détendu, et presque alangui. Il me racontait que la lionne lui inspirait un sentiment de profonde quiétude. Parfois, alors que nous étions allongés sur l'estrade après mes exercices, tous les trois, il disait : « C'est très reposant ici. J'ai l'impression de flotter, vous savez. Il faut que vous vous donniez une occasion. Il faut essayer... » Mais j'avais presque perdu connaissance avant, et je n'étais pas encore prêt à me sentir flotter.

Tout était noir et ambré, dans l'antre. Les murs de pierre eux-mêmes étaient jaunâtres. Puis la paille. Puis le crottin. La poussière était couleur de soufre. La robe de la lionne s'éclaircissait peu à peu depuis la partie sombre de l'échine, vers le poitrail, couleur de gingembre en poudre, le ventre couleur de poivre gris et les flancs, blancs comme l'Arctique. Mais elle avait les talons noirs. Ses yeux aussi étaient cerclés de noir. De temps en temps, son haleine sentait la viande.

« Vous devriez essayer de vous rendre plus lion vous-même », insistait Dahfu, et je m'y efforçais en effet. Compte tenu de mes difficultés, le roi affirmait que je faisais des progrès. « Votre rugissement est encore un peu étouffé. Bien sûr, c'est normal, vous en avez tellement à purger », disait-il. Et c'était vrai, tout le monde le sait. J'aurais eu horreur d'être témoin de mes ébats et d'entendre ma propre voix. Romilayu avouait qu'il m'avait entendu rugir, et on ne pouvait guère reprocher aux autres indigènes de croire que j'étais la doublure de Dahfu quand il s'adonnait à la magie noire, ou à toutes autres pratiques dont ils l'accusaient. Mais ce que le roi qualifiait de pathétique, c'était, en fait (je ne pouvais pas m'en empêcher), un cri qui résumait tout mon séjour sur cette terre, depuis ma naissance jusqu'à ce voyage en Afrique ; et certains mots passaient dans mes rugissements ; comme, par exemple : « Dieu », « Au secours », « Seigneur, pitié », seulement cela donnait : « Ooouuurrr ! » Piiiiéé ! » C'est drôle de voir quels mots jaillissaient. Des bribes de français me revenaient parfois, de cette langue que j'utilisais pour railler mon petit ami François à propos de sa sœur.

Je rugissais donc et le roi était assis, un bras autour de sa lionne, comme s'ils assistaient tous les deux à une représentation d'opéra.

Elle, en tout cas, avait l'air très habillé. Après une douzaine environ de ces efforts épuisants, je me retrouvais le cerveau sombre et embrumé, et mes bras et mes jambes en coton.

Après m'avoir octroyé un court répit, il me faisait recommencer et recommencer encore. Ensuite, il se montrait fort compatissant. Il disait : — J'imagine maintenant que vous vous sentez mieux, Mr. Henderson ?

— Oui, bien mieux.

— Plus léger ?

— Exactement ; plus léger aussi, Votre Honneur.

— Plus calme ?

Là-dessus, je commençais à grogner. J'étais tout secoué à l'intérieur. J'avais le visage en feu ; j'étais allongé dans la poussière et je me redressais pour les regarder tous les deux.

— Comment sont vos émotions?

— Comme une marmite, Votre Altesse, comme une vraie marmite.

— Evidemment, vous en avez accumulé pendant toute une vie. Puis il ajoutait, d'un ton presque apitoyé : — Vous avez toujours peur d'Atti?

— Je pense bien. J'aimerais mieux sauter d'un avion. Je n'aurais pas moitié aussi peur. J'avais demandé à être versé dans les parachutistes pendant la guerre. Au fait, Votre Altesse, je crois qu'avec ce pantalon je pourrais me jeter dans les airs à cinq mille mètres et avoir encore de bonnes chances de m'en tirer.

— Votre humour est délicieux, Sungo.

Cet homme manquait complètement de ce que nous appelons tous un tempérament de civilisé.

— Je suis sûr que vous allez bientôt commencer à sentir ce que c'est que d'être un lion. Je suis persuadé que vous en avez l'étoffe. Mais c'est le vieil homme qui résiste?

— Oh, oui, je le sens plus que jamais, dis-je. Je le sens tout le temps. Je n'arrive pas à me débarrasser de lui. (Je me mis à tousser et à grogner. J'étais désespéré.) J'ai l'impression de porter une charge de cinq cents kilos... comme une tortue des Galapagos. Sur mon dos.

— Il arrive parfois qu'un état doive empirer avant de s'améliorer, dit-il, et il se mit là-dessus à me parler de maladies qu'il avait connues quand il était étudiant en médecine et j'essayais de me le représenter en blouse blanche d'interne et en chaussures blanches, et non pas avec sa toque de velours ornée de dents humaines et ses mules de satin. Il tenait la lionne par

385

la tête ; ses yeux couleur de bouillon m'observaient ; et ses favoris semblaient si cruels que sa propre peau les évitait à la base. Elle avait un naturel coléreux. Et que peut-on faire avec un naturel coléreux ?

C'est pourquoi, quand je revenais de son antre, j'avais cette pénible impression dans la lumière torride de la cour, avec toutes ses pierres et ses fleurs rouges. La table de bridge de Horko était dressée sous le parasol pour le déjeuner, mais j'allais d'abord me reposer et reprendre mon souffle en pensant : « Ma foi, peut-être que chacun a sa propre Afrique. Ou si l'on va sur mer, son propre océan. » Je voulais dire par là que, comme j'étais un individu turbulent, j'avais une Afrique turbulente. Je n'entends cependant pas par là qu'à mon avis le monde existe pour moi. Non, je crois vraiment à la réalité. C'est un fait connu.

Chaque jour je me rendais mieux compte que tout le monde savait où j'avais passé la matinée et que l'on me craignait pour cela : j'étais arrivé comme un dragon ; peut-être le roi m'avait-il fait chercher pour l'aider à braver le Bunam et pour renverser la religion de toute la tribu. J'essayai donc d'expliquer en tout cas à Romilayu que Dahfu et moi ne nourrissions pas de sombres desseins. — Ecoute, Romilayu, lui dis-je, il se trouve que le roi a une très riche nature. Il n'avait pas besoin de revenir pour se mettre à la merci de ses épouses. Il l'a fait parce qu'il estimait en faire bénéficier le monde entier. N'importe qui a le droit de faire des excentricités, et dès l'instant où ce n'est pas systématique, on lui pardonne. Mais s'il se trouve y avoir une théorie derrière ses actions, alors tout le monde lui tombe dessus. C'est comme ça avec le roi. Mais il ne me fait aucun mal, mon vieux. C'est vrai qu'on ne le dirait pas, mais ne va pas te l'imaginer. Je fais tout ce bruit de mon plein gré. Si je n'ai pas l'air bien, c'est parce que je ne me sens pas bien depuis quelque temps ; j'ai de la fièvre et j'ai l'intérieur du nez et de la gorge enflammé. (Peut-être de la rhinite ?) Je pense que le roi me donnerait quelque chose pour ça si je le lui demandais, mais je n'ai pas envie de lui en parler.

— Je vous comprends, Missieu.

— Ne va pas te méprendre. La race humaine a besoin plus que jamais de types comme ce roi. Ce doit être possible de changer ! Sinon, c'est rudement dommage.

— Oui, Missieu.

— Les Américains sont censés être idiots, mais ils sont tout prêts à participer à cet effort. Il n'y a pas que moi. Tu n'as qu'à penser au protestantisme blanc, à la Constitution, à la guerre de Sécession, au capitalisme et à la conquête de l'Ouest. Les grands efforts, les grandes conquêtes se sont faits avant mon temps. Il n'est resté que le plus redoutable de tous les problèmes, qui était d'affronter la mort. Il faut absolument faire quelque chose à ce propos. Il n'y a pas que moi. Des millions d'Américains se sont remués depuis la guerre pour racheter le présent et découvrir l'avenir. Je peux te jurer, Romilayu, qu'il y a des types exactement comme moi en Inde, en Chine, en Amérique du Sud et dans le monde entier. Juste avant mon départ, j'ai lu dans le journal l'interview d'un professeur de piano de Muncie qui est devenu moine bouddhiste en Birmanie. Tu comprends, c'est ça que je veux dire. Je suis un de ces types aux idées élevées. Et c'est la destinée de la génération d'Américains à laquelle j'appartiens d'aller de par le monde en essayant de découvrir la sagesse de la vie. Tout simplement. D'ailleurs, pourquoi diable crois-tu que je sois ici ?

— Je ne sais pas, Missieu.

— Je refuse d'accepter la mort de mon âme.

— Moi méthodiste, Missieu.

— Je le sais, mais ça ne m'avance à rien, Romilayu. Et je t'en prie, n'essaie pas de me convertir. J'ai déjà assez d'ennuis comme ça.

— Je ne veux pas vous ennuyer.

— Je sais. Tu es auprès de moi à l'heure de l'épreuve, Dieu te bénisse pour cela. Moi aussi, je suis aux côtés du roi Dahfu jusqu'à ce qu'il ait capturé son père, Gmilo. Quand je deviens l'ami de quelqu'un, Romilayu, je suis un ami dévoué. Je sais ce que c'est que d'être enterré en soi-même. C'est une chose que j'ai apprise, bien que j'apprenne difficilement. Je t'assure, le roi a une riche nature. Je voudrais pouvoir apprendre son secret.

Alors Romilayu, avec ses cicatrices brillant sur son visage couturé (manifestation de sa sauvagerie d'antan) mais avec ses yeux doux et compatissants éclairés d'une lumière qui ne venait pas du ciel (elle n'aurait jamais pu pénétrer l'ombre formidable de ses sourcils), Romilayu voulut savoir quels secrets j'essayais d'arracher à Dahfu.

— Eh bien, dis-je, il y a quelque chose dans le danger qui n'embarrasse pas ce gaillard. Songe à tout ce qu'il doit craindre, et regarde la façon dont il est allongé sur ce divan. On n'a jamais vu ça. Il a là-haut un vieux divan vert qui a dû être apporté à dos d'éléphant il y a un siècle. Et il a une façon de s'allonger dessus, Romilayu ! Et toutes ces femelles qui s'occupent de lui ! Mais, sur la table près de lui, il a ces deux crânes qui ont servi pour la cérémonie de la pluie,

l'un est celui de son père et l'autre de son grand-père.
Es-tu marié, Romilayu ? lui demandai-je.

— Oui, Missieu, deux fois. Mais maintenant j'ai une
seule femme.

— Tiens, c'est tout comme moi. J'ai cinq enfants,
dont deux jumeaux qui ont environ quatre ans. Ma
femme est très grande.

— Moi, six enfants.

— Est-ce que tu t'inquiètes pour eux ? On ne peut
pas dire le contraire, c'est quand même un continent
sauvage. Je passe mon temps à craindre que mes deux
gosses aillent se perdre dans les bois. Nous devrions
avoir un chien... un gros chien. Mais de toute façon
nous habiterons en ville désormais. Je vais aller à
l'université. Tu sais, Romilayu, je vais envoyer une
lettre à ma femme, et tu vas la porter à Baventai pour
la poster. Je t'ai promis un pourboire, mon vieux, et
voici les papiers de la jeep à ton nom. J'aimerais bien
pouvoir te ramener aux Etats-Unis avec moi, mais
puisque tu as une famille, ce n'est pas commode. Son
visage exprima très peu de plaisir devant ce cadeau. Il
se plissa plus profondément et, comme je le connaissais maintenant, je dis :

— Allons, mon vieux, ne sois pas tout le temps au
bord des larmes. Il n'y a pas de quoi pleurer.

— Vous avez des ennuis, Missieu, dit-il.

— Oui, je sais bien. Mais comme je suis un type
plutôt récalcitrant, la vie a décidé de recourir à des
mesures énergiques en ce qui me concerne. Je suis un
perpétuel fuyard, Romilayu, alors c'est bien fait pour
moi. Mais qu'est-ce qu'il y a, mon vieux, est-ce que j'ai
l'air si mal en point ?

— Oui, Missieu.

— Mes sentiments se sont toujours lus sur moi, dis-je. Ça tient à ma constitution. C'est cette tête de femme qu'ils nous ont montrée qui t'inquiète ?

— Peut-être ils vont vous tuer, dit Romilayu.

— D'accord, ce Bunam est un sale type. Un vrai scorpion. Mais n'oublie pas que je suis le Sungo. Est-ce que Mummah ne me protège pas ? Je crois que ma personne est sacrée. D'ailleurs, avec mon encolure, il leur faudrait deux types pour m'étrangler. Ha, ha ! Il ne faut pas t'en faire pour moi, Romilayu. Dès que cette histoire avec le roi sera finie et que je l'aurai aidé à capturer son paternel, je te rejoindrai à Baventai.

— J'espère que le bon Dieu lui fera faire ça vite, dit Romilayu.

Quand je parlai du Bunam au roi, il me rit au nez. — Quand je posséderai Gmilo, je serai le maître absolu, déclara-t-il.

— Mais cet animal est en train de tuer et de faire des ravages dans la savane, dis-je, et à vous entendre, on croirait que vous l'avez déjà en cage.

— Les lions ne quittent pas souvent un emplacement donné, dit-il. Gmilo est près d'ici. On le rencontrera d'un jour à l'autre. Allez écrire la lettre pour votre femme, me dit Dahfu, en riant sur son divan vert, au milieu de sa cohorte noire de femmes nues.

— Je vais lui écrire aujourd'hui, dis-je.

J'allai donc déjeuner avec le Bunam et Horko. Horko, le Bunam, et l'homme du Bunam m'attendaient déjà autour de la table de bridge sous le parasol. « Messieurs... Asi Sungo », dirent-ils tous. Je me rendais toujours compte que ces gens m'avaient entendu rugir et sentaient probablement sur moi l'odeur de l'antre. Mais je crânais. Le Bunam, quand il jetait un coup d'œil de mon côté, ce qui n'arrivait pas souvent, était très sombre. Je me dis : « Je t'aurai peut-être le premier. Personne ne peut savoir ça, et tu ferais mieux de ne pas me pousser à bout. » Horko, au contraire, était toujours cordial, il laissait pendre sa langue rouge et se penchait sur la petite table jusqu'à la faire osciller sous son poids. Il régnait une ambiance de complot sous la soie transparente du parasol, au milieu des artistes qui se démenaient pour nous sous le soleil, les gens de Horko qui dansaient pour nous amuser, le vieux musicien qui jouait de sa viole et d'autres qui battaient du tambour et soufflaient de la trompe dans la cour du palais, entre les cerveaux pétrifiés des pierres blanches et des fleurs rouges qui poussaient dans l'humus.

Après le déjeuner, venait la corvée quotidienne de l'eau. Les porteuses, qui avaient la peau des épaules profondément marquée par les montants, me portaient le long des allées de la ville où la poussière des ornières se réduisait à une fine poudre. Un tambour solitaire battait sur mon passage, semblant avertir la population de ne pas approcher cet Henderson, le Sungo qui sentait le lion. Les gens venaient encore me regarder par curiosité, mais ils n'étaient pas aussi nombreux qu'avant, et ils ne tenaient pas particulièrement à être arrosés par ce fou de roi de la pluie. Aussi, quand nous arrivions au tas de fumier situé au centre de la ville et où siégeait le tribunal, me faisais-je un devoir de me mettre debout et d'asperger à droite et à gauche. Les gens prenaient cela avec stoïcisme. Le magistrat en robe cramoisie m'aurait sans doute volontiers arrêté s'il en avait eu le pouvoir. Mais rien ne se passait. Le prisonnier avec le bâton fourchu dans la bouche appuyait la tête contre le poteau auquel il était ligoté. « J'espère que tu t'en tireras, mon vieux », lui dis-je, et je remontai dans mon palanquin.

Cet après-midi-là, j'écrivis à Lily en ces termes :
« Chérie, tu t'inquiètes sans doute de moi, mais j'imagine que tu as toujours su que j'étais en vie. »

Lily prétendait toujours qu'elle pouvait dire dans quel état j'étais. Elle avait le privilège d'une sorte d'intuition amoureuse.

« Le voyage en avion jusqu'ici a été magnifique. »

L'impression de planer tout le temps à l'intérieur d'une pierre précieuse.

« Nous sommes la première génération à voir les nuages aussi bien par en dessus que par en dessous. Quel privilège. D'abord les gens ont rêvé de ce qu'il y avait au-dessus. Maintenant, ils rêvent de ce qui se passe au-dessus et au-dessous des nuages. Cela va sûrement changer quelque chose quelque part. Pour moi, tout ce voyage a ressemblé à un rêve. J'ai bien aimé l'Egypte. Tout le monde était en haillons blancs. Du haut des airs, l'embouchure du Nil ressemblait à une corde emmêlée. A certains endroits, la vallée était verte et elle était jaune. Les cataractes ressemblaient à de l'eau de Seltz. Quand nous avons atterri au cœur de l'Afrique et que Charlie et moi avons organisé la caravane, ce n'était pas exactement ce que j'avais espéré en partant. » *Tout comme je découvris une odeur affreuse en entrant dans la maison de la vieille voisine, ce qui me fit comprendre que je devais faire un effort ou bien me laisser abattre par la honte.* « Charlie ne s'est pas détendu en Afrique. Je lisais First Footsteps in East Africa ainsi que le Journal de Speke, et nous n'étions d'accord sur rien. Nous nous sommes donc séparés. Burton avait fort bonne opinion de lui-même. Il maniait bien le sabre et l'épée et parlait la langue de

tout le monde. Je me l'imagine ayant le caractère du
général Douglas MacArthur, très conscient de jouer un
rôle historique et pensant toujours à l'Antiquité classique. Pour ma part, j'ai dû décider de suivre un cours
différent de celui auquel me prédestinaient les impéra-
tifs de la civilisation. Mais les génies adorent la vie
simple. »

*Lorsqu'il rentra en Angleterre, Speke se fit sauter la
cervelle. J'épargnai à Lily ce détail biographique. Par
génie, j'entends quelqu'un dans le genre de Platon ou
d'Einstein. La lumière, c'était tout ce qu'il fallait à
Einstein. Que pourrait-il y avoir de plus simple ?*

« Il y avait un nommé Romilayu, et nous sommes
devenus amis, bien qu'au début il ait eu peur de moi.
Je lui ai demandé de me montrer les parties non
civilisées de l'Afrique. Il en reste très peu. Il y a partout
des gouvernements modernes et des classes instruites
qui jaillissent. J'ai moi-même rencontré un de ces
souverains africains instruits, et je suis actuellement
l'hôte d'un roi qui est presque docteur en médecine.
Néanmoins, je suis incontestablement loin des sentiers
battus, et je dois en remercier Romilayu (c'est un type
magnifique) et, indirectement, Charlie lui-même. Dans
une certaine mesure, ça a été terrible, et ça continue à
l'être. Par moments, j'aurais renoncé à mon âme aussi
facilement qu'un poisson laisse échapper une bulle. Tu
sais, au fond, Charlie n'est pas un mauvais bougre.
Mais je n'aurais pas dû l'accompagner pendant un
voyage de noces. J'étais la cinquième roue de la
charrette. Sa femme est une de ces poupées de Madison
Avenue, qui se sont fait arracher les dents du fond pour
se donner un air élégant (les joues creuses). »

*Mais, à la réflexion, je m'aperçois que jamais sa femme
ne pourrait me pardonner ma conduite au mariage.*

J'étais garçon d'honneur, l'occasion était solennelle, et non seulement je ne l'ai pas embrassée, mais je me suis retrouvé je ne sais comment seul dans le taxi avec elle au lieu de Charlie pour aller au restaurant Gemignano, après la cérémonie. J'avais dans ma poche une partition : le Rondo turc de Mozart pour deux violons. J'étais ivre ; comment est-ce que j'ai supporté une leçon de violon ? Chez Gemignano, j'ai été odieux. J'ai dit : C'est du parmesan ou du rinso ? J'ai craché sur la nappe, et après cela, je me suis mouché dans mon écharpe. Maudite soit ma mémoire qui est si fidèle !

« As-tu envoyé un cadeau de mariage de ma part ou pas ? Il faut envoyer un cadeau. Trouve des couteaux à découper, bon sang. Je tiens à te dire que je dois beaucoup à Charlie. Sans lui, je serais peut-être allé dans l'Arctique au lieu d'ici, parmi les Esquimaux. Ce voyage en Afrique a été une expérience extraordinaire. Ça a été dur, périlleux, ça a été quelque chose ! Mais j'ai mûri de vingt ans en vingt jours. »

Lily ne voulait pas dormir dans l'igloo avec moi, mais je poursuivis quand même mes expériences polaires. J'attrapai quelques lapins au collet. Je m'exerçai à lancer le javelot. Je construisis un traîneau, suivant les descriptions que je trouvais dans les livres. Quatre ou cinq couches d'urine congelée sur les patins et ils filaient sur la glace comme si c'était de l'acier. Je suis convaincu que j'aurais pu arriver jusqu'au Pôle. Mais je ne crois pas que j'aurais trouvé là-bas ce que je cherchais. Dans ce cas, j'aurais depuis le Nord accablé le monde du bruit de mes pas. Si je ne pouvais pas avoir mon âme, cela coûterait une catastrophe à la terre.

« Ici ils ne savent pas ce que c'est que les touristes, et je ne suis donc pas un touriste. Il y avait une femme qui disait à son ami : « L'année dernière, nous avons fait le tour du monde. Cette année, je crois que nous irons ailleurs. » Ha, ha ! Quelquefois les montagnes d'ici semblent très poreuses, jaunes et brunes, et me rappellent ces vieux bonbons fondants de ma jeunesse. J'ai ma propre chambre au palais. C'est une partie du monde extrêmement primitive. Même les rochers ont l'air primitifs. De temps en temps, je brûle de fièvre. C'est comme ces mines de charbon qu'on a scellées parce qu'elles brûlaient. A part ça, je crois que physiquement ce voyage m'a fait du bien, à cela près que je suis affligé d'un grognement perpétuel. Je me demande si c'est nouveau, ou bien l'avais-tu jamais remarqué à la maison ?

« Comment vont les jumeaux et Ricey et Edward ? J'aimerais bien m'arrêter en Suisse au retour et voir la petite Alice. Je me ferai peut-être soigner les dents aussi pendant que je serai à Genève. Tu pourras dire de ma part au Dr Spohr que mon bridge s'est cassé un matin au petit déjeuner. Envoie-moi mon bridge de rechange c/o ambassade des Etats-Unis au Caire. Il est dans la malle du cabriolet, sous le ressort qui maintient le cric en place. Je l'ai mis là pour être sûr de ne pas le perdre.

« J'ai promis une prime à Romilayu s'il m'emmenait hors des sentiers battus. Nous avons fait deux haltes. J'ai rencontré une créature qu'on appelle la femme Hamer. Elle avait simplement l'air d'une grosse vieille dame, mais elle possédait des trésors de sagesse et, quand elle m'a vu, elle a pensé que j'étais un drôle de type, mais cela ne l'a pas gênée, et elle m'a dit un certain nombre de choses extraordinaires. Elle a commencé par m'expliquer que le monde me paraissait étrange. Il est étrange aux yeux d'un enfant. Mais je ne suis pas un enfant. Cela m'a fait plaisir et en même temps cela m'a fait de la peine. »

Le royaume des cieux est pour les enfants de l'âme. Mais qui est ce fantôme grossier et fureteur ?

« Bien sûr, il y a étrange et étrange. Une forme d'étrangeté peut être un don et une autre un châtiment. Je voulais dire à la vieille dame que tout le monde comprend la vie sauf moi : comment expliquait-elle ça ? Il semble que je sois quelqu'un d'extrêmement vain, stupide et téméraire. Comment ai-je pu me perdre à ce point ? Et peu importe à qui la faute, comment revenir en arrière ? »

Il est très tôt dans la vie et je suis dehors sur l'herbe. Le soleil se gonfle et flamboie ; la chaleur qu'il émet, c'est son amour. J'ai cette même ardeur au cœur. Il y a des pissenlits. J'essaie de ramasser tout ce vert. Je pose ma joue gonflée d'amour contre le jaune des pissenlits. J'essaie de pénétrer dans le vert.

« Puis elle m'a dit que j'avais du *grun-tu-molani* : c'est un terme indigène difficile à expliquer, mais ça veut dire dans l'ensemble qu'on a envie de vivre et pas de mourir. J'aurais voulu qu'elle m'en dise plus long là-dessus. Ses cheveux étaient comme une toison et son ventre sentait le safran ; elle avait un œil atteint de cataracte. Je crains bien de ne jamais pouvoir la revoir, parce que j'ai fait une gaffe et que nous avons dû filer. Je ne peux pas entrer dans les détails. Mais, sans l'amitié du prince Itelo, j'aurais pu avoir de graves ennuis. Je croyais avoir perdu là l'occasion qui m'était offerte d'examiner mon existence avec l'aide d'une créature vraiment sage, et j'en étais très navré. Mais j'adore Dahfu, le roi de la seconde tribu où nous nous sommes arrêtés. Je suis avec lui maintenant et l'on m'a donné un titre honorifique, celui de roi de la pluie, qui doit être à peu près équivalent, j'imagine, du fait de recevoir en grande pompe les clefs d'une ville. Il y a un costume qui va avec. Mais je ne suis pas en mesure de t'en dire beaucoup plus, sinon de façon très générale. Je participe à une expérience avec le roi (qui est presque docteur en médecine, je te l'ai dit) et c'est chaque jour une rude épreuve. » *Le visage de l'animal est pour moi du feu pur. Chaque jour. Il faut que je ferme les yeux.*

« Lily, cela fait sans doute un moment que je ne te l'ai pas dit, mais j'éprouve un véritable sentiment pour toi, chérie, qui parfois me tord le cœur. Appelle ça de l'amour si tu veux, bien qu'à mon avis ce soit un mot qui sente le bluff. » *Surtout pour quelqu'un comme moi, appelé de la non-existence à l'existence : pourquoi ? Qu'est-ce que j'ai à faire de l'amour des maris ou de l'amour des épouses ? Je suis trop à part pour ce genre de choses.*

« Quand Napoléon était à Sainte-Hélène, il parlait beaucoup de morale. C'était un peu tard. La morale, ça ne le passionnait pas. Alors je ne vais pas me mettre à discuter amour avec toi. Si tu crois que tu peux te le permettre, vas-y et parles-en. Tu m'as dit que tu ne pourrais pas vivre simplement pour le soleil, la lune et les étoiles. Tu m'as dit que ta mère était morte alors qu'elle ne l'était pas encore, ce qui était chez toi un symptôme incontestable de névrose. Tu t'es fiancée cent fois et ça a toujours craqué. Tu m'as coincé. Est-ce ainsi que procède l'amour ? Alors très bien. Mais je comptais sur toi pour m'aider. Ce roi ici est l'un des êtres les plus intelligents qui soient, j'ai confiance en lui, et il me dit que je devrais renoncer aux situations dans lesquelles je me mets moi-même pour celles qui existent indépendamment de moi. C'est comme s'il me disait que si je cessais de faire tant de bruit tout le temps, j'entendrais peut-être quelque chose d'agréable. J'entendrais peut-être un oiseau. Est-ce que les roitelets font toujours leur nid dans les corniches ? Je voyais la paille qui sortait et je me demandais comment ils pouvaient entrer. » *Je ne pourrai jamais imiter les oiseaux. Je casserais toutes les branches. J'aurais fait peur au ptérodactyle.*

« J'abandonne le violon. Je crois que ce n'est jamais par le violon que j'atteindrai mon but », *autrement dit, élever mon âme au-dessus de la terre, abandonner le corps de cette mort. J'étais très entêté. Je voulais me hisser dans un autre monde. Ma vie et mes exploits étaient une prison.*

« Allons, Lily, désormais tout va être différent. Quand je rentrerai, je vais me mettre à étudier la médecine. Bien sûr, j'ai mon âge contre moi, mais tant pis, je vais le faire quand même. Tu ne peux pas imaginer combien j'ai hâte d'entrer dans un laboratoire. Je me souviens encore de ce que ça sent là-dedans. Le formol. Je serai au milieu d'une bande de jeunes gens, je m'en rends compte, à étudier la chimie, la zoologie, la physiologie, la physique, les maths et l'anatomie. Je pense que ce doit être une dure épreuve, surtout la dissection des cadavres. » « *Une fois de plus Mort, toi et moi.* » « Mais j'ai quand même eu affaire aux morts et ça ne m'a jamais rien rapporté. Autant que je fasse quelque chose dans l'intérêt de la vie, pour changer. » *Qu'est-ce que ç'est maintenant que ce grand instrument ? Mal joué, pourquoi souffle-t-il si fort ? Bien joué, comment peut-il réussir à ce point, aller même jusqu'à Dieu ?* « Les os, les muscles, les glandes, les organes. L'osmose. Je veux que tu m'inscrives à la faculté de médecine sous le nom de Léo E. Henderson.

Je t'expliquerai pourquoi quand je serai rentré. Est-ce que ça ne t'excite pas ? Ma très chère, en tant que femme de médecin, il faudra que tu sois plus propre, que tu te baignes plus souvent et que tu laves tes affaires. Il faudra que tu t'habitues à un sommeil haché, à des appels au milieu de la nuit et tout ça. Je n'ai pas encore décidé où pratiquer. Je pense que si j'essayais dans le pays, je terrifierais les voisins. Si je les auscultais en tant que médecin, ils en sauteraient hors de leur peau.

« Il se peut donc que je pose ma candidature à des postes de missionnaire, comme le Dr Wilfred Grenfell, ou Albert Schweitzer. Hé ! Et Axel Munthe... qu'est-ce que tu en dis ? Naturellement, la Chine est hors de question maintenant. Ils seraient fichus de nous arrêter et de nous faire un lavage de cerveau. Ha, ha ! Mais nous pourrions essayer l'Inde. J'ai vraiment envie de m'occuper de malades. J'ai envie de les soigner. Les guérisseurs sont sacrés. » *J'ai été si mauvais moi-même que je crois qu'il doit rester finalement une vertu en moi.* « Lily, je m'en vais cesser de me torturer. »

Je ne crois pas qu'on puisse jamais gagner les batailles du désir. Des éternités de désirs et d'envies, d'envies et de désirs et comment cela a-t-il fini ? Par une partie nulle, poussière et poussière.

« Si la faculté de médecine ne veut pas de moi, demande d'abord à l'hôpital John Hopkins, puis à tous les autres établissements de l'annuaire. Une autre raison pour laquelle je veux m'arrêter en Suisse, c'est pour examiner la situation des facultés de médecine. Je pourrai parler à des gens là-bas, leur expliquer ma situation, et peut-être accepteraient-ils de m'inscrire.

« Alors, ma chérie, occupe-toi de tout ça, et autre

chose : vends les porcs. Je veux que tu vendes à Kenneth le verrat Tamworth ainsi que Dilly et Minnie. Débarrasse-toi d'eux.

« Nous sommes de drôles de créatures. Nous ne voyons pas les étoiles comme elles sont, alors pourquoi les aimons-nous ? Elles ne sont pas de petits clous dorés, mais un foyer sans fin. »

Bizarre ? Pourquoi ne serait-ce pas bizarre ? C'est bizarre. C'est tout ce qu'il y a de plus bizarre.

« Je n'ai absolument pas bu ici, sauf quelques petites gorgées pendant que j'écrivais cette lettre. Au déjeuner, on vous sert une bière indigène appelée *pombo* qui est très bonne. C'est du jus d'ananas fermenté. Tout le monde ici est plein d'animation. Les gens se parent de plumes, de rubans, d'écharpes, d'anneaux, de bracelets, de colliers, de coquillages, de noix d'or. Certaines des femmes du harem marchent comme des girafes. Elles ont le profil fuyant. Le roi aussi a le profil très fuyant. C'est un homme très brillant et aux opinions bien arrêtées.

« J'ai parfois l'impression d'avoir en moi toute une troupe de pygmées qui bondissent, en criant et en se trémoussant. N'est-ce pas bizarre ? D'autres fois, je suis très calme, plus calme que je n'ai jamais été.

« Le roi croit que l'on doit avoir de soi une image appropriée... »

Je crois que j'essayai d'expliquer à Lily quelles étaient les idées de Dahfu, mais Romilayu perdit les dernières pages de la lettre, et je suppose que c'est aussi bien, car au moment où je les écrivis, j'avais bu pas mal. Je crois qu'à un moment je disais, ou peut-être avais-je seulement cru le dire : « J'avais en moi une voix qui criait : je veux ! je veux moi ? Moi ? Elle aurait dû me dire *elle* veut, *il* veut, *ils* veulent. Et d'ailleurs, c'est l'amour qui rend la réalité réelle. Le contraire a l'effet contraire. »

20

Romilayu et moi nous fîmes nos adieux le matin, et lorsqu'il finit par s'en aller avec la lettre pour Lily, j'eus une impression très pénible. Il me semblait que mon estomac tombait, tandis que son visage ridé me regardait à travers la grille du palais. Je crois qu'il s'attendait à la dernière minute à être rappelé par cet être changeant et irrationnel qui l'employait. Mais je restais là, avec mon casque comme une carapace et ce pantalon qui me donnait l'air d'avoir perdu ma troupe de zouaves. La porte se referma sur le visage couturé de Romilayu, et je me sentis inexplicablement bas. Mais Tamba et Bebu vinrent me tirer de ma tristesse. Comme d'habitude, elles me saluèrent en s'allongeant dans la poussière et en posant mon pied sur leur tête, puis Tamba s'installa sur le ventre pour que Bebu pût lui faire le joxi avec ses pieds. Elle lui piétina le dos, l'échine, le cou et les fesses, ce qui semblait donner à Tamba un plaisir céleste. Elle fermait les yeux, gémissante et ravie. Je me dis qu'il faudrait que j'essaie un jour ; ça devait faire du bien pour ravir à ce point ces gens ; mais ce n'était pas le jour, j'étais trop triste.

L'air se réchauffait rapidement, mais il subsistait encore un peu du froid piquant de la nuit ; je le sentais à travers la légère étoffe verte que je portais. La montagne, celle qui portait le nom de Hummat, était jaune ; les nuages étaient blancs et très lourds. Ils flottaient à la hauteur environ de la gorge et des épaules de Hummat, comme un col. Je rentrai dans le palais et je m'assis en attendant que la matinée se réchauffât, les mains croisées, me préparant mentalement à ma rencontre quotidienne avec Atti, tout en m'efforçant de raisonner : il faut que je change, me dis-je. Il ne faut pas que je vive sur le passé, cela causera ma perte. Les morts sont mes pensionnaires, ils me dévorent. Les porcs, c'était mon défi. C'était ma façon de dire au monde qu'il était un porc. Il faut que je commence à penser à la façon dont je vais vivre. Il faut que je libère Lily de son chantage et que je mette l'amour sur son vrai chemin. Parce qu'après tout, Lily et moi nous avions beaucoup de chance. Mais alors qu'est-ce qu'un animal pourrait faire pour moi en dernier ressort, vraiment ? Une bête de proie ? Même à supposer qu'un animal possède un don naturel ? Nous avons eu notre part de ces dons jusqu'à la fin de notre enfance. Mais maintenant, est-ce qu'on ne nous demande pas de faire autre chose — le projet n° 2 — d'utiliser le second don ? Je ne pourrais pas dire au roi des choses pareilles : il aimait tellement les lions. Je n'ai jamais vu quelqu'un aussi entiché d'un animal. Et je ne pouvais pas lui refuser de faire ce qu'il voulait, étant donné les sentiments que j'éprouvais pour lui. Oui, à certains égards, ce gaillard ressemblait étonnamment à un lion, mais cela ne prouvait pas que les lions y fussent pour quelque chose. Ça tenait plus de Lamarck. Au collège, Lamarck nous fait rigoler. Le professeur, je m'en souvenais, nous disait que c'était une conception bourgeoise de l'autonomie de l'esprit individuel. Nous étions tous fils de riches, ou presque tous, et pourtant les idées bourgeoises nous faisaient rire à nous en faire sauter un boyau. Allons, pensai-je, en fronçant le front au maximum, regretter aussi vivement l'absence de Romilayu, voilà le résultat de toute une vie d'action sans penser. Si j'avais dû abattre ce chat, faire sauter les grenouilles, soulever Mummah sans me rendre compte de l'aventure dans laquelle je m'embarquais, rien d'étonnant à ce que je me retrouve à quatre pattes en train de rugir et d'imiter le lion. Au lieu de cela, j'aurais pu apprendre avec Willatale ce que c'était que le *grun-tu-molani*. Mais je ne regretterai jamais mon penchant pour cet homme, je veux dire pour Dahfu ; j'aurais fait bien plus encore pour conserver son amitié.

J'étais donc là à rêver dans ma chambre du palais quand Tatu entra, coiffée de son vieux képi italien. Pensant qu'elle venait comme chaque jour me chercher pour rejoindre le roi dans l'antre de la lionne, je me levai pesamment, mais elle se mit à m'expliquer de la voix et du geste que je devais rester où j'étais et attendre le roi. Il arrivait.

— Qu'est-ce qui se passe ? dis-je. Mais personne ne put me l'expliquer, et je fis un peu de toilette en attendant la visite du roi ; je m'étais un peu négligé sous ce rapport car cela ne rimait pas à grand-chose de se pomponner pour aller se mettre à quatre pattes en rugissant et en griffant le sol. Mais aujourd'hui, j'envoyai chercher de l'eau à la citerne de Mummah, pour me laver le visage, le cou et les oreilles et je me séchai au soleil sur le seuil de mon appartement. Ce ne fut pas long. Je regrettais cependant d'avoir renvoyé Romilayu si tôt, car je songeais ce matin à bien d'autres choses que j'aurais voulu dire à Lily. Ce n'était pas tout ce que j'avais à dire, pensai-je. Je l'aime. Bon Dieu ! J'ai encore gaffé. Mais je n'eus guère le temps de me perdre en regrets, car Tatu traversait la cour du palais en gesticulant et en disant : « Dahfu. Dahfu ala-mele. » Je me levai et elle me guida par les couloirs du rez-de-chaussée jusqu'à la cour extérieure du roi. Il était déjà dans son hamac, sous l'ombre rouge de son gigantesque parasol de soie. Il tenait à la main sa toque de velours et la brandit dans ma direction, puis quand il me vit au-dessus de lui, il entrouvrit ses grosses lèvres. Il posa le chapeau sur son genou et dit en souriant : — Je pense que vous savez quel jour c'est.

— Je crois...

— Oui, c'est le jour. Le jour du lion pour moi.

— Ah, c'est ça ?

— L'appât a été dévoré par un jeune mâle qui correspond au signalement de Gmilo.

— Eh bien, dis-je, ça doit être formidable de penser que vous allez bientôt retrouver un parent cher. Si seulement une chose pareille pouvait m'arriver.

— Allons, Henderson, dit-il (ce matin, il prenait un vif plaisir à ma compagnie et à ma conversation), croyez-vous à l'immortalité ?

— Il y a plus d'une âme qui vous dirait qu'elle ne pourrait jamais supporter un round de plus contre la vie, dis-je.

— Vraiment ? Vous connaissez le monde mieux que moi. Quoi qu'il en soit, Henderson, mon bon ami, c'est une grande occasion pour moi.

— Y a-t-il de bonnes chances pour que ce soit votre père, le feu roi ? Quel dommage que je ne l'aie pas su. Je n'aurais pas fait partir Romilayu. Il a quitté le village ce matin, Votre Altesse. On ne pourrait pas envoyer un messager pour le rattraper ?

Le roi n'accorda aucune attention à mes propos, et je me dis qu'il devait être bien trop excité pour songer à des arrangements pratiques que je lui proposais. Qu'était Romilayu pour lui en un jour comme celui-là ?

— Vous allez partager le hopo avec moi, déclara-t-il, et bien que ne sachant pas ce que cela signifiait, j'acceptai bien sûr. Mon parasol approcha, ce frêle bouclier de soie verte aux fibres transparentes, qui contribuaient à me persuader qu'il ne s'agissait pas d'une vision mais d'un objet, car pourquoi une vision s'embarrasserait-elle de lignes transversales de ce genre ? Je vous le demande. De grandes mains de femme tenaient le manche. On avança également mon hamac.

— Nous allons chasser le lion en hamac ? dis-je.

— Quand nous aurons atteint la jungle, nous continuerons à pied, expliqua-t-il.

Je pris donc ma place dans le hamac du Sungo et m'y laissai tomber en marmonnant un juron. Il semblait bien que nous allions tous les deux partir pour capturer l'animal à mains nues, ce lion qui avait dévoré le vieux buffle et qui dormait d'un sommeil profond quelque part dans les hautes herbes.

Des femmes au crâne rasé s'affairaient autour de nous, nerveuses et piaillantes, et une foule bariolée s'était rassemblée, tout comme le jour de la cérémonie de la pluie : des joueurs de tambour, des hommes peints, ornés de coquilles et de plumes, des joueurs de trompe qui poussaient quelques notes pour s'exercer. Les trompes avaient une trentaine de centimètres de long et de larges embouchures en métal vert-de-grisé. Elles faisaient un bruit infernal comme pour narguer la peur. Donc, au milieu des trompes et des tambours, entourés du vacarme des rabatteurs rassemblés autour de nous, nous franchîmes dans nos litières les portes du palais. Les bras des amazones tremblaient de l'effort qu'elles devaient faire pour me soulever. Diverses personnes vinrent me regarder tandis que nous traversions la ville : elles contemplaient sans vergogne le hamac. Parmi ces gens se trouvaient le Bunam et Horko, ce dernier s'attendant, me sembla-t-il, à ce que je lui dise quelque chose. Mais je ne soufflai mot.

Je tournai vers eux mon large visage rouge. La barbe avait commencé à pousser comme sur un balai, et la fièvre qui avait remonté m'affectait la vue et l'ouïe. Un tremblement des joues parfois me surprenait ; je n'y pouvais rien, et je pensais que, sous l'influence des lions, les nerfs de mes mâchoires, de mon nez et de mon menton connaissaient une étrange métamorphose. Le Bunam était venu pour communiquer avec moi ou pour me mettre en garde : je le devinais. J'aurais bien voulu lui réclamer mon fusil à viseur, mais j'ignorais bien sûr comment on disait « donner » et « fusil ». Les femmes chancelaient sous mon poids, le hamac avait par en dessous une énorme protubérance et le fond touchait presque le sol. Les montants étaient presque un trop lourd fardeau pour leurs épaules et elles portaient péniblement le brutal roi blanc de la pluie, avec son visage rouge et boucané, son casque sale, son pantalon criard et ses gros jarrets velus. Les gens poussaient des hourras, battaient des mains, sautaient dans leurs haillons ou leurs peaux de bêtes, brandissant comme des étendards des mèches de cheveux teints, les femmes avec des bébés qui se balançaient à leur sein allongé et spongieux, et des vieux édentés. Ils ne me paraissaient pas des partisans très enthousiastes du roi : ils exigeaient qu'il ramenât Gmilo, le lion désigné, et qu'il les débarrassât de cette sorcière d'Atti. Il passa au milieu d'eux sans un signe, dans son hamac. Je savais que son visage était baigné par l'ombre de son parasol rouge et qu'il portait sa grande toque de velours, à laquelle il était aussi attaché que moi à mon casque. Couvre-chef, cheveux et visage étaient étroitement unis sous la lumière teintée du parasol de soie, et il était allongé, détendu, et avec cette même magnifique aisance que j'avais toujours admirée chez lui. Au-dessus de lui, comme au-dessus de moi, des mains étrangères serraient le manche orné du parasol. Le soleil maintenant brillait avec force et couvrait les montagnes et les roches voisines de couches de lumière scintillante. Au ras du sol, c'était presque une feuille d'or. Les cases étaient des trous noirs et le chaume brillait d'un éclat maladif.

Jusqu'à la sortie de l'agglomération, je ne cessai de me répéter : « La réalité ! Oh, la réalité ! Va te faire voir, réalité ! »

Dans la brousse, les femmes me déposèrent et je descendis de mon hamac sur le sol brûlant : de la pierre blanche, compacte, d'aspect solaire. Le roi, lui aussi, était debout. Il se tourna vers la foule qui était restée auprès du mur de la ville. Le Bunam était avec les rabatteurs et, suivant de très près, une créature blanche, un homme complètement teint ou passé au lait de chaux. Je le reconnaissais sous la couche de craie. C'était l'homme du Bunam, le bourreau. Je l'identifiai aux plis que son visage étroit avait subis dans cette métamorphose blanche.

— Qu'est-ce que ça signifie ? demandai-je en m'approchant de Dahfu, sur la roche serrée et parmi les broussailles.

— Je n'en ai aucune idée, dit le roi.

— Il est toujours comme ça quand il y a une chasse au lion ?

— Non. Selon le jour, il est d'une couleur différente, cela dépend de la lecture des présages. Le blanc n'est pas le meilleur présage.

— Qu'est-ce qu'ils veulent faire ? Ils cherchent à vous porter la poisse ?

Le roi semblait impossible à émouvoir : n'importe quel lion humain aurait agi comme lui. Néanmoins, il était irrité, sinon blessé par cet incident. Je fis pesamment demi-tour pour contempler cette silhouette de mauvais augure venue pour entamer l'assurance du roi à la veille de cet événement que constituait la rencontre avec l'âme de son père. — Ce badigeon, c'est sérieux ? dis-je au roi.

Bien écartés, ses yeux avaient chacun un regard différent ; quand je parlai, ils se fondirent de nouveau en un.

— Ils y comptent.

— Sire, dis-je, vous voulez que je fasse une chose ?

— Quoi donc ?

— Vous allez me le dire. Un jour comme celui-ci, c'est dangereux d'intervenir, n'est-ce pas ? Ça devrait être dangereux pour eux aussi.

— Oh ! Non. Quoi donc ? fit-il. Ils vivent dans l'ancien univers. Pourquoi pas ? Cela fait partie du marché que j'ai passé avec eux, non ? Un peu de l'or qui brillait sur la pierre vint se refléter dans son sourire. — Voyons, Mr. Henderson, c'est mon grand jour. Je peux me permettre tous les présages. Quand j'aurai capturé Gmilo, ils ne pourront plus rien dire.

— Ma foi, Votre Altesse, si c'est comme ça que vous le prenez, parfait, très bien. Je regardai monter la chaleur qui empruntait de la couleur aux pierres et aux

409

plantes. J'avais pensé que le roi allait parler durement au Bunam et à son disciple peint de couleurs de mauvais augure, mais il ne leur fit qu'une remarque. Son visage semblait très plein sous la toque de velours à large bord et avec la couronne aux mille doux reflets. Les parasols étaient restés en arrière. Les femmes, les épouses du roi, attendaient au pied du petit mur de la ville : elles regardaient et criaient différentes choses (des adieux, j'imagine). Sous la chaleur, les pierres pâlissaient de plus en plus. Les femmes lançaient d'étranges cris d'amour, d'encouragement, d'avertissement ou d'adieu. Elles faisaient de grands gestes, elles chantaient et faisaient des signes avec les deux parasols qui montaient et descendaient. Les rabatteurs, silencieux, ne s'étaient pas arrêtés pour nous : ils étaient partis comme un seul homme avec leurs trompes, leurs javelots, leurs tambours et leurs crécelles. Ils étaient soixante ou soixante-dix, et ils s'éloignèrent en groupe mais se dispersèrent peu à peu dans la brousse. Ils commencèrent à se répandre comme des fourmis parmi les herbes dorées et les rochers de la pente. Ces rochers, comme je l'ai déjà dit, avaient l'air de gros morceaux de pierre passés au tamis par une force ignorante.

Après le départ des rabatteurs, il ne resta plus que le Bunam, le sorcier du Bunam, le roi et moi, le Sungo, plus trois serviteurs armés de javelots, qui attendaient à une trentaine de mètres de la ville.

— Que leur avez-vous dit ? demandai-je au roi.

— J'ai dit au Bunam que j'accomplirais ma tâche envers et contre tout.

— Vous devriez leur botter le derrière à tous les deux, dis-je en les regardant d'un air mauvais.

— Allons, Henderson, mon ami, venez, reprit Dahfu,

et nous nous mîmes en marche, les trois hommes armés de javelots sur nos talons.

— Ils sont là pour quoi, ces hommes ?

— Pour nous aider à manœuvrer dans le hopo, expliqua-t-il. Vous verrez quand nous arriverons au bout. Vous comprendrez tout de suite.

Nous nous enfonçâmes dans les hautes herbes de la brousse, et il dressa son profil fuyant en humant l'air. J'aspirai moi aussi. Un bon air sec, qui sentait vaguement le sucre fermenté. Je commençais à remarquer le frémissement des insectes qui jouaient de leurs instruments dans les herbes, à la base même de la chaleur.

Le roi se mit à avancer rapidement, il ne marchait plus tant qu'il ne bondissait, et comme nous suivions, les porteurs de javelots et moi, je me pris à penser que l'herbe était assez haute pour cacher n'importe quel animal à l'exception d'un éléphant, et que je n'avais même pas une épingle anglaise pour me défendre.

— Roi, dis-je. Psst. Attendez une minute. Je ne pouvais pas élever la voix dans un endroit pareil : j'avais l'impression que ce n'était pas le moment de faire du bruit. Cela ne lui plut probablement pas, car il refusa de s'arrêter, mais je continuai à l'appeler à voix basse et il finit par m'attendre. Fort énervé, je le regardai droit dans les yeux, je fis quelques efforts pour reprendre mon souffle, puis je dis : — Pas même une arme ? Comme ça ? Vous êtes censé attraper cet animal par la queue ?

Il décida de se montrer patient avec moi. Je le voyais en train de prendre cette décision : j'en aurais juré. — L'animal, et j'espère que c'est Gmilo, est sans doute dans le secteur du hopo. Vous comprenez, Henderson, je ne dois pas être armé. Et si je blessais Gmilo ? Il envisageait avec horreur cette éventualité. Je n'avais pas remarqué tout à l'heure (qu'est-ce que j'avais donc ?) combien il était excité. Je n'avais pas su voir ce qui se cachait derrière sa cordialité.

— Et alors ?

— On me ferait payer de ma vie tout dommage que je causerais à un roi vivant.

— Et moi... je n'ai pas le droit de me défendre non plus ?

Il ne répondit pas tout de suite. Puis il dit : — Vous êtes avec moi.

Je ne pouvais rien dire après cela. Je décidai de faire de mon mieux avec mon casque, c'est-à-dire de frapper le fauve sur le museau pour le déconcerter. Je marmonnai qu'il aurait bien mieux fait de rester en Syrie ou au Liban comme simple étudiant, et bien que j'eusse grommelé dans ma barbe, il me comprit et dit : — Oh, non, Henderson-Sungo. J'ai de la chance et vous le savez.

Il repartit dans sa culotte collante. Je m'empêtrai dans mon pantalon en me précipitant à sa suite. Quant aux trois hommes armés de javelots, ils m'inspiraient la plus grande méfiance. Je m'attendais à tout moment à voir le lion fondre sur moi comme un jaillissement de feu, me renverser et me déchirer dans des flammes de sang. Le roi grimpa sur un rocher et me hissa jusqu'à lui. « Nous sommes près du mur nord du hopo », déclara-t-il. Il me le montra du doigt. C'était un mur bâti d'épines acérées et de toutes sortes de pousses mortes, accumulées et entassées sur une épaisseur de soixante à quatre-vingt-dix centimètres. Des fleurs sans beauté, aux pétales éraillés, poussaient là. Des fleurs rouge et orange, tachetées de noir au centre, et cela me donnait mal à la gorge rien que de les regarder. Ce hopo était comme un entonnoir géant ou un triangle. A la base, il était ouvert, alors que le piège se trouvait au sommet. Seul un des deux côtés était de construction humaine. L'autre était une formation naturelle, la berge d'une ancienne rivière sans doute, qui s'élevait jusqu'à former une falaise. Derrière le haut mur de broussailles et d'épines se trouvait un sentier que les pieds du roi découvrirent sous l'herbe jaune. Nous continuâmes vers l'extrémité resserrée du hopo, en piétinant des branchages et des brindilles. A partir des hanches, qui étaient étroites, sa silhouette s'élargissait puissamment vers les épaules. Il marchait, avec ses jambes puissantes et ses petites fesses.

— Vous avez vraiment hâte de vous attaquer à cet animal, dis-je.

Je pense parfois qu'on ne trouve du plaisir qu'à en faire à sa tête, et je ne pouvais m'empêcher de me dire que le roi avait appris cela des lions. En faire à sa guise, c'est ça le plaisir, malgré toutes les réflexions que l'on a pu faire à ce sujet. Et il m'entraînait grâce à sa grandeur personnelle, parce qu'il était si brillant, qu'il avait le don de la vie, ainsi qu'en témoignait le frémissement bleuâtre et fumeux de sa seconde ombre. Parce qu'il devait n'en faire qu'à sa tête. Je trébuchais donc à sa suite, sans arme pour me protéger, à moins qu'on ne compte le casque comme une arme, à moins que je réussisse à ôter ce pantalon vert pour emprisonner l'animal dedans : il aurait presque été assez vaste pour ça.

Puis il s'arrêta, se tourna vers moi et dit : — Vous étiez tout aussi pressé quand il s'agissait de soulever la Mummah.

— C'est exact, Votre Altesse, dis-je. Mais est-ce que je savais ce que je faisais ? Absolument pas.

— Mais moi, je sais.

— Alors, parfait, Roi, dis-je. Ce n'est pas à moi de mettre votre parole en doute. Je ferai tout ce que vous direz. Mais vous m'aviez raconté que le Bunam et l'autre type badigeonné de blanc appartenaient à l'ancien univers et je pensais que vous-même en étiez sorti.

— Mais non, mais non. Savez-vous comment remplacer tout cela ? Ce n'est pas possible. Même si, dans les moments suprêmes, il n'y a pas d'anciens et pas de nouveaux, mais seulement une essence qui peut sourire de nos arrangements... sourire même d'être humaine. Il faut pourtant laisser se jouer la comédie de la vie. Il faut prendre des dispositions. (Là, son esprit me dépassait un peu, je n'intervins donc pas, et il poursuivit :) Pour Gmilo, le lion Suffo était son père. Pour moi, mon grand-père. Gmilo, mon père. Comme cela doit être si j'entends être le roi des Wariri. Sinon, comment suis-je le roi ?

— D'accord, je vous comprends, dis-je. Roi, repris-je, et je parlais avec une telle ardeur qu'on aurait pu prendre mes propos pour une suite de menaces, vous voyez ces mains ? C'est votre seconde paire de mains. Vous voyez ce torse ? fis-je en portant la main à ma poitrine. C'est votre réservoir, en quelque sorte. Votre Altesse, au cas où il arriverait quelque chose, je tiens à ce que vous compreniez ce que je ressens. J'avais le cœur tout palpitant. Je commençais à avoir mal au visage. Par égard pour la noblesse de mon compagnon, je luttais pour lui épargner le grossier spectacle de mes émotions. Tout cela se passait à l'ombre du mur du hopo, sous la dentelle des épines. L'étroit sentier qui suivait le hopo était noir et doré, comme quand de l'herbe brûle en plein jour et que l'on ne voit que la chaleur.

414

— Merci, Mr. Henderson. J'ai compris vos sentiments. Après un instant d'hésitation, il reprit : — Dois-je deviner ? Vous pensez à la mort ?

— J'y pense, c'est vrai.

— Oh oui, beaucoup. C'est une pensée qui vous vient fréquemment.

— Au long des années, j'ai eu de fréquents rapports avec elle.

— Fréquents, très fréquents, dit-il, comme s'il discutait l'un de mes problèmes avec moi. Je pense parfois qu'il est bon d'envisager l'enterrement par rapport à la croûte terrestre. Quel est le rayon ? Sept mille deux cents kilomètres environ. Alors, les tombes ne sont pas profondes, c'est insignifiant : quelques dizaines de centimètres sous la surface et pas loin des craintes ni des désirs. Plus ou moins les mêmes craintes, plus ou moins les mêmes désirs pour des milliers de générations. L'enfant, le père, le père, l'enfant faisant la même chose. Craignant la même chose. Désirant la même chose. Au-dessus de la croûte, au-dessous de la croûte, et ainsi indéfiniment. Allons, Henderson, à quoi servent les générations, voulez-vous m'expliquer ? Seulement à répéter la crainte et le désir sans jamais que rien ne change ? Ce ne peut être à cela que ça rime, pour se répéter ainsi sans arrêt. Le premier homme de bien essaiera de rompre le cycle. Il n'y a pas d'issue à ce cycle infernal pour un homme qui ne prend pas les choses en main.

— Oh, Roi, attendez. Dès l'instant où l'on n'est plus à la lumière, ça suffit. Est-ce qu'il faut que ce soit à sept mille deux cents kilomètres pour être un vrai tombeau ? Comment pouvez-vous parler comme ça ? Mais je comprenais quand même. Tout ce que vous entendez des gens c'est le désir, le désir, le désir, qui se fraye un chemin hors du cœur, et la crainte, qui frappe et qui frappe. En voilà assez ! Il est temps qu'on dise un mot de vérité. Il est temps qu'on entende quelque chose de remarquable. Sinon, en accélérant comme une pierre, on tombe de la vie dans la mort. Exactement comme une pierre, on dégringole tout droit dans la surdité, en répétant jusqu'à la fin *je veux, je veux, je veux*, puis on frappe la terre et on y pénètre à jamais ! En fait, pensais-je, on échappe par la même occasion au soleil d'Afrique dont le mur d'épines me protégeait provisoirement : c'est un plaisir quand des objets hostiles comme des épines font quelque chose pour vous. Sous les dards noirs que les buissons entrelaçaient au-dessus de nous, je songeais à tout cela et j'en convins : le tombeau était relativement peu profond. On ne pouvait pas aller bien loin à l'intérieur avant de rencontrer la partie en fusion du bloc terrestre. Essentiellement du nickel, je crois, du nickel, du cobalt, de la pechblende, ou ce qu'on appelle le magma. A peu près dans l'état où il a été arraché au soleil.

— Allons-y, dit-il. Je le suivis plus volontiers après cette brève conversation. Il parvenait à me convaincre d'à peu près n'importe quoi. Pour lui, j'avais accepté de me plier à être comme un lion. Oui, pensai-je, je croyais pouvoir changer. J'étais tout prêt à dépouiller le vieil homme ; oui, pour faire cela, il fallait adopter une nouvelle échelle de valeurs ; il fallait même se forcer à jouer un rôle ; peut-être se duper soi-même quelque temps jusqu'à ce que ça commence à prendre. Je ne ferais jamais un lion, je le savais ; mais je pouvais glaner quelques petits avantages en essayant.

Je ne peux pas être sûr d'avoir rapporté fidèlement tous les propos du roi. Peut-être en ai-je modifié un peu quelques-uns, pour pouvoir les assimiler.

Quoi qu'il en fût, je le suivis les mains vides vers l'extrémité du hopo. Sans doute le lion s'était-il éveillé, car les rabatteurs, à quelque cinq kilomètres de là, avaient commencé à faire du bruit. Cela semblait venir de très loin, de là-bas parmi les rayures dorées de la brousse. Une chaleur assoupie faisait danser l'air bleu devant nous, et, alors que je clignotais dans la lumière, j'aperçus une soudaine élévation dans le mur du hopo. C'était un abri de chaume, dressé sur une plate-forme, à huit ou neuf mètres en l'air. Une échelle de lianes pendait de là-haut, et le roi saisit avidement cette échelle rudimentaire qui se balançait mollement. Il se mit à grimper, comme un marin, par le côté, se hissant d'un effort puissant et régulier jusqu'à la plate-forme. Du seuil d'herbe sèche et de fibres brunes de la cabane, il me dit : — Tenez bon, Mr. Henderson. Il s'était accroupi pour me tenir l'échelle, et j'aperçus sa tête, coiffée du chapeau cerclé de dents, juste au-dessus de ses genoux robustes. La maladie, l'étrangeté et le caractère périlleux de la situation se combinaient pour m'assaillir. En guise de réponse, je fus secoué d'un sanglot. Il avait dû être déposé là tôt dans ma vie, car il était extraordinaire et monta du fond de moi comme une grosse bulle du fond de l'Atlantique.

— Qu'est-ce qui se passe, Mr. Henderson ? fit Dahfu.

— Dieu seul le sait.

— Il y a quelque chose qui ne va pas ?

Je secouai la tête en la gardant baissée. Je crois que les rugissements auxquels je m'étais entraîné avaient relâché toute la structure de mon être et libéré certains éléments qui appartenaient au fond. Et ce n'était pas le moment d'ennuyer le roi, en ce jour de grande joie pour lui.

— Je viens, Votre Altesse, dis-je.

417

— Soufflez un moment si vous en avez besoin.

Il fit le tour de la plate-forme qui entourait la cage, puis revint au bord. Il me regardait du haut de ce fragile édifice. — Alors ? dit-il.

— Ça supportera notre poids ?

— Allons, venez donc, Henderson, dit-il.

Je saisis l'échelle et me mis à grimper, en plaçant les deux pieds sur chaque barreau. Les porteurs de javelots s'étaient arrêtés en attendant que moi (le Sungo) j'eusse rejoint le roi. Ils passèrent maintenant sous l'échelle et se mirent en faction au coin du hopo. Là, à l'extrémité, la construction était primitive mais semblait soignée. Une barrière de bois retomberait pour faire prisonnier le lion après que l'on aurait traqué le reste du gibier, et les hommes, avec leurs lances, forceraient l'animal à se placer de façon que le roi puisse effectuer la capture.

Escaladant la fragile échelle qui oscillait sous mon poids, j'atteignis la plate-forme et m'assis sur le plancher de tiges de bambou liées ensemble. J'avais l'impression d'être sur un radeau flottant sur la chaleur. Je commençais à me rendre compte de la situation. Tout cela n'était pas plus profond qu'un dé à coudre comparé à la taille d'un lion adulte.

— C'est là ? dis-je au roi après avoir examiné les lieux.

— Comme vous le voyez, dit-il.

Sur la plate-forme se dressait donc cette coquille de paille et, par l'ouverture qui donnait sur l'intérieur du hopo, j'aperçus, suspendue au bout d'une corde, une cage tressée, dont le fond était alourdi par des pierres. Elle était en forme de cloche et faite de lianes semiridiges qui étaient pourtant aussi solides que des câbles. Une corde de lianes passait par une poulie fixée à un mât, dont une extrémité était attachée au toit de la case et l'autre enfoncée dans le flanc de la falaise, le tout sur une longueur de trois mètres à trois mètres cinquante. En dessous passait une autre perche qui partait du plancher de la case : elle aussi était fixée dans le rocher à l'autre extrémité. C'était sur cette perche, pas plus large que mon poignet, et peut-être même pas, que le roi allait avancer en équilibre avec la corde et le filet en forme de cloche, et quand on pousserait là le lion, Dahfu centrerait soigneusement le filet et le laisserait tomber. En lâchant sa corde, il était censé capturer le lion.

— C'est ça...

— Qu'en pensez-vous ? dit-il.

Je ne pouvais pas me résoudre à en dire grand-chose, mais malgré tous mes efforts pour dissimuler mes sentiments, je n'y parvenais pas, pas ce jour-là. La lutte était trop apparente.

— C'est ici que j'ai capturé Atti, dit-il.

— Ah oui, avec la même installation ?

— Et c'est ici que Gmilo a capturé Suffo.

— Croyez-en l'avis d'un... dis-je. Je sais que je ne suis pas grand-chose... mais je pense beaucoup de bien de vous, Votre Altesse. N'allez pas...

— Eh bien, qu'est-ce qu'a donc votre menton, Mr. Henderson ? Il monte et il descend.

Des dents, j'immobilisai ma lèvre inférieure. Puis je réussis à dire : — Votre Altesse, pardonnez-moi. J'aimerais mieux me couper la gorge plutôt que de vous démoraliser un jour comme celui-ci. Mais faut-il absolument que vous fassiez ça d'en haut ?

— Absolument.

— On ne peut pas innover ? Je ferais n'importe quoi, droguer l'animal... le saouler...

— Merci, Henderson, dit-il. Je crois que la douceur qu'il me témoignait était plus que je ne méritais. Il ne me rappelait pas qu'il était le roi des Wariri. Je ne tardai pas à m'en souvenir tout seul. Il me permettait d'être là... d'être son compagnon. Je ne devais pas m'en mêler.

— Oh, Votre Majesté, dis-je.

— Oui, Henderson, je sais. Vous êtes un homme qui a bien des qualités. Je l'ai observé, dit-il.

— Je croyais que peut-être j'entrais dans une de vos catégories de tristes personnages, dis-je.

Cela le fit rire un peu. Il était assis en tailleur à l'entrée de la case qui faisait face au hopo et à la falaise, et il se mit à énumérer d'un ton un peu rêveur :
— la souffrance, l'avidité, l'intouchable, le superficiel, et tout cela. Non, je vous promets, Henderson, que je ne vous ai jamais classé dans aucune de ces catégories. Vous êtes un mélange. Peut-être une grande quantité de souffrance. Peut-être un petit peu de Lazare. Mais je ne parviens pas à vous résumer tout à fait. Vous n'entrez complètement dans aucune catégorie. Peut-être parce que nous sommes amis. On voit beaucoup plus dans un ami. Les catégories, ça ne va pas pour les amis.

— J'ai eu un peu trop affaire pour mon bien avec un certain type de créature, dis-je. Si je devais recommencer, ce serait tout à fait différent.

Nous étions assis sur la frêle plate-forme, sous le beffroi de paille dorée. La lumière filtrait doucement. Nous étions accroupis, aux aguets, sous les herbes et la paille. L'odeur des plantes montait par bouffées dans la chaleur bleutée, et à cause de ma fièvre j'avais l'impression d'avoir trouvé au milieu du désert un point de correspondance entre la matière et la lumière.

Pour me changer les idées, je me levai et je m'avançai sur la perche où le roi devait marcher en équilibre.

— Qu'est-ce que vous faites ?

Je l'essayais pour lui. — Je regarde ce que fait le Bunam, dis-je.

— Il ne faut pas que vous restiez là, Henderson.

Mon poids faisait plier le bois, mais on n'entendait aucun craquement, c'était du bois très dur et cet essai me satisfit. Je revins sur la plate-forme et nous nous assîmes ou plutôt nous nous accroupîmes sur une étroite avancée du plancher, presque à portée de main de la cage qui attendait, suspendue à sa corde de lianes. En face de nous se dressait la falaise de roc poussiéreux et, en suivant la ligne de cette falaise au-delà de l'extrémité du hopo, par-dessus les têtes des porteurs de javelots qui attendaient, j'aperçus une petite construction de pierre au fond du ravin. Je ne l'avais pas remarquée jusqu'alors car dans ce ravin ou dans cette gorge il y avait une petite forêt de cactus qui donnaient un bouton rouge, une baie ou une fleur, et cela la dissimulait en partie aux regards.

— Est-ce que quelqu'un vit là, en bas ?

— Non.

— C'est abandonné ? Fini ? Dans notre région, où l'agriculture s'en va à vau-l'eau, on rencontre partout de vieilles maisons. Mais c'est un drôle d'endroit pour habiter, dis-je.

La corde où pendait la cage où le filet était attachée au montant de la porte et le roi appuyait la tête contre le nœud.

— Ce n'est pas pour y vivre, me dit-il, sans regarder vers la petite construction.

C'est peut-être une tombe, pensai-je, la tombe de qui ?

421

— Il me semble qu'ils rabattent rapidement le gibier. Ha ! Vous croyez que vous pouvez les voir ? Ça commence à être bruyant. Il se leva et j'en fis autant, écarquillant les yeux à l'abri de ma main en visière.

— Non, je ne vois pas.

— Moi non plus, Henderson. C'est le moment le plus dur. J'ai attendu toute ma vie et voici la dernière heure arrivée.

— Allons, Votre Altesse, pour vous ce devrait être facile. Vous avez connu ces bêtes toute votre vie. On vous a élevé pour ça ; vous êtes un professionnel. S'il y a une chose que j'aime voir, c'est quelqu'un qui connaît son métier. Que ce soit un charpentier de marine, un réparateur de clochers, un laveur de carreaux ou n'importe quel ouvrier qui a les nerfs solides et le corps bien entraîné... vous m'avez donné quelque inquiétude quand vous avez commencé cette danse des crânes, mais au bout d'une minute j'aurais parié sur vous jusqu'à mon dernier sou. Là-dessus, je pris mon portefeuille que je gardais collé dans la doublure de mon casque, et pour lui faciliter ces instants dans le fracas grandissant des trompes et le martèlement constant des tambours (tandis que nous étions assis comme abandonnés dans l'air lumineux), je déclarai : « Votre Altesse, est-ce que je vous ai jamais montré ces photos de ma femme et de mes enfants ? » Je me mis à les chercher dans mon portefeuille gonflé. J'avais là mon passeport et quatre billets de mille dollars, car je ne voulais pas me risquer en Afrique avec des chèques de voyage. « Voici ma femme. Nous avons dépensé beaucoup d'argent pour faire faire son portrait et cela nous a occasionné bien des difficultés. Je l'ai suppliée de ne pas l'accrocher et j'ai failli en avoir une dépression nerveuse. Mais cette photo d'elle est splendide. »

422

Sur ce cliché, Lily portait une robe décolletée à pois. Elle avait l'air de beaucoup s'amuser. C'était à moi qu'elle souriait, car c'était moi qui opérais. Elle me disait affectueusement que j'étais un idiot : j'avais dû faire le clown. Grâce au sourire, ses joues étaient rondes et pleines ; sur la photo, on ne pouvait pas se rendre compte à quel point elle avait le teint pur et pâle. Le roi me la prit des mains et je l'admirais de pouvoir à un moment pareil contempler la photo de Lily.

— C'est une personne sérieuse, dit-il.

— Croyez-vous qu'elle ait l'air d'une femme de médecin ?

— Je crois qu'elle a l'air de la femme de n'importe qui de sérieux.

— Mais il me semble qu'elle ne serait pas d'accord avec votre conception des espèces, Votre Altesse, car elle a décidé que j'étais le seul homme au monde qu'elle pouvait épouser. Un seul Dieu, un seul mari, j'imagine. Ces photos-là, ce sont les gosses...

Il regarda sans commentaires Ricey et Edward, la petite Alice en Suisse, les jumeaux.

— Ce ne sont pas des jumeaux identiques, Votre Majesté, mais ils ont eu tous les deux leur première dent le même jour. Le dernier volet de mon portefeuille contenait une photo de moi ; j'étais dans ma robe de chambre rouge, avec ma casquette de chasse, le violon sous le menton, et sur mon visage une expression que je n'avais jamais remarquée. Je tournai rapidement pour arriver à ma citation accompagnant mon Purple Heart.

— Oh ? Vous êtes le capitaine Henderson ?

— Je n'ai pas conservé mon grade. Vous aimeriez peut-être voir mes cicatrices, Votre Altesse. Ça m'est

arrivé avec une mine. Je n'ai pas reçu tout le choc. J'ai
été projeté à près de sept mètres. A la cuisse, on ne voit
pas très bien, parce que l'éclat s'est enfoncé dans la
chair et que le poil a repoussé par-dessus et a caché la
cicatrice. La blessure au ventre était la plus dangereuse. J'avais les intestins qui commençaient à dégringoler. Je les ai retenus avec mes mains et je suis allé,
plié en deux, jusqu'au poste de secours.

— Vous aimez bien parler de vos ennuis, Henderson ?

Il me disait toujours des choses comme ça en
ouvrant des perspectives insoupçonnées. J'en ai oublié
quelques-unes, mais un jour il me demanda ce que je
pensais de Descartes. « Etes-vous d'accord avec lui
quand il affirme que l'animal est une machine sans
âme ? » Ou bien : « Pensez-vous que Jésus-Christ soit
encore une source de types humains, Henderson,
comme une force modèle ? J'ai souvent pensé que mes
types physiques dont je vous ai déjà parlé étaient peut-
être des formes dégénérées de grands originaux,
comme Socrate, Alexandre, Moïse, Isaïe, Jésus... » Ce
genre de propos émaillait de façon imprévue sa conversation.

Il avait remarqué que j'avais une attitude étrange à
propos des ennuis et des souffrances. Et, en effet, je
comprenais ce qu'il disait tandis que nous étions assis
sur ces perches, auprès du chaume hérissé, comme un
squelette végétal grotesque, velu et desséché. En attendant de satisfaire ce que son cœur désirait, il m'expliquait que la souffrance était chez moi ce qu'il y avait
de plus proche de l'adoration. Croyez-moi, je connaissais mon homme, et pour étrange qu'il fût, je le
comprenais. J'étais en effet monstrueusement fier de

mes souffrances. Je pensais qu'il n'y avait personne au monde qui pouvait souffrir vraiment comme moi.

Mais nous ne pouvions plus nous parler tranquillement, car le bruit était trop proche. La rumeur des cigales avait monté en spirales verticales, comme des colonnes du fil le plus fin. Nous n'entendions plus maintenant aucun de ces menus sons. Les porteurs de javelots derrière le hopo levèrent la barrière pour laisser passer les créatures traquées par les rabatteurs. Car les herbes de la brousse commençaient à frémir, comme l'eau quand un filet empli de poissons approche de la surface.

— Regardez là-bas, dit Dahfu. Il me désigna le côté falaise du hopo, où des antilopes aux cornes contournées fuyaient en courant; je n'aurais pu dire si c'étaient des gazelles ou des élans. Un mâle guidait le troupeau. Il avait de grandes cornes tordues comme du verre filé, et il faisait des bonds terrifiés tout en ouvrant des yeux énormes. Un genou sur le plancher, Dahfu guettait des signes dans l'herbe. Les petits animaux traçaient des courants dans les herbes. Des bandes d'oiseaux prirent leur vol, comme des masses de notes de musique; ils s'envolaient vers les falaises ou plongeaient dans le ravin. Les antilopes passaient au galop en dessous de nous. Je regardais. Il y avait des planches au fond que je n'avais pas remarquées. Elles étaient à quinze ou vingt centimètres du sol, et le roi me dit : « Oui. Après la capture, Henderson, on place des roues par-dessous pour pouvoir transporter l'animal. »

Il se pencha pour lancer des instructions aux porteurs de javelots. J'avais envie de le retenir, mais je ne l'avais jamais touché, et je n'étais pas sûr que ce serait bien.

Après le mâle et les trois antilopes qui se coulèrent par l'étroite ouverture du hopo, fous de terreur, suivit une foule de petites bêtes qui se précipitaient comme des immigrants. Plus prudente, une hyène apparut et, contrairement aux autres bêtes qui ne savaient pas que nous étions là, elle nous jeta un coup d'œil et lança un aboiement bref, comme un cri de chauve-souris. Je cherchai des yeux quelque chose à lui lancer. Mais il n'y avait rien sur la plate-forme et je me contentai de cracher.

« Voilà le lion... le lion, le lion ! » Le roi se dressa, le bras tendu et, à une centaine de mètres, j'aperçus un lent mouvement dans l'herbe, non pas la palpitation des petites bêtes, mais l'agitation pesante qu'un corps puissant pouvait faire naître autour de lui.

— Croyez-vous que ce soit Gmilo ? Hé, hé, hé... c'est bien lui ? Vous pouvez le capturer, Roi. Je sais que vous le pouvez. J'avais fait quelques pas sur l'étroite avancée du plancher et, tout en parlant, je me démenais et agitais les bras.

— Henderson... non, dit-il.

Je fis quand même un pas dans sa direction, et à ce moment il se mit à crier : il avait l'air en colère. Je m'accroupis donc et je me tus. J'avais le sang en feu, comme s'il coulait directement sous l'éclat du soleil.

Le roi posa alors le pied sur l'étroite perche et passa autour de son bras deux tours de la corde à laquelle était suspendue la cage, et entreprit de défaire le nœud contre lequel il avait appuyé sa tête pendant notre attente. La cage, avec ses grands entrelacs irréguliers de lianes et les pierres qui en alourdissaient le fond, oscillait. A part ces pierres, elle n'avait pour ainsi dire pas de substance. Le roi avait ôté son chapeau qui l'aurait gêné et, autour de ses cheveux drus, qui s'élevaient à peine au-dessus de son crâne, le bleu de l'atmosphère semblait se condenser, comme quand on allume quelques branches dans les bois et que le bleu du ciel semble se rétrécir autour de ces bâtons noirs.

La lumière me faisait crisper le visage, car je la recevais en pleine figure, penché comme j'étais vers le fond du hopo comme une gargouille. La lumière était assez dure alors pour vous laisser des marques. Et, malgré le vacarme des rabatteurs, les cigales continuaient à bruire, lançant vers le ciel le vrillement de leur chant. Du côté de la falaise, la roche montrait sa vraie nature : elle marmonnait qu'elle ne laisserait rien passer. Tout devait attendre. Les petites fleurs de cactus dans le ravin, en admettant que ce fussent des fleurs et non pas des baies, formaient une écume rouge et les épines me transperçaient. Les choses semblaient me parler. Je demandais en silence ce que risquait le roi qui avait eu la folle idée que son devoir était de capturer des lions. Mais rien ne me répondait. Ce n'était pas pour cela qu'elles parlaient. Elles ne faisaient que se déclarer, chacune selon sa loi, que déclarer ce qu'elles étaient ; aucune allusion au roi. Je restais donc accroupi là, malade de chaleur et d'appréhension. Les sentiments que j'éprouvais pour lui avaient repoussé tout le reste, et j'en avais les organes comprimés.

Les rabatteurs approchaient, dans un fracas de tambours et de coups de trompettes, au milieu des cris et des clameurs, ceux qui fermaient la marche bondissant dans l'herbe qui leur arrivait à l'épaule, et soufflant des notes étranges sur ces trompes de métal vert et roux. On tirait des coups de feu en l'air, peut-être avec mon propre fusil de chasse à viseur. Et, sur le devant, les javelots s'agitaient et se trémoussaient en désordre.

— Vous avez vu, Mr. Henderson... une crinière ? Dahfu se pencha en avant, tenant toujours la corde, et les pierres qui alourdissaient la cage se heurtaient au-dessus de sa tête. Je ne pouvais pas supporter de le voir en équilibre ainsi, sur une simple baguette de cerf-volant, avec toutes ces pierres qui s'entrechoquaient et qui roulaient à quelques centimètres au-dessus de lui dans cet assemblage de lianes et de bambous. Il en aurait suffi d'une seule pour l'assommer.

— Roi, je ne peux pas supporter ça. Au nom du ciel, faites attention. Ce n'est pas un instrument avec lequel on peut faire le mariol. C'était assez, me dis-je, que ce noble cœur dût risquer sa vie avec cet appareil primitif ; il n'avait pas besoin de rendre encore la chose plus dangereuse qu'elle n'était. Pourtant, il n'y avait peut-être aucune façon sûre de procéder. Et puis, il avait l'air bien entraîné, en équilibre sur cette étroite planche. Les poids de pierre tournoyaient tandis que le roi tirait sur la corde. Tout le fragile appareil tournoyait comme un manège et l'ombre du filet se dessinait sur le sol.

Pendant quelques instants, je ne me rendis pas bien compte de l'endroit où j'étais ni de ce qui se passait. Je me contentais de guetter le roi, prêt à me jeter en bas si jamais il tombait. Puis, aux portes mêmes de la conscience, j'entendis un grognement et, en me penchant — j'étais à genoux —, j'aperçus le large visage d'un lion, coléreux et encadré d'une abondante crinière. Il avait la tête toute plissée et contractée ; et dans ses rides on voyait l'ombre du meurtre. Les babines découvraient les gencives et l'haleine de l'animal montait vers moi, brûlante comme l'oubli, sau-

vage comme le sang. Je me mis à parler tout haut. Je
dis : « Oh ! mon Dieu, quoi que Vous pensiez de moi, ne
me laissez pas tomber dans cette boucherie. Veillez sur
le roi. Montrez-lui Votre miséricorde. » Et là-dessus, je
me dis que c'était bien là tout ce qu'il fallait à
l'humanité : être conditionné dans l'image d'un animal féroce comme celui qui se trouvait là-bas. J'essayai alors de me dire, tant étaient clairs ces yeux
furieux, que seules les visions arrivent à avoir une
pareille surréalité. Mais ce n'était pas une vision. Le
rugissement de cet animal était bien la voix de la mort.
Et je songeais combien je m'étais vanté auprès de ma
chère Lily, de mon amour de la réalité. « Je l'aime plus
que toi », avais-je dit. Mais oh, l'irréalité : l'irréalité,
l'irréalité ! Cela a été mon plan pour une vie agitée
mais éternelle. Et voilà maintenant que la voix d'un
lion me faisait renoncer à cette pratique. Sa voix me
frappait comme un coup sur la nuque.

La barrière était tombée. De petites bêtes s'échap-
paient encore par les interstices, on voyait filer des
fourrures, bondissant et se tortillant frénétiquement.
Le loin se précipita au-dessous de nous et fonça de tout
son poids contre les barreaux. Etait-ce Gmilo ? On
m'avait dit que l'on avait marqué les oreilles de Gmilo
quand il était lionceau, avant d'être relâché par le
Bunam. Mais, bien sûr, il fallait attraper l'animal
avant de pouvoir regarder ses oreilles. Ce pouvait fort
bien être Gmilo. Derrière la barrière, les hommes le
harcelaient avec les javelots, tandis qu'il s'acharnait
sur les lances et qu'il essayait de les prendre dans sa
gueule. Mais ils étaient trop rapides pour lui. Au
premier rang, quarante ou cinquante pointes de lances
s'attaquaient à lui, tandis que par-derrière on lançait
des pierres, et que le fauve secouait sa grosse tête avec

sa crinière jaune qui faisait paraître si énorme son avant-train. Son petit ventre était frangé de poils, et aussi ses pattes antérieures, comme la culotte de peau d'un trappeur. Auprès de cette bête, Atti n'était pas plus grosse qu'un lynx. En équilibre sur la perche, Dahfu défit un tour de corde de son avant-bras ; le filet bascula et le bruit des pierres qui s'entrechoquaient fit lever les yeux au lion. Les rabatteurs crièrent à Dahfu : « Yenitu lebah ! » Sans s'occuper d'eux, il tint bon la corde, contournant le bord du filet qui était maintenant au niveau de ses yeux. Les pierres se heurtaient tandis que l'appareil tournoyait ; le lion se dressa sur ses pattes de derrière et essaya de l'attraper. Au premier rang des rabatteurs se trouvait l'homme du Bunam tout peinturluré de blanc, qui bondissait et frappait l'animal sur la joue avec un manche de lance. De la tête aux pieds, cet individu était revêtu de ce blanc sale, comme du daim, les poils recouverts de cette pâte crayeuse. Je sentais maintenant le poids du lion contre les poteaux qui soutenaient la plate-forme. Ils n'étaient pas plus gros que des échasses et, quand il les frappait, ils vibraient. Je crus que tout l'édifice allait s'effondrer et je me cramponnais au plancher, car je m'attendais à être emporté comme un château d'eau quand un train de marchandises déraille et vient démolir l'édifice, faisant jaillir une tonne d'eau dans les airs. Sous les pieds de Dahfu, la perche oscillait, mais il se servait du filet et de la corde comme d'un balancier.

« Roi, au nom du ciel ! avais-je envie de crier. Dans quoi nous sommes-nous embarqués ? »

De nouveau, une volée de pierres jaillit. Certaines frappèrent le mur du hopo, mais d'autres parvinrent jusqu'à l'animal et le poussèrent sous ce satané filet. Le roi oscillait tout en poussant et en manœuvrant cette cloche de nœuds et de pierres.

Un instant, j'échappai à mon mutisme. Je retrouvai ma voix pour lui dire : « Roi, allez-y doucement. Faites attention à ce que vous faites. » Puis une boule me monta dans la gorge, grosse comme un œuf à raccommoder.

La seule preuve qui me restait que la vie continuait, c'était que j'y voyais encore. Car, pour un moment, toutes mes autres fonctions s'interrompirent.

Le lion, dressé sur ses pattes de derrière, frappa de nouveau le filet qui descendait. Il était maintenant à portée de ses pattes et il se prit les griffes dans les lianes. Avant qu'il ait pu se dégager, le roi laissa retomber le piège. La corde dévala par la poulie, les poids roulèrent sur les planches comme une troupe de chevaux et le cône s'abattit sur la tête du lion. J'étais allongé sur le ventre, le bras tendu vers le roi, mais il revint vers le bord de la plate-forme sans mon aide en criant : — Qu'est-ce que vous en pensez, Henderson, qu'est-ce que vous en pensez ?

Les rabatteurs se mirent à hurler. Le lion aurait dû être renversé par le poids des pierres, mais il était toujours debout, presque dressé. Il avait la tête prisonnière, et ses pattes antérieures griffaient les lianes, puis il tomba, se débattant toujours. Mais son train arrière n'était pas pris dans le filet. L'air semblait s'obscurcir dans la fosse tant il rugissait. J'étais allongé, la main toujours tendue vers le roi, mais il ne la prit pas. Il contemplait la tête du lion derrière le filet, le ventre velu et les pattes, ce qui me fit repenser à cette route au nord de Salerne, et je me revis maintenu par les infirmiers et rasé de la tête aux pieds pour me débarrasser de ma vermine.

— Est-ce qu'il ressemble à Gmilo ? Votre Altesse, qu'est-ce que vous en pensez ? dis-je. Je ne comprenais rien à la situation.

— Oh, ça va mal, dit le roi.

— Qu'est-ce qui va mal ?

Il était déconcerté par quelque chose qui jusqu'à maintenant m'avait échappé. J'étais ahuri par les rugissements et les hurlements qu'avait provoqués la capture et je regardais les terribles efforts des pattes et des griffes noires et jaunes, qui jaillissaient comme des épines des grands coussins des pattes du lion.

— Vous l'avez. Qu'est-ce que vous voulez de plus ?

Mais je comprenais maintenant ce qu'il y avait, car personne ne pouvait s'approcher de la bête pour lui examiner les oreilles ; elle pouvait se retourner sous le filet et, son train arrière étant libre, on ne pouvait l'approcher.

— Que quelqu'un lui passe une corde autour des pattes ! hurlai-je.

Le Bunam était en bas et fit un signe vers la plate-forme avec sa baguette d'ivoire. Le roi s'éloigna du bord de la plate-forme et s'empara de la corde qu'un nœud avait arrêtée dans la poulie. La perche qui soutenait la poulie ployait et dansait tandis qu'il s'emparait du bout de corde effiloché. Il tira dessus et la poulie se mit à grincer. Le lion n'était pas complètement pris, et le roi allait essayer de faire tomber le filet par-dessus le train arrière de l'animal.

— Roi, lui criai-je. Réfléchissez. Vous ne pouvez pas y arriver. Il pèse une demi-tonne et il tient solidement le filet. Je ne me rendais pas compte que seul le roi pouvait remédier à la situation et que personne ne pouvait intervenir entre le lion et lui, puisque le lion pouvait être feu le roi Gmilo. C'était donc au roi seul de parachever la capture. Le fracas des tambours, les sonneries de trompes et les pierres qu'on lançait, tout cela s'était arrêté, et de la foule on n'entendait plus de temps en temps qu'un cri quand le lion ne rugissait pas. Chacun commentait la situation du roi, qui n'était pas brillante.

Je me redressai en disant : — Roi, je vais descendre et regarder son oreille, dites-moi seulement ce qu'il faut regarder. Tenez bon, Roi, tenez bon. Mais je doute qu'il m'ait entendu. Il était planté, les jambes bien écartées, au milieu de la perche, qui fléchissait, se balançait et oscillait sous ses pas énergiques, et la corde, la poulie et le bloc de bois crissaient comme s'ils étaient enduits de résine, et les contrepoids de pierre s'entrechoquaient sur les planches. Le lion se débattait sur le dos, et tout l'édifice oscillait. Je crus de nouveau que la tour tout entière allait s'effondrer et je me cramponnai à la paille derrière moi. Puis je vis de la fumée ou de la poussière au-dessus du roi et je me rendis compte que cela provenait des attaches de cuir qui maintenaient la poulie en place. Le poids du roi et la traction exercée par le lion avaient été trop pour ces attaches. L'une d'elles avait craqué, c'était le petit nuage de poussière que j'avais vu. Et voilà maintenant que l'autre cédait.

— Roi Dahfu ! hurlai-je.

Il tombait. La poulie vint s'abattre sur la pierre devant les rabatteurs qui prenaient la fuite. Le roi était tombé sur le lion. Je vis l'arrière-train de l'animal secoué d'une convulsion. Les griffes se mirent à labourer. Aussitôt, le sang jaillit, avant que le roi eût pu se rejeter en arrière. J'étais maintenant pendu par les doigts au bord de la plate-forme, j'étais pendu, et puis je tombai en criant. Quel dommage que ce n'eût pas été la fosse éternelle ! Le roi avait roulé de dessus le lion. Je l'éloignai encore. Son sang ruisselait sous ses vêtements en lambeaux.

— Oh, Roi ! Mon ami ! Je m'enfouis le visage entre mes mains.

Le roi dit : « Wo Sungo. » La surface de ses yeux était bizarre. Ils paraissaient s'être épaissis.

J'ôtai mon pantalon vert pour panser la blessure. C'était tout ce que j'avais sous la main, et cela ne servit à rien, car le tissu s'imbiba aussitôt.

— Venez à son secours ! Au secours ! criai-je à la foule.

— Je n'y suis pas arrivé, Henderson, me dit le roi.

— Allons, Roi, qu'est-ce que vous racontez ? On va vous ramener au palais. Nous allons verser un peu de sulfamide là-dessus et vous recoudre. Vous me direz ce qu'il faut faire, puisque, de nous deux, c'est Votre Majesté qui est le médecin.

— Non, non, ils ne me ramèneront jamais. Est-ce Gmilo ?

Je me précipitai, je m'emparai de la corde et de la poulie et je lançai le tout comme un *bolo*[1] aux pattes qui se débattaient toujours ; j'enroulai la corde autour d'elles une douzaine de fois, arrachant presque la peau et hurlant : « Démon ! Sois maudit, espèce de salaud ! » Il se débattait derrière le filet. Le Bunam alors s'approcha pour examiner les oreilles, il se redressa et demanda quelque chose d'un ton autoritaire. Son assistant peinturluré de blanc lui tendit un mousquet, et il appuya le canon contre la tempe du

---

1. Le bolo est une corde lestée de boules de plomb utilisée par les gauchos.

lion. Lorsqu'il fit feu, l'explosion déchiqueta une partie de la tête du fauve.

— Ce n'était pas Gmilo, dit le roi.

Il était heureux que son sang ne fût pas sur la tête de son père.

— Henderson, dit-il, vous veillerez à ce qu'il n'arrive rien à Atti.

— Bon sang, Votre Altesse, vous êtes toujours le roi, vous vous occuperez bien d'elle vous-même. Et, là-dessus, j'éclatai en sanglots.

— Non, non, Henderson, dit-il. Je ne peux plus être... parmi les épouses. Il faudrait qu'on me tue. La pensée de ces femmes l'émouvait; il avait dû aimer certaines d'entre elles. A travers ses vêtements déchirés, son ventre avait l'air d'une grille de feu, et quelques-uns des rabatteurs poussaient déjà des cris de deuil. Le Bunam se tenait à l'écart, loin de nous.

— Penchez-vous près de moi, demanda Dahfu.

Je m'accroupis près de sa tête et tournai vers lui ma bonne oreille, les larmes ruisselant entre mes doigts, et je dis : — Oh ! Roi, Roi, vraiment je porte la poisse. Je suis maudit, la mort rôde autour de moi. Le monde vous a envoyé celui qu'il ne fallait pas. Je suis contagieux, comme la typhoïde. Sans moi, tout se serait bien passé pour vous. Vous êtes le type le plus magnifique que j'aie jamais rencontré.

— C'est tout le contraire. La chaussure est sur l'autre pied... la première nuit où vous étiez ici, m'expliqua-t-il, tandis que l'engourdissement lentement le gagnait, ce corps que vous avez trouvé était celui du Sungo qui vous avait précédé. Parce qu'il n'avait pas pu soulever Mummah... Sa main était ensanglantée ; il éleva péniblement son pouce et son index jusqu'à sa gorge.

— Ils l'ont étranglé ? Mon Dieu ! Et ce grand gaillard de Turombo qui n'a pas pu la soulever ? Ah ! il ne voulait pas devenir Sungo, c'est trop dangereux. On m'avait réservé ça. J'étais le bouc émissaire. On m'avait eu.

— Le Sungo est aussi mon successeur, dit-il en me touchant la main.

— Que moi je prenne votre place ? Qu'est-ce que vous racontez, Votre Altesse !

Les yeux déjà mi-clos, il hocha lentement la tête. — Quand il n'y a pas d'enfant en âge de régner, c'est le Sungo qui est roi.

— Votre Altesse, dis-je, en élevant la voix au milieu de mes sanglots, quel tour m'avez-vous joué ? On aurait dû me dire dans quoi je me lançais. Est-ce que c'était une chose à faire à un ami ?

Sans rouvrir les yeux, mais souriant tout en s'affaiblissant de plus en plus, le roi dit : — On me l'a fait...

— Votre Majesté, dis-je alors, approchez et je vais mourir auprès de vous. Ou alors soyez moi et vivez ; de toute façon, je n'ai jamais su quoi faire de la vie, autant que je meure. Je me mis à me frotter et à me battre le visage avec mes poings, accroupi dans la poussière entre le lion mort et le roi mourant. — Le sommeil de l'esprit s'est interrompu trop tard pour moi. J'ai attendu trop longtemps, et je me suis ruiné avec mes porcs. Je suis un homme brisé. Et je ne m'en tirerai jamais avec les épouses. Comment puis-je faire ? Je ne tarderai pas à vous suivre. Ces gens vont me tuer. Roi ! Roi !

Mais le roi n'avait plus en lui qu'un souffle de vie, et nous nous séparâmes bientôt. Il fut ramassé par les rabatteurs, on ouvrit l'extrémité du hopo, et nous commençâmes à descendre dans le ravin au milieu des

436

cactus, en nous dirigeant vers cet édifice de pierre que j'avais aperçu pour la première fois depuis la plate-forme en haut du mur. En chemin, le roi mourut d'hémorragie.

Cette petite maison, bâtie de pierres plates, avait deux portes de bois, qui donnaient sur deux chambres. On déposa son corps dans l'une d'elles. On m'installa dans l'autre. De toute façon, c'était à peine si je comprenais ce qui se passait, je les laissai donc m'entraîner à l'intérieur et refermer la porte sur moi.

21

A une époque, beaucoup plus tôt dans cette vie qui
est la mienne, la souffrance avait pour moi un certain
sel. Plus tard, elle commença à perdre ce sel; elle
devint sale, sans plus et, comme je l'expliquai à mon
fils Edward, en Californie, je ne pouvais plus la
supporter. Merde ! J'en avais assez d'être un monstre
de douleur. Mais maintenant, avec la mort du roi, la
souffrance n'était plus un thème et elle ne contenait
aucun sel. Elle n'était que terrible. Le vieux Bunam et
son aide peinturluré de blanc me mirent donc, pleurant et m'affligeant, dans la chambre de pierre. Bien
que les mots eussent du mal à sortir de ma bouche, je
répétai une seule chose : « On la gaspille pour des
mannequins. » (La vie.) « On la donne à des mannequins et à des imbéciles. » (Nous prenons la place
d'autres hommes.) Ils me conduisirent dans la chambre, tandis que je pleurais à fendre l'âme. J'étais trop
plongé dans mon chagrin pour poser des questions.
Mais bientôt quelqu'un qui avait été couché par terre
et se levait, à côté de moi, me fit sursauter. « Qui est
là ? » demandai-je. Deux mains ridées se levèrent pour
me mettre en garde. « Qui êtes-vous ? » demandai-je
de nouveau, puis je reconnus une tête avec des cheveux

en forme de pin parasol et de grands pieds poussiéreux déformés comme des racines.

— Romilayu !

— Je suis ici, Missieu.

Ils ne l'avaient pas laissé partir avec la lettre pour Lily, ils l'avaient ramassé au moment où il quittait la ville. Donc, avant même que la chasse n'eût commencé, ils avaient décidé ne pas faire savoir au monde où je me trouvais.

— Romilayu, le roi est mort, dis-je.

Il essaya de me consoler.

— Ce type merveilleux. Mort !

— Un gentleman, Missieu.

— Il pensait qu'il pourrait me changer. Mais je l'ai rencontré trop tard, Romilayu. J'étais trop grossier. Il y avait trop à faire.

Il ne me restait, pour tous vêtements, que mes chaussures et mon casque, mon T-shirt et mon caleçon, et j'étais assis par terre, plié en deux, et je pleurais sans m'arrêter. Au début, Romilayu ne put rien faire pour moi.

Mais peut-être le temps a-t-il été inventé pour que la souffrance puisse avoir une fin. Qu'elle ne dure pas toujours ? C'est possible. Et la félicité, tout au contraire, serait éternelle ? Pas de temps dans la félicité. Au paradis, on a jeté toutes les pendules.

Jamais je n'avais autant souffert d'une mort. Comme j'avais essayé d'arrêter l'écoulement de sang du roi, j'avais du sang partout sur moi et celui-ci ne tarda pas à sécher. J'essayai de l'enlever en frottant. Peut-être, me dis-je, était-ce le signe que je devais continuer l'existence du roi ? Comment ? Dans la mesure de mes moyens. Mais quels moyens avais-je ? Je ne pouvais pas citer trois choses que j'eusse bien faites de toute ma vie. Je trouvais là une raison de plus de me désoler.

La journée se passa ainsi, puis la nuit et, au matin, je me sentis léger, sec et creux. Je flottais, comme une vieille cuve. Toute l'humidité était à l'extérieur. Intérieurement, j'étais creux, sombre et sec ; j'étais calme et vide. Et le ciel était rose. Je le voyais à travers les barres de la porte. L'homme du Bunam, toujours peint de blanc, était notre gardien, et il nous apporta des ignames cuites au four et d'autres fruits. Deux amazones, qui n'étaient ni Tamba ni Bebu, le servaient, et tout le monde me traitait avec une étrange déférence. Dans le courant de la journée, je dis à Romilayu : — Dahfu a dit que quand il serait mort, je devrais être le roi.

— Ils vous appellent Yassi, Missieu.

— Est-ce que ça veut dire roi ? C'était ce que cela voulait dire. « Tu parles d'un roi, dis-je, rêveur. C'est con. » Romilayu ne fit aucun commentaire. « Il faudrait que je sois le mari de toutes ces femmes.

— Ça ne vous plaît pas, Missieu ?

— Tu es fou, mon vieux ? dis-je. Comment pourrais-je envisager de reprendre cette bande de femelles ? J'ai tout ce qu'il me faut dans ce domaine. Lily est une femme merveilleuse. De toute façon, la mort du roi m'a fait trop de mal. Tu ne vois pas que je suis accablé de douleur, Romilayu ? Je suis accablé et je ne peux absolument pas fonctionner. Cette histoire m'a brisé.

— Vous n'avez pas l'air si très mal en point, Missieu.

— Oh, tu me dis ça pour me remonter. Mais tu devrais voir mon cœur, Romilayu. J'ai un cœur malmené. Il en a trop vu. On lui en a trop fait subir. Ne te laisse pas tromper par ma grande carcasse. Je suis beaucoup trop sensible. Quoi qu'il en soit, Romilayu, c'est vrai que je n'aurais pas dû parier qu'il n'y aurait pas de pluie ce jour-là. J'avais l'air de ne pas être de bonne volonté. Mais le roi, que Dieu le bénisse, m'a laissé entrer dans un piège. Je n'étais pas vraiment plus fort que l'autre, ce Turombo. Lui aussi aurait pu soulever Mummah. Mais il ne voulait pas devenir le Sungo, voilà tout. Il s'en est tiré en truquant. C'est une position trop dangereuse. C'est le roi qui m'a fait ça.

— Mais il était en danger aussi, dit Romilayu.

— Oui, c'est vrai. Pourquoi voudrais-je avoir la vie plus belle que lui ? Tu as raison, mon vieux. Merci de me montrer les choses. Je réfléchis un moment, puis je demandai à l'homme sensé qu'il était : « Tu ne crois pas que je leur ferais peur, à ces femmes ? » Je fis une grimace pour illustrer mes paroles. « Ma figure est à moitié aussi longue que le corps de quelqu'un d'autre.

— Je ne pense pas, Missieu.

— Non ? » Je la touchai. « Quand même, je ne vais pas rester. Bien que j'imagine que ce soit la seule occasion que j'aie jamais d'être roi. » Et, tandis que je pensais profondément au grand homme qui venait de mourir, qui venait de s'installer pour de bon dans le néant, dans la nuit noire, je me dis qu'il m'avait choisi pour prendre sa place. C'était à moi de savoir si je voulais tourner le dos à ce qui avait été mon foyer et où je n'étais rien du tout. Il croyait que j'étais de l'étoffe dont on fait les rois et que je saurais peut-être utiliser une chance de recommencer ma vie de zéro. Je lui disais merci, à travers le mur de pierre. Mais, à Romilayu, j'annonçai : « Non, je me briserais le cœur à essayer de tenir sa place. D'ailleurs, il faut que je rentre chez moi. D'ailleurs, je ne suis pas un étalon. Ne nous leurrons pas, j'ai cinquante-six ans, ou presque. Je tremblerais à l'idée que ces femmes m'envoient paître. Et il me faudrait vivre à l'ombre du Bunam et de Horko et de ces gens, et ne jamais pouvoir regarder en face la vieille reine Yasra, la mère du roi. Je lui ai fait une promesse. Oh, Romilayu, comme si j'avais le moyen de faire une promesse. Sortons d'ici. J'ai l'impression d'être un lamentable imposteur. La seule chose décente en moi, c'est que j'ai aimé certaines personnes dans ma vie. Oh, le pauvre garçon est mort. Oh, ho, ho, ho, ho ! Cela me tue. Il pourrait être temps pour nous d'être chassés de cette terre avec fracas. Si seulement nous n'avions pas de cœurs, nous ne saurions pas combien c'est triste. Mais nous baladons nos cœurs, ces fichues mangues que nous avons dans la poitrine et qui nous trahissent. Et il n'y a pas seulement le fait que j'ai peur de toutes ces femmes, mais je n'aurai plus personne à qui parler. Je suis arrivé à l'âge où j'ai besoin de voix et d'intelligences humaines. C'est tout ce qui reste. La bonté et l'amour. » Je me replongeai dans la désolation, car j'avais été dans cet état sans interruption depuis le moment où j'avais été enfermé dans le tombeau, et je continuai un moment encore, pour autant que je me souvienne. Puis, brusquement, je dis à Romilayu : — Mon vieux, la mort du roi n'était pas un accident.

— Que voulez-vous dire, Missieu ?

— Ce n'était pas un accident. C'était un plan, je commence à en être persuadé. Maintenant, ils peuvent dire qu'il a été puni pour avoir gardé Atti, pour l'avoir installée sous le palais. Tu sais qu'ils n'auraient pas hésité à assassiner le roi. Ils se sont dit que je serais plus docile que lui. Crois-tu ces types incapables d'une chose pareille ?

— Non, Missieu.

— Non, Missieu, tu l'as dit. Si je mets la main sur

ces gaillards, je les écrase comme des boîtes de bière. Je serrai mes mains l'une contre l'autre pour montrer comment je ferais, découvris mes dents et grognai. J'avais peut-être quand même appris quelque chose des lions, non pas la grâce et la puissance de mouvement que Dahfu avait tirées d'avoir été élevé parmi eux, mais leur aspect plus cruel, étant donné mon expérience plus brève et plus superficielle. A bien y réfléchir, on ne peut jamais prédire ce qu'on retirera exactement d'une influence. Je crois que Romilayu était assez troublé de me voir sauter brusquement du deuil au châtiment, mais il semblait se rendre compte que je n'étais pas entièrement moi-même ; il était disposé à être tolérant avec moi, car c'était un homme vraiment généreux et compréhensif, très chrétien, en fait. Je dis : — Il faut que nous pensions à nous évader d'ici. Examinons les lieux. Où sommes-nous ? Et que pouvons-nous faire ? Qu'avons-nous ?

— Nous avons un couteau, Missieu, dit Romilayu, et il me le montra. C'était son couteau de chasse et il l'avait glissé dans ses cheveux quand il avait vu les hommes du Bunam venir le chercher aux abords de la ville.

— Oh ! bravo, dis-je, en lui prenant le couteau ; je fis mine de frapper.

— Creuser, c'est mieux, dit-il.

— Oui. Tu as raison. J'aimerais attraper le Bunam, dis-je, mais ce serait un luxe. La vengeance est un luxe. Il faut que je sois prudent. Retiens-moi, Romilayu. C'est à toi de me freiner. Tu vois que je suis hors de moi, n'est-ce pas ? Qu'est-ce qu'il y a à côté ? Nous entreprîmes d'examiner le mur en détail ; nous trouvâmes une lézarde entre les dalles de pierre, vers le haut, et nous commençâmes à creuser avec le couteau, en nous relayant. Tantôt je soulevais Romilayu dans mes bras et tantôt je le laissais se mettre debout sur mon dos, tandis que je me tenais à quatre pattes. Il n'aurait pas pu se mettre debout sur mes épaules, car le plafond était trop bas.

— Oui, quelqu'un a touché au mécanisme du bloc et de la poulie au hopo, disais-je.

— Peut-être, Missieu.

— Il n'y a pas de peut-être. Et pourquoi le Bunam t'a-t-il pris ? Parce que c'était un complot contre Dahfu et moi. Bien sûr, le roi m'a attiré beaucoup d'ennuis aussi, en me laissant soulever Mummah. Ça oui.

Romilayu creusait, faisant tourner la lame du couteau dans le mortier, puis il grattait et retirait ce qu'il avait gratté avec son index. La poussière tombait sur moi.

— Mais le roi vivait lui-même sous une menace de mort, et ce qu'il supportait, je pourrais le supporter. Il était mon ami.

— Votre ami, Missieu ?

— Eh oui, l'amour peut être ainsi, mon vieux, expliquai-je. Je suppose que mon père aurait souhaité, je *sais* qu'il aurait souhaité, que je me sois noyé moi au lieu de mon frère Dick, là-bas, près de Plattsburg. Est-ce que cela voulait dire qu'il ne m'aimait pas ? Pas du tout. Comme j'étais moi aussi son fils, cela le tourmentait, ce vieil homme, de souhaiter ça. Oui, si ç'avait été moi, il aurait pleuré tout autant. Il aimait ses deux fils. Mais Dick aurait dû rester en vie. Il n'a été dissipé que cette unique fois, Dick ; peut-être avait-il fumé une cigarette à la marihuana. C'était payer trop cher pour une seule cigarette à la marihuana. Oh, je n'en veux pas à mon père. Seulement, c'est la vie ; et est-ce à nous de lui faire des reproches ?

444

— Oui, Missieu, dit Romilayu. Il creusait avec application et je savais qu'il ne me suivait pas.

— Comment lui faire des reproches ? Elle a droit à notre respect. Elle fait ce qu'elle a à faire, voilà tout. J'ai dit à l'homme qui est à côté que j'avais une voix qui disait : *je veux.* Qu'est-ce qu'elle voulait ?

— Oui, Missieu (encore du mortier qui tombait sur moi).

— Elle voulait la réalité. Combien d'irréalité pouvait-elle supporter ?

Il creusait, creusait. J'étais à quatre pattes et je parlais vers le sol. « Nous sommes censés penser que la noblesse est irréelle. Mais c'est justement. L'illusion est ailleurs. On nous fait penser que nous avons toujours plus soif d'illusions. Mais moi, je n'ai pas soif d'illusions du tout. On dit : Pensez grand. C'est de la blague, bien sûr, encore un slogan publicitaire. Mais la grandeur ! Ça, c'est tout à fait autre chose. Oh, la grandeur ! Oh, Dieu ! Romilayu, je ne parle pas de la grandeur grossie, enflée, fausse. Je ne parle pas de l'orgueil ou du fait de la ramener. Mais, comme c'est l'univers lui-même qui est placé en nous, il faut de l'envergure. L'éternel est entreposé chez nous. Il demande sa part. C'est pourquoi il y a des types qui ne supportent pas d'être tellement quelconques. C'est pourquoi je me suis senti obligé de faire quelque chose. Peut-être aurais-je dû rester chez moi. Peut-être aurais-je dû apprendre à embrasser la terre. » (Je le fis ce disant.) « Mais j'ai cru que j'allais exploser, là-bas. Oh, Romilayu, je regrette de ne pas avoir su ouvrir mon cœur complètement à ce pauvre garçon. Sa mort me déchire. Je n'ai jamais été si malheureux. Mais je leur montrerai, à ces comploteurs, si seulement j'en ai l'occasion », dis-je.

Sans bruit, Romilayu taillait et creusait ; au bout d'un moment, il colla son œil contre le trou et il me dit, à voix basse : — Je vois, Missieu.

— Qu'est-ce que tu vois ?

Il ne répondit pas, mais il descendit de mon dos. Je me redressai, secouai le sable que j'avais sur moi et regardai à mon tour par le trou. Je vis la silhouette du roi mort. Il était enveloppé dans un linceul de cuir et ses traits étaient invisibles, car un pan était rabattu sur son visage. Le corps était attaché avec des lanières aux hanches et aux pieds. L'assistant du Bunam veillait le mort ; il était assis sur un tabouret près de la porte et il dormait. Il faisait très chaud dans les deux pièces. Auprès du mort, il y avait deux paniers d'ignames cuites au four. Et à l'anse d'un de ces paniers était attaché un lionceau, encore taché comme le sont les très jeunes lionceaux. A le voir, je pensais qu'il devait avoir deux ou trois semaines. Le veilleur dormait d'un sommeil lourd, malgré l'absence de dossier à son siège. Ses bras pendaient mollement contre sa poitrine et entre ses cuisses, et ses mains aux veines gorgées touchaient presque le sol. Le cœur plein de haine, je me dis : « Attends, bandit, je m'occuperai de toi. » Comme la lumière était bizarre, il m'apparaissait d'une blancheur de satin ; seules ses narines et les rides de ses joues étaient noires. « Je te réglerai ton compte », lui promis-je en silence.

— Bien, Romilayu, dis-je. Et maintenant, servons-nous de nos cervelles. Nous n'allons pas faire comme la première nuit, avec le corps de l'autre type, le Sungo qui m'a précédé. Faisons notre plan. D'abord, je suis candidat au trône. Ils ne voudraient pas me faire de mal, puisque je serais la figure de proue de la tribu et qu'ils mèneraient les choses à leur convenance. Ils ont le lionceau, qui est mon ami mort, donc ils vont vite, et il faut que nous allions vite aussi. Il faut même que nous allions plus vite qu'eux.

— Qu'allez-vous faire, Missieu ? demanda Romilayu, que mon ton rendait soucieux.

— Filer, bien sûr. Tu crois que nous pourrions retourner à Baventai tels que nous sommes ?

Il ne pouvait pas ou ne voulait pas me dire ce qu'il en pensait, et je lui demandai : — Ça se présente mal, n'est-ce pas ?

— Vous êtes malade, dit Romilayu.

— Bah. J'y arriverai si toi tu y arrives. Tu sais comment je suis quand je m'y mets. Tu plaisantes ? Je pourrais traverser la Sibérie sur les mains. Et d'ailleurs, nous n'avons pas le choix, mon bon. Dans des moments comme ça, ce qu'il y a d'absolument meilleur en moi se découvre. C'est mon côté Valley Forge. Ça ne sera pas commode, évidemment. Nous allons emporter ces ignames. Ça devrait nous aider. Tu ne vas pas rester, hein ?

— Oh, non, Missieu, ils me tueraient.

— Alors, résigne-toi, dis-je. Je ne pense pas que ces amazones veillent toute la nuit. Nous sommes au XXe siècle, et elles ne peuvent pas faire de moi un roi si je ne veux pas. Ce harem ne me fait pas peur. Mais je crois, Romilayu, qu'il serait malin d'agir comme si je désirais le trône. Elles ne voudraient pas qu'il m'arrive du mal. Cela les mettrait dans de très sales draps de m'en faire. De plus, elles doivent se dire que nous ne serions pas assez stupides pour risquer de traverser trois ou quatre cents kilomètres de no man's land sans nourriture ni fusil.

Romilayu était terrifié de me voir dans cet état d'esprit. « Il faut que nous nous serrions les coudes, lui

dis-je cependant. Si on m'étranglait au bout de quelques semaines — ... ce qui est probable ; je ne suis pas
en état de me vanter ou de faire de grandes promes-
ses... — qu'adviendrait-il de toi ? Ils te tueraient aussi,
pour protéger leur secret. Combien de *grun-tu-molani*
as-tu ? Tu as envie de vivre, mon petit ? »

Il n'eut pas le temps de me répondre tout de suite,
car Horko vint nous rendre visite. Il souriait, mais son
attitude était un peu plus cérémonieuse qu'avant. Il
m'appela Yassi et me montra sa grosse langue rouge,
ce qu'il faisait peut-être pour se rafraîchir après sa
longue marche à travers la brousse brûlante ; je me dis
cependant que c'était une marque de respect.

— Comment allez-vous, Mr. Horko ?

Grandement satisfait, il s'inclina très bas, tout en
gardant son index levé au-dessus de sa tête. La partie
supérieure de son individu était toujours encombrée
par son fourreau serré, sa robe de cour rouge, et il avait
la figure congestionnée. Les bijoux rouges qu'il avait
aux oreilles tiraient celles-ci vers le bas et, tandis qu'il
souriait, je le regardai avec haine, mais pas ouvertement. Mais comme je ne pouvais rien faire, je convertis
toute ma haine en astuce, et quand il me dit : — Vous
roi maintenant. *Roi*[1] Henderson. Yassi Henderson, je
répondis : — Oui, Horko. Nous sommes vraiment
navrés pour Dahfu, n'est-ce pas ?

— Oh, très navrés. *Dommage*[1], dit-il, car il adorait
se servir des mots qu'il avait appris à Lamu.

L'humanité continue à jouer avec l'hypocrisie, pensai-je. Ils ne se rendent pas compte que, même pour ça,
c'est trop tard.

---

1. En français dans le texte.

— Plus Sungo. Vous êtes Yassi.

— Oui, en effet, dis-je. Je me tournai vers Romilayu : — Dis à ce monsieur que je suis content d'être Yassi, et que c'est un grand honneur pour moi. Quand commençons-nous ?

Nous devions attendre, dit Romilayu qui faisait l'interprète, jusqu'à ce que le ver sorte de la bouche du roi. Puis le ver deviendrait un petit lion, et ce lionceau deviendrait le Yassi.

— S'il y avait des cochons dans cette histoire, je deviendrais empereur, et pas seulement un roi de la brousse, dis-je, tirant un plaisir amer de ma propre remarque. Je regrettai que Dahfu ne fût pas en vie pour l'entendre. « Mais dites à Mr. Horko (lequel inclinait sa grosse tête, tandis que ses boucles d'oreilles tombaient de nouveau comme des plombs d'une ligne de pêche ; je lui aurais tordu et arraché la tête avec une grande satisfaction), dites-lui que c'est un très grand honneur. Bien que feu le roi eût été un homme plus grand et meilleur que moi, je ferai de mon mieux. Je crois que nous avons un grand avenir devant nous. Si je suis parti de chez moi, c'est d'abord parce que je n'avais pas assez à faire dans mon propre pays, et ceci est exactement le genre d'occasion que j'espérais. » Voici comment je parlai, tout en lançant avec mes yeux des éclairs que je faisais paraître de joie. « Combien de temps devons-nous rester dans cette maison de mort ?

— Il a dit juste deux ou trois jours, Missieu.

— Okay ? demanda Horko. Ce n'est pas long. Vous marierez *toutes les leddy*[1]. » Il entreprit de me montrer sur ses doigts combien il y en avait. Soixante-sept.

— Ne vous faites surtout pas de soucis, lui dis-je.

1. En français dans le texte.

Et, quand il fut parti, en grande cérémonie, montrant qu'il croyait vraiment m'avoir dans la poche, je dis à Romilayu : — Nous partons d'ici cette nuit.

Romilayu me regarda en silence, et sa lèvre supérieure s'allongea de désespoir.

— Cette nuit, répétai-je. Nous aurons la lune pour nous. La nuit dernière, elle était si claire qu'on aurait pu lire l'annuaire du téléphone dehors. Ça fait donc un mois entier que nous sommes dans cette ville ?

— Oui, Missieu... Qu'est-ce que nous faisons ?

— Dans la nuit, tu te mettras à crier. Tu diras que j'ai été mordu par un serpent, ou quelque chose de ce genre. Le type en cuir arrivera avec les deux amazones pour voir ce qui se passe. S'il n'ouvre pas la porte, nous devrons essayer autre chose. Mais. supposons qu'il l'ouvre. Alors, tu prends cette pierre — tu m'as compris ? — et tu la cales contre le gond de façon que la porte ne puisse plus se fermer. Nous serons parés. Où est ton couteau ?

— Je garde le couteau, Missieu.

— Je n'en ai pas besoin. Oui, garde-le. Bien, tu m'as suivi ? Tu hurles que le Sungo Yassi, enfin ce que je suis pour ces meurtriers, a été mordu par un serpent. Que ma jambe enfle à vue d'œil. Et tu restes contre la porte, prêt à la caler. Je lui montrai exactement comme je voulais qu'il procède.

Le soir me trouva réfléchissant, concentrant mes idées et essayant de les garder claires malgré ma fièvre, qui montait tous les après-midi et augmentait jusqu'à une heure avancée de la nuit. Il me fallait lutter contre le délire, car mon état était aggravé par l'atmosphère suffocante de la tombe et par les heures de veille que j'avais passées à coller un œil après l'autre contre la lézarde dans le mur pour distinguer le corps du roi. Parfois, je croyais voir certains de ses traits sous le pan de tissu. Mais c'était plutôt mental... une illusion mentale ; un rêve. Ma tête était dérangée, je le sentais bien, même alors. J'en étais conscient surtout la nuit, sous l'influence de la fièvre, quand montagnes et idoles, bêtes à cornes et lions, et les grandes femmes noires, les amazones, et aussi le visage du roi et le chaume du hopo visitaient mon esprit, y entraient et en sortaient sans s'annoncer. Mais je pris sur moi et j'attendis le lever de la lune, le moment que j'avais choisi pour entrer en action. Romilayu ne dormait pas. Du coin où il était allongé, son regard me fixait sans interruption. Je pouvais le trouver par ses yeux, qui étaient toujours là.

— Vous n'avez pas changé d'avis, Missieu ? me demanda-t-il une ou deux fois.

— Non, non, je n'ai pas changé.

Et, quand je jugeai que c'était le moment, je pris une profonde inspiration, et mon sternum craqua. J'avais les côtes endolories. « Vas-y ! » dis-je à Romilayu. Le type à côté était sûrement endormi, car je ne l'avais pas entendu bouger depuis la tombée de la nuit. Je soulevai Romilayu dans mes bras et le hissai contre la lézarde que nous avions creusée. Comme je le serrais, je sentais le tremblement qui parcourait son corps ; il se mit à crier et à bégayer. J'ajoutai quelques grognements en fond sonore, et l'homme du Bunam se réveilla. J'entendis bouger ses pieds, il dut écouter un moment Romilayu qui répétait, d'une voix chevrotante : « Yassi k'muti ! » K'muti, c'est ce que j'avais entendu de la bouche des rabatteurs quand ils emmenaient Dahfu vers la tombe. K'muti... il va mourir. Ce doit être la dernière chose qui parvint à ses oreilles. « Wunnutu zazai K'muti. Yassi K'muti. » Ce n'était

451

pas une langue compliquée; je m'y mettais rapidement.

La porte du tombeau du roi s'ouvrit et l'homme du
Bunam commença à crier.

« Oh, me dit Romilayu, il appelle deux leddy, Missieu. »

Je le reposai par terre et m'allongeai sur le sol. « La
pierre est prête, dis-je. Va à la porte et fais ce que tu as
à faire. Si nous ne filons pas, nous ne vivrons pas un
mois de plus. »

Je vis une lumière de flambeaux à travers la porte, ce
qui signifiait que les amazones étaient arrivées au pas
de course, et, ce qu'il y a de plus, c'est que ce sont les
idées de meurtre que j'avais dans le cœur qui me
calmèrent le plus. Elles me donnaient confiance. Ce
m'était un baume de savoir que si je mettais la main
sur cette face de rat d'homme du Bunam, ce serait sa
mort. « Lui au moins, je le tue », me répétais-je. Aussi,
calculant exactement mes intonations, poussai-je des
cris de peur et de faiblesse... et je m'entendais pousser
ces cris de faiblesse avec ravissement, car je sentais en
réalité que ma force était au plus bas à ce moment-là
mais qu'elle me reviendrait entière à l'instant où je
toucherais l'homme du Bunam. On enleva une planche
de la porte. A la lumière d'un flambeau soulevé,
l'homme du Bunam me vit me tordre par terre, en
serrant ma jambe. On poussa le verrou et une amazone
commença à ouvrir la porte. « La pierre! » criai-je,
comme si j'avais mal, et je vis à la lumière aussi que
Romilayu avait poussé la pierre sous le gond exactement comme je lui avais dit de le faire, bien que
l'amazone lui tînt la pointe d'une lance exactement
sous le menton. Il battit en retraite vers moi. Je le vis
faire à la grande lueur enfumée, déchirée par lam-

beaux, de la flamme. L'amazone cria quand je la fis tomber. La pointe de la lance érafla le mur et je priai intérieurement qu'elle n'eût pas touché Romilayu. Je cognai la tête de la femme contre les pierres. Etant donné les circonstances, je ne pouvais pas la ménager sous prétexte que c'était une femme. La flamme avait été éteinte et la porte rapidement fermée, mais elle était restée bloquée contre la pierre juste assez pour que je puisse passer les doigts et l'empoigner. L'autre amazone et l'homme du Bunam se mirent à deux pour me résister, tirant de leur côté, mais je parvins à ouvrir la porte quand même. Je travaillais en silence. Je me sentis couvert tout à coup par l'air de la nuit, et cela me fit du bien immédiatement. Je commençai par frapper la seconde amazone avec le bord de ma main seulement, un truc de commando. C'était suffisant. Cela l'estropia et elle tomba. Tout cela se passait toujours dans un silence total, car les autres ne faisaient pas plus de bruit que moi. Je me mis alors à poursuivre l'homme qui s'enfuyait vers l'autre côté du mausolée. En trois enjambées, je l'attrapai par les cheveux. Je le soulevai tout droit au bout de mon bras, de façon qu'il puisse voir ma figure à la lumière de la lune presque levée. Je poussai un grognement. Il avait toute la peau du visage tirée vers le haut à cause de la façon dont je le tenais, de sorte que ses yeux en étaient devenus obliques. Au moment où je le pris à la gorge et commençai à l'étrangler, Romilayu vint vers moi en criant : Non, non, Missieu.

— Je vais l'étrangler.

— Ne le tuez pas, Missieu.

— Ne t'en mêle pas, criai-je, secouant l'homme du Bunam en le tirant par les cheveux. « C'est *lui* l'assassin. L'homme qui est là-dedans est mort à cause de

453

lui. » Mais j'avais cessé d'étouffer le sorcier du Bunam.
Je lançai son corps blanchi en l'air. Aucun bruit ne
sortit de lui.

— Ne le tuez pas, dit Romilayu gravement. Le
Bunam ne poursuivra pas.

— J'ai le meurtre dans le cœur, Romilayu, dis-je.

— Vous êtes mon ami, Missieu ?

— Alors, je vais lui casser quelques os. Je fais un
marché avec toi, dis-je. Tu as le droit de me réclamer
quelque chose. Oui, tu es mon ami. Mais Dahfu ? Est-ce
qu'il n'était pas mon ami aussi ? Bon, je ne lui casserai
pas d'os. Je vais lui flanquer une raclée.

Mais je ne lui flanquai pas de raclée non plus. Je jetai
l'homme dans la pièce dans laquelle nous avions été
enfermés, et les deux amazones avec lui. Romilayu leur
enleva leurs lances, et nous fermâmes la porte au
verrou. Nous allâmes ensuite dans l'autre pièce. La
lune était maintenant levée et chaque objet était bien
visible. Romilayu prit le panier d'ignames, tandis que
je m'approchais du roi.

— Nous allons maintenant, Missieu ?

Je regardai sous le linceul. Le visage était gonflé et
très défiguré. En dépit de la tendresse que je ressentais
pour le roi, je dus me détourner, à cause des effets de la
chaleur. « Au revoir, Roi », dis-je. Je le quittai.

Mais, au moment de partir, une impulsion me vint.
Le lionceau attaché crachait vers nous, et je le pris.

— Qu'est-ce que vous faites ?

— Cet animal vient avec nous, dis-je.

22

Romilayu commença à protester, mais je serrais la bête contre moi, j'entendais ses petits rugissements de bébé lion et ses griffes me chatouillaient la poitrine. « Le roi voudrait que je l'emmène, dis-je. Il faut bien lui donner une chance de se survivre. Tu ne trouves pas ? » L'horizon baigné de clair de lune était extrêmement clair : cela avait pour effet de me rendre logique. La lumière se déversait sur nous des sommets des montagnes. Cinquante kilomètres de terrain s'ouvraient devant nous, la voie de la fuite. Romilayu, j'imagine, aurait pu me faire remarquer que cet animal était le fils de mon ennemi qui m'avait privé de Dahfu. « Voyons, dis-je, écoute-moi, je n'ai pas tué ce type. Alors, si je l'ai épargné... Romilayu, ne restons pas là à discuter. Je ne peux pas laisser cette bête et je ne le veux pas. Tiens, fis-je, je peux le porter dans mon casque. Je n'en ai pas besoin la nuit. » En fait, la brise nocturne faisait du bien à ma fièvre.

Romilayu céda et nous partîmes, bondissant parmi les ombres que dessinait la lune sur le flanc du ravin. Nous nous hâtâmes de mettre le hopo entre la ville et nous et, nous enfonçant dans les montagnes, nous mîmes le cap tout droit sur Baventai. Je courais derrière avec le lionceau, et toute la nuit durant nous avançâmes à marche forcée si bien qu'au lever du jour nous avions parcouru trente kilomètres.

Sans Romilayu, je n'aurais pas tenu deux jours, alors qu'il nous en fallut dix pour atteindre Baventai. Il savait où trouver de l'eau et quelles racines, quels insectes nous pouvions manger. Une fois notre provision d'ignames épuisée, ce qui se produisit le quatrième jour, nous dûmes nous mettre en quête de vers et d'asticots. « Tu pourrais être moniteur pour les expériences de survie dans l'Air Force, lui dis-je. Tu leur rendrais de précieux services. Voici donc enfin que je vis de sauterelles, comme saint Jean. La voix qui crie dans le désert. »

Mais nous avions ce lion qu'il fallait nourrir et soigner. Je doute qu'on ait jamais vu pareil handicap. Il me fallait hacher des vers dans le creux de ma main avec mon couteau pour faire une pâtée que je donnais à la main à la petite bête. Dans la journée, où j'étais obligé de porter mon casque, je portais le lionceau sous mon bras, et parfois je le tenais en laisse. Il dormait dans le casque, avec mon portefeuille et mon passeport, mordillant le cuir qu'il finit par dévorer presque entièrement. Je rangeai alors mes papiers et mes quatre billets de mille dollars à l'intérieur de mon caleçon.

Sur mes joues décharnées, ma barbe poussait, diversement colorée, et durant presque tout le trajet, j'étais hors de moi et fou de rage. Je m'asseyais pour jouer avec le lionceau que j'avais baptisé Dahfu, pendant que Romilayu fouinait en quête de nourriture. J'étais trop abruti pour l'aider. Néanmoins, sur bien des points essentiels, j'avais l'esprit très clair, et même raffiné, délicat. Tout en mangeant les cocons, les larves

et les fourmis, accroupi en caleçon avec le lionceau
sous moi pour profiter de mon ombre, je formulais des
oracles et je chantais... oui, je me rappelais de nombreuses chansons d'enfant comme *Fais dodo*, *Au clair
de la lune*, *Malbrough s'en va-t-en guerre*, *Nut Brown
Maiden* et *The Spanish Guitar*, tout en caressant
l'animal qui s'était merveilleusement habitué à moi. Il
se roulait entre mes pieds et me griffait les jambes. Et
pourtant, à ce régime de larves et de vers, il ne devait
pas être très flambant. Je craignais de le voir mourir —
et Romilayu l'espérait. Mais la chance était avec nous.
Nous avions des lances et Romilayu tua quelques
oiseaux. Je suis à peu près sûr que nous abattîmes un
oiseau de proie qui s'était trop approché et dont nous
nous régalâmes.

Et le dixième jour (comme me le dit par la suite
Romilayu, car pour moi j'avais perdu le compte), nous
arrivâmes à Baventai, qui se dressait desséchée sur ses
rochers, mais pas si desséchée que nous. Les murs
étaient blancs comme des œufs, et les Arabes bruns
emmitouflés dans leurs amples vêtements nous regardèrent surgir de la route pierreuse, moi saluant tout le
monde en levant deux doigts en V comme Churchill,
secoué d'un rire rauque et grinçant de survivant,
brandissant le lionceau Dahfu par la peau du cou pour
le montrer à tous ces hommes silencieux et enturban-
nés, à ces femmes dont on ne voyait que les yeux, aux
bergers noirs dont les cheveux dégoulinaient de
graisse. « Faites venir l'orchestre, la musique », leur
disais-je.

Je ne tardai pas à m'effondrer, mais je fis promettre
à Romilayu de veiller sur le petit animal. « Pour moi,
dis-je, c'est Dahfu. Je t'en prie, Romilayu, qu'il ne lui
arrive rien. Ça me gâcherait la vie maintenant. Je ne

peux pas te menacer, mon vieux, ajoutai-je : je suis trop faible, je peux seulement te supplier. »

Romilayu me dit de ne pas m'inquiéter. Il me déclara en tout cas : — Wo-kay, Missieu.

— Je peux supplier, répétai-je. Je ne suis plus ce que je croyais être.

« Une chose, Romilayu... » J'étais dans une habitation indigène, allongé sur un lit et lui, accroupi auprès de moi, me retira l'animal des bras. — C'est promis ? Entre le commencement et la fin, c'est promis ?

— Quoi promis, Missieu ?

— Eh bien, je veux dire quelque chose de *clair*. N'est-ce pas que c'est promis ? Romilayu, je pense que je veux dire : la raison, la seule. On peut la reculer jusqu'au dernier souffle. Mais il y a la justice. Je crois qu'il y a la justice, et ça, c'est promis. Bien que je ne sois plus ce que je croyais.

Romilayu allait me consoler, mais je repris : « Tu n'as pas besoin de me prodiguer les consolations. Car le sommeil de l'esprit a cessé et je me suis trouvé. Ce ne sont pas les chants de ces gens qui ont eu cet effet, dis-je. Ce que j'aimerais savoir, c'est pourquoi il faut que tout le monde lutte contre, car il n'y a rien contre quoi l'on combatte aussi dur que l'éveil. Alors, nous avons ces plaies, ces plaies brûlantes, ces plaies fertiles. » Je serrai contre ma poitrine le lion, l'enfant de notre ennemi meurtrier. En raison de ma faiblesse et de mon épuisement, j'en étais réduit à grimacer à Romilayu. « Ne le laisse pas tomber, mon vieux », essayai-je de lui dire.

Je le laissai alors me prendre l'animal et je dormis un moment d'un sommeil agité de rêves, ou peut-être que je ne dormis pas mais que je restai allongé sur la paillasse dans la case de quelqu'un et que ce n'étaient pas des rêves mais des hallucinations que j'avais. Il y avait en tout cas une chose que je ne cessais de me dire et d'expliquer à Romilayu, c'était que je devais m'en aller retrouver Lily et les enfants ; je ne me sentirais jamais dans mon assiette tant que je ne les aurais pas revus, et surtout Lily. J'avais violemment le mal du pays. Car je disais : Qu'est-ce qu'est l'univers ? Grand. Et que sommes-nous ? Petits. Je pourrais donc tout aussi bien être chez moi, auprès de ma femme qui m'aime. Et même si elle semblait seulement m'aimer, c'était quand même mieux que rien. De toute façon, je nourrissais à son égard de tendres sentiments. J'avais mille souvenirs d'elle : certaines de ses phrases me revenaient, par exemple : on devrait vivre pour ceci et non pas pour ça ; non pas pour le mal mais pour le bien, pas pour la mort mais pour la vie, et toutes ses autres théories. Mais sans doute que ce qu'elle disait n'avait pas d'importance : même ses sermons ne m'empêcheraient pas de l'aimer. Romilayu venait souvent me voir et, au plus fort de mon délire, son visage noir me semblait comme du verre incassable auquel on a fait subir tout ce que du verre peut supporter.

« Oh ! on ne peut pas échapper au rythme, Romilayu, lui disais-je souvent, je m'en souviens. On ne peut pas. La main gauche suit les mouvements de la droite, l'inspiration suit l'expiration, la systole répond à la diastole, les mains battent la mesure et les pieds dansent ensemble. Et les saisons. Et les étoiles, et tout le tremblement. Et les marées et tout ça. Il faut vivre en harmonie avec ça, parce que sinon on est fichu. Battu d'avance. Ça continue inlassablement. On n'échappe jamais au rythme, tu sais, Romilayu. Je voudrais bien que mon passé cesse de m'obséder et me fiche la paix. Mais mes mauvaises actions ne cessent de me revenir en mémoire, et c'est le pire rythme qui soit. Pour un homme, revivre ce qu'il a fait de mal, c'est la pire souffrance qui soit. Mais on n'échappe pas à la régularité. Le roi disait pourtant que je devrais changer. Que je ne devais pas être du genre souffrant. Ni du genre Lazare. Les brins d'herbe devraient être mes cousins. Dis donc, Romilayu, même la Mort ne sait pas combien il y a de morts. Elle n'a jamais pu faire de recensement. Mais ces morts devraient s'en aller. Ils nous obligent vraiment à penser à eux. C'est ça, leur immortalité. Elle est en nous. Mais mon dos se brise. Je suis accablé. Ce n'est pas juste... et le *grun-tu-molani* ? »

Il me montra le jeune lionceau : il avait survécu à toutes les épreuves et prospérait.

Après plusieurs semaines passées à Baventai, je commençai à me remettre et je dis donc à mon guide :

— Eh bien, mon garçon, je pense que je ferais mieux de reprendre la route pendant que le lionceau est encore petit. Je ne peux pas attendre qu'il soit devenu un lion, non ? Ce sera déjà du sport de le ramener aux Etats-Unis, même s'il n'est parvenu qu'à la moitié de sa taille normale.

— Non, non. Vous trop malade, Missieu.

— Oui, dis-je, la carcasse ne va pas trop fort. Mais ça va s'arranger. Ce n'est qu'une affection passagère : à part ça, je suis bien.

Romilayu était vivement hostile à ce projet, mais je finis par le décider à me conduire à Baktale. J'achetai là un pantalon et le missionnaire me fit prendre des sulfamides jusqu'à ce que ma dysenterie se fût calmée. Cela demanda quelques jours. Après cela, je dormais sur la banquette arrière de la jeep, avec le lionceau sous une couverture kaki, tandis que Romilayu nous conduisait à Harar, en Ethiopie. Le voyage dura six jours. A Harar, j'offris à Romilayu pour quelques centaines de dollars de cadeaux : j'emplis la jeep de toute sorte de choses.

— J'avais l'intention de m'arrêter en Suisse pour voir ma petite Alice, dis-je. La plus jeune de mes filles. Mais je trouve que je n'ai pas l'air frais, alors inutile de faire peur à cette enfant. Je m'arrêterai plutôt une autre fois. D'ailleurs, il y a le lionceau.

— Vous le ramenez chez vous ?

— Il ne me quitte pas, dis-je. Et tu sais, Romilayu, toi et moi, nous nous reverrons un jour. Le monde n'est plus si vaste. On peut toujours retrouver quelqu'un dès l'instant qu'il est vivant. Tu as mon adresse. Ecris-moi. Ne sois pas triste. La prochaine fois que nous nous rencontrerons, j'aurai peut-être une blouse blanche. Tu seras fier de moi. Je te soignerai à l'œil.

— Oh ! vous êtes trop faible pour partir, Missieu, dit Romilayu. J'ai peur de vous laisser aller.

La séparation m'était tout aussi cruelle.

— Ecoute-moi, Romilayu, je suis increvable. La nature a tout essayé. Tout. Et je suis toujours là.

Il voyait pourtant combien j'étais faible. On aurait pu me ligoter avec un ruban de brume.

Et quand nous nous fûmes enfin fait nos adieux, pour de bon, je me rendis compte qu'il me suivait encore et qu'il me surveillait de loin, au cours de mes pérégrinations dans Harar avec le lionceau. J'avais les jambes flageolantes, la barbe comme de la sauge rouge, et je faisais du tourisme devant le palais du vieux roi Menelik, accompagné du lion, tandis que Romilayu, dont le visage exprimait la crainte et l'angoisse, me guettait du coin de la rue pour être sûr que je n'allais pas m'effondrer. Dans son intérêt, je fis semblant de ne pas le remarquer. Quand je pris l'avion, il m'observait toujours. C'était la ligne de Khartoum, et le petit lion était dans un panier d'osier. La jeep était près de la piste, avec Romilayu dedans, en train de prier au volant. Il joignait les mains, on aurait dit deux écrevisses géantes, et je savais qu'il faisait de son mieux pour obtenir ma sécurité et mon bien-être. Je criai : « Romilayu ! » et me levai. Plusieurs des passagers eurent l'air de croire que j'allais faire basculer le petit avion. « Ce Noir m'a sauvé la vie », leur expliquai-je.

Mais maintenant nous étions dans les airs, survolant les ombres de la chaleur. Je m'assis et tirai le lionceau de son panier pour l'installer sur mes genoux.

A Khartoum, j'eus des difficultés avec les gens du consulat, et notamment toute une discussion à propos du lion. Ils me dirent qu'il y avait des gens dont c'était le métier de vendre des animaux pour les zoos aux Etats-Unis et que si je ne m'y prenais pas bien, le lion devrait rester en quarantaine. Je déclarai que j'étais tout disposé à aller consulter un vétérinaire et à faire faire au lion quelques vaccins, mais j'expliquai : « J'ai hâte de rentrer. J'ai été malade et je ne peux supporter aucun délai. » Les gens du consulat me répondirent qu'on voyait bien que j'en avais bavé. Ils essayèrent de me faire parler de mon voyage et me demandèrent comment j'avais perdu tous mes bagages. « Ça ne vous regarde absolument pas, dis-je. Mon passeport est en règle, n'est-ce pas ? Et j'ai du fric. Mon arrière-grand-père était à la tête de votre service à la manque, et ce n'était pas un civil constipé, un pisse-froid sortant des bons collèges comme vous. Vous autres, vous êtes tous bâtis sur le même modèle. Vous croyez que les citoyens américains sont des marionnettes et des demeurés.

Ecoutez, tout ce que je vous demande, c'est de faire les choses rondement... Oui, j'ai vu un certain nombre de choses de l'intérieur. Parfaitement, j'ai eu un aperçu de plusieurs principes fondamentaux, mais ne comptez pas sur moi pour titiller votre vaine curiosité. Même s'il me le demandait, je ne parlerais pas à l'ambassadeur. »

Cela ne leur plut pas. Je tremblais de fatigue dans leur bureau. Le lion était monté sur les tables et avait renversé leur matériel et mordillait les employés à travers leurs vêtements. Ils se débarrassèrent de moi au plus vite et je pris le soir même l'avion pour Le Caire. De là, j'appelai Lily au téléphone. « C'est moi, mon chou, criai-je. Je rentre dimanche. » Je me doutais qu'elle devait être pâle et qu'elle devait pâlir encore, prendre un visage de plus en plus pur, comme elle le faisait toujours quand elle avait une émotion, et que ses lèvres avaient dû remuer cinq ou six fois avant qu'elle parvînt à articuler un mot. « Chérie, je rentre, répétai-je. Allons, parle distinctement, ne marmonne pas. » J'entendis : « Gene ! », et après cela les vagues de la moitié du monde, l'air, l'eau, le système vasculaire de la terre vinrent s'interposer. « Tu sais, chérie, je compte me conduire mieux, tu m'entends ? J'ai compris maintenant. » De ce qu'elle dit, je ne saisis guère que deux ou trois mots. Je compris qu'elle parlait d'amour ; sa voix frémissait, et je devinais qu'elle me faisait la morale et qu'elle me disait de rentrer. « Pour une grande perche comme toi, tu as une toute petite voix au téléphone », répétais-je sans arrêt. Elle m'entendait parfaitement. « Dimanche, à Idlewild. Amène Donovan », dis-je. Ce Donovan est un vieil avocat qui était l'homme d'affaires de mon père. Il doit avoir quatre-vingts ans maintenant. Je pensais que j'aurais peut-être besoin de ses conseils à cause du lion.

C'était mercredi. Le jeudi, nous nous envolâmes vers Athènes. Je me dis que je devrais voir l'Acropole. Je louai donc une voiture et un guide, mais j'étais trop malade et trop abruti pour en profiter beaucoup. Le lion nous accompagnait, en laisse, et à part le pantalon de toile que j'avais acheté à Baktale, j'étais habillé comme en Afrique : même casque, mêmes chaussures à semelles de caoutchouc. Ma barbe avait considérablement poussé. D'un côté, elle était blanche, mais avec de nombreux fils blancs, roux, noirs et rouges. Les employés de l'ambassade m'avaient conseillé de me raser pour faciliter mon identification d'après mon passeport. Mais je n'avais pas suivi leurs conseils. Pour ce qui est de l'Acropole, je vis quelque chose sur une colline, quelque chose de jaune, d'osseux et de rose. Je me rendis compte que ce devait être très beau. Mais j'étais incapable de descendre de voiture, et le guide ne me le proposa même pas. D'ailleurs, il dit très peu de chose, pour ainsi dire rien. Mais ses yeux montraient ce qu'il pensait. « Il y a des raisons à tout cela », lui dis-je.

Le vendredi, j'arrivai à Rome. J'achetai une veste et un pantalon de velours bordeaux, et un chapeau tyrolien comme en portent les bersaglieri, plus une chemise et du linge de corps. Sauf pour faire ces emplettes, je ne quittai pas ma chambre. Je n'avais aucune envie de me donner en spectacle sur la Via Veneto, en train de me promener avec le lionceau en laisse.

Le samedi, nous repartîmes vers Paris et Londres, ce qui était le seul itinéraire que j'avais pu trouver. Je n'éprouvais aucune envie de revoir l'une ou l'autre ville. Pas plus qu'aucune autre, d'ailleurs. Pour moi, la partie la plus agréable du voyage, c'était de survoler l'eau. J'avais l'impression que je ne m'en lasserais jamais : c'était comme si j'étais déshydraté, et je regardais l'eau qui s'étendait, à l'infini, l'Atlantique profond. Mais cette profondeur me plaisait. Je m'asseyais auprès du hublot, dans les nuages. Nous volions au-dessus des calmes étendues de l'eau, de l'eau plombée, immense, au-dessus du cœur même de l'eau.

Les autres passagers lisaient. Pour ma part, c'est une chose que je ne comprends pas. Comment peut-on être assis dans un avion et manifester une telle indifférence ? Bien sûr, ils ne revenaient pas du centre de l'Afrique comme moi ; ils n'avaient pas connu cette solution de continuité avec la civilisation. Ils s'envolaient de Paris et de Londres avec leurs livres. Mais moi, Henderson, avec mon visage luisant, mon costume de velours et mon chapeau à plumes — le casque était dans le panier d'osier avec le lionceau, car je m'étais dit qu'il aurait besoin d'un objet familier pour le calmer au cours de ce voyage fertile en nouveautés — je n'arrivais pas à me rassasier de l'eau, et de ces sierras à l'envers que formaient les nuages. On aurait dit les cours du paradis éternel. (Seulement ils ne sont pas éternels, tout est là ; on les voit une fois et on ne les revoit jamais, puisque ce sont des formes et non pas des réalités stables ; personne ne reverra jamais Dahfu, et un jour on ne me reverra jamais non plus ; mais on donne à chacun les éléments à voir : l'eau, le soleil, l'air, la terre.)

L'hôtesse me proposa un magazine pour me calmer, voyant dans quel état j'étais. Elle savait que j'avais le lionceau dans la soute à bagages, puisque j'avais commandé des côtelettes et du lait pour lui, et mes constantes allées et venues vers l'arrière de l'avion

465

finissaient par être gênantes. C'était une fille compréhensive et je finis par tout lui raconter, par lui expliquer que le lionceau était important pour moi, et que je le ramenais chez moi pour ma femme et mes enfants. « C'est un souvenir d'un ami très cher », dis-je. C'était également une forme mystérieuse de cet ami, aurais-je pu essayer d'expliquer à cette fille. Elle était de Rockford, dans l'Illinois. Tous les vingt ans environ, la terre renouvelle son stock de jeunes filles. Vous savez ce que je veux dire ? Ses joues avaient le modelé parfait qui est le propre de la jeunesse ; ses cheveux étaient blonds et bouclés. Elle avait les dents blanches et bien plantées. Elle était toute céréale et lait. Bénies soient ses hanches. Bénies ses cuisses. Bénis ses doux petits doigts que recouvraient par moments les manchettes de son uniforme. Bénis ses galons d'or. Une merveilleuse petite créature ; elle avait pris une attitude de copain, comme cela se voit souvent chez les jeunes femmes du Middle West. — Vous me faites penser à ma femme, dis-je. Je ne l'ai pas vue depuis des mois.

— Oh ? Combien de mois ? fit-elle.

Ça, je ne pouvais pas lui dire, car je ne savais pas quel jour de l'année nous étions. — Nous sommes en septembre ? demandai-je.

Elle me dit avec ahurissement : — Franchement, vous ne savez pas ? Ce sera Thanksgiving la semaine prochaine.

— Il est si tard que ça ! J'ai raté la période des inscriptions. Il faudra que j'attende le prochain semestre. Vous comprenez, je suis tombé malade en Afrique, j'ai eu le délire et j'ai perdu la notion du temps. Quand on s'enfonce comme ça, c'est un risque qu'on court, vous savez, mon petit ?

466

Cela l'amusa de s'entendre appeler mon petit.

— Vous suivez des cours ? demanda-t-elle.

— Au lieu de nous éveiller à nous-mêmes, dis-je, nous nous laissons envahir par toutes sortes de déformations et d'énormités. On pourrait quand même faire quelque chose pour ça. Vous comprenez ? En attendant le jour ?

— Quel jour, M. Henderson ? dit-elle en riant.

— Vous ne connaissez pas la chanson ? fis-je. Ecoutez, je vais vous en chanter un petit bout. Nous étions à l'arrière de l'appareil où j'étais allé pour donner à manger au petit Dahfu. Je me mis à chanter : « Et qui attendra le jour de Sa venue (le jour de Sa venue) ? Et qui sera là quand Il apparaîtra (quand Il apparaîtra) ? »

— C'est de Haendel ? fit-elle. On chantait ça au collège de Rockford.

— Exact, dis-je. Vous êtes une jeune femme cultivée. Figurez-vous que j'ai un fils, Edward, qui a l'esprit tout envahi de ce jazz moderne... j'ai dormi tout au long de ma jeunesse, repris-je tout en donnant au lionceau sa viande cuite. J'ai dormi et dormi comme notre passager de première classe. Note : il faut que j'explique que nous nous trouvions sur un de ces grands appareils transatlantiques qui ont une vraie cabine, et j'avais vu l'hôtesse entrer là avec un steak et du champagne. Ce type ne mit jamais le nez hors de sa cabine. Elle me raconta que c'était un célèbre diplomate. — J'imagine qu'il ne peut rien faire d'autre que dormir, ça coûte si cher, observai-je. S'il souffre d'insomnie, ce sera une terrible déception pour un homme dans sa situation. Vous savez pourquoi je suis impatient de voir ma femme, Mademoiselle ? J'ai hâte de savoir comment ça va être maintenant que le sommeil de l'esprit a pris fin. Et les enfants aussi. Je les aime beaucoup... je crois.

— Pourquoi dites-vous que vous croyez ?

— Oui, je crois. Il faudra voir. Vous savez, dans la famille, nous sommes bizarres pour ce qui est du choix de nos compagnons. Mon fils Edward avait un chimpanzé habillé en costume de cow-boy. Ensuite, en Californie, lui et moi avons failli introduire dans nos existences un petit phoque. Après cela, ma fille a ramené un bébé à la maison. Bien sûr, il a fallu le lui enlever. J'espère qu'elle considérera ce lion comme un remplacement. J'espère que j'arriverai à la persuader.

— Il y a un petit gosse dans l'avion, dit l'hôtesse. Il adorerait sans doute le lionceau. Il a l'air très triste.

— Qui est-ce ? dis-je.

— Eh bien, ses parents étaient américains. Il a autour du cou une lettre qui raconte l'histoire. Ce gosse ne parle pas un mot d'anglais. Seulement le persan.

— Allez-y, lui dis-je.

— Le père travaillait pour une compagnie pétrolière en Iran. Le gosse a été élevé par des domestiques iraniens. Maintenant, il est orphelin et il va vivre avec ses grands-parents à Carson City, dans le Nevada. A Idlewild, je dois le remettre à quelqu'un.

— Pauvre gosse, dis-je. Amenez-le donc, nous allons lui montrer le lion. Elle alla donc chercher le petit garçon. Il était très pâle, et portait une culotte courte avec des bretelles et un petit chandail vert foncé. Il avait les cheveux noirs, comme mon fils. Ce gosse me conquit. Vous savez ce que c'est, quand on sent son cœur qui tombe. Comme une pomme meurtrie par sa chute dans le froid matin de l'automne. — Viens, mon garçon, dis-je, en lui tendant la main. C'est une drôle d'idée, dis-je à l'hôtesse, d'expédier un enfant tout seul

468

à travers le monde. Je pris le lionceau et le lui donnai.
— Je ne crois pas qu'il sache ce que c'est. Il s'imagine
sans doute que c'est un petit chat.
— Mais il lui plaît bien.

De fait, le lionceau dissipa un peu la mélancolie du
jeune garçon et nous les laissâmes jouer ensemble.
Quand nous regagnâmes nos sièges, je le gardai avec
moi et j'essayai de lui montrer des photos dans le
magazine. Je le fis dîner et la nuit il s'endormit sur mes
genoux, et je dus demander à l'hôtesse d'aller voir pour
moi comment allait le lion : je ne pouvais plus bouger.
Elle revint me dire qu'il dormait, lui aussi.

Durant cette partie du trajet, ma mémoire me rendit
un grand service. Oui, j'ai bénéficié de certains souvenirs et ils ont représenté une différence considérable
pour moi. Après tout, ce n'est pas tellement mauvais
d'avoir eu une longue vie. On peut trouver dans le
passé certains avantages. D'abord, je pensai : prenez
les pommes de terre. Elles appartiennent à la famille
des belladones. Puis je pensai : au fond, les porcs n'ont
pas le monopole du grognement.

Cela me remit en mémoire qu'après la mort de mon
frère Dick, j'avais quitté la maison, étant déjà un grand
garçon d'environ seize ans, avec une moustache, en
vrai collégien. La raison pour laquelle j'étais parti,
c'était que je ne pouvais pas supporter de voir le
paternel se lamenter. Nous avons une belle maison,
une véritable œuvre d'art. Les fondations sont en
pierre et sur un mètre d'épaisseur ; il y a cinq mètres
quarante de hauteur de plafond. Les fenêtres font trois
mètres soixante de haut et partent du plancher, si bien
que la lumière pénètre partout. Il règne dans ces
vieilles pièces une paix que même moi je n'ai jamais
été capable de rompre. Il n'y a qu'un inconvénient : la

baraque n'est pas moderne. C'est absolument différent de la vie qu'on mène, et c'est donc déroutant. Et, s'il n'y avait eu que moi, Dick aurait pu l'avoir. Mais le paternel, avec son visage à la barbe fleurie, m'avait donné l'impression que notre lignée s'était terminée avec Dick dans les Adirondacks, quand il avait tiré sur Lenclos et touché l'urne à café du Grec. Dick, lui aussi, était bouclé, avec des épaules larges, comme nous tous. Il s'était noyé dans la montagne, et mon père alors s'était tourné vers moi, désespéré. Un vieil homme, déçu, dont les forces déclinent, peut essayer de se remonter en se mettant en colère. Maintenant, je le comprends. Mais je ne m'en rendais pas compte à seize ans, quand nous eûmes une explication. Cet été-là, je travaillais à démolir des vieilles bagnoles, à les découper au chalumeau pour la ferraille. Je régnais en maître sur les voitures accidentées, dans un endroit situé à quatre ou cinq kilomètres de la maison. Cela me faisait du bien de travailler dans ce chantier de démolition. Cet été-là, je ne fis rien d'autre que de démanteler des voitures. J'étais couvert de cambouis et de rouille, brûlé et ébloui par le chalumeau, et je faisais des monceaux d'ailes, d'essieux et d'organes mécaniques. Le jour de l'enterrement de Dick, j'allai quand même travailler. Et le soir, alors que je me lavais derrière la maison, au tuyau, et que j'avais le souffle coupé par l'eau froide qui me ruisselait sur la tête, le paternel sortit par la véranda, dans le vert sombre des treilles. Il y avait à côté un verger abandonné que je supprimai plus tard. L'eau ruisselait sur moi, froide comme si elle tombait des étoiles. Le paternel se mit à m'engueuler violemment. Le tuyau bouillonnait au-dessus de ma tête et à l'intérieur j'étais plus brûlant que le chalumeau avec lequel je découpais toutes ces vieilles bagnoles. Dans son chagrin, mon père m'accabla d'injures. Je savais qu'il pensait ce qu'il disait, car il en oublia son élégance habituelle de langage. Il jurait, je crois, parce que je ne le consolais pas.

Je partis donc. Je fis du stop jusqu'aux chutes du Niagara. J'arrivai là-bas et je m'arrêtai pour regarder. J'étais fasciné par le fracas de l'eau. L'eau peut être très apaisante. Je m'embarquai sur *La Fille des Vents,* celui d'autrefois, qui a brûlé depuis, puis je visitai la grotte des Vents et tout le reste. Puis je partis pour l'Ontario et je trouvai du travail dans un parc d'attractions. Voilà à peu près les souvenirs que j'évoquais dans l'avion, avec la tête de ce petit Américano-Persan sur mes genoux, l'Atlantique nord menant sa vie sombre au-dessous de nous, tandis que les quatre hélices nous propulsaient vers le pays.

C'était donc l'Ontario, bien que je ne me rappelle pas quelle partie de la province c'était. Le parc d'attractions se doublait d'un champ de foire et Hanson, le gérant, me laissait dormir dans les écuries. Là, les rats sautaient par-dessus mes jambes la nuit, et bouffaient de l'avoine, dès l'aube on commençait à donner à boire aux chevaux, dans cette lumière bleutée qui marque la fin de la nuit sous les hautes latitudes. Les Noirs venaient s'occuper des chevaux à cette heure bleue de la nuit où il tombait une lourde rosée. Je travaillais avec Smolak. J'avais presque oublié cette bête, Smolak, un vieil ours brun dont le dresseur (Smolak aussi : il avait donné son nom à l'ours) avait décampé avec le reste de la troupe en l'abandonnant aux mains de Hanson. Il n'y avait pas besoin de dresseur. Smolak était trop vieux et son maître l'avait débrouillé. Ce vieil animal était devenu presque vert avec l'âge et n'avait plus que quelques dents, comme des noyaux de dattes. Hanson avait trouvé une utilisation pour cette pauvre bête. L'ours avait été dressé à monter à bicyclette, mais maintenant il était trop vieux. Maintenant, il pouvait manger dans la même assiette qu'un lapin ; après quoi, coiffé d'une casquette, il buvait au biberon, debout sur ses pattes de derrière. Mais ce n'était pas tout, et c'était là que j'intervenais. Il y avait encore un mois jusqu'à la fin de la saison, et chaque jour de ce mois-là, Smolak et moi dévalions ensemble les montagnes russes devant des foules nombreuses. Cette pauvre bête délabrée et moi ; tout seuls dans un chariot, nous faisions le parcours deux fois par jour. Et, tandis que nous grimpions, plongions, dévalions et tournoyions pour remonter plus haut que la grande roue puis retomber, nous nous cramponnions l'un à l'autre. Unis par un commun désespoir, nous nous serrions, joue contre joue, quand tout support semblait nous abandonner et que nous amorcions la descente vertigineuse. Je me pressais contre son pelage usé par les ans, tragiquement décoloré, et lui grognait et criait. Par moments, l'ours s'oubliait sous lui. Mais il se rendait sans doute compte que j'étais son ami, et il ne me griffait pas. J'avais avec moi un pistolet chargé à blanc, en cas d'attaque : je n'eus jamais à m'en servir. Je dis à Hanson, je m'en souviens : « Nous sommes tous les deux pareils. Smolak a été abandonné et moi je suis un Ismaël aussi. » Couché dans l'étable, je pensais à la mort de Dick et à mon père. Mais la plupart du temps, je vivais non pas avec les chevaux mais avec Smolak, et cette malheureuse créature et moi étions très intimes. Ainsi donc, avant même l'apparition des porcs dans ma vie, je fus profondément impressionné par un ours. Si donc les choses corporelles sont une image des choses spirituelles et si les objets visibles ne sont que le reflet d'objets invisibles, si Smolak et moi étions tous deux des hors-castes, deux humoristes devant la foule, des frères par l'âme — je m'enoursais auprès de lui et sans doute s'humanisait-il auprès de moi — je n'arrivai pas à l'époque des porcs comme une table rase. C'est l'évidence même. Il y avait déjà quelque chose de profondément inscrit en moi. Je me demande en fin de compte si Dahfu l'aurait découvert tout seul.

Une précision encore. Tous les avantages que j'acquis jamais étaient toujours dus à l'amour et à rien d'autre. Et quand Smolak (moussu comme un élan) et moi faisions le parcours ensemble, et qu'il hurlait au sommet, au départ de ce plongeon vertigineux sur ce frêle échafaudage jaune, pour remonter ensuite vers le bleu de l'éternité, tandis que les péquenots canadiens, en bas, levaient vers nous leurs visages rougeauds et hilares, nous nous étreignions, l'ours et moi, en proie à un sentiment plus grand que la terreur et nous volions dans ces chariots dorés. Je fermais les yeux, blotti contre son pelage miteux et frotté par les ans. Il me serrait dans ses pattes et me réconfortait. Et, le plus merveilleux, c'est qu'il ne m'en voulait pas. Il en avait trop vu dans sa vie, et quelque part dans sa grosse tête, il avait compris que pour les créatures, il n'est rien qui soit jamais sans mélange.

Même si cela me prend toute la nuit, pensai-je, il faudra que Lily veille avec moi, pendant que je lui raconterai tout ça.

Quant à ce gosse, appuyé contre moi, qui s'en allait dans le Nevada avec seulement un vocabulaire persan pour tout bagage... eh bien, il traînait encore derrière lui sa nuée de gloire. Dieu sait que j'ai traîné la mienne aussi longtemps que j'ai pu jusqu'au moment où elle n'est plus devenue que des lambeaux de plumes grises. Pourtant, j'ai toujours su ce que c'était.

— Alors, vous deux, dit l'hôtesse, me signifiant que le gosse aussi était réveillé. Deux yeux bien gris se tournèrent vers moi, deux grands yeux, tout neufs devant la vie : cela se voyait à leur éclat. Et ils avaient aussi un pouvoir très ancien. On n'arriverait jamais à me persuader que *c'était la première fois.*

— Nous allons atterrir dans un moment, m'annonça la jeune femme.

— Allons donc ! Nous voici à New York si tôt ? J'ai dit à ma femme que nous arriverions dans l'après-midi.

— Non, c'est Terre-Neuve, nous allons reprendre du carburant, dit-elle. Il va faire jour. Vous le voyez, n'est-ce pas ?

— Oh, dis-je, j'ai hâte de respirer un peu de cet air frais que nous venons de traverser. Après tant de mois dans la zone torride. Vous comprenez ce que je veux dire ?

— Je pense que vous en aurez l'occasion, me dit-elle.

— Alors, donnez-moi une couverture pour cet enfant, je vais lui faire prendre un peu l'air aussi.

Nous commençâmes à descendre et à pénétrer dans les nuages, et à un moment une lueur d'un rouge éclatant jaillit du bord du soleil pour frapper les nuages près de la surface de la mer. Ce ne fut qu'un éclair, et puis la lumière grise revint, et les falaises sous leur armure de glace se dressèrent au-dessus de l'eau verte, et nous pénétrâmes dans les couches inférieures de l'air, blanches et sèches sous le gris du ciel.

« Je vais faire un tour. Tu veux venir avec moi ? »

demandai-je au gosse. Il me répondit en persan.
« Alors, parfait », dis-je. Je déployai la couverture, et il
se mit debout sur le siège ; je l'enroulai dedans et le
pris dans mes bras. L'hôtesse passait pour aller porter
du café à cet invisible passager de première classe.

— Tout est paré ? Comment, où est votre manteau ?
me demanda-t-elle.

— Ce lion est tout ce que j'ai comme bagage, dis-je.
Mais ça ne fait rien. Je suis né à la campagne. Je suis
endurci.

On nous laissa donc descendre, ce gosse et moi, et je
le portai depuis l'avion jusque sur le sol gelé par un
hiver presque éternel, respirant si profondément que
j'en étais ébranlé de pur bonheur, tandis que le froid
me fouettait de partout à travers mon velours côtelé
italien, et que les poils de ma barbe se hérissaient car
la vapeur d'eau de mon haleine gelait instantanément.
Je courus sur la glace d'un pas incertain, avec toujours
ces mêmes chaussures de daim. Mes chaussettes à
l'intérieur s'en allaient en lambeaux car je n'avais
jamais eu l'occasion d'en changer. Je dis au gosse :
« Aspire bien. Tu es trop pâle, ce sont tes malheurs
d'orphelin. Respire cet air, mon garçon, ça te donnera
un peu de couleurs. Je le serrai contre ma poitrine. Il
ne semblait pas avoir peur que je tombe avec lui. Pour
moi, il était une véritable médecine, et l'air aussi : l'air
aussi était un merveilleux remède. Sans compter le
bonheur sur lequel je comptais à Idlewild, en retrou-
vant Lily. Et le lion ? Il était de la fête aussi. Sautant et
bondissant, je galopai autour de la carcasse luisante et
rivetée de l'avion, derrière les camions d'essence. De
l'intérieur de la carlingue, des visages sombres me
regardaient. Les grandes et magnifiques hélices étaient
immobiles, toutes les quatre. Il me sembla sans doute

que c'était mon tour maintenant de bouger, et nous partîmes en courant, en sautant, en bondissant, martelant le sol et frémissant, sur le pur manteau blanc qui doublait le silence gris de l'Arctique.

DU MÊME AUTEUR

Aux Éditions Gallimard

LE FAISEUR DE PLUIE
AU JOUR LE JOUR
LA VICTIME
HERZOG
LA PLANÈTE DE M. SAMMLER
MÉMOIRES DE MOSBY et autres nouvelles

Impression Bussière à Saint-Amand (Cher),
le 22 février 1984.
Dépôt légal : février 1984.
Numéro d'imprimeur : 2885.

ISBN 2-07-037539-0./Imprimé en France.